長留篇什繼風詩

中国人民大学80年散文选

中国人民大学80年散文选编委会 编

中国人民大学出版社
·北京·

编委会名单

编委会主任：张建明

编委会委员（按姓氏笔画排序）：

王大广　叶君远　刘　志　孙　郁　杨慧林
陈奇佳　郑水泉　胡玲莉　贺耀敏　袁济喜
贾铁英　徐　楠　楚艳红

参 编 人 员（按姓氏笔画排序）：

白　玉　朱明伟　刘　彬　刘书颉　孙　烨
李　琪　励　颖　吴素琴　吴壹香　邱会洪
张　亮　陈　宁　陈国占　洪　旸　黄云欢
黄海飞　谢久胜　雷　超　谭　笑　魏　丹

序

从宝塔山下走来，翻越莽莽太行的重峦叠嶂，最终屹立在燕山脚下大学城中；风风雨雨八十载，中国人民大学始终置身于时代的激流里，书写着民族智慧的迷人篇章。校训石边，百家廊下，一勺池畔，求是园中，回望沧桑岁月，总有无限感发，促人染翰寄怀。古语云：“文章者，盖性情之风标，神明之律吕也。”值此人大八十周年校庆之际，精选师生、校友散文佳作，汇成一帙，以此昭显人大精神，展现人大风姿，作为向母校华诞的献礼，应是所有人大人共具的心愿。

于是便有了这本散文集《长留篇什继风诗——中国人民大学80年散文选》。“长留篇什继风诗”，语出我校著名前辈学者、书法家谢无量先生手书七言联“每恨江湖成契阔，长留篇什继风诗”。《国风》好色而不淫，开学养正，功昭百世；本书所收文章，岂敢与经典方驾。然“继风诗”三字，亦可见编者用心之所在。这里的文字或敦朴，或炽烈，或情韵绵邈，或议论风发；虽才性异区，但莫不因情立体，明心见性，正与为文之大道相合。展卷细读，令人感慨良多。

散文集由三部分组成，各部分标题同样取自谢无量先生之诗作手书，分别是“尚凭玄鸟记华年”（取自《次韵答抚五》）、“妙悟清钟月满川”（取自《次韵答抚五》）与“微吟抵得秋声赋”（取自《凉意》）。

“尚凭玄鸟记华年”，收“怀人感事”之文。所怀之人，有大德名哲，也有平凡的教师、白发的慈母；所感之事，有国难当头时的勇毅抗争，拨乱反正时的顽强探索，也有尘缘聚散中那难觅踪迹的哀与乐。品读这从记忆中复活的一个个人、一件件事，一部坎坷而光荣的人大校史，如在目前。而人大人共同书写的一部心灵史，亦随之浮现了。它是多声共鸣的，是深沉而温暖的，书写着人性的光辉、生命的坚强，让人读后俯首沉吟，获得前行的力量。

“妙悟清钟月满川”，收“谈经论道”之作。八十年中，人大人在求真路上的创获，何可计数。而精深的义理、敏锐的批评，未必皆安身于鸿篇巨论、高头讲章。灵动洒脱的短文小品，一样是其寄情之所。这一部分文字里的人大人，谈读书阅世，谈修辞明道，谈人格理想，悲悯、旷达、犀利、睿智，嬉笑怒骂，不拘一格。可见学无成规，篇无定法，能不失学理、启迪民智，即是书生好文章。从这字字句句里，当然也能看到人大人的性灵——那是思想者们各具面目的活泼性灵。

人能弘道，亦当怡情。“微吟抵得秋声赋”这部分，专取对“诗意年华”的咏歌。淡淡的幽默，令人莞尔。新鲜的识见，足资谈笑。读这些文字，读者难免逸兴遄飞，随作者彩笔，神驰心游。然而诗意年华里，何尝只有清浅的感发？湖上泛舟，山中烹茶，草堂吟诗，绝域远行……凡斯种种，或许无关政教，却处处为生命留下难以褪去的印痕，处处皆是人生意义的明证。个中体会，既存佳趣，复多深情。即便良辰美景、赏心乐事中，人大人的坚韧与执着，亦时时可见、令人动容。

吟赏集中诸文，读者于其工拙，见仁见智可也。而掩卷思之，无论工拙，这文字中的温度，都是让人无法忘怀的。八十篇文章，书写着人大人美好的情感、浩瀚的胸襟，更阐释着“国民表率、社会栋梁”的深厚内蕴。如今天各一方的师生、校友，是否可以通过这本散文集，于怀旧中蓄日新之志，携手再谱人大人崭新的篇章呢？

也希望品味这本散文集后，每一位读者都可以寻得自己的“诗和远方”。校庆八十载，这是最好的怀念，亦是最美的献礼。

是为序。

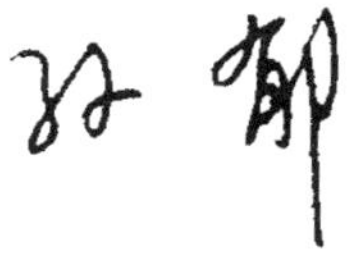

2017 年 8 月 28 日

目录

尚凭玄鸟记华年——怀人感事

妙悟清钟月满川——谈经论道

微吟抵得秋声赋——诗意年华

尚憑去島記華年

——怀人感事

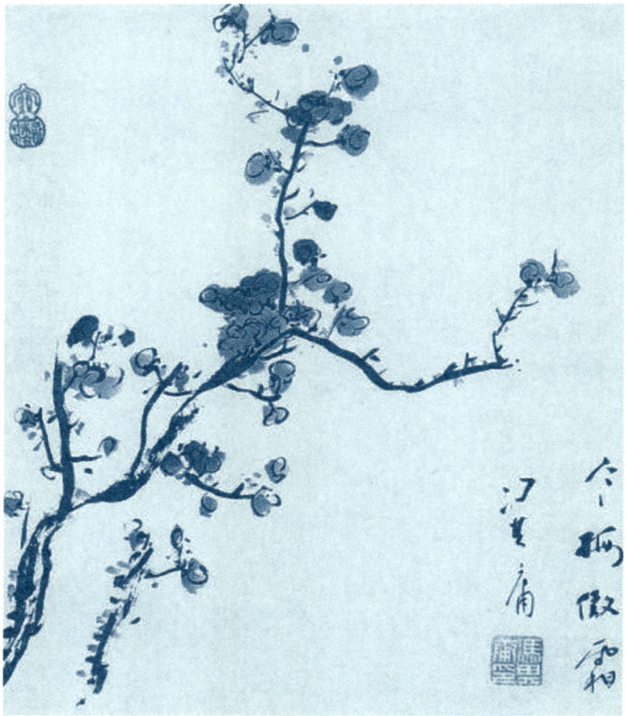

浮槎东渡

吴玉章

吴玉章（1878—1966），四川荣县人。曾任鲁迅艺术学院院长（1938）、延安大学校长（1938）、华北大学校长（1948）、中国人民大学校长（1950—1966），是中国人民大学的创始人。著有《辛亥革命》《中国文字的源流及其改革的方案》等。

戊戌政变以后，我对于“新学”的兴趣不仅毫未降低，反而更为浓厚了。除继续阅读新的报刊外，并开始读《天演论》之类的著作。《天演论》所宣扬的“物竞天择”“优胜劣败”等思想，深刻地刺激了我们当时不少的知识分子，它好似替我们敲起了警钟，使我们惊怵于亡国的危险，不得不奋起图存。当然，《天演论》用生物界的进化原理来解释社会现象，是完全错误的，所以它的这种思想后来被帝国主义利用和发展，作为侵略弱小民族的理论根据。可是，在二十世纪初年的中国，《天演论》的思想，的确曾起过一时的积极作用。某一种思想在不同的历史条件下，会发生不同的作用，对于这一点，研究历史的人是不可不加以注意的。

1900 年和 1901 年，我在本县县城的一家大地主家里教书。1902 年，我又到威远继续求学。这时，《新民丛报》《新小说》等都已出版，我非常爱读它们。在当时，读书人总是要参加科举考试的。我虽然对科举考试已经没有什么兴趣，也不得不去参加。不过这时的考试办法已经有些改变。从 1901 年起，开始废除八股，改考策论。于是，我便把学到的“新学”，尽量地塞进考试的文章中。那时要考取一个秀才，必须经过县考、府考和院考。县府两考每次考五场，差不多要半个月的时间。这对童生们说来，简直是一场灾难性的折磨。1902年，我去参加考试，县考和府考的成绩都很好。有一场府考还得了第一，阅卷的人在我的文章后面写了一段很长的批语，最后两句是“此古之贾长沙，今之赫胥黎也”。过院考的时候，因为我是府考最后一场的第二名，被列为“堂号”（前十名称堂号，是学政必看的卷子），但我的文章写得太长，到交卷的时候还没有写完，因此便落第了。我的亲戚朋友都为我叹息不止，而我自己却并不感到多么难受。现在看来，这恰是一件好事，它促使我走上了革命的道路。我有一个好朋友，名叫周先登（克群），他本来对“新学”也很热心，在当时也是先进人物，就是因为他原是一个秀才，第二年（癸卯）又考中了举人，随后还到开封去参加了中国最后的一次会试（这次他虽没有考上，但以后也同那些举人、进士一样被送往日本留学），从此，他的思想就渐渐地走向反动（由于一味崇拜康梁的改良主义而反对革命）了。

考试不中，我求新知识的心愈切。这年的12月，我便到泸州去考经纬学堂（后改为川南师范学校）。这个学堂是由周孝怀（善培）创办的。周是一个极善于投机取巧的官僚政客，他由清朝政府派到日本去学警察，回国以后，便替清朝政府在四川大办其所谓“新政”。这些“新政”，并不是兴利除弊，而是兴害作弊；四川人用“娼、场、厂、唱、察”（娼是“官娼”，场是“劝业场”，厂是“制革厂”，唱是“戏园”，察是“警察”）五个字就给他概括了。当时经纬学堂的校长是周的老师、我们荣县的一个翰林赵熙，赵虽负有诗名，但思想却非常顽固。在周善培的影响和赵熙的主持下，经纬学堂极其腐败，挂的是“新学”的羊头，卖的是“旧学”的狗肉。它竟把《仪礼》（西阶上，阼阶下，等等）当作一门课程来教学，不惜烦琐地大讲其封建的礼教，真是无聊之至。为了装点门面，也教点英文，但一个星期才教六个字母，简直把人气坏了。看到这种情景，我只住了十多天便愤而弃学回家，从此再也不想在四川上什么“新式学堂”了。

正当我在家里感到前途渺茫的时候，1902 年底，我二哥从成都回来了。这时他已与黄芝等人办好了自费到日本留学的手续。听到可以自费留学，我兴奋极了，也想跟着他们去。这时我刚结婚六年多，已有一个不到五岁的女儿和一个不到三岁的儿子，妻贤子幼，实在不忍分离。但是，为了挽救祖国的危亡，为了争取自己的前途，我没有因儿女私情动摇上进的决心。我大哥替我们筹措留学经费，费尽了心血。他为此不惜变卖田产，也只凑到银子二百余两。但是，钱少也挡不住我们远行。我们于是这样计划：我第一步先随他们到上海，第二步再设法去日本。

1903 年 2 月 9 日（夏历正月十二），那时还是元宵期内，到处锣鼓喧天，当人们正在兴高采烈、欢度春节的时候，我们一行九人，好像唐僧取经一样，怀着圣洁而严肃的心情，静悄悄地离开故乡，挂帆而去。这时，重庆以下的兴隆滩，刚刚塌崖不久，川江航行还很危险，但我们却毫不在意。我们当时正是满怀壮志，一片雄心，不怕任何危险。结果一帆东去，首先顺利地到达了宜昌。当船过三峡的时候，看着祖国无限神奇美妙的江山，同舟的人都大发诗兴。于是便以“东游述志”为题，写诗以抒怀抱。记得我写的诗中有这么两句，“莫谓东方皆落后，亚洲崛起有黄人”。我当时的思想，不仅没有阶级分析的观点，而且在康梁的影响下，总觉得中国应该学习日本，走明治维新那样的道路。不过，我对西方帝国主义却并不那么崇拜，而对中国的前途则充满了信心。到宜昌以后，我们改乘轮船。在轮船上我们结交了一位“同路人”——后来四川著名的立宪党人之一的邓孝可。邓本是重庆一家火柴公司的老板，这次是到日本去买机器的。既然“同舟共济”，彼此便慢慢地攀谈起来。由于思想上有许多相同之点，我们一路上倒也谈得颇为投契。他约我到日本以后，一定和他一起去横滨拜望梁启超，我也就答应了。但是，我们自从在上海分手之后，他一直沿着改良主义的道路走下去，后来一到日本就拜在梁启超的门下，终于成了反对革命的立宪党人；而我却与他分道扬镳，走上了革命的道路，从此便结束了我们那段共同的路程。

我一到上海，便打听到留学日本，花费并不很多，因此改变了原来的计划，决定同我二哥他们一直前去日本。这样，我们在上海没有停留多久，就换轮东渡。但是，就在这短短的十数天内，我却有很大的收获。在此以前，我还只知道康有为、梁启超他们那一套改良主义的思想；到上海以后，我即开始接触到孙中山、章太炎他们关于资产阶级革命的宣传；虽然知而不详，但稍一比较，就觉得革命的道理更为充分。于是，我对康梁的信仰便一落千丈。

在从上海到日本的航程中，我又认识了一位福建的林宗素（女）。我们刚从闭塞的四川出来，看到女子出洋留学，本来就已觉得新奇，而她那滔滔不绝的言辞，说的又全是些革命的道理，更使我感到佩服。这样，我无形中感受到了时代的脉搏，革命的思潮便把我头脑中原来那些改良主义的思想冲淡了。

1903 年 3 月，我们到了日本。路过横滨时，看梁启超的念头早已没有了，我们一直到了东京。这时，中国革命的潮流又开始上涨，留日学生和全国人民一道，正在为反对沙俄帝国主义强占我国东北的领土主权而斗争，这就是著名的拒俄运动。我到东京后，立刻参加了这个斗争。从此，开始了我生活史中新的一章。

（节选自《吴玉章回忆录》，中国青年出版社，1978）

从烦恼到快乐

范文澜

范文澜（1893—1969），浙江绍兴人。1946年任北方大学校长，1947年任华北大学副校长。著有《中国通史简编》《文心雕龙注》等。

一、好玩的幼童

我生在旧社会所谓“诗书门第”的家庭里。父亲性格极严肃，对兄弟们很少表示喜笑的和蔼态度。母亲当然亲爱得多，但儿子们怕她，不比怕父亲差多少。这样，挨打挨骂的危机到处潜伏着，只有“小心翼翼”“循规蹈矩”避免一切可以招致打骂的行动，才能获得眼前的和平。

现在想来，不能埋怨父母亲的过度管束，因为我的过度好玩，实在使爱我者为之惊惧不安。我那时候觉得什么都是好玩的。池塘里摸虾蟹泥鳅，有一次几乎淹死。乱草堆捉蟋蟀，时常被蜈蚣黄蜂蜇伤，有一次几乎被蛇咬死。爬树探鸟巢，上屋顶乱走眺望，送子观音殿偷小菩萨，大雪天在雪地赤脚奔跑，制造戈矛（削光的木杆竹棍）、炮弹（鸡蛋壳装石灰）以武器和邻舍儿童打架。诸如此类的玩闹，害得父母相忧生气，花钱请医生，向受害者道歉。如此麻烦苦恼，怎能不使他们讨厌头痛呢。

在父母面前，装得十分恭顺，“无懈可击”。一出监视范围，就雀跃鼠窜，畅所欲为。玩的时候，绝没有想到闯祸的结果，挨打的时候，也没有想到以后不再玩。客观方面，打骂与玩是联系着的；主观方面，打骂与玩是两件不相干的事。所以我相信，打骂制度，毫无用处。

二、书房里的机器人

我七岁进书房，老师姓赵，据说他的“坐功”在蒙师群中很著名。的确，他从不生病，从不告假回家去，除了年底放一个月假，其余三百多天，总是像机器人一样，依规律教书。我开始读司空图《诗品》，接着读《大学》《中庸》等所谓四书五经。我记忆力很坏，“大学之道，在明明德”似乎还好记，“大学者，大人之学也”那一套，真觉得唠唠叨叨，纠缠不清。背书挨打，总是为了经文欠烂熟。心里怒骂“朱熹是什么东西，造出这许多狗屁，让我吃苦，非烧掉你不可”。

书房学生共三人——我，我的哥哥，还有一个堂阿哥——在赵老师严格“管教”之下，三个活泼儿童，也都成了机器人。赵老师夏天爱睡午觉。我们三人约定午睡时间，提高嗓子，拼命朗诵。如此日久，赵老师自动放午假，让我们暂时休息。春秋冬三季读夜书瞌睡得要死，老师放轻脚步，从后面轮流猛击瞌睡头部。这在书房术语，叫作“吃栗子块”。老师紧握着右拳，中指节凸出成三角形，三角尖击头，照例起块像栗子大。每天夜里，老师的拳忙着送栗子块，学生的头忙着吃栗子块，油灯暗淡，书声高低断续，栗子卜卜作响，这就是书房里大小四个机器人的工作。

十四岁以前，大体在这类苦恼生活里度过去。

三、在小学堂

十四岁春天，父亲送我进县立高等小学堂。校长特别“优待”，叫我在三年级上课，这真是大吃苦恼的“优待”！第一次上英文课，就读“皇家读本”第二册“乌龟和兔子赛跑”那一课。连字母都没有认过的我，一进学堂即刻变成“傻瓜蛋”，瞠目结舌，不知如何是好。我立誓学乌龟，总算学得字母、拼音、最简单造句法。我拼命赶上去，白天有一位令人难忘的同学陶治安先生帮助我学习，大概一年以后，才追上同学们。算学非伏案演草不可，而我的“夜车”只能躺在床上开开，因此正式自习时间全部费在算学上。我连阿拉伯数字都没有见过，凭空学起“命分”来，也幸得陶先生的帮助，我逐渐克服困难，英、算两大负担以外，还要背诵《易经》《书经》(前清学校必须读经，而且很认真)。至于唱歌图画手工之类，只好敷衍塞责，骗取及格分数就满意了。

虽然受了功课的严重压迫，但是不能停止我的好玩惯性。第一天进学校，同书舍八个幼儿，姓名还没有记清，就玩了一套“耍老虎”的把戏。我当老虎头，其余的当虎脚虎尾，上面蒙着老虎毯子（卧具），大声吆喝，撞进别人宿舍去。结果老虎毯子被没收，扭着我一个人去告校长，我受了一顿斥责。第二天早晨挂出“校长示”的木牌来，说我许多不是，结尾是“姑息该生未习校规，从宽免予记过，特此训诫，以观后效”。学校认我“性非驯良”(木牌中语)，照惯例把我搬到校长室贴邻一间宿舍里住。我索性玩起来，读了两年书，记大过两次，学校讨厌我，又似乎不想斥退我，几次都“从宽免予记过”，我糊里糊涂毕业了。

读书苦恼，游戏受罚，这是我小学生活。

四、游荡中的学生

我们的县立小学，程度相当高，毕业后，我投考蒲东中学堂。插入二年级，还似乎有些余力。学校奖励体育，有各种球类游戏，在一定时间内，强迫学生上操场，至少必须散步。那时候我应该畅玩了。可是我过不惯集体生活，正想读书，强迫去游戏，正想游戏，强迫去读书，读书游戏，总不合拍，玩的兴趣逐渐消失了。我在小学，已经自发地憎恶满清皇帝，不知道怎样去反对他，只知道辫子是可恨的东西，每次剃头，总谆嘱理发匠剃去一圈长发，有的肯，有的不肯，日久头顶仅存烧饼那样大的一块长头发。正面看去，很像和尚。在那时候这是极美观的，提倡质朴的校长黄炎培先生，认为我不赶时髦，值得夸奖，曾被提出算作品学兼优的学生之一，哪知我这光头，多少含些“大逆不道”的意义。

蒲东读了一年书，转学到杭州安定中学堂。安定管理宽松，功课也不紧，我感觉得很“自由”。星期日照例跑西湖，既不进茶楼坐赏风月，也不泛小舟追慕少艾，我却有独自的目的。说来可笑，小学时代，读《桃花源记》《鲁滨孙漂流记》及其他神仙小说，给我强烈的印象，曾几次计划找荒岛去。西湖山深林幽，使我幻想着桃花源也许不远，神仙可能碰见。辛亥革命爆发，学生们高兴得像疯狂一样，我也被“共和”这个名词全身麻醉了。像我这样落后得想求神仙的学生，一遇革命，就直觉地拥护赞成。证明任何愚民教育，掩不住青年爱好前进的热情。

中学四年，没有学得什么。现在回忆，哪些是中学教育给我的东西呢？我想，只有西湖跑的次数算不少。

五、到北京去

我叔父在河南，拍电报来叫我考北京大学。北京大学前身是虚名颇大的京师大学堂，一般认为很难录取。我冒险去上海应文预科考试，自觉卷子写得不成模样，录取绝无希望。我叔鼓励我，仍教我去北京进私立大学。我到北京，表弟许君在车站接我，说我已经录取了。一刹那间，我的心竟不露形地跳动了一下。

文预科几乎专读外国文。中史、中地、国文都在下午上课，而这些课学生照例是“藐视”的。“上东安市场去”是午饭时候热烈的提案。四五人里抽一人上课，其余畅玩东安市场去了。教员低着头点名，“被迫上课人”发各种不同声调“应卯”。算不愧是“公开的秘密”。

我从预科转到本科，功课好像更专门了，而用功好像更不需要了。军阀混乱，政治污浊，学校腐朽，学生醉梦，这是五四运动大风暴前的寂静时代。我生性迟钝，而又正沉溺在训诂考据的圈子里，并不知道“五四”的快要来到，只感得百无聊赖罢了。我向佛经找出路，读了相当数量的佛经。《大乘起信论》是隐身秘伴，“趺跏而坐”是日常功课。我虽迷信学佛，可是反对学校不合理的措施，却无所顾虑，因此几乎被斥退。

“五四”以前两三年，我算是毕业了。学得些什么呢？学得些“头脑顽固”。一切都立在腐旧方面。我那时候深信天下学问只有“好古”一家，别无分号。所以曾跟古文经学家摇过旗，曾跟“选学妖孽”呐过喊，现在想来真觉得惭愧。

六、当教书匠

我在大学里，被“当代大师”们“谬奖”，认为颇堪传授“衣钵”，鼓舞我“好自为之，勉求成立”。我那严肃可怕的父亲，看我写的什么“考”什么“篇”，也颇改态度，宽加辞色。我那和蔼可亲的叔父，更是奖勉有加，教我努力上进，我似乎有了自信力了。“追踪乾嘉老辈”，成为全部生活的唯一目标。

我决定选择教书做职业，从民国七年起，一直教下去，宣传我的“好古”之学。五四运动没有打动我的“好古”根基，我不赞成白话文，我甚至荒谬到替鲁迅大师惋惜，以为他“离经叛道”，“走错道路”，因之偶到北京，不再专诚去谒见他。五卅运动起来，才打得我半动，我开始知道帝国主义的凶暴残忍（当然，帝国主义究竟是什么，并不懂得），非轰跑他才能救中国。我参加天津市民大游行，从出发到回校，没有掉队，嗓子叫哑了。半路上坐车回校的同事们，半取笑半当真地问我：“你老夫子也会起劲吗？明天再游行，你该叫得更响些。”我很愤怒，用同样的态度答道：“你们真是聪明家伙，连叫口号也留后步。”后来国民党派人来学校征求党员，我干脆拒绝加入。简单的理由之一，是看不起那些“喊口号也留后步”的先生，而这些先生，已是老牌国民党员。

过了不多时候，有一位共产党员因同乡关系找我谈话，我们一见如故，谈得很痛快，我发表一大套乌托邦的幻想。不能自圆其说的时候，还提出不少幼稚的疑问。我这位同乡耐心给我解释，并借我一本《共产主义 ABC》看，我读了以后才知道革命不是快意高谈，而是伟大艰苦的实际行动，回头看“追踪乾嘉老辈”那个“大志”实在不但不大而且是渺乎小哉了。我毫不犹豫地放弃老营当，愿意在新时代面前缴械投诚。

我在天津尽被“勾魂使者”追求，不得不换个安身地方。我跑到北平教书多年，接触青年学生不少。使我愤怒的经验告诉我这样一个规律，凡是学问最好品行最好的青年，十之八九是要开除，逃亡，被捕，坐牢，受刑，失踪，打靶的。反之，所谓“思想纯正，行动稳健”的先生们（包括教员与学生，但没有青年，只有些少年老成的老少年，理该同受“先生”的尊号）则大抵旨趣卑污，学问平凡，洋装革履，油头粉（雪花膏）面，崇拜“曲线美”“大洋钱”之徒。北京改为北平，这些“之徒”并未受到丝毫的影响。抗战之后，其中不少又被证明变作了汉奸。

七、请参观小屋

我自信是一个老实“学究”，整年整月抱着书本上课堂讲上古三代汉魏六朝换大米饭吃，对兴风作浪，满身长刺猬毛的“老爷大人”们，采取“敬而远之”

态度。不敢恭维，但也并无冒犯，而他们仍总是疑神疑鬼，好像不相信我。正当头等汉奸汪精卫在北平闹什么“扩大会议”那一年，“茅庐之中”被宪兵突然“光顾”，口称司令来请，我连同来我家闲谈的七八个青年学生鱼贯前去“参观”木栅子小屋。还好，仅仅两个星期，汪精卫等等从北平滚滚而去，我自然也从木栅子屋滚出来。他们滚来滚去，当然有他们的兴趣和道理，我还无端滚一下，真是不知所犯何罪。“九一八”以后中国明明只有抗战一条道路，我虽说是个“学究”，也还懂得不抗战就要亡国。而什么“国联裁判”，什么“长期准备”，什么“一面抗战，一面交涉”那一大套，后来却竟摸下面皮，毫不客气地严禁谈论抗日。他们如此如彼地玩把戏，却把我“老学究”气得瞪眼大怒。我细心考查，切实证明了（像两个直角等于一百八十度那样证明了）共产党抗日主张的言行一致，想救自己免当亡国奴，理应对共产党及好青年表示亲近，于是乎我“老学究”又被宪兵请去。这一请是比前次进步了，一是路途远了，“从北平到南京”，二是木栅子小屋，木器进到铁器了。总算运气好，在“我要抗日，不知其他”的立场上，在“内抗强权，外搬救兵”的策略下，居然还能从铁栅子小屋里滚回北平。不过蛋欲静而滚不息，接着又从北平滚到开封来。当然，我这滚，还是不知道所犯何罪。没奈何，勉学阿Q精神，聊以解嘲道：“滚来滚去，在这鸡蛋世界，没有滚出血来，总算运气。”

八、被误认为游击专家

在河南大学教着书，芦沟桥大炮响了，尽管你老先生紧抱双耳，却掩不住敌人的大炮口，终于不得不承认中日战争的事实。长久掩口不言的我们，似乎也相当可以说话了，在许多文化人（我也跟在后面呐喊）“大做文章”动员群众以后，河南先进青年，都感觉到学习救亡理论和技术的必要。河大当局以及一般朋友们帮助我，教我办短期的训练班。不久成立了一个河南大学抗敌工作训练班。青年们投考的踊跃，学习的热心，使我们确信中国决不会亡，抗战必然胜利。训练班主要课目是“中国问题”（嵇文甫先生担任）与“游击战术”（马致远同志担任），这两位台柱子撑起训练班的“金字招牌”，声名很好，在青年群中起着颇大的影响。那时候我们的预定计划是挑选一部分学生沿平汉线（重要城市）办短期训练班，兼做民运工作，联合当地青年，广播救亡种子，最后目的到信阳去打游击。

训练班一个月毕业，我们决定从开封步行到许昌，路程二百四十里，作为毕业考试的试题。这在住惯城市的人看来，确是一个颇难的“试题”，可是应试的几乎是学生全体（约二百人）。我们经费经验都很缺乏，只能允许七十个学生（应试），名称改为河大抗敌训练班服务团。团长嵇文甫留开封做统一战线工作，免得顽固分子造谣捣乱。我们在许昌办了一个两星期的训练班，收获不坏，虽然也有不少想破坏我们的人，但当地官绅教育界以及驻军某军团长却给了我们许多帮助。正当阴历年底，九十个人的服务团，浩浩荡荡向舞阳县进行了。

我在开封曾编了一本《游击战术》，两个月销售到五千册，因此，我被闻名不识面的朋友们误认为游击战术专家了。我到许昌第二天，就被某中学校校长“敦请”去讲游击战术，他对学生介绍，肯定我是中国著名的游击专家（我虽当场否认，他们还恭维我谦虚）。豫西南某地方当局，跑到开封找嵇文甫先生，指名要我去教游击战术，嵇先生哈哈大笑，说你要请范文澜教游击，等于要我教一样的笑话。我深切感觉到虚声浮名，误事不小，此后随时警惕不要做抗战阵容里的“招摇撞骗者”。

我们大队到舞阳，驻军某师长表示欢迎，师部参谋政治工作人员更相处很好。某夜服务团内话剧团在城内演剧（团员大部分在乡间工作），公安局请我到舞台后面讲话。他说县长奉某军长面谕，限贵团明天离舞阳境。我说，好，明天再见。演剧完了，我们回到寓所，我向团长报告，大家不由得愤恨起来。我说："我们应该有在中华民国土地上作救亡工作的自由，舞阳难道不是中国土地吗？我决计不走，我决心到舞阳县监狱里找中国土地去。"团员们叫起来："我们一起去。"第二天清早（不等公安局来），我先去请教某军长，什么理由要我们走。某军长完全否认，说那是县长传话错误。师部人员办了几桌酒席慰劳我们，我用坦白豪爽态度，和他们痛饮酬酢，宾主都醉了，而我尤其醉得凶，倒在床上呻吟。在断断续续激励团员们的言语中，几乎全体哭泣，不能仰视。师部人员也陪着愤慨，某参谋拔出手枪，声称去县政府枪毙那个县长。团员们拉住他，他还对空连放几枪，表示义愤。我第二天醒来，团员告诉我，"好事者"还把这一场闹酒起个名，叫作"范先生大闹舞阳城"。我很惭愧，不敢再喝酒。

我决计办训练班，舞阳青年会会员二三千人，愿意轮流进城受训。某军长出面阻止，某校暗中捣鬼，使我们无法进行。我去武汉想找人疏通，却被某某顽固机关压迫我上鸡公山——河南大学新迁的校址所在。我考虑轻重利害，只好上山重当"教书匠"。服务团改称战时教育工作团，依然不顾环境困难，继续活动。

九、"教书匠"升级当"教员"

敌人的炮火一步一步迫上来，我在高山上彷徨着，找不到该走的道路。我想，跟着学校逃难，逃到什么时候不逃呢？我决计退还聘书，跟游击队去干一下吧。我参加新四军，在游击队里当教员。

大学课堂里俨然以"教书"为己任的我，确是个"匠"而非"员"。我曾在北京大学教"古历术"，说来是"颇为高深的学问"，应该是（至少可以自以为是）"值得名贵"的。某次讲完了一个麻烦问题，记得好像是春秋月食问题吧，学生某君问我："我们学了这些有什么用？"我窘了，我说："学校叫我教这门功课，我按着这门功课该讲的讲，到底什么用，我不知道，我想学校也未必知道。”这是一个好学生，不久因在《北京大学》上连载一篇《某大博士的矛盾研究》而失踪，听说解到南京去了。而我在游击队以“外行”资格教书，却从没有人问我“学了什么用”，反之，大树下草垛旁讲起书来，大家却都聚精会神在听我南腔北调难懂得很的“高论”。于是我很高兴，当了二十几年的仅凭出卖教书技术吃饭的“教书匠”，现在竟升级当“教员”，可以和群众彼此自由地交换知识了。

十、进边区来

朋友某君认为我还有学习上进的可能，介绍我到延安来。我“过五关斩六将”，冲破若干险阻，居然走到“梦寐求之”的边区！快乐得把铺盖丢弃在汽车上。多光明的边区啊！

我到边区了，我清算过去四五十年的生活，一言以蔽之曰烦闷，现在开始清爽快乐的生活了。

写边区一般状况的文字相当多，我不必重复来讲。我只写我个人的快意处。

第一，我酷爱学习，在边区仍当教书匠，忙着“为人师”，极少学习的机会。即使偶有，因怕“别人说闲话，找碴儿”，“听来历不明人讲演，惹是非”，等等原因，不得增益新知识。边区恰恰相反，任何人都在热心学习着。我以前对马列主义茫无所知，这一年来自信进步不少，我如果努力不懈，一定还会进步。

第二，共产党确是光明磊落，领导全人类的政党，他对党员非党员一视同仁，因才而使，绝对没有偏私的意见。我是教书匠出身，所以让我安心研究“本行事业”。图书馆中国古书很丰富，尽我能力自由去探求。结果，感觉到能力太缺乏了。想起过去像煞有介事地做“误人子弟”工作，真是罪过不小。

第三，共产党爱惜人才（虽然我并非人才，确是无微不至）。即使是个人生活方面极小的节目，也是随时注意，尽可能想法改善，保障“安心研究”的成功。我确信，谁想成就自己的学问（不是空谈骗人的学问），应该想法进边区来。我又确信，目前全中国找不到像边区那样安静的地方，能让读书人无累无难，有吃有穿，平心静气进行读书与研究。

第四，单从文化方面说，边区是中国的文化中心地，也就是新兴文化的心脏。许多著名学者，聚集在延安周围几里路以内，他们研究的心得，随时开会报告。还有各式各样的讨论会，座谈会，研究会，学习小组，请他们出席指导做结论。试问，什么地方能够接近这样多的名师益友呢？所居住边区的人，就是不很用功，也会飞跃地进步。

第五，中共中央的领导人，对党员非党员的政治指导的人格示范，起着不可言喻的伟大影响。所以住在边区的人，没有政治上的迷闷，因为国际国内发生新问题，立刻会得到正确的指示。也没有思想行动昏惑不悟的危险，因为发现错误，立刻会得到自我批评的纠正。边区成为最快乐的地方，这是个主要的原因。

恕不第六第七……说下去，归根到底，边区确是全中国最快乐的地方。以前我这样听说，所以来到边区；现在我亲自看见，所以爱边区，希望长期地住在边区。

（《红色档案——延安时期文献档案汇编〈中国青年〉第2卷（第5期至第8期）》，陕西人民出版社，2013）

《狂飙》琐忆

尚　钺

尚钺（1902—1982），河南罗山人。1950 年起任教于中国人民大学中国历史教研室，1978 年中国人民大学复校后于历史系任教。著有《中国历史纲要》《中国通史讲义》等。

研究现代文学史的同志提到《狂飙》周刊，往往介绍得不够准确。现在，就我的经历谈点有关《狂飙》的情况。

一般提到《狂飙》，都说“狂飙社”云云。其实，《狂飙》无社。

鲁迅主办《莽原》时期（一九二五年四月至一九二七年十二月），有一批青年聚集在他的周围。有北京大学的（如我和曹靖华），有世界语学院的，也有女师大的。这些人思想不尽一致，但有一个共同的特点，就是要求揭露黑暗的旧社会。这些青年陆续办了大大小小许多刊物。其中比较突出的，一个是《狂飙》，一个是《未名》。

《未名》以翻译为主，介绍了许多俄国和苏联的文学作品。记得办《未名》时，大家凑钱，据说鲁迅拿了五十元，曹靖华拿了五十元，韦素园拿了五十元。

《狂飙》则刊登诗歌、小说，也有翻译作品，甚至还刊登过行为心理学、数理逻辑方面的文章。

在这批青年当中，以《狂飙》的撰稿者们最激进。除了《狂飙》之外，我们还编印了些别的书刊，比如《弦上》《每日评论》。

《弦上》很小，大约有六十四开本大，常常登些短文，开开胡适这些人的玩笑。胡适写过一篇关于屈原的考证文章。经过他一考证，把中国古代这位最伟大的文学家否定掉了。为了批判他的民族虚无主义，我们就用他的办法做了一篇《胡适考证》，考证胡适有无其人。按中国字讲，“胡适”就是“到何处去”，但为什么要加上“之”？“之”可能是指美国。然而加上“之”就讲不通。要按美国话讲，“Who is she”，就是“她是谁”，再加上“之”也讲不通。胡适最讲逻辑，而“胡适”加上“之”就不合逻辑，去掉“之”也不合逻辑。所以“胡适”不是人名，根本没有这个人。“胡适”大概是托尔斯泰所著《到何处去》。还有其他类似的文章，都是专门和他们开玩笑的。

《每日评论》是一张对开大小的报纸。《每日评论》有好几个专栏。有一个专栏叫《狗屁》。胡适、周作人等等的坏话都被列入《狗屁》栏。我们驳斥他们的话，就刊在《屁塞》栏中。据说，古代著名的大和尚死了，要用玉石将肛门塞住，不让元气跑掉。这就是《屁塞》的出典。我们讲道理的话就刊登到《人言》栏中。《每日评论》登过一篇关于周作人的文章。大意是说：周作人的夫人是日本人。当政治上遇到问题时，他就挂起夫人的旗子。国民党来了，他又自称是中国人，实际是帮助日本人欺骗中国人。一些中国人怕日本人，他就用日本人来吓唬中国人；学生运动一起来，他怕挨打，又自称是中国人。他到底是中国人还是日本人？一篇小文就把周作人的像画了出来。文章登出以后，两个星期内我们收到过他的三封信。他说，我也没得罪你们，为什么要对我这样？结果，我们把他的话又列入《狗屁》栏中，并在《屁塞》《人言》栏中给以回答。我们说，我们打的不是周作人这个人，是汉奸走狗。这样的例子很多，都记不得了。

我们打击过很多人，也得罪了很多人。因为我们得罪了一些像周作人这样的人，所以颇受书店的压迫。甚至在《莽原》上发表文章，也不付给我们稿费，而是给我们一些刊物，让我们自己去卖。但是其他人的文章，照例是付给稿费的。

我们虽然印行了《狂飙》和其他种种书刊，却没有什么固定的组织。大家有了文章就拿到一起印书，没有编辑部，也没有审稿制度。书报印出来，大家就分头送到各大学图书馆的阅览室去，我也去送过。所以说《狂飙》无社。《狂飙》的人很穷，生活很清苦，常常买一两毛钱烤白薯充饥。但是大家从家里弄到一点钱就凑到一起印书。

这样一些青年聚在一起，开始并没有明确的统一的政治主张。当时是旧民主主义向新民主主义过渡的时代。随着时代的前进，这批青年很快就分化了，前途不可料想。

《狂飙》的人大多数都向左转。我于一九二七年加入了共产党，李逸三、高沐鸿、柯仲平、高歌、郑效洵，也都先后成为共产党员，是很好的同志。

还有些青年向右转了，参加了国民党，做了官，当了特务。

巴枯宁、克鲁泡特金的无政府主义，一度在中国很流行。《狂飙》的重要人物高长虹，就曾经是个无政府主义者。他的世界观虽然错误，但却没有发现他有过政治掮客或政治娼妓的行为。有一次，他写了一篇《鞭挞马克思》的文章。我问他，为什么要鞭挞马克思？他说，马克思为什么不可以鞭挞？由于政治见解不同，我与高长虹逐渐脱离了朋友关系。一九二八年，我在杭州被捕入狱。那时高长虹出版了《狂飙运动》周刊。这是他一个人搞的，与过去的《狂飙》没有关系。我在监狱时，还有些稿子存在他那里。他因为没有钱，还卖过我的一部小说稿子，现在我已记不得这书的名字了。

高长虹还曾经崇拜希特勒，相信尼采的哲学。他有个特点，就是不论什么事都要亲自考察一番。于是他弄了点钱，跑到了德国。一年多以后，他回来了，好像有某种程度的觉悟，不相信希特勒了，也不再跟国民党跑了。他反对过马克思，不赞成共产党的主张，但却不了解马克思主义是什么。他同样要亲自考察。他到重庆找到我们，我们把他介绍给接待朋友的统战机关。我们曾动员他写文章。组织上说，只要写得好，照样给他发表。他写了，但写得与当时的形势隔阂很大，因而没有被采用。在以前，他的文章不被采用，他是会生气的。但这次，他却没有不高兴的表示。我们从重庆出来，他又到了陕北，是他自己走的，也不知是怎么去的。在延安，他也是我们的统战对象。他与何干之同志住在一起。何在楼上，他在楼下。这是何干之同志后来告诉我的。

国民党进攻延安，他又跑到了哈尔滨。当时松江省政府主席冯仲云是我的老朋友，也把他介绍给统战机关。不知道他后来到哪里去了。冯仲云说，他可能去了苏联。但冬天去他会冻死，他的身体不行，夏天又过不了江。谁也不知他的下落。

高长虹所走的路是艰苦的，曲折的。他走得又是那样缓慢。然而他却一直没有停止对真理的追求。

由于年代久远，一些事可能记得不准确，希望了解情况的老同志予以纠正。事关许多人的政治生命，绝不能轻易下断语，应该把它搞清楚。

一九八一年八月

（《新文学史料》，1981 年第 4 期）

风雨中忆萧红

丁 玲

丁玲（1904—1986），湖南临澧人。1936年任教于华北联合大学文学系。著有《莎菲女士的日记》《太阳照在桑干河上》等。

本来就没有什么地方可去，一下雨便更觉得闷在窑洞里的日子太长。要是有更大的风雨也好，要是有更汹涌的河水也好，可是仿佛要来一阵骇人的风雨似的那么一块肮脏的云成天盖在头上，水声也是那么不断地哗啦哗啦在耳旁响，微微地下着一点看不见的细雨，打湿了地面，那轻柔的柳絮和蒲公英都飘舞不起而沾在泥土上了。这会使人有遐想，想到随风而倒的桃李，在风雨中更迅速迸出的苞芽。即使是很小的风雨或浪潮，都更能显出百物的凋谢和生长，丑陋或美丽。

世界上什么是最可怕的呢，决不是艰难险阻，决不是洪水猛兽，也不是荒凉寂寞。而难于忍耐的却是阴沉和絮聒；人的伟大也不只是能乘风而起，青云直上，也不只是能抵抗横逆之来，而是能在阴霾的气压下，打开局面，指示光明。

时代已经非复少年时代了，谁还有悠闲的心情在闷人的风雨中煮酒烹茶与琴诗为侣呢？或者是温习着一些细腻的情致，重读着那些曾经被迷醉过被感动过的小说，或者低徊冥思那些天涯的故人？流着一点温柔的泪，那些天真、那些纯洁、那些无疵的赤子之心，那些轻微的感伤，那些精神上的享受都飞逝了，早已飞逝得找不到影子了。这个飞逝得很好，但现在是什么呢？是听着不断的水的絮聒，看着脏布似的云块，痛感着阴霾，连寂寞的宁静也没有，然而却需要阿底拉斯的力背负着宇宙的时代所给予的创伤，毫不动摇地存在着，存在便是一种大声疾呼，便是一种骄傲，便是给絮聒以回答。

然而我绝不会麻木的，我的头皮成天膨胀着要爆炸，它装得太多，需要呕吐。于是我写着，在白天，在夜晚，有关节炎的手臂因为放在桌子上太久而疼痛，患砂眼的眼睛因为在微小的灯光下而模糊。但幸好并没有激动，也没有感慨，我不缺乏冷静，而且很富有宽恕，我很愉快，因为我感到我身体内有东西在冲撞：它支持了我的疲倦，它使我会看到将来，它使我跨过现在，它会使我更冷静，它包括了真理和智慧，它是我生命中的力量，比少年时代的那种无愁的青春更可爱啊！

但我仍会想起天涯的故人的，那些死去的或是正受着难的。前天我想起了雪峰，在我的知友中他是最没有自己的了。他工作着，他一切为了党，他受埋怨过，然而他没有感伤，他对名誉和地位是那样地无睹，那样不会趋炎附势，培植党羽，装腔作势，投机取巧。昨天我又苦苦地想起秋白，在政治生活中过了那么久，却还不能彻底地变更自己，他那种二重的生活使他在临死时还不能免于有所申诉。我常常责怪他申诉的“多余”，然而当我去体味他内心的战斗历史时，却也不能不感动。哪怕那在整体中，是很渺小的。今天我想起了刚逝世不久的萧红，明天，我也许会想到更多的谁，人人都与这社会有关系，因为这社会我更不能忘怀于一切了。

萧红和我认识的时候，是在一九三八年春初。那时山西还很冷，很久生活在军旅之中，习惯于粗犷的我，骤睹着她的苍白的脸，紧紧闭着的嘴唇，敏捷的动作和神经质的笑声，使我觉得很特别，而唤起许多回忆，但她的说话是很自然而直率的。我很奇怪作为一个作家的她，为什么会那样少于世故，大概女人都容易保有纯洁和幻想，或者也就同时显得有些稚嫩和软弱的缘故吧。但我们都很亲切，彼此并不感到有什么孤僻的性格。我们尽情地在一块儿唱歌，每夜谈到很晚才睡觉。当然我们之中在思想上，在感情上，在性格上都不是没有差异，然而彼此都能理解，并不会因为不同意见或不同嗜好而争吵，而揶揄。接着是她随同我们一道去西安，我们在西安住完了一个春天。我们痛饮过，我们也同度过风雨之夕，我们也互相倾诉。然而现在想来，我们谈得是多么的少啊！我们似乎从没有一次谈到过自己，尤其是我。然而我却以为她从没有一句话是失去了自己的，因为我们实在都太真实、太爱在朋友面前赤裸自己的精神，因为我们又实在觉得是很亲近的。但我仍会觉得我们是谈得太少的，因为，像这样的能无妨嫌、无拘束、不须警惕着谈话的对手是太少了啊！

那时候我很希望她能来延安，平静地住一时期之后而致全力于著作。抗战开始后，短时期的劳累奔波似乎使她感到不知在什么地方能安排生活。她或许比我适于幽美平静。延安虽不够作为一个写作的百年长计之处，然在抗战中，的确可以使一个人少顾虑于日常琐碎，而策划于较远大的。并且这里有一种朝气，或者会使她能更健康些。但萧红却南去了。至今我还很后悔那时我对于她生活方式所参与的意见是太少了，这或许由于我们相交太浅，和我的生活方式离她太远的缘故，但徒劳的热情虽然常常于事无补，然在个人仍可得到一种心安。

我们分手后，就没有通过一封信。端木曾来过几次信，在最后一封信上（香港失陷约一星期前收到）告诉我，萧红因病始由皇后医院迁出。不知为什么我就有一种预感，觉得有种可怕的东西会来似的。有一次我同白朗说："萧红决不会长寿的。"当我说这话的时候，我是曾把眼睛扫遍了中国我所认识的或知道的女性朋友，而感到一种无言的寂寞。能够耐苦的，不依赖于别的力量，有才智、有气节而从事于写作的女友，是如此其寥寥啊！

不幸的是我的杞忧竟成了现实，当我昂头望着天的那边，或低头细数脚底的泥沙，我都不能压制我丧去一个真实的同伴的叹息。在这样的世界中生活下去，多一个真实的同伴，便多一份力量，我们的责任还不只在于打开局面，指示光明，而且还要创造光明和美丽；人的灵魂假如只能拘泥于个体的褊狭之中，便只能陶醉于自我的小小成就。我们要使所有的人都能有崇高的享受，和为这享受而做出伟大牺牲。

生在现在的这世界上，要顽强地活着，给整个事业添一份力量，而死，对人对己都是莫大的损失。因为这世界上有的是戮尸的遗法，从此你的话语和文学将更被歪曲，被侮辱；听说连未死的胡风都有人证明他是汉奸，那么对于已死的人，当然更不必贿买这种无耻的人证了。鲁迅先生的《阿Q正传》曾被那批御用文人歪曲地诠释，那么《生死场》的命运也就难免于这种灾难。在活着的时候，你不能不被逼走到香港；死去，却还有各种污蔑在等着，而你还不会知道；那些与你一起脱险回国的朋友们还将有被监视和被处分的前途。我完全不懂得到底要把这批人逼到什么地步才算够？猫在吃老鼠之前，必先玩弄它以娱乐自己的得意。这种残酷是比一切屠戮都更恶毒，更需要毁灭的。

只要我活着，朋友的死耗一定将陆续地压住我沉闷的呼吸。尤其是在这风雨的日子里，我会更感到我的重荷。我的工作已经够消磨我的一生，何况再加上你们的屈死，和你们未完成的事业，但我一定可以支持下去的。我要借这风雨，寄语你们，死去的，未死的朋友们，我将压榨我生命所有的余剩，为着你们的安慰和光荣。哪怕就仅仅为着你们也好，因为你们是受苦难的劳动者，你们的理想就是真理。

风雨已停，朦朦的月亮浮在西边的山头上，明天将有一个晴天。我为着明天的胜利而微笑，为着永生而休息。我吹熄了灯，平静地躺到床上。

一九四二年四月二十五日

（《丁玲全集》，河北人民出版社，2001）

乳娘

萧　军

萧军（1907—1988），原名刘鸿霖，辽宁义县人。1940年任教于鲁迅艺术文学院。著有《八月的乡村》《第三代》等。

尝读俄国诗人普式庚传记，知道他也是少小无娘，赖保姆扶养以大，这却使我联想起自己的乳娘。她如今应早不在人世了吧，她曾用自己的血，喂养过我将近五年。妈妈死了以后，我的“食粮”来源无着了，一时也雇不到乳娘，这就苦了祖母、五姑、四叔和一位由童养媳身份到我家的二婶母。白天，由五姑和四叔抱着我到每一家有乳儿的女人那里去“赶奶”，那就是等待人家把自己的孩子奶完了，还有剩余的就给我吃吃。在第一家吃不足再赶到第二家……有的时候也常常吃不到，碰了人家的“钉子”：

“你们家，把活活的人给逼死了，有本事就自己把孩子养大起来呀！”

“行行好，可怜可怜孩子，给吃一口吧！”

五姑和四叔要永远向人家赔着笑脸，哀求着。有时本村的奶赶不到了，就把我和五姑骑在驴背上，由四叔赶着驮到附近邻村去。为了吃一顿奶，常常要往返二三十里的路程。他们竟像一对行乞者，挨门询问，凡有带乳儿的人家就去请求。因此本村和附近村庄，全知道我家有一个七个月没了娘靠吃“官奶”的娃娃。当我已经长大到二十多岁，结了婚，入了“讲武堂”，样子已经昂昂然像个男子汉了，可是一到族人、亲朋或邻家去串门，遇到一些比较调皮的嫂子辈，婶母、大娘辈，以至连侄媳妇行辈，她们还要开我的玩笑：

“嗳呀呀！如今长得像个人儿了啊！你就是做了‘将军’，我也敢说，你是吃过我的奶长大的呀。”她们还用手比量着我那时候的长短，“……看啊，你那时候只有这么大，这么大……像一只小干瘪猫儿，咪咪地叫……我那时一只奶头奶着我的儿子；一只奶就奶着你……等你做了将军，可不要忘了我的儿子啊！”

这中间玩笑得最厉害的是一位我叫她“牛二嫂子”的人。她的儿子和我同年，后脑上有个大肉瘤。我们打过架，我在他头上打过一个窟窿。后来又做了好朋友，在一起打过柴……她的丈夫绰号牛奔楼（前额特大的意思），当土匪被官家杀了，后来她的儿子也去做了土匪。从此我就再没见到他。

我那时为了这类无恶意的玩笑，确实常常感到一点窘迫和难为情。更是当着一些年轻的媳妇或姑娘们的面前，我的脸要红了，但又无言可答。我就是吃着众人的奶血长大起来的！因此我一生也不能忘了“众人”。人奶吃不到的时候，我也吃过牛奶，马奶，驴奶，羊奶以至狗奶。

夜间，我由祖母和二婶母给我打浆糊吃，因为柴草不好烧，她们的眼睛总是被熏得流着泪，而祖母还要先把熟了的浆糊吞到自己的嘴里，而后再嘴对嘴的来喂我，否则我就不吃。她因为奶水不足，曾经这样喂过自己十个儿女。到了老年她的全部牙齿动摇而且常常疼痛得几夜和几天！有什么人还敢藐视这样伟大的献身的“母性”吗？为了偎抱我，祖母和五姑她们就常常要穿着被尿湿的棉裤和棉衣，夜间她们要起来三次，为我煮浆糊吃。——这正是东北的“数九寒天”季节啊！——终于寻到了一位乳娘。乳娘姓郝，丈夫是个瘫子，她还带了一个三四岁的女儿。我依稀记得，她身材很高大，有一张长脸，一条长而直的鼻子，脸色很红，两只缠过的半大脚。那时候她大约有三十岁的光景。是距离我们村庄有几十里路一所山村的农家女人。自己生的儿子死了，丈夫又不能劳动，就出来做了乳娘。据说她初来我们家，脾气是很大的，一般米饭不愿吃，要吃面和肉，而且吃得很多，否则就说没奶了，或者就不干了。家人为了我，只好一切顺从。慢慢这乳娘竟认真地爱起我来了，不独不再发脾气挑吃喝，后来我到了五岁，已经不该再吃奶了，要解雇她，她竟号啕大哭起来，不愿离开我。不独不要工钱，还要自动为我家做零活，她要亲眼看我长大成人！——但她终于被我家解雇了。

当她被解雇的那一天，她几次爬上了驴背又哭着爬下来，因为她看见我哭滚在地上（写到这里我不能够再忍住泪了）不让她走，家人们哄我，恐吓我，拦阻我……但我这时却像一只疯狂了的小狼，嗥着，哭着，咬着每只拦阻我的手，抓着地上的泥土……去抱住驴子的腿……我喊叫："我要'郝妈'呀！我要'郝妈'……"

她本来要把我带到她家住几天而后再送回来，可是家人们却不允许。最后她终于被迫着不能不爬上了驴背，她放声大哭了！我在后面追赶着，家人们却抱住了我。

一直到村树快遮过她的身影，但是我还看到她的脸一直是无改变地向回看望着……

后来我到父亲做买卖的镇上来上学——七岁——她又被雇在这镇上一家银匠铺里做厨娘。每次我经过她们的门前，只要一遇到，她总要把我拉拖住问长问短，或者就把我带到屋子里去，把自己分下来的可吃的食物：饺子、月饼之类塞给我吃。眼睛一面笑着，一面也流着泪，手从来不肯停止地摸着我周身每一处地方，有的时候那些食物被保留得已经有了气味，我不肯吃，她也一定强迫我把它们兜回来。但不知为什么那时候我竟觉得和她生疏了啊！我甚至不愿见到她，常常要偷偷地或则跑着经过她的门前。即使她发现我，在后面喊着，叫着，我不独不停止，竟连头也不回一下，我觉得自己那时已经不再需要她那样“爱抚”了，感到了厌烦！

“你为什么不到你‘郝妈妈’那里去啊？她给你留着很多好吃的东西咧！”

因为我几天从郝妈妈面前跑过去，不理她，她竟哭着来找祖父，说因为过中秋节，铺子里分给她很多梨果和月饼，全快放坏了，等着我不去，祖父笑着问我。

“她是缠脚的人，她的东西有气味，我不要吃……”

我这回答使祖父惊愕了。他扯过我的一只耳朵，拱起了他的大鼻子，眼睛严肃地望着我的眼睛，虽然样子像是笑着，但声调有些威吓地说：“啊！……你说什么？你这小狼崽子，你是人家用血喂大的呀！你这小狼……你会说这样话！”

祖父的威吓也没有用，从此我就更不去见郝妈妈的面，虽然她每天只要完了工作就要坐在门前等待我，但我却懂得了绕转另一条路去上学。不久，她大概又被解雇回乡了，从此我就永远没见过她。

“你将来出息了，千万不能忘掉你的‘郝妈妈’呀！”

这样话是我后来每次回乡，总要听到家人或则邻人们叮咛嘱咐的。我只有沉默。似乎自己知道自己，大约不会有“出息”的一天，即便出息了，她也将早已离开这多难的人世了吧！我不能把不可知的“幸福”允许人啊！直到今天我也还是如此主张着。

（《萧军全集》，华夏出版社，2008）

在私塾里

郭影秋

郭影秋（1909—1985），江苏铜山人。曾任中国人民大学党委书记兼副校长（1963）、党委第二书记兼副校长（1978）、校长（1983—1985）。著有《李定国纪年》《郭影秋诗选》等。

由于穷困，我家由我往上数，好几代没有一个读书人。我父亲觉得也许这是被人欺侮的重要原因，为此，他下狠心要让我读书，从七岁起，父亲便送我到村中的私塾里。他让我念书，也不是期待我干大的事情，不过是想让我多识几个字，能看看钱票、认识契约、算个账，将来少受人家欺侮。母亲也是这样的心情。我当然也很乐意去读书，一方面是想多懂些道理，做个明白人；另一方面，当时已从事繁重的体力劳动，从孩童的心理出发，觉得念书可能比种田要轻松些。当然，种田也可以，但比较起来更乐意读书，特别是看见别人家的孩子都背着书包去念书，我也盼着有读书的机会。那时，辛亥革命不久，封建帝制刚被推翻，在偏僻的乡村中新学还不普及，我们村和附近的几个村都没有新式学堂，只有私塾。我们村先后有三个私塾，有的是请外来的先生，有一个还是看庙的和尚，他一方面给人家看病，另一方面业余教书，多增加点收入。我从七岁起被送到私塾后，一直没有间断，直念到十三岁。

私塾里的先生对学生管得很严。我念书的那个私塾规定，十岁以前的学生可以不读灯书，过了十岁每天必须读灯书。读灯书就是早晨天不亮就点灯读书，晚上也要在灯下读到十点多钟。一天的功课很紧张，从早念到晚。早晨吃早饭前要背书，背熟了才能回家吃饭。早饭后到塾中，先生再教一段新书，而后每人写一篇大字，接着再念书，直到中午。午饭后，又是一篇大字，接着又念书、背书。每天还学作诗，先生教的是五言、七言千家诗。晚上回家后，继续念书写字，直到十点多。我们的私塾门口贴着副对联，联上写的是："书声不让鸡声早，月影长随花影息。"就是早晨起床读书比鸡叫还要早，夜间读书直到看不见月影才休止。十岁以后，还添上讲书，每天早饭后，老师开始讲书，讲完后每人默悟，而后回讲。一天的功课，大体如此。真是"三更灯火五更鸡"，昼夜攻读。

一个穷孩子上私塾读书很不容易，功课虽然紧张，我也乐意，而且下决心要读好。所以，上私塾这几年，书读得真不少。除《三字经》《百家姓》《千字文》等幼童启蒙书外，我还读了《论语》《孟子》，以及《大学》《中庸》《诗经》《书经》《左传》等等。总之，"四书""五经"除《易经》外，我全读过。还读过《史记》《汉书》等史书。《书经》《诗经》《礼记》《左传》，在这几年中，都念了几遍，讲了几遍，有时还倒着念、讲。背熟了就讲，讲熟了再背，讲背中逐渐有了理解，真可以说是达到了滚瓜烂熟的程度。现在回忆起来，我在文字上的基础就是那时候奠定的。在私塾里，我的学习成绩一直是名列前茅。所以，我在十岁时，就当了私塾的大学长。同学中有的十六七岁，有的甚至十七八岁，多数比我年纪大，但学习却不如我，因此，老师和同学共同推我当了大学长。当老师有事外出，就由我领着大家读书、背书。

在私塾读书时，由于在家中看到父亲被人欺侮挨打的痛苦，加上受母亲胆小怕事的影响，我不仅用功读书，而且从来不敢得罪人，对先生毕恭毕敬，对同学谦虚礼让，对校外的人更不敢得罪。我们家离私塾不远，我走路时都不敢抬头，而且都是靠路边走，不敢走路中心，唯恐惹事得罪人。但是在十三岁那一年，有一次先生突然莫明其妙地大骂了我一顿，我百思不得其解。后来，我才知道，原来是先生借我发泄他心中苦闷。他很苦，孤身一人，从教书到吃饭，一天到晚，就在这个学屋里。当时，多数学生家中都比较穷，学费很低，有的学生给点粮食，有的管几顿饭，弄得他缺吃少穿，心情忧郁寡欢，因为我是大学长，只得对我发泄。但是，他对我的大吵大骂，却使我感到感情受到了伤害，觉得无法在私塾里再待下去。

当时，念了六七年私塾，我已经十三四岁，已是1923年了。由于1919年五四运动爆发，1921年中国共产党成立，历史已进入新的阶段。虽然新文化运动的影响还没有直接传到我们村里，但是，我们村却有几个青年在外面上学堂，他们回村后，也向我讲点新学堂的情况，逐渐对我有了新的吸引力。加之，在私塾里，读来读去，讲来讲去，总是那老一套，私塾里的那位老师，也就那么些东西，学习的内容我已感到不能满足。这是我下定决心离开私塾的重要原因。

私塾里老师无名的发火，我自己头脑中萌生的新的追求，促使我和父亲商量，离开私塾，寻找新的学习途径。

（节选自《往事漫忆：郭影秋回忆录》，中国人民大学出版社，2009）

周恩来领导我们搞经济工作的几件往事

袁宝华

袁宝华（1916—　），河南南召人。曾任中国人民大学校长（1985—1991）。著有《永远的怀念》《论社会主义企业管理》等。

我从40年代延安时期，到新中国成立后的社会主义建设时期和“文革”时期，有机会多次直接和恩来同志接触，得到他的教诲，有些事使我永远难以忘怀。

一

周恩来同志是我国老一辈无产阶级革命家中的杰出人物，参加和领导了党的历史上许多重要的革命活动，经验丰富，才识过人，功业卓著。抗日战争初期，恩来同志在全国民众中已有很高的威望。当时，许多国统区和沦陷区的年轻知识分子就是在共产党和周恩来等同志的影响下毅然投身革命，来到延安的。我于1940年到延安，在中央党校学习3个月后调到中央组织部工作。在那里工作的几年中，我经常接待由南方局介绍来延安的同志，从他们那里听到了许多有关恩来同志在重庆进行公开工作和秘密工作的动人事迹，内心充满了对恩来同志的崇敬和仰慕，只是一直未能见到他。直到1943年底，恩来同志从重庆回到延安，我才第一次见到他。1944年春，我和几位在延安的北大同学，按照恩来同志的嘱托，巧妙地揭露了一个混入中外记者西北参观团的国民党骨干分子的真实身份，达到了既斗争又团结的目的。恩来同志在布置任务时，对我们要求明确又大胆放手的工作方法，给我很大的启发和教育。党的七大期间，在杨家岭中央大礼堂，周恩来同志做了题为《论统一战线》的报告，他从世界形势讲到国内形势，讲了党的抗日统一战线，对国民党又团结又斗争的方针等。他的报告结构严谨，逻辑性强，具有很强的吸引力和说服力。我聆听了这次报告，顿觉眼界开阔，对争取反法西斯战争的胜利，更加充满了信心。

二

全国解放后，在第一个五年计划开始时，我被调到国家经济部门工作，和周总理的接触增多了，恩来同志处在总揽全局的关键岗位上，党务政务，内政外交，日理万机。但在繁忙的领导工作中，他始终把经济工作放在重要地位。他曾说：政府工作的重点，就是组织经济建设。他对我国的四个现代化建设倾注了大量心血，做出了重要贡献。周总理对每一件事情都考虑得很周到，对同志和下属也能设身处地地着想，使人感到在他领导下工作十分愉快。周总理思维敏捷，处理问题果断，不管多么复杂的问题，到了他那里，都能理出头绪，找出突破口，给干部指出方向，使问题顺利解决。特别是他的一切从实际出发，注重实效，严格要求，一丝不苟的精神，更为新中国第一代经济工作干部树立了光辉榜样。

1952 年 8 月，周总理率领我国政府代表团访问苏联，谈判第一个五年计划期间苏联援建项目问题。当时我是东北工业部秘书长，作为随员随团前往苏联。关于第一个五年计划的草稿，在北京时总理就进行过多次修改。抵苏后，他又抓紧时间，把大家集中起来逐字逐句进行讨论修改，连标点符号也不放过。定稿付印前，总理又专门叮嘱一位同志负责进行最后审核，以免出错。当总理发现校对后的稿件仍有差错时，并未直接批评他。但这位同志知道后仍感到很惭愧。第二天，总理到代表团驻地与大家共进午餐时，特意和这位同志碰了杯，笑着说罚酒一杯吧。总理对干部在工作中的缺点和错误，既严肃又亲切的态度，是对我们每个在场的同志的一次深刻教育。

总理对待干部，特别是各部门的领导干部，是很尊重的，工作中严格要求、充分信任，思想上关心爱护、循循善诱，很少有发脾气的时候。但对于一些同志工作中的缺点，尤其是对不实事求是的作风，总理绝不容忍，发现问题，总是及时给予严厉的批评和真诚的帮助。我记得 1960 年 10 月中央书记处在居仁堂开会，会议内容是研究第四季度工业生产，中心是 1960 年 1 800 万吨钢的指标能否完成。从当时的实际情况看，无论是钢厂的能力、煤炭的供应，还是交通运输情况，完成这样高的指标都是困难的。但由于受 1958 年以来在经济建设中产生的“左”倾冒进思想的严重影响，一些干部包括一些高级干部，对当时出现的经济困难的严重性认识不足，对进行国民经济调整的必要性也认识不够，或许是对反对右倾机会主义心有余悸，以至在一段时间内对实行调整的方针在思想上还转不过弯子。因此都不愿首先提出调整指标的意见，而是强调客观，互相推诿。总理听了几个部门的发言，对这种不实事求是、不面对现实的作风很不满意。早在 1956 年，总理就提出反冒进，虽在以后受到错误的批评，为了维护党内团结也做过检讨，但他对于以后几年中一些不切实际的做法一直是不赞成的。他认为到了 1960 年末，中央已经下决心进行调整，部门的领导同志还不能采取科学的实事求是的态度，这是不应该的。在这次会上总理对一些部门的领导同志进行了严厉的批评，使他们受到很大震动，解除了他们的思想包袱，从而对促进这些部门贯彻中央提出的“调整、巩固、充实、提高”的八字方针，实现我国经济工作的重点转移起了重要作用。

三

1962年开始，我负责国家物资总局工作。1964年国务院决定成立物资管理部，我担任部长。在那一段时间内，周总理和少奇、小平同志一起，对改革物资工作精心指导，花费了大量精力，做出了巨大贡献。

周总理很关心物资部门的建设。他多次强调要搞好物资的节约、回收，搞好清仓查库。他说：人要整风，物要清仓，仓库每隔5年就应该清理一次。他认为建立供应站、服务队是一件好事，强调物资部门要搞服务。他告诫我们，物资部容易见物不见人，要抓紧对干部的教育，加强思想工作，不然就会产生贪污受贿行为。

周总理还非常关心物资部干部的学习和进步，期望他们成为通晓本行的专家。有件事，给我印象十分深刻。在物资部组建初期，为了克服“大跃进”造成的物资流通领域的混乱现象，中央决定由物资部对地方物资部门实行人、财、物三垂直领导，以便更好地发挥物资部门调节重要物资供求的蓄水池作用。由于进行调整，当时一些重要物资出现暂时多余，全国有50万吨优质钢材，200万吨生铁，需要国家收购、储备。任务要完成，而初建的物资部缺乏资金，于是，我向少奇同志汇报工作时，提出给物资部无息贷款的请求。财政部的同志不同意，说，中外银行贷款，哪有不付利息的。周总理知道后很挂念这件事，他对我说：你怎么会提出无息贷款的要求？对这个问题，不应该事先未搞清楚就向少奇同志汇报。周总理考虑了物资部门刚刚组建的实际情况，决定给物资部门贷款，贷款利息由财政部门给予补贴，解决了物资工作中的一大难题，同时也给我以深刻教育。

四

周总理对于工作中的官僚主义现象，从来是毫不留情地反对的。1963 年 5 月，他在中共中央和国务院直属机关负责干部会议上所做的报告，对官僚主义产生的根源、危害及其在现实生活中的二十种表现进行了深刻剖析，给全党很大震动和教育。周总理历来反对文山会海，对无论是中央还是地方一些部门召开的没有实际效果的会议，多次给予严厉批评。1970 年，他在国务院反映各部门会议多的报告上指出："消耗人力、物力、财力，已是很大浪费，而更重要的是这种领导方法，高高在上，脱离群众，大长官僚主义作风，把检查工作，总结经验，变成走过场。"同年总理还在一次会议上，对一些部长频繁出国，劳而无功，进行了批评。他说："有的部长上任没有几年，出国去的地方比我还要多，但什么问题也没有解决。出国考察要注重实际效果，不要搞形式主义，不要搞无效劳动，造成浪费。"1973 年，他在一个派代表团出国考察的报告上批示："一定要精选能够学习考察一些知识，把经验、先进技术带回来的人去，不要来去空空，专门讲排场，无所获而回。"周总理这些批评和教导，不仅在当时是对我们所有领导干部敲了一次警钟，而且在今天开放搞活发展外向型经济的形势下，仍有重要的现实意义。

五

我作为国务院下属的一个部门的负责人，也多次受到周总理的关怀和爱护。1959 年的庐山会议，本来是要纠正当时经济工作中存在的"左"倾错误。可是后来会议主题发生了完全相反的变化，发展到集中地批判以彭德怀同志为首的所谓"右倾机会主义反党集团"，当时许多同志思想是没有准备的，也是想不通的。那时我在冶金部工作，国务院通知我上山汇报全国钢材平衡情况。上山后的当天晚上我就参加了国务院各部门到会人员的会议，周总理及时向我们讲了会议发展的情况，给我们打了招呼，使我们避免了在那样一个政治风浪中犯“错误”。“文革”初期，我在物资部受到了群众组织的审查和批判。周总理当时处境很困难，工作很繁忙，但仍不忘对我的关怀。他亲自对物资部军管会主任交代，“组织三结合专案小组赶快审查做出正确结论”。在总理的督促下，仅过了两个月我的问题就顺利解决了，“靠边站”时间只有一年半。不然像我这样的情况，拖个三年五载在当时来说是常见的。

周总理对干部的爱护还表现在他部署任务时，总是设身处地地体谅经办同志的困难，给这些同志完成任务创造条件。“文革”开始后，在“四人帮”鼓动下，各地兴起了制作毛主席像章的高潮，消耗着我国十分紧缺的铝。当时毛主席对这种做法也是不赞成的，曾说“还我飞机”。1969 年初物资部拨出 5 000 吨铝给各地造像章用。周总理知道此事后很生气，批示要物资部设法收回这批铝。这在当时是很难处理的问题。我多次与物资部军管会的负责人商量，大家都觉得很难办。周总理非常体谅我们的处境。他在当年 2 月的全国计划会议上有意地用责问的口气问我：“让你们收回做像章的铝，为什么还不收？传播毛泽东思想要讲实效。像章越做越大，毛主席就不赞成。物资部批出的 5 000 吨铝，要立即全部收回来。”周总理这么一说，实际上是直接对各地下了命令，有力地支持了我们的工作。我们连夜发出了通知，不久基本上收回了这些铝，完成了这一任务。

“文革”中，周总理在非常困难的情况下，不仅想方设法保护了一批政治、经济、军事、文化、科学方面的骨干人才，而且还千方百计地创造条件使他们早日站出来继续为社会主义建设事业工作。我在计委生产组工作的那一段时间里就接触到几件事情。“文革”初期，在如何对待著名地质学家李四光同志的问题上群众组织存有争议。1970 年周总理指示召开全国地质工作会议，请李四光同志出席并讲话。周总理亲自参加了会议，在大会讲话中充分肯定了李四光同志对我国地质工作的功绩以及他在地质科学中的地位。这样就促成了两派意见的统一，大大改善了李四光同志的处境。又如，康世恩同志在石油部虽然已经“解放”，但有些人借口“群众不谅解”一直不让他工作。1969 年初，渤海结冰危及钻井平台，亟须组织抢救。在一次已经开到午夜的会议上讨论到这个问题时，总理点名要康世恩同志去处理，并嘱军代表要对群众做工作。当时就通知康世恩同志到会接受任务，立即前往，并要康把处理结果及时向他报告。这样康世恩同志也就很自然地出来工作了。

此外，还有一大批党外民主人士得到了总理的关怀。有些人从全国看名望不大，但在地方上有一定影响，本人或者父辈对民主事业做出过贡献，总理知道后也都热情给予帮助。如 20 年代反对北洋军阀的知名人物、国民军首领胡景翼的儿子胡希仲，早年在法国勤工俭学时与恩来同志相识，新中国成立后任陕西省政协委员。“文革”中胡希仲被扫地出门，靠捡破烂度日。他从报上看到我的名字，误认为我是他留法时的同学，来信要我向总理反映他的情况。我把此事报告总理后，总理说：“我认识这个人，他应该得到照顾，把信给我，我来处理吧！”事隔不久，胡就调来北京，得到了妥善安置。他非常感激周总理，感激党。在“文革”中得到总理关怀的这类人物何止胡希仲一个！

周总理的一生襟怀坦白，光明磊落，对待革命工作忠心耿耿，鞠躬尽瘁，表现了无产阶级革命家的伟大品格。周恩来同志的一生是光辉的一生，是全心全意为中华民族奋斗的一生，是为祖国人民奉献的一生，他的伟大精神永远是我们学习的楷模。

（《我们的周总理》，中央文献出版社，1990）

教我如何不想她

李　新

李新（1918—2004），原名李忠慎，四川荣昌人（现属重庆市）。1938年入陕北公学学习。著有《中国革命史的几个问题》；主编有《中华民国史》等。

在重庆1935—1936年的学生运动中，我结识了不少女同学。有几个我至今常常怀念。遗憾的是，从1936年以后再也没见到过，她们的下落我也打听不到。只有吴梅秀，我打听到她一直在万县教书。1963年我坐轮船经过万县时，曾想去拜访她，因为是在晚上，感到不太方便，走到她家院门口，没有进去，又返回了船上。1987年，听到她去世的消息，霎时间，往事如云浮现在心头，追念之余，还感到相当的内疚。

认识吴梅秀较早，大概刚入川师不久，就在一位教国文的老师家里遇见了她。这位老师在川师和二女师同时教课，因为他教得好，又擅长诗词，所以喜欢古文和诗词的学生常到他家请教。他也喜欢和青年学生们谈论古典文学。我自幼喜爱诗词，他曾对我的作文一再鼓励，我把私下写的诗作送给他指点，并向他请教填词的方法，他都不吝指教。在他那里，我和吴梅秀很自然地谈起诗词来。她很喜欢《离骚》和《古诗十九首》，对汉魏乐府歌辞也很喜欢。在唐代诗人中，她最欣赏李白；对杜甫，除几首《秋兴》之外，她的兴趣都不大。宋以后，她认为词曲更好，诗作就差了。老师问她喜欢李清照的词吗？她说更喜欢李的一首诗："生当作人杰，死亦为鬼雄。至今思项羽，不肯过江东。"我听了称赞道："好一个女性，真正的新女性！30年代的中国妇女，并不需要'冷冷清清，凄凄惨惨戚戚'了。"她长得很秀丽，打扮也颇英俊，常穿一身二女师的校服——阴丹士林布的上衣和黑裙，而胸前老是挂着一个口笛，表明她经常当裁判，是一个热爱体育的人。我赞赏她很少脂粉气和她对诗词的爱好倾向，二者是那样的和谐而美妙。她问我喜欢什么诗，我说："你喜欢的我都喜欢。"两人会心地笑了。从此我俩更亲近一些。她曾不断地索要我的诗作，阅后总是赞不绝口；我向她索诗，她却一首也不给。不过，我从老师那里看到过她的作品，写得不错，但毕竟还是女人之作，缺少阳刚气。对此，我反而更喜欢。诗是抒情的，直抒胸臆，干吗要矫揉造作地显示自己身上并不存在的英雄气概呢？

一天，在老师那里，吴梅秀弹琴，开始是《渔光曲》，后来弹起《九一八小调》来了。我和另外两个同学都不由自主地跟着唱起来：

高粱叶子青又青，
九月十八来了日本兵。
中国的军队有好几十万，
恭恭敬敬地让出来了沈阳城！

老师忽然让大家停止，他找出一首词来，让吴梅秀朗诵：

拂拭残碑，敕飞字，依稀堪读。
慨当初，倚飞何重，后来何酷！
…………

岂不念，中原蹙？

岂不恤，徽钦辱？

但徽钦既返，此身何属？

千古休谈南渡错，

当时只怕中原复。

笑区区一桧亦何能，逢其欲。

朗诵罢，老师要吴梅秀讲一讲这首词的中心意思。梅秀红了脸，不肯讲。老师说："这是文徵明写的一首《满江红》，几百年了，你讲吧，怕什么！"梅秀这才嗫嚅地说道："我看这首词是说岳飞之死，不能单怪秦桧，应该由高宗负责。"老师一听，非常高兴，拍起了巴掌，说道："好青年，不简单呐！那么，请问，我们丢了东北，该谁负责？"大家面面相觑，都不说话。老师把目光转向了我，我说："当然要由最高当局负责，可我们一直骂张学良是不抵抗将军。'九一八'后，马君武挖苦张学良的诗可流行呢。"这时，老师很生气，非常激愤地说："马君武的诗，狗屁！颠倒黑白，那算什么诗？以后不许再读！"他那疾言厉色的神气，至今还历历如在眼前，我从此对马诗绝不再提，而对老师的胆识则钦佩之至。其实，马君武写诗，也是出于爱国热情，并非有意为蒋介石开脱，至于诗中不符事实的地方，也是传闻之误。

王方名转学到川师后，他虽然学博物，却也加入了我们古文词爱好者的行列。这时他正在与他的未婚妻办理解除婚约的手续。这个婚约完全是由他父亲一手包办的。对方是"绅粮"，而他父亲则是贩"渠烟"（渠县以产烟叶著称）发财的，彼此门当户对。渠县不比重庆，那里封建性更强，商人与绅粮结亲，还带有高攀的意味。所以他父亲对他要解除婚约坚决反对。女方的家长更认为是奇耻大辱，自己有钱有势，女孩又长得不错，现在被人家"休"了，感到有失脸面。

方名的未婚妻本人当然也不愿退婚。不过她与方名见过面，觉得方名长得不够英俊，有些像鲁智深，因而对婚约并不满意，加以方名退意坚决，她也表示未始不可。我们（李成之和我以及周极明等）根据这些情况，坚决支持方名退婚。并且认为女方看重的是貌，方名看重的是情，现在婚约对双方都毫无可取，要解除是完全可能的。因此决定由方名邀女方到重庆来做工作。女方接信后，她父母都以为方名回心转意了，便把女儿送到了重庆亲戚家里，让他们两人去“自由恋爱”一番。不过临行时还是吩咐女儿，千万不能退婚，否则别回家里来了！未婚妻到重庆后，方名即让她和我们大家见面。我们向她大讲一通妇女解放的道理，方名即向她提出解除婚约的要求。一天，我们大家都劝她说：解除婚约是好事，有利于双方的前途，解除的是痛苦，得到的将是幸福。大概是出于自尊心的缘故吧，她这时竟自站起来说道：“我同意解除婚约，只是希望大家帮助我，就像帮助方名一样。”成之问她需要什么帮助，她说：“我父母都说，退了婚就不让我回家了。你们说，我该怎么办呀？”这时她才伤心地哭了起来。我们大家一致安慰她，成之说：“在重庆上个职业学校好吗？毕业后自食其力，自谋幸福，何必再回封建窝里去呢？”她后来表示同意成之的意见。成之和方名把她送回了亲戚家。她的这个亲戚是重庆人，很开通，说自她到重庆后，亲戚全家都劝她同意退婚，退婚后可以长住他家，自谋职业。后来，终于由成之介绍她进了一个缝纫学校，毕业后就找到了工作。

正在方名闹退婚的时候，我们在国文老师家里展开了关于《婉容词》的争论，吴芳吉的这首长诗，在当时是颇为流行的。它描写民国初年一个留学英美的洋学生，获得了博士学位，与美国一女郎结了婚，抛弃了糟糠之妻婉容。婉容无奈，投江而死，死时唯有义犬玉兔为之鸣不平。故事带有传统性，只略加了一点时代新味。虽说是新体诗，实际上是旧诗词变化而成。

吴芳吉旧诗词的根底很深，所以运用自如，无论叙事、抒情以至景物和心理的描写，《婉容词》都达到了相当高的水准。应该说，它在艺术上十分感人，所以才广为流传，脍炙人口。没想到讨论一开始，吴梅秀就给它来了个根本的否定。她说："这个题材太古老了，陈旧得发霉了！它的思想境界比《琵琶记》《情探·活捉》高明多少？"她见没人说话，又补充道，"本来是活捉，简单讲报应，太枯燥，又来个情探，增加点'艺术'。现在是负心人在美国，包文正捉不了她，中国的鬼神到美国去也怕不灵验，好，来一篇如怨如诉的长诗——《婉容词》。中国人是多么的有情啊！"

这篇议论出自她，真是出人意料！因为当时绝大多数的读者，特别是女读者，都喜欢《婉容词》，都同情婉容的遭遇，怎么能有一个女性来提出反对意见呢？我听了，开始也惊，继而变为喜，我很佩服梅秀的见识，真不愧是新女性呀！我没有说话，大家也没人发言。没想到第一个起来反驳她的却是王方名。他不是正在闹退婚吗？按理，他应该支持"某生"离婚的要求呀。可是他却说："恋爱自由，乃至离婚自由，我都赞成，我是坚决反对封建包办婚姻的。我现在也正在办解除婚约的手续。可是像'某生'那样，世间的女子任我爱，世间的男子随你求，我却不敢苟同。""那么，只能限制你爱一部分了，最后，只许你爱一个人，也就是理之所必至，你又何必去退婚呢？"梅秀的回驳非常犀利，而又合乎逻辑。方名无法直接回答，只得另起一题："难道婉容不值得同情吗？"梅秀立刻回答："谁说不同情婉容了？但是有多少青年男女牺牲在封建礼教下面，难道他们就不值得同情？你不是也为了个人的幸福在奋斗？难道为了同情婉容，青年男女连自由也不要了？为什么卫道者们都喜欢《婉容词》，这不是很可令人深思的吗？"

这时大家都议论开了，这的确是个问题，为什么卫道者们都异口同声地称赞《婉容词》？忽然老师说话了："我也很喜欢《婉容词》，并把它选作教材让你们读，看来我是个标准的卫道者了。”梅秀忙说：“老师，我可没说您呀！卫道者喜欢《婉容词》，喜欢《婉容词》的不一定是卫道者，老师，您讲不讲逻辑？”一句话问得老师脸都红了，但马上泛起高兴的微笑，因为这位老师很民主，喜欢学生们这样的辩论。我趁势为老师解围，慢慢地说道：“老师要是卫道者，能允许我们这帮青年男女在这里胡说八道？老师喜欢《婉容词》，是从艺术上着眼的。”大家又讨论开《婉容词》的艺术性了。这时梅秀又说：“讲真心话，我也爱读《婉容词》，有些词句还曾使我流泪呢。我能把它倒背如流。不信，我背给你们听听。”也不问大家是否同意，她竟自背诵起来，并且是从序文开始：

婉容，某生之妻也，生以元年赴欧洲，五年渡美，与美国一女子善，女因嫁之。而生出婉容，婉容遂投江死。

序文过后，她开始用抑扬顿挫的秀才腔吟诵全词。

不知不觉地，大家也跟着梅秀朗诵起来。但到重要地方，人们还是屏着声息，听她一个人吟诵。梅秀懂川戏，她吟诗近似高腔，很有韵味。到一定之处，她一提腔，大家就又跟着她高声朗诵，恰似帮腔一样。待朗诵完毕，有人已泪流满面，但却感到十分过瘾。梅秀这才带泪说道：“你看，它多能骗人的眼泪啊！它让你流了泪，就心甘情愿地去向旧势力妥协。”方名至此，深为感动，非常严肃地对梅秀说：“好，我佩服你，但是，你的主张究竟是什么？你赞赏什么人和什么样的诗作呢？”“佩服我，不敢当。”梅秀忙答道，“问我主张什么？作为女性，我主张做旧社会的叛逆。问我喜欢什么诗吗？古代的，《孔雀东南飞》；近代的，郭沫若的《女神》《湘累》以至于《瓶》，都是叛逆的诗作，还有其他的著作和译作，什么《三个叛逆的女性》呀、《少年维特之烦恼》呀，都是解放人性的。”

这时，求精中学的小张很自然地吟诵起来："世上的青年男子，哪个不会钟情？世上的青年女子，哪个不会怀春？"梅秀瞪了她一眼，厉声说道："现在国难当头，可不是男女钟情怀春的时候呀！你们唱《桃花江》，不是遭到过川师同学的轰击吗？"最后大家讨论的结果，都认为现在为了抗日，一切都可以牺牲，包括爱情和生命，但自由却是不能牺牲的。恋爱自由、婚姻自由也不能牺牲。打日本正是为了争取民族和国家的自由。难道在自由的民族和国家里，还能容忍不自由的婚姻制度吗？我们要做自由人，绝不做奴隶，只有自由的、自觉的中国人联合起来，才能打败日本帝国主义，那种靠领袖的脑袋救中国的思想，是法西斯思想，也是封建思想，应该彻底铲除。"谁愿意做奴隶？谁愿意做马牛？"人们唱起了《自由神》之歌，然后和老师道别，老师这时也精神焕发，非常高兴。

"一二·九"运动爆发后，我和吴梅秀的接触更多了。重庆学联在市内主要依靠川师、二女师和女职校。吴梅秀是学联的领导成员之一，是二女师最活跃的角色，她又是多面手，无论是写是画，还是演讲和唱歌，哪一样也离不了她。而我也是无所不管，到处乱跑，因此随时和她碰头。但这都是救亡运动的"公事"，此外，我们总还希望有私自见面的机会，哪怕时间很短，心里也会满足。她会划船，我会爬山，因此我们常在山间与河边约见。她不太爱读理论书，见面时我总要考考她一些理论问题。她这时总是很坦率地说："你推荐的书还没有看呢，怎么回答得了。干脆你讲吧！"我于是滔滔不绝地讲了起来。等我讲完了，她说："你讲累了吧？'诲人不倦'，好老师，该下课了，咱们回去吧。"就这样，我们相顾一笑，匆匆返城，临别都颇有依依不舍之意。有时我们在江上划船，找水流缓慢处，任小船自由自在地飘荡，徐徐下流，她纵情歌唱，我则闭目欣赏。待船流到江心，她又把船往上划到原处，让它再往下流。这时我们都不言语，尽情观赏天光云影和两岸的景色。等她感到尽兴了，才舍舟登岸，赶回学校。我们的会见常常变换时间和地点，也不让人知道。川师开除我的评语中，说我“行动诡秘”，大概是曾经追踪过我的行迹，因无所获才这样说的。

梅秀曾请我看过两次电影，都是看的第二轮，而且是偏僻处的小影院，为的是避免遇见熟人。一次看的是《桃李劫》，看后就学会了《毕业歌》。另一次是《新女性》，主题歌很感人，词很美，曲调也激越高昂。以后我们都爱唱这些歌，并借以抒发感情。在影院，我们坐得近，心也靠得更紧了。看到激动处，她情不自禁地倚着我的肩，拉着我的手抽泣起来。我为她拭泪，提醒她要坚强些，并不无讽刺地悄声对她说：“新女性嘛！”她便狠狠地捏我一把。可惜以后工作更忙，再没有一起看电影的机会了。

1935年寒假期间，梅秀领着一批人到江北去办民众学校。一天，我接到她的来信，要我一定到她那里去“视察”。我自然是如约去了。她和三个女同学主办一所女工夜校，另有几个男同学主办以农民为主的民众学校。有的白天上课，有的晚上上课。重庆去的“老师”们，住在民众家里，而办公则在一间空阔的大屋内。大屋中间，生着木炭火，有三张方桌做办公和备课之用；两边搭了很长的通铺，很像北方客店里的炕，每一边可躺下十来个人，并且备有很多被子。我和同去的两个人，因为都是临时的，就被安排在这里住下。第二天上午我就去农民的学校参观，还和大家打了一阵球。晚上按计划给女工夜校讲了一课，回来时见南面铺上睡着三四个人，他们都是晚间有课的。梅秀一见我，就问我今晚能否顶她值班，因为她最怕熬夜，我就慨然地应承了。她揉了一下沉沉欲睡的双眼，向我交代了任务，就爬上铺位，遥遥地对我说：“只要你能保证到时间叫醒人去上课，也可以来这里躺一会儿。”说完，倒下去就睡着了。我把炭火拨旺了些，觉得无事，就上铺靠近梅秀躺下。

正在迷糊之际，梅秀翻身，一只手压在了我的身上。一阵香味袭入心脾，我立时清醒了。我见她仍睡得很熟，就轻轻地抚摸着她那只柔软而秀美的手，揣测那股香味自何而来。猛然间我想起《红楼梦》中的宝玉闻着黛玉身上香味的故事，心头一怔，便小心地把她的手放开，然后悄悄地下铺烤火。一看墙上的挂钟，呀，到时间了！我立刻叫醒该去上课的老师。这时梅秀也醒了，她起来陪我烤火，用“悄悄话”向我叙说她们这里许多有趣的事情。这说明她对女工们和这所夜校，已产生了深深的爱，以后她一直热爱教育工作，恐怕也是在此种下的根苗。

第四天，是个星期日，按原计划，附近的几个民校举行歌咏比赛。那天的盛况十分动人。一会儿，女工们唱《新女性》，还加上表演。她们那汽笛声的效果很棒，头回声，二回声，三回声，完全像真的一样。她们的表演赢得了全场的喝彩。一会儿，农校表演《锄头歌》，当一群装扮了的青年人扛着锄头入场时，锣鼓声和掌声震耳欲聋。歌手们刚唱了一句“手把着锄头锄野草呀，锄去了野草好长苗呀”，全场立即合唱起“依呀嘿，呀嗬嘿！”歌手们再唱“五千年古国要出头呀，锄头锄头要自由呀”，全场“依呀嘿，呀嗬嘿”的合唱声更加有劲了。最后的歌词是：“革命的成功靠锄头呀，锄头锄头要奋斗呀！”这歌声更加激励人们。合唱之后，口号声此起彼伏：“打倒日本帝国主义！”“锄头要自由！”“锄头要革命！”“锄头要奋斗！”情绪之热烈达于极点。比赛结束时，规定唱《救亡进行曲》，由我指挥。我的指挥本事不太高明，但是因为群众情绪很高，所以效果相当不错。

我们离开江北后到长寿和涪陵，原定梅秀要同去的，后来她说女工夜校离不开她，就没去，但要我们快去快回，到她们这里来过旧年。结果我们到长寿和涪陵真的只“巡视”一番又回到江北。因为旧年要放假，工人们都要回家，夜校不得不停课。农民更重视过旧年，农校也必须放假。这样我们以提前过旧年为佳。反正我们这帮洋学生并不在乎什么日子，只要大家能在一起热闹，有吃的有玩的就够了。

工农学生们都笑话“老师”们随便择日子过年，但也非常高兴，给我们送来不少东西。大家不分男女一起动手，做出许多有名菜和无名菜。那天从中午吃到晚上，边做边吃，时断时续，好不热闹。到了晚上，意犹未尽，有人提议围炉而坐，行令饮酒，大家一致赞成。开始是猜谜，接着是联句，后来又转为对联语。

无论哪种游戏，梅秀都因思维敏捷，很少受罚饮酒或唱歌。大家感到不平，要我出一副对子来难难她。我想了一下，说出上联“除君以外无知己”，要她对出下联来。这是我不久前看到的一首打油诗中的一联，下句是“唯我独尊不在乎”。我想她是不会看到过的，就故意以此来难为难为她。谁知，我刚说出上联，她几乎是不假思索就对出来了，而且相当精彩，令人叫绝：“教我如何不想他”，既工整，又很有意思，马上赢得了大家的掌声。掌声之余，便有人开玩笑了：“你们两人，一个是“除君以外无知己’，一个是‘教我如何不想他’，真是城隍庙里的鼓槌——刚好一对！好，大家说，该不该罚？”“该罚！先喝酒，再唱歌！”梅秀不善饮，请我代喝，大家也不反对，只是要她唱了《教我如何不想他》方才罢休。然后我问大家要我唱什么歌，有人说，你就唱你老爱哼哼的《新女性》吧！说着就把我和梅秀推出门外，要我为她唱这支歌。走出门外，我悄悄地拉着她的手唱起来。我唱得很动情，梅秀也跟着合唱。一时屋内掌声和喊声四起，我们趁势又回到了炉边。这天晚上我们直闹到夜深才散。“教我如何不想他”这一幕情景，从此永远铭刻在我心深处，至今无法忘记。

（节选自《流逝的岁月：李新回忆录》，山西人民出版社，2008）

老战友柯鲁克夫妇

安　岗

安岗（1918—2013），天津人。1955年起任教于中国人民大学新闻系。著有《新闻论集》《安岗新闻通讯集》等。

有人说老记者常常有回忆往事的习惯。我在自己的记者生涯中不时有一种遗憾情绪，就是没有自觉地在伟大的历史时刻，掌握瞬间的机遇来进行采访，写成文字。

抗战开始时，我见到许多我心目中的伟大人物。在太行石拐山山顶上，遇见了史沫特莱，并进行了交谈。由于自己没有养成新闻记者带纸和笔的习惯，失去了一次有历史价值的报道。柯鲁克和我不一样。1947年我们初次见面，我以为会见是一种外事活动，没有意识到要写什么。三天以后，他却给我送来一篇英文打字的谈解放区印象的文章。这篇文章我把它珍藏起来，作为随身带的材料。我以后在五六十年代写了近千篇通讯报道，至少在一定意义上应该归功于柯鲁克老大哥的影响。

在我与柯鲁克夫妇的关系上，我很尊重柯鲁克夫人。她是对人类充满高尚热情的伟大女性，她念念不忘所出生的四川省，对中国农民抱着深厚的同情和理解。她对人类学的研究不是抽象的，她是到中国农村进行社会调查，直接面向人，面向妇女，从而显示出她关心人类、热爱人民的崇高感情。她和我谈到这些时，仍很向往过去，表示愿意回到原来工作、生活过的四川省成都地区再进行一次调查。柯鲁克夫人是站在人类学的高度上探讨中国人的问题，很有远见。她从研究中国人民的生活、中国的苦难历史着手，使人类学更富有现实意义。在回忆柯鲁克夫妇往事的文章出版时，我表示一个中国老朋友对他们的祝福。

柯鲁克 84 岁高龄了，但身体健壮，思想年轻，这不是说他没有遇到过困难，没碰到过头疼的事，但一切都难不倒他，他是乐观主义者。他坚持骑自行车，对 80 多岁的人来说，能骑车愉快自如是件美妙的事。他坚持每天游泳，自得其乐，在开发自己生命意义上有独到之处。他从不谈老；他只谈别人，不谈自己。他有一个很好的家庭，他的家族充满着国际主义的情谊，孩子在“文革”中受难，但中国的好心人，他家的一个保姆伸出了同情之手。柯鲁克一家都尊敬这位老人。柯鲁克夫妇的孩子都已经长大成才。他几十年如一日，住在北京外国语学院（现在的北京外国语大学）普通中国教师的寓所里。我初次去他家时，他曾请我透过一扇小窗看西山的景色。他说，窗户虽小，透过它却能看到山、水、田的画面。比起只注重追求现代物质享受而精神却十分空虚的一些人来，柯鲁克的生活情趣不能不说是十分高尚的。

我和柯鲁克夫妇第一次见面是在河北省武安县十里店村。十里店是一个正在进行土地改革的小村。当时他们将带来的一罐橘子汁给我喝。我边喝边想，他们的橘子汁喝完后，橘子汁时代就要结束了，他们将喝农村的井水。这一切生活上的变化对有坚定的革命信念的人是算不了什么的。果然，他们在十里店与工作队一起待了下去，而且生活、工作得很好、很愉快，还交了很多中国朋友。

比什么都重要的是，他们用一年多的时间写出一本名叫《十里店——中国一个村庄的革命》的书。这本书是喝着井水写出来的。一个记者一生采访应该永远选择发生深度变化又处在困难中的地方，发挥自己的作用，给历史做见证，给斗争以推动，用自己的精神感召读者，给事业以开发，给人民以歌颂。柯鲁克夫妇就有这样崇高的精神，而《十里店——中国一个村庄的革命》一书，也正是这方面的典范之作。

进城后，我们来往不多，我有时也去看望老朋友。十年动乱，我成了“走资派”，靠边站，一切情况都不知道。在动乱接近尾声时，有人经过主管部门找我，让我为柯鲁克作证。来人掏出一张纸说你能为他写一份材料吗？我说要写一份继续关他的材料我是不会写的。来人最后才说出真情，说柯鲁克因特务嫌疑被监禁，现在要释放，为释放他请你写一份材料。我说，这个我写。这时他拿出一张纸让我签字，我记得我写的大意是柯鲁克无罪，他在艰苦的战争环境中来到中国，他和他的夫人做了大量有益于中国人民的事情，我证明他俩是好同志，是值得尊敬的人。来人皱着眉头说：“好了，不管怎么写，我的任务完成了。”我说：“回去和你们的头儿讲讲，陷害好人是有罪的。”这件事使我震惊的是，动乱竟然波及柯鲁克，而柯鲁克自己在监狱中保持了可敬的尊严和革命者的意志。后来见面时，他一点没谈十年动乱中受害的情况。柯鲁克看到中国向好的方向发展的大趋势，一心投入工作，而把个人的事放在一边。

柯鲁克在北京外国语学院任院长顾问时，对培养外语教学人才热情关注。他为人才呼吁，建议提拔一些有真才实学、年富力强的干部。他不讲抽象的原则，他谈的都是具体的人。在同他的交往中，柯鲁克的讲话是非常实际的，爱憎是非常分明的。他最关心的是人才的使用，他不赞成论资排辈。他和学生的关系很融洽，我看他和来访的学生谈话，像是一个大朋友同小朋友一样随随便便，很自然。

为柯鲁克夫妇出版回顾他们在华工作的书是一件大好事。柯鲁克夫妇在中国将近50年，他们的声名并不显赫，也很少参加各种社会活动，几十年默默地工作着。他们非常谦虚，但也有极高的热情来表达自己的观点。我和柯鲁克夫妇的友谊，是基于彼此的理解。在理解中，我尊敬他们的为人。柯鲁克是一名很好的记者，他在革命困难的时期来到中国，一头扎进农民中间，写出了一本像《十里店——中国一个村庄的革命》那样有分量的书，对中国记者起到了示范作用。一个记者，像蜜蜂一样到处采蜜，每个人都应该有个立脚点。十里店就是柯鲁克参加中国革命的立脚点之一，从这里出发，他同中国人民建立了根深蒂固的关系。我知道，年近九十的柯鲁克是不会休息的，他的打字机天天在工作。我期待着柯鲁克夫妇能不断有自己美好的精神食粮供给中国和世界人民。向柯鲁克夫妇学习，愿他们健康长寿。

1994 年 7 月于北京

（《柯鲁克夫妇在中国》，外语教学与研究出版社，1995）

励志求学，奋进不已——我们的青少年时代

茅于美

茅于美（1920—1998），江苏镇江人。1956 年以来先后任教于中国人民大学新闻系国文教研室、文研班、语文系、中文系。著有《中西诗歌比较研究》等；译著《漱玉撷英（李清照词英译）》等。

我父母生育我们兄弟姐妹六人，我上有大哥于越，长我五岁，下有弟于润，小我一岁，再以下有三个妹妹于璋、于冬和于燕，依次又各小两岁，所以大哥和四妹相差十一岁。我家南北搬迁，家无定所。大哥、我、于璋和于冬四人的出生地都在南京，于润生在河北唐山丰润，于燕又生在北京，北京又名燕京，所以她名于燕。据父亲云，母亲生四妹系难产，原是一对双胞胎，于燕出生后尚有一男婴，坠地即死。母女平安，已属大幸。当时家住北京城内北池子，故四妹小名小池。

我们走的是读书人惯走的道路，平凡得乏善可述。青少年时代，虽然历经战火，国破家危，颠沛流离，命几不保，但是只要有一线希望，总不肯放过读书求学的机会。我家祖母教导父亲的“要先有学问再革命”“先学本领好救国”思想对我们影响太深了。“发奋图强”与“学好本领”成为我们生活的主旋律。

于越兄于 1937 年毕业于燕京大学化学系，他的物理系教授谢玉铭先生[①]专

① 谢玉铭，长期在燕京大学物理系任教，为我国物理学界的先驱者之一。女儿谢希德（1921 年 3 月出生），物理学家，曾任复旦大学校长，美国的五所大学、英国和日本的大学，先后授予她名誉科学博士学位。

程自北京到杭州我家对父亲说："令郎虽系化学系毕业，但读了不少物理课。像他这样对理化都有基础的青年，颇是难得。"谢先生为于越向美国加州理工学院申请做研究生，已得允许入学。他又说："现在必须送于越往美国留学，不是为了个人，而是为了国家。"他说完话后，立即离杭赴沪，可称是专为于越来杭州的。父亲听了，非常感动。这时父亲就决定将平生大部积蓄送于越赴美国学习。于越兄赴美后入哈佛大学物理系，于 1943 年获博士学位。

于润弟于 1943 年冬季自重庆青木关中央音乐学院毕业。该院提琴专家戴粹伦教授向父亲劝说，认为于润极富音乐天才，如有深造机会，定能成才。于是由戴先生写推荐书，于润向教育部申请自费留学，获批准得购买官价外汇，于该年 11 月赴美国纽约朱利亚德音乐学院就读。

抗战胜利前后，教育部举行了两次出国留学考试，一次是 1943 年在重庆举行，当时我正在昆明清华研究院英文系做吴宓教授的研究生，而昆明无考区，未能应考，失去这次机会。第二次是 1946 年夏，胜利复员之后，我在南京投考，出榜录取。于 1947 年 9 月赴美，到圣路易城华盛顿大学研究院英国文学系读书。二妹于璋于 1947 年毕业于浙江大学化学系，成绩优良。那时加拿大红十字会公费资助赴美留学有三个名额，于璋被选中，于 1948 年 1 月赴美国，在威斯康星大学研究院药学系学习。三妹于冬亦于 1948 年毕业于金陵女子大学。因大哥于越资助，于 1948 年 8 月赴美国马里兰大学研究院读地理系。四妹于燕学习特佳。在贵州平越高中毕业时，考试成绩居全校第二，女生第一。更有趣的是在 1944 年高校考试时被五个大学各不同的系所录取。它们是：唐山交大土木系，浙江大学化学系，重庆中央大学建筑系，成都金陵女子文理学院外文系，同济大学医学系。这些大学是分别在不同地区不同时间考试的，她得到五所大学的"学籍"，真有"弹无虚发"之气概，一时传为佳话。我在美国为她申请到入学录取书，她赴美求学的手续也已办好，因全国解放在即，她放弃了这个机会。后来她是在金陵大学哲学心理系毕业的，这已是1950年1月了，学习成绩仍为全校之冠。

我们之中竟没有一个是学工程技术的，也没有两个人同读一个专业，尽管我们的兴趣颇多相通之处。但是我们毕竟是走在一条道路上的，各自在自己专业的范畴内勤恳耕耘。父亲每每笑说："你们是各自为政。"是的，我自己却有一种想法：即是我想我虽是一根小草，但也不愿意享受大树的余荫。因为树荫虽可遮风雨，但也会遮盖住不少的阳光雨露哩。

父亲对我们的教育与现在一般家长那种"望子成龙"的办法不同。他是个大忙人，固然不可能每晚辅导我们功课，但他作为一个教育工作者，对家庭教育自然不会忽视。在我们幼年时代，他总在为我们选择教育质量和学校风纪较好的学校就读。因为在旧中国，学校没有统一的教学计划和教材，师资强弱差异很大，校风优劣也颇相径庭，所以选择学校是很关键的。再说我们的家庭因为父亲工作时常变动，家庭迁徙有如家常便饭，势必影响我们的学习。所以父亲在我家频繁迁徙的情况下，"不误农时"地安排我们就学是煞费了一番苦心的。那就是说，有时把在小学的我们先送到新家的目的地学校就读，有时又先搬家，而把我们留在旧地，待学期终了再转学。在漫长的暑假，他有时为我们聘请家庭教师辅导我们，怕我们荒误正业，但他从来不过细地过问我们的分数。在我们学习"拔尖"的时候，也没有受领过他一分钱的奖励费，而只是当亲友夸奖我们时，他微微一笑而已。即使于璋、于燕那么出类拔萃，她们也未因此得到他任何的"物质奖励"，仿佛学生学习好是理所当然，不值一提的。

长话短说，就这样，在解放以前，我们兄弟姐妹的情况是：除了四妹于燕，都已经喝过"洋水"。于越兄于1948年应"联合国国际电信联盟"内的技术委员会的聘请任该会的工程师，是终身职务，为国际雇员性质，地点在瑞士日内瓦，工作自1949年10月开始。由此，他偕大嫂史臻美到瑞士任职。新中国成立后，由我国驻瑞士大使馆把他们的旧护照换成新中国护照，以华侨身份定居日内瓦。于润弟已于1948年毕业于朱利亚德音乐学院，自美返国。二妹于璋、三妹于冬各自在美国结婚定居。于璋的夫婿是汤壇孙，于冬的夫婿是周文牧，当时都是研究生。

至于我自己呢，我是在1948年5月在美国圣路易斯城的华盛顿大学英文系获得文学硕士学位。同年与该校研究院经济系研究生徐璇结婚。徐是浙江海宁县人，家素贫寒。1949年初，我们得了硕士学位后转学到伊利诺伊大学研究院继续攻读博士学位。这年9月欣逢祖国解放，我们本来对国民党的贪污腐化，黑暗统治不满。这时迭接国内外多种报纸杂志，报道新中国成立后的振奋人心的各方面消息，又收到国内寄来学习文件敦促留学生回国参加建设。我记得有两句流行的话说："昔日英雄悲无用武之地，今日惜无用武之英雄。"总之我们想抗日战争时期，作为流亡学生，一心读书，没有效命沙场，甚觉惭愧，现在政令清明，正是报效祖国的时候。于是我和璇兄两人登记船票，毅然决定回国，我曾写过几首小词，描述当时心情，回想觉颇有纪念价值，兹抄录其中两首于下：

（一）浣溪沙

1949年5月24日，上海解放，与璇兄喜候船回国。

海外乡思寄已难，竹簾遮约去来间。于今消息作谜着。

故国春回新梦里，客怀顿改一年前。只凭风讯买归船。

（二）好事近

有人自国内来美，盛赞新中国各项政策。

消息半传闻，来客竞夸新政。都道这番嘉惠，到寻常百姓。

朱门春去不须悲。花谢燕巢倾。哪有人间筵席，供君欢无尽？

1949年7月，写于美国伊利诺伊大学研究院，厄班那城

那时美国政府与新中国无外交关系。他们对在美留学的中国学生劝说中国正在"打内战"，希望他们留在美国继续学习或工作。1950年6月，朝鲜战起，中美

关系顿时紧张起来。我们身居异国，惶惑不安，备感前途堪虑。因而毅然放弃攻读博士的计划，买好船票，搭乘9月中旬的“威尔逊总统”号轮船自旧金山港启程返国。这次同船回国的留学生有125名之多，其数之众，正说明海外留学生对新中国的热烈向往。记得同船的有司徒乔、冯伊湄老夫妇，郑象铣、杨德馨夫妇，叶笃正、冯慧夫妇，赵澧，涂光炽兄弟，杜度，王放勋等人。赵宗尧先生原与我们同船，但船到日本忽被美方扣留，他被送到东京，未能与我们同返。在他被带走的那天上午，留学生大家在船上合影留念，不巧第一张相片照坏了，下午又补照了一张。在第一张相片上还有赵先生，而在补照的那张上，赵先生就不见了，他被带走的时间我记得是在中午，许多人正在午睡，起来知道后惊讶得了不得。

我从小因为随家南北迁移，长大后负笈内地求学，因而常在旅途。自幸不晕车船，1947年秋自沪乘“海燕”号轮赴美，横渡太平洋，船逢大风浪，全船人大半卧倒不食，唯我独自一人在甲板上观看碧浪横空的海景，规律性地一日三餐不停摆。哪知此次倦游回来，只要船稍颠簸，我便翻肠倒肚呕吐不止。其原因是我已怀孕两个月，正处在反应期。一路上懒于说笑，好不难过。归心似箭，渴望早日见到久别的父母和弟妹们。

船到香港，未允许上岸，在船上枯候了一夜，见香港岛上建筑灯火辉煌。次日有小渡船接我们到九龙上岸。乘车过罗湖，过关到了广州。踏上祖国土地，忐忑不安的游子的心方始放下。

广州当地领导和群众热情欢迎我们，我分明记得来迎接我们的大客车的一侧挂着一长条白布，上面用鲜红的大字写着：“欢迎留美学生回国参加建设！”

我们年轻的心儿震动了。我们激动的泪水模糊了我们的眼睛。

（《桥影依稀话至亲：怀念父亲茅以升》，西南交通大学出版社，1993）

“无枚皋之敏捷，有司马之淹迟”——忆吴老

胡　华

胡华（1921—1987），原名胡家骅，浙江奉化人。1946 年任教于华北联大史地系，后任教于中国人民大学中共党史系。著有《中国社会主义革命和建设史讲义》等；主编《新民主主义革命史参考资料》、《中共党史人物传》（50 卷）等。

在老一辈无产阶级革命家中，吴老（玉章）可以说是很博学的一位。他自幼攻读经史，对中国史书典籍，博闻强记，很是谙熟。从青年时代起，他曾留日、留法、留苏多年。他的日文造诣很深，又懂得法文、俄文，英文也不错。南昌起义失败后，党命他到苏联学习和工作。在苏联和法国 10 年，他对马列主义经典著作，做过系统深入的研究，并且运用马列主义的观点，研究中国历史，有许多独到的见解。他是中国最早的一位马克思主义历史学家和政论家。

从参加戊戌变法、辛亥革命、反袁斗争，到创建中国共产党、北伐革命、南昌起义，可以说，中国革命，他无役不从，总是站在斗争的最前列，思想也不断地随时代前进，他成为全党尊敬的老革命家，与徐老（特立）、林老（伯渠）、董老（必武）、谢老（觉哉），并称为“延安五老”，享有崇高的威望。

吴老非常谦虚，他对我们这些在他身边工作的同志常常说的一句自谦的口头禅，就是说他自己“无枚皋之敏捷，有司马之淹迟”，枚皋和司马相如都是汉武帝时候的著名秀士。《汉书》说：枚皋“为文疾，受诏辄成，故所赋者多。司

马相如善为文而迟，故所作少而善于皋”。枚皋写文章极敏捷，扬雄曾说：“军旅之际、戎马之间，飞书驰檄，则用枚皋。”但枚皋也“自言为赋不如相如”。司马相如工文词，但成文比较迟慢，而且说话还有些口吃。吴老这两句话的意思是说：自己没有枚皋那样敏捷的天才，而有司马相如那样的淹迟。他说：“我一生就靠坚持‘不懈怠’这三个字。”这也可以说是吴老的座右铭。

的确，革命意志，他从未懈怠；对党交给他的任务，他从不懈怠；学习和科学研究工作，他更是勤奋刻苦，终生不懈。他用身教，也用言教，教育我们这些在他身边工作的同志：“我们共产党人，就是要不论在什么情况下，都不懈怠自己的革命意志，不懈怠为党的事业而奋斗的精神。”他很爱引用刘少奇同志在《论共产党员的修养》一书中引用过的孟子的一段话，来勉励我们，他说：“我们要从事共产主义事业的‘大任’，也要‘必先苦其心志，劳其筋骨，饿其体肤，空乏其身，行拂乱其所为，所以动心忍性，增益其所不能’。”

我跟随吴老工作，是从1948年吴老70岁起，到1966年12月12日吴老88岁逝世。这整整18年，吴老已进入晚年，但他还是孜孜不倦地学而不厌，诲人不倦，乐而忘忧，不知老之已至。清早起来，一定要听新闻广播，每天除出去开会、外出工作或接待宾客外，不是坐在办公室中间的一个沙发上，就是坐在窗下办公桌前的椅子上，阅读或写作。60年代，有了电视，他一般也只看看新闻，就又继续读书或写作。他研究历史学，研究文字改革，研究党的文件，研究教育问题，总是兴致勃勃、勤奋不倦。他阅读范围很广泛。马列的书，他经常研读。50年代得到一批马列单篇文章印成的薄本，他高兴地说，这薄本子好，拿着轻，读起来方便，就一本接一本地研读。60年代，又得到一批马列著作的大字本，他更高兴了，又研读大字本。此外，像《红岩》《青春之歌》这样一些新出版的小说，他也成本地看下来，还发表评论意见。

1958年12月，他八十寿辰，为了避免同志们给他祝寿，他躲了出去，不在家。但写了一首自勉诗："人生七十古来稀，我今八十身犹健。意志坚强嗜欲少，热爱劳动可延年。"他笑着对我们说："我的热爱劳动，主要是脑力劳动。我认为热爱脑力劳动，热爱自己的工作，也是可以延年的。"他平生最反对松松懈懈、饱食终日、无所事事地混日子、混资格的人。而对于勤奋工作的同志，写出了作品、著作的同志，总是慰勉有加。他一生确实是嗜欲很少，生活简朴。他饭食简单，不吸烟，不饮酒，甚至也不大喝茶，更不玩牌。他长期是独身生活。除了有时星期日天气晴和，他约同林老、谢老等几位老战友到郊外走走，平时，他日夜都是在勤奋地读书和工作。

历史上的历朝历代，如果文恬武嬉，文官贪财又怕死，武将怕死又贪财，在上者昏庸信谗，宦官、外戚、藩镇专权，官场中贿赂成风，乡里间恶霸横行，这就是败亡的景象。如果朝廷励精图治，起用谋国公忠的贤臣，罢斥谗媚的小人，朝野有卧薪尝胆、奋发图强的精神，那就是兴国或中兴的景象。我们现在是不同于任何朝代的社会主义时代，三中全会以来，领导上有老一辈革命家老成谋国，励精图治，拨乱反正，与民更始；只要全党、全国人民发扬党的优良传统，勤奋刻苦，用卧薪尝胆的精神，生聚教训，那么，国家兴旺、科学发达，是指日可待的。

（《胡华文集》，中国人民大学出版社，1988）

陕北公学生活

李文辉

李文辉（1923—2012），山西灵石人。1939年就读于延安陕北公学。著有《回首沧桑》《难忘的峥嵘岁月》《情系吕梁》等。

我的延安生活就这样开始了。

延安是一座古城，是我有生以来见到的第一座城市，嘉岭上的宝塔、清澈的延河水成为这座城市的特殊标志，街道上有不少古老的房屋。日本飞机对延安有过几次大的空袭，一些残垣断壁还历历在目。但延安的生活已经被一种崭新的生活节奏所改变，大量涌入延安的都是全国各地的青年学生，党的机关大多也是二三十岁的青年，这些年轻人追求的又是一种奋斗向上的理想，因此延安充满着朝气蓬勃、团结战斗的活泼生机，充满着青春的气息。在学校里当然都是年轻人，偶尔在街上转转，遇到的也大多数是年轻人，大家都很忙碌，都在紧张地做事，几乎看不到什么闲人。

延安四周的山上都是学校、机关，每天都有嘹亮的歌声与喊操声此起彼伏，悠悠不断，这都是激昂热烈的抗战歌曲。在延安人人都会唱歌，歌声响起，延安城就会沸腾起来。就像歌词所唱，“黄河之滨，集合着一群中华民族优秀的子孙……”这些歌曲进入每个在延安生活过的人的血液里，从此再也去不掉了。歌声一停，延安就出奇的安静，安静得只听见延河的水声和山谷间羊群的叫声，这时候，延安显示着一种凝重与深远的思想力量，窑洞内外的哲人与学子们都在刻苦地学习着。

延安生活的一大特点就是简单明了单纯，这反映在人事关系、工作作风、社会生活等诸多方面。什么是延安作风呢？先来的同志们给我讲了一件不久前发生的事情。

当时的延安马列学院被誉为“最高学府”，设在延安北郊兰家坪一带，有一次毛主席要去那里做报告，院长范文澜派四个人去接毛主席。谁知刚走到半路，毛主席正从对面走来，他听说这四个人是来接他的，便说：“接我？是怕我忘了有报告吧？你们放心好了，学院给我的任务，那是忘不了的。”

这四个人急忙解释，是来接主席的，接晚了，很不像话。毛主席却打断了他们的话说：“这样做不好吧！一个人做报告要四个人接，要不得！要不得！”毛主席又说：“哦，四个人，轿子呢？你们不是抬轿子来接我呀？下回呀，要你们领导再加四个人，来个八抬大轿，又体面，又威风。要是还有人，再来几个鸣锣开道的，派几个摇旗呐喊的，你们说好不好？”大家都笑了，毛泽东也笑了，他继续说：“那才不像话嘛，对不对，皇帝出朝要乘龙凤辇，官僚出阁要坐八抬大轿，前簇后拥，浩浩荡荡，摆威风。我们是共产党人，是讲革命的，要革皇帝官僚的命，把旧世界打它个落花流水，我们既要革命，就要和旧的制度决裂。就万万不能沾染官僚习气。二万五千里长征都走过来了，这几步算得了什么？我又不是不知道路，不要接接送送的嘛！我们要养成一种新的风气，延安作风，我们要用延安作风来打倒西安作风。”

这是毛泽东随感而发的一段议论，也是最早流传的有关延安作风的故事。

56 队当时有学生百十人，我们列队出操集合的地方在山下边，天气暖和时我们就在窑洞门前席地而坐上大课。

我与路迈编在一个小组里，他任组长，一组十几个人，男女都有，年龄不齐，我那年16岁，而一位云南来的同学已30多岁。那时还没有什么推广普通话，同学却各地的都有，甚至还有海外华侨，早上列队点名报数时，各操方言，非常有趣。但同学们在一起却无比亲密，相互间都非常易于交流，共同的信念，共同的生活，把大家凝聚成一个整体。我们组有一位叫李建彤的女同学与我很要好，以后她和刘志丹的胞弟刘景范结婚，解放后她因写了小说《刘志丹》，而遭到康生一伙人的残酷迫害。

陕公当时给我们安排的课程有政治经济学、中国革命史、联共党史、哲学、唯物主义辩证法、统一战线、游击战争、党的建设等，由各科老师定时授课，隔段时间有次考试，但那考试与答题相似，允许看参考书，允许讨论，题出得很活，主要看你的理解程度，还没有看到哪个同学抄袭别人的答案，弄虚作假在那个年代是很可耻的事，由于同学们都很自觉，这种考试方式对我们的学习促进很大，对知识的掌握也大大加快。学生学到这些理论之后也较有创新能力，这是那种死记硬背固定答案的教条方法所不能比的，记得我当时对国际时事学得很好，也没有死记硬背，但各国概况及首脑外交部长也都记得牢，对党章、党史也能述其大概，一方面是我学习刻苦，一方面是陕公的学习方法好。

物质生活是贫乏单调的，每天三顿小米饭，早饭是小米稀粥，中、晚餐是小米干饭，一个小组一盆菜，油很少。肉要等到重大节日时才有，白面基本上见不到。我们每人发一把小勺，一个茶缸，吃饭、喝水、刷牙都是它了，倒也简单。有一次我把缸子丢了，在那个年代里可是非同小可的事，当时就不能喝水吃饭了，大家的物品都很简单，干脆找不到什么替代品，只有等到别人吃完了我再吃，吃完后到处找，各个班找遍，终于找到了。因为我相信延安的学生不会去偷别人的茶缸子。

在延安的人对劳动都是不陌生的，提起一些简单农业种植知识谁都懂得，延安没有什么人可以躲避劳动，毛主席、朱总司令都有自己的菜地。我们在学校附近的山坡上开出一些荒地，开春时种下洋芋、糜子等作物，陕北风土十分适宜，春种秋收，对勤劳的馈酬十分丰厚。除此之外，每月都要去很远的地方打一次柴，第一次去我背了很多，以为只要能背动就能背回来，但走在路上越走越沉，只好丢掉一些，再走下去又丢掉一些，直到回校已经所剩无几了。还有一次，我砍到一大截榆木，很沉，咬紧牙关从几十里以外背回来，以为砍到了像杜梨木一样的好柴，杜梨木也是很沉也很耐烧的木质，但炊事员见了，嘿嘿一笑说："傻蛋，上山打榆柴，不如空回来。"原来，榆木烧起来没有火，光冒烟，是烧不成饭的。吃一亏，长一智，劳动本身就是一门大学问。

帮灶是经常的事，大家都愿意去，所以只有轮流上阵，原因是可以吃到又香又脆的锅巴，虽然也是小米，吃起来就有一种"饼"的味道了，因而都认为是一种难得的享受，但大家很随意，去了很高兴，不去也没什么。校庆时吃过一次白面蒸馍，灶房的蒸笼很少，只有一次次地蒸，蒸了三天才够一顿吃的，我被派去管蒸馍，看着一筐筐的白面馒头，香气扑鼻，但我不能随便吃。校庆时还杀了几头牛，一头牛挖出了"牛黄"，学校的领导如获至宝，卖给了药材收购站，所得的价值竟然抵上几头牛的价钱，等于白吃了几头牛，在那个年头里，这样的趣事让人格外开心。

劳动是愉快的，又是光荣的，我们这些农村家孩子和出身不同的青年在这里都知道了劳动的非凡意义，它与我们所受的共产主义教育是紧密相连的，通过劳动我们更贴近着劳动人民，也更热爱着我们的事业。

陕公的文娱活动是十分丰富的，集体唱歌是每天都有的，每周末还安排有文艺演出，各队各组都要出节目，自由活动时间里大家也常聚在一起唱歌，你教我，我教你，没几天大家都会唱了。我们常唱的歌有《陕公校歌》《抗大校歌》《延安颂》《太行山上》《义勇军进行曲》《游击队之歌》《保卫黄河》《八路军进行曲》，这些歌曲造就了延安人身上特有的气质，几十年过去，凭这种气质就可以彼此相认。1940 年 5 月 1 日，冼星海在延安中央党校大礼堂组织起一场 500 人参加的“黄河大合唱”，由他亲自担任指挥。我作为男童高音站在前排。刚唱了一半，后排的同学站在用砖头支起来的木板上，木板一晃动，砖头塌了，后几排的同志摔了下去，但歌声并没有停止，原来摔倒的同志的歌声并没有停，一边往起来爬，一边唱，台下的同志也跟着一同唱起来，台上台下的激烈情绪化成沸腾的海洋，如怒潮澎湃，此起彼伏，此境此情令人永生难忘。

在陕公还有一件事不得不提，就是关于我的党员关系问题。我来延安时没有带组织介绍信，我当时只有 16 岁，但对党的组织关系的认识是清楚的，我去找了中央组织部，说明了情况，中组部的同志真是太好了，他们认真地记录了我讲的情况，答应向山西方面党的组织做调查，当即发出了信函，以后我去催问时又专门发了电报，但山西方面许久没有回音。

小组长路迈同志不知我已是党员，要介绍我入党，我告诉他：“我已是党员了，但党的组织关系来延安前失掉了，现在正在寻找。”六七个月过去了，还是没有消息，我有些绝望了，这样悬着，许多党的活动不能参加，不如重新入党，我写了申请，支部很快讨论通过了，马上就要宣布时，中组部来了通知，山西党组织寄来了我的党员关系，宣布恢复我的党籍。从这件小事也可以看出什么是延安作风，当时我只有 16 岁，中组部同志可以这样认真地为我办事。然而在“文革”中我却又背上了假党员的黑锅，那时却没有当年中组部的那些好同志为我溯本清源了，只有每天与造反派纠缠不清，有口难辩，苦等着政策落实的那一天了。

（节选自《回首沧桑》，甘肃人民出版社，2002）

新闻史的几个园丁

方汉奇

方汉奇（1926— ），广东普宁人。1958年起任教于中国人民大学新闻系。著有《中国近代报刊史》《新闻史上的奇情壮采》等；主编有《中国新闻事业通史》等。

从事新闻史的教学工作，算来已经四十多年了。四十多年来，得到过不少领导和同志们的帮助。其中帮助最多的是罗列、刘爱芝、黄河等三位同志。他们都比我年长，都是曾经在新闻史这块园地上耕耘的老园丁。

三个人当中，最先认识的是罗列。1950年我应马荫良老师的约请，到上海新闻图书馆整理《申报》史料，那时还没有成家，单身一人住在馆内。这个图书馆由《解放日报》出资，馆址在旧法租界的思南路，稍南一点就是著名的周公馆和梅（兰芳）公馆，环境十分幽静。图书馆的馆舍是一座带花园的三层小洋房，二三层供图书馆办公和藏书藏报，楼下的那一层则安排做单身职工宿舍和《解放日报》的家属宿舍。我刚去的时候，楼下只住了两三个人，大部分的房子还空着。不久，当时担任《解放日报》社长的张春桥带着他的老婆来看房子，转了一圈，嫌小，没有搬进来。又过了一阵子，才搬进来一家人，这就是罗列、焦彬和他们的两个孩子一家。当时，罗列是《解放日报》的秘书长，年龄接近三十岁，身着洗淡了的人民装，脚穿带襻的家做布鞋，英俊瘦削，翩翩年少。因为是邻居，逐渐地有了接触。当时，我正在搞《申报》史，还经常应圣约翰大学新闻系系主任黄嘉德的邀请，去讲一点新闻史专题，而罗列在此之前，曾经从事过新闻教育，并且对新闻史颇有兴趣，我们因此谈得十分投机。1952 年院系调整，燕京大学新闻系并入北大，在北大中文系成立了新闻专业。1953 年春，他被调往北大担任中文系副系主任兼新闻学教研室主任，主持新闻专业的教学工作。行前曾征求我的意见，问我愿意不愿意去北大教新闻史，我欣然同意，这样就开始了我在大学新闻系从事教学工作的生涯。我到北大报到的那一天是 1953 年的 8 月 23 日，9 月 1 日一开学就上课，留给我的备课时间只有七天。那一年，我 27 岁，初生之犊，不怕困难，也不知道天高地厚，稍事准备就贸然地登上了讲台。当时，在大学新闻系开这门课的，只有已故的复旦大学的曹亨闻老先生和我两个人，可供参考的只有戈公振的《中国报学史》等几本书，没有现成的讲义和其他教材，有关革命报刊史的部分，则完全是一片空白，连一本可参考的书也没有。为了保证课时，我只好边讲课，边搜集资料，边备课，狼狈情况，可以想见。由于仓促上阵，准备不充分，又没有可供阅读的讲义和教材，教学的效果不理想。上课不久，就收到一大堆意见，我因此也有些苦恼。这一期间，罗列给我提供了很多帮助。首先，是帮助我拟定了这门课的教学大纲，从教学目的、教学方法到教学内容，都做了全面的规划。其次，是支持我的教学资料搜集工作。从 1954 年的寒假起，每一个假期都支持我到京沪等地的图书馆档案馆及文物收藏部门去查阅和搜集有关材料。再次，是帮助我解决教学中的一些难点，审定讲稿的内容，并分担了部分章节的讲课任务。记得这门课的有关韬奋报刊活动的部分和有关解放区报刊的部分，就是由他主讲的。北大新闻专业并到人大新闻系以后，他还主动讲过个别新闻史专题。自从设立了新闻史教研室以后，他一直参加这个教研室的活动，是这个教研室的一个成员。

稍后认识的是刘爱芝。第一次见到他，是在中宣部召开的一次有关新闻史编写工作的研讨会上。时间是1954年，地点在中南海怀仁堂附近的一个会议室内。那次会上，传达了乔木同志关于编写中国新闻史教材的几点意见，到会的廖盖隆、黎澍等同志，也谈了各自的看法。刘爱芝也发了言，他那时正在中共中央高级党校新闻班参加中国现代革命报刊史讲义的编写工作。不久，新闻班的工作结束，他就调到北大新闻专业来了。刘爱芝只有高小学历，完全靠自学成才。他长期在抗日民主根据地和解放区从事新闻工作，有丰富的实践经验，有较高的理论水平和政策水平，到北大新闻专业不久，就担任了新闻史教研室的主任。他对中国现代革命报刊的历史，特别是抗日战争时期报刊的历史，有较深入的研究，掌握了大量的第一手材料。他的突出特点是长于独立思考，敢于坚持自己认为是正确的观点，不随风倒，不人云亦云。这些都给我留下了很深的印象。1958年，北大新闻专业并入人大新闻系，我继续在他担任主任的新闻史教研室从事教学工作，直到60年代初他调离人大去《红旗》杂志工作。在新闻史的教学和研究工作上，我得到过他的很多帮助。

最后认识的是黄河。第一次见面在北大，时间是1956年。那一年，北大新闻专业举办了一次全国报纸展览会，负责筹备的是胡赛珍和我，会上展出了不少历史上著名报刊的原件和照片。黄河当时已到人大新闻系任教，特地赶来参观。彼此都是搞新闻史的，因此，一见如故。那时，黄河只有49岁，但已拄上了拐杖，给人一种上了岁数的印象。大家叫他“老黄河”，他也不以为忤。北大新闻专业并入人大新闻系以后，我们同在一个教研室工作。刘爱芝调离后，他继任教研室主任。黄河1930年就参加了上海左翼社团的活动，1932年就入了党，是一个老革命，但是却没有多少架子。他搞过相当长一段时期的党史，担任新闻史教学工作以后，仍不忘党史研究，有不少著述。他是贵州人，有浓重的西南方言口音，不善辞令，讲话时，意思点到即止，很少长篇大论。主持教研室工作，也是为政不在多言，不搞花架子，不做表面文章。我们戏称他是“无为而治”。其实，他还是做了不少实事的。1959年开始的北京报刊史的资料调查工作，和1964年开始的《中国新闻事业史》讲义的编写工作，都是在他的领导下进行的。在政治运动和劳动不断的情况下，能够完成这两项工作，就很不容易了。这两项工作，我都参加了，受到了不少教益。后来，他又和张之华同志合作编写了一部《中国人民军队报刊史》，这更是一部资料丰富有重大价值的新闻史专著。黄河原名王均平，黄河是他参加革命后使用的名字。这是一个被很多人重复使用十分容易雷同的名字。“文革”中，我和他同住一个“牛棚”的时候，曾经用他的这个名字和他开过一个玩笑：告诉他，毛主席已经就他个人的问题发表了“最高指示”，他很快就会被“解放”了。他听了以后，高兴极了，忙问毛主席是怎么说的。指给他看的是新编《语录》中的那一段话：“一定要把黄河的事情办好！”让他空欢喜了一场。黄河同志已于1991年以84岁的高龄去世。

拨乱反正以后，我们系的新闻史教学与研究工作，都有了进一步的发展，队伍日益壮大，教学和科研的成果日渐丰硕，这是目前在岗的新闻史教师们共同努力的结果，也是曾经在这块园地上耕耘过的园丁们共同努力的结果。我们是在他们所奠定的基础上起步的，他们的劳绩，是不应该被忘记的。

（《溢金流彩四十年（1955—1995）：人大新闻学院师生回忆录》，内部出版，1995）

感念石公，感恩石公——石峻教授追忆

方立天

方立天（1933—2014），浙江永康人。1961起年任教于中国人民大学哲学系。著有《魏晋南北朝佛教论丛》《佛教哲学》等。

一

石峻教授，当代中国哲学史家、佛学家，湖南零陵县（今永州市辖区）人。1916年10月生，1999年4月逝世。石先生1938年于北京大学哲学系毕业后，先后在西南联合大学、北京大学、武汉大学、中国人民大学从事中国哲学史的教学与研究工作，创获多有，建树颇丰，为中国哲学的繁荣与发展做出了贡献。

石峻先生，字柏宓，人皆称之为石公。据我所知，被称“公”的是北大、人大治中外哲学史的几位教授，有任公（任继愈）、石公、齐公（齐良骥）、苗公（苗力田）、庞公（庞景仁）、杨公（杨宪邦）、钟公（钟宇人）。我自从认识这些前辈学者后，一直分别以“公”尊称他们。石公长我17岁，是介于兄长和父辈之间的长者。他于1955年从北大调来人大组建哲学史教研室，我于1961年北大毕业后被分配到人大哲学系中国哲学史教研室工作，此后近40年，我和石公工作在一起，共同参加各项运动，一道下放江南“五七”干校，后又一起被合并到北师大，人大复校后又回归同一单位工作。我们之间工作来往和生活交往密切，相处融洽，从未发生过摩擦、争执。石公对我关怀备至，提携有加，始终热情地扶助我长进。石公对我的人生价值取向、修身处世、治学方法乃至生活习惯都有影响。石公对我德厚恩深，义重情长。我早就应当写点东西来追忆，感念他的生平事迹，感悟他的为人品格，感激他对我的无私帮助、如山师恩。

二

1961 年 8 月下旬，当我来到人大时，石公已不担任中国哲学史教研室主任的工作，但他初次见到我却依然表现出对晚辈的关怀，他对我说："人大要求高，分配到这里工作不容易。"简短两句话，使我立即意识到，在这里工作要有责任心，马虎不得。

到校不久，一次决定科研分工的教研室会议上，我表示今后愿从事魏晋南北朝隋唐时期的哲学研究。会后在返回宿舍的路上，石公主动对我说，魏晋南北朝隋唐这一大段的哲学思想很重要，难度很大，搞的人很少。过去胡适因不通佛学，《中国哲学史大纲》只出版上卷，下卷没写下去。冯友兰先生二卷本《中国哲学史》也对僧肇的《不真空论》理解错了。你年轻，要好好搞。后来我因为补佛教课，想到中国佛教协会主办的中国佛学院去旁听，征询石公的意见。石公说，现在主持中国佛学院教务的周叔迦先生曾担任过北大的教席，讲授佛学。你去听课，有益处。又说信仰者讲课和大学老师讲课是不同的。其后，石公碰到我时，总会关切地问我听课情况，鼓励我把佛教知识学到手。

大约从 1961 年冬至 1962 年五一节前后，我在中国佛学院旁听 8 个月后返校。此后一边教学，一边从事魏晋南北朝时期佛教重要人物的个案研究，并撰写了关于道安、慧远和僧肇的四篇文章，自 1964 年始发表在《新建设》和《哲学研究》上。这些文章投稿前我都呈石公指正，他不仅对文章的优缺点做出了分析，对个别文字也做了修改。这些文章的撰写和发表，是我从事学术研究生涯的开头一步、重要一步，石公对我的帮助是一个重要的推动。

三

我自 1965 年春在北京西郊农村参加“四清”工作，至 1966 年夏返校参加“文化大革命”。在“文革”期间，我和石公往来频繁，此时谈话内容已很少涉及中国哲学和佛学的专业范畴，而是一些关于“文革”的小道消息。当时彼此都有虚度年华、浪费光阴的感慨，但又都没有明确表露出来。1969 年冬石公和我都下放到江西余江中国人民大学“五七”干校劳动锻炼。石公分到二连，搞农业，我分到基建连，打石头盖房子。劳动纪律很严，我和石公平时接触很少。有一次休假日，石公来约我同游地处江西贵溪的道教正一教圣地。我们徒步到余江刘家车站，后乘车到上饶，再转赴贵溪上清镇。上清宫、天师府规模宏大，蕴含丰富的民间信仰，但偌大的建筑，除石公和我外，空无他人，令我产生无限的怅惘。又沿白塔河乘竹筏游览龙虎山，两岸景色秀丽，令人心旷神怡。当晚我们住在上清镇一小旅店阁楼上，晚餐要了两角钱一碗的红烧肉和几个素菜，每人一大碗米饭，吃得津津有味。

1972 年底，石公和我都从江西返回北京。此时中国人民大学各系被分别归并到北京的几所大学，哲学系保持原有建制划归为北京师范大学管理，直至 1978 年中国人民大学复校。在这段日子里，石公和我平日到北师大或在人大西郊原住处参加政治学习、“大批判”、体力劳动。系里除了办过短期的学习班外，既无教学任务，更无科研任务，生活松散，聊天时间较多。我印象较深的是，一次讲到各地武斗，你斗我，我斗你，石公神色凝重地说，这样对国家很不利。石公内心是很关心国家命运的。又有一次我们讲到释迦牟尼，石公说，释迦牟尼提倡人的行为要合乎正道，也提倡过清净的生活，他是一位历史人物、思想导师。后来因为佛教要与教外的思想流派斗争，就竭力宣传释迦牟尼的权威，一步一步地把他神化了，佛教的原来面目也变了。石公接着说，中国人不太信仰上帝，但在民间喜欢造神。

四

随着“文化大革命”的结束，改革开放方针的实行，中国人民大学的复校，大家都心情舒畅，并以很高的热情投入工作。石公原来住在人大林园楼四间一套的房子，“文革”时被勒令腾出一间给别人住。此时，学校为了落实政策，临时在红三楼一层东边拨一间房子给石公，他在1980年前后大约在此住了两年光景。当时我住在红三楼一层西边，往来更为方便，向石公请教的机会就更多了。此后至20世纪90年代后期石公发病前约20年间，石公在业务上对我启发、教诲、帮助最大，我受的教益也最多，其间许许多多的往事是我终生难忘的。

在我撰写《华严金师子章校释》一书时，对于如何确定底本和参照本，如何通过注释使读者能读通原文，如何分析、揭示《华严金师子章》的思想结构与逻辑、局限性与合理性，以及现代价值，石公都认真地帮助我斟酌、敲定。该书由中华书局出版后，时任国务院古籍规划小组组长的李一氓同志撰写了书评，肯定了我的校释方法和长篇“前言”。石公得知后十分高兴，鼓励我说，学问就是要这样做，这样研究佛教才有意义。后来他在某一篇文章中似乎还提到此事。

我自研究佛教以来，一直对慧远的僧格特质与佛教思想以及历史影响很感兴趣。20世纪80年代初，我在有关论文的基础上，撰写了《慧远及其佛学》书稿，石公对这本书稿也是细心审读，逐字逐句修改，并作序奖掖，给我很多鼓励。

1983年上半年，哲学系安排我为全国高校哲学原理进修班讲授“魏晋玄学”和“隋唐佛学”的课程。考虑到学员从事哲学原理教学与研究的需要，我建议改为讲授“中国古代哲学问题”。石公不但非常赞同我的建议，还拨冗听了我讲的第一堂课。课后我征询石公的意见，他说了两个字：可以。后来，讲稿经过加工整理，以《中国古代哲学问题发展史》为题，交中华书局出版。在全书的编写过程中，张岱年先生和石公都帮助我反复酌定全书框架，石公对每篇的细目都提出了十分具体的宝贵意见，还审读了部分书稿。该书的出版是和石公的多方帮助分不开的。

我在完成《佛教哲学》《中国古代哲学问题发展史》和《中国佛教与传统文化》三部书稿后，撰写一部“中国佛教哲学要义”书稿的意愿日益强烈，思路日益清晰，布局日益具体。经过认真的长时间的准备，我开始有步骤地撰写书稿，并以《论中国佛教哲学的形成》（载《中国社会科学》，1991（6））、《中国佛教哲学的历史演变》（载《历史研究》，1992（3））、《试论中国佛教哲学体系》（载《哲学研究》，1992（10））专文形式发表全书的框架，借以征求方家的高见。石公对这一框架的要点与结构给予了反复的指导，这些文章也都经过石公的审读修改。在后来围绕本书撰写和发表的相关专文，石公也都一一过目，直到1996年因石公患脑血栓，我就不再麻烦他老人家了。

回顾20世纪后期近20年时间里，石公为我审读文章、书稿，大约百万字之多。石公为此要花费多少宝贵的时间和精力！为扶助我的进步付出了多大的心血！每当回忆起当年石公指导、帮助我的情景，至今还历历在目。我不敢松懈，我必须向前，只有这样才能对得起石公对我的关怀和期待。

五

石公和我在科研上也有过具体的合作。如我为宏观地把握魏晋时代佛学与玄学以及隋唐佛学，更好地向石公学习相关知识，特地向他提出合作写几篇文章，他一点没有犹豫就答应了。我先拟好题目和大纲，交予石公，他提出具体的修改意见后，由我起草并修改两遍后送给石公。石公对文稿的内容和文字做了过细的修改后，我再改一遍送石公过目，他稍做修改后定稿。这就是我们两人共同合作的成果：《论魏晋时代佛学与玄学的异同》（载《哲学研究》，1980（10））、《论隋唐佛教宗派的形成》（载《哲学研究》，1981（8））和《论隋唐佛教宗派的特点》（载《中国哲学史研究》，1982（4））。在这次合作的过程中，我从石公身上又直接学到不少东西。

四卷本《中国佛教思想资料选编》（中华书局），是由石公、楼宇烈、许抗生和我等人共同编辑的，石公除对由他负责选编的部分非常认真以外，还对我选编的部分有所指点。此书由楼宇烈兄策划与统稿，他出力最多。

六

石公开了中国人民大学佛学、宗教学教学和研究的先河，在宗教学学科的建设上具有开创之功。早年石公师从著名佛学家汤用彤先生，并一度担任汤先生的助手，佛学造诣精深。早在1940年在昆明召开的中国哲学会第四届年会上，他就提交了《玄奘思想的检讨》一文。1944年又发表《读慧达〈肇论疏〉述所见》（载国立北平图书馆《图书季刊》第5卷第5期）。1958年又在《历史研究》第10期上发表《论玄奘留学印度与有关中国佛教史上的一些问题》。石公的专业结构和研究成果推动了中国人民大学宗教学研究学脉的形成。

1981年，在全国首次博士生导师评选中，石公被评为首批中国哲学史专业博士生导师，开始培养佛教研究方向的博士生。石公培养的学生，成了高校教学的骨干和科研战线的生力军，这对中国人民大学宗教学学科建设有着重要意义。

石公一直关心佛教与宗教学的研究，在他的支持下，1987 年成立了宗教教研室，这是中国人民大学哲学系开展独立的宗教学教学和研究的重要举措。

1991 年石公和我又联名上书学校，申请成立中国人民大学宗教研究所，并很快得到袁宝华校长的批准。后来袁校长还当面嘱咐我们要搞好宗教所的工作。宗教研究所由学校哲学、历史、文学等系有关教师组成，联合全校相关师资力量，共同举办学术讲座、展开对外交流。石公推动了中国人民大学宗教学学术研究和学术交流的开展。

1999 年教育部决定在全国高校成立百所人文社会科学重点研究基地。我们申请成立佛教与宗教学理论研究所。应该说，这也是石公心之所系的一件大事。但此时因石公病情加重，为了不打扰他养病，我们没有向他汇报申请的事。2000 年 7 月教育部批准了我们的申请。石公若在九泉之下有知，一定会为研究所的成立而欣慰。

七

石公治学广博，好学深思，述而有作。由于对学术水准定位极高，因此相对而言，述多作少。又因受 20 世纪 50 年代后期某些政治运动的影响，后来更是谨言慎行，惜墨如金，不再轻易动笔，带走了他的满腹学识，这是令人感到十分惋惜和遗憾的。

作为一位学识渊博、造诣精深的学者，石公有丰富的治学经验，这也是在长期交往中，石公对我教诲和启发最多的方面。

石公常对我说，治学没有什么捷径，首要的是要读懂原著。原著不是读一两次就能读懂的，要反复读，深入领会。他说自己读《肇论》不下 50 遍，我听后心头不禁一震，顿悟了反复阅读原著的重要性，增强了埋头读书的自觉性。

石公不止一次对我说，搞学问，要热爱专业，但要有分析的态度，那种研究什么就吹捧什么的态度，是一大毛病。石公说，写文章不要说过头话，什么“最”“非常”等词要尽量少用。他在修改我的文稿时，经常把“最”“非常”改为“比较”。

石公自觉接受马列主义思想，一直高举马列主义旗帜，但他对某些搞马列主义而排斥宗教研究的现象很不以为然，认为这样对研究马列主义是很不利的。他常对我说，哪有搞马列主义不重视宗教研究的？

对于写文章，石公强调要有思想性。他常说，好文章是观点和资料的结合、统一，引用资料要少而精，要用典型资料说明观点。他不赞成冗长的引文，说文章要写得精练。他还说文章引用第二手资料不好，引述资料应该是第一手的、原始的。

石公主张写论文也要讲究布局谋篇，讲究文采，他说文章要写出起伏变化、引人入胜。石公常称赞冯友兰先生文章写得好，说冯先生文章清楚明白，文词恰当，是写文章的高手。

佛学研究是石公一生治学的重点之一。在这方面他也给我许多提示。

对于佛教研究，石公首先强调要“入乎其内”，又“出乎其外”，要进去又要出来。进去，要把握其思想，出来，是进行分析。那种进去而出不来，不是学术研究；没有进去，就分析批判，也不是学术研究。石公说，研究佛教有两类人、两种情况，一是佛教信徒，二是学者，不同人研究的立场和方法是不同的。

石公反对脱离社会背景、文化背景，孤立地研究佛教，尤其是研究中国佛教。他强调要在中国传统文化的背景下研究中国佛教的演变，在中国传统哲学的背景下研究中国佛教哲学的发展。石公说，有的外国学者，研究中国佛教的不懂中国哲学，研究中国哲学的不懂中国佛学，这就很难真正地了解中国佛教。又说有的外国学者不懂得中国传统文化思想对外来佛教的制约、改造，没有深入了解中国佛教与印度佛教的联系与区别，简单地把中国佛教当作印度佛教的附庸，把印度早期佛教当作“真佛教”，贬低中国佛教的独特贡献和历史意义，这是不可取的。

有一次在谈到吕澂先生关于中、印佛学的两本书时，石公说，这两本书都好，但其中《印度佛学源流略讲》又要比《中国佛学源流略讲》写得好些。

石公常对我说，中国是个大国，历史悠久，传统文化底蕴深厚，任何外来信仰和思想若不能结合中国实际，就不能在中国生根开花结果，更不能产生广泛、深远的影响，隋唐佛教诸宗的不同命运就是例证。石公说，研究中国佛教当然要研究印度佛教，但更为重要的是要研究印度佛教怎样被改造而发生变异的，要研究中国佛教与印度佛教不同的特点，总结佛教思想演变、发展的规律。

石公十分重视从无神论者和反佛教学者的观点来考察佛教思想的变化，重视无神论者、反佛教学者的观点与佛教信仰者的观点比较，探讨其间的互动关系。他撰写的《宋代正统儒家反佛理论的评析》(载《世界宗教研究》，1992(2))，就是这方面的代表作。

八

石公在北大毕业后，一直执教鞭于高校讲坛。他喜欢学校，钟爱学生，热爱教学，热心讲课，他多次对我说，新中国成立前北大一个班就是三个学生乃至一个学生也要上课，又说遇到英才学生是难得的好事。

1983年评职称我遇到麻烦，看得出来，石公在内心里很同情我，但口头上没有说什么。当时中国社科院有几个所想调我去工作，我有些犹豫。记得那一段时间石公有几次主动和我说，一个人的专业不要随便改动，改了很可惜。又主动和我说起在社科院和高校工作的利弊，强调高校有学生，有活力，搞教学，能教学相长，有利于个人学业的长进。当时我想石公莫非是在开导我？

石公重视总结教学经验。他很认真地对我说，讲课要注意四个字：少、精、缓、活。“少”是讲课内容不要满堂灌，内容少一点，反复讲透，让学生领会、记牢。“精”是讲课内容精练、精当，讲的内容虽少，但很精练，让学生有收获。“缓”是讲课语速不宜快，快了不利学生听取、思索、吸收、记忆。“活”是灵活、生动，要注意激发学生听课的兴致。这四个字是石公常年教学经验的总结，其中贯穿着一个精神：处处从学生的角度考虑，处处从讲授的效果考虑。

九

石公有一套独立的生活方式，一套比较严格的生活规律。他喜欢散步，或在校园里头走，或沿着校园外围墙走，或是出东门往南沿马路（今中关村大街）走到紫竹院。我在校园里常能见到石公独自散步的身影。我和石公经常一起散步，有时是约好的，有时是碰到的。我体会石公散步有两个目的：一是健身，二是思考问题。我和他在校园里迎面相遇，一般彼此都要主动打招呼，但也有时他竟毫无表示，擦肩而过，继续散步。我知道，其实这时他正在思考问题，思维处在高度集中、活跃的状态，自然也就对周边行人没有反应了。

爱书、买书、读书，是石公生命的重要内容。石公常去西单、东单、琉璃厂等处买书，买回后必先亲自包上牛皮纸书皮，工整方正，包书质量上乘（他教过我一次）。然后写上书名，并将新书摞在案头，逐一翻阅。买书是石公的一大乐趣。石公病后，仍坚持买书。这时多由人推着轮椅去学校新华书店买书，而且每周至少一次由保姆推轮椅带他去海淀的几间书店买书。石公买到书后总是喜形于色，很高兴地回家。

石公喜好交友。记得他曾约我陪同拜访李友义、王森、韩镜清、张岱年、齐公和任公等人。李友义时为中央民族学院（今中央民族大学）资深教授，与石公夫人有亲戚关系。大约是 1963 年春节，石公夫人在江苏连云港值班不能来京，特嘱托我陪同石公去李先生家过年。大年初一石公和我在中央民族学院逗留了一天，我还平生第一次喝了国酒茅台。李先生说一杯（小杯）值 5 元钱。价格昂贵，味道醇美。石公与齐公关系很好。我在北大时听过齐公讲授外国哲学史课达两年之久。齐公有胃病，在课间休息时都要吃点点心，先生带病上课的敬业精神令我十分感动。石公和齐公曾同游山西大同。石公有时星期天去齐公家，在齐公家午餐、午休，齐公也常来看石公。两位关系好似兄弟，令人赞叹。

有时石公也约我出去逛书店，吃顿饭。石公生日，有时也约我出去吃长寿面。吃饭似乎形成了一个模式，二两酒，两个菜，一碗汤，两碗饭，从不过量从不浪费。我们去的饭馆以海淀“仁和酒家”居多，酒家售的“莲花白”白酒，石公颇为赞赏，他说这是颐和园的藕粉酿制的。时过境迁，现在酒家与莲花白也早已不见踪影了。

十

任公与石公同年、同窗、同事、同志，相处、相交 65 年，因缘殊胜，情义深厚。任公以对石公的深入了解、丰沛感情，用凝练的笔触，准确、生动地对老友的为人做了“经典性”的描述：“石公生活朴素，无任何嗜好，喜喝酒，但量不大；喜散步，每天必散步一小时；喜旅游，全国名山大川，他没有去过的地方不多。他履幽谷深涧不怕险阻，有似徐霞客；他率性恬淡，有似陶渊明；他目空千古，而口不臧否人物，有似阮籍；他善处师友，而不善于理家，又有似我的老师熊十力。”（《石峻文存》序）

北大老师中对我治学影响大的，在中国哲学史方面是冯友兰和张岱年，在佛学方面是汤用彤和任继愈。十分幸运的是，我到人大后又有石公的指导、点拨，石公虽不是我授业的老师，但我向他直接请教的时间最长，实在是胜似授业老师。

“深相忆，莫相忆，相忆情难极。”往事如烟，离情难尽，先师仙逝，情谊常存。石公的恩情永远深藏在我心中。

2007 年 2 月 8 日于京郊时雨园

（《方立天文集》，中国人民大学出版社，2012）

历史的回忆

胡福明

胡福明（1935—　），江苏无锡人。1962年毕业于中国人民大学新闻系。论文《实践是检验真理的唯一标准》影响深远。

《实践是检验真理的唯一标准》发表于1978年5月11日《光明日报》，署名本报特约评论员。20年过去了，我写写自己经历的事。

一、认识到否定“两个凡是”是拨乱反正的关键

1976年10月，党中央粉碎“四人帮”后，在南京大学批判“四人帮”的第一次大会上，在江苏省揭批“四人帮”的第一次大会上，我都是第一个发言。从1976年冬到1977年冬一年多的时间里，我在《南京大学学报》上先后发表4篇文章：《评张春桥“全面专政”》一文，批判张春桥宣传上层建筑决定论的唯心论，阉割人民民主，把无产阶级专政篡改为法西斯专政；《马克思主义是科学》一文，论述马克思主义是科学，不是教条，要以科学态度对待马克思主义，坚持理论与实际的结合，把马克思主义普遍真理与中国实际结合，反对教条主义、本本主义；《为建设社会主义现代化而奋斗》一文，论述中国当代的任务是社会主义现代化建设；《谁反对唯生产力论就是反对历史唯物论》一文认为，物质生产是人类生存发展的基础，生产力发展是社会历史发展的根本动力，生产

力决定生产关系是历史唯物论的根本原则，“唯生产力论”的“唯”字，仅仅强调生产力是根本，是第一位的，与“唯物论”的“唯”字是一个意思，生产力论决不否定生产关系对生产力、上层建筑对经济基础的巨大反作用（这篇文章《人民日报》于1978年3月摘要转载）。在一年多的时间里，我以马克思主义为思想武器，努力从理论上不断探索，以推动拨乱反正。

南京大学是“文革”初期继北京大学之后最早出现“造反”的学校之一，是江苏“文革”的中心，是“文革”的重灾区。因为清查“五一六反革命集团”等制造了一批冤假错案。早在1966年6月中旬，《人民日报》发表了题为《打倒匡亚明黑帮》的社论，我就被作为“匡亚明黑帮”的成员打倒，因而没有参加“造反”。

粉碎“四人帮”后，南大师生自然强烈要求为1976年“四五”革命运动等冤假错案平反，恢复邓小平同志的领导职务，进行思想上、组织上的拨乱反正，集中力量进行社会主义现代化建设。大家从亲身经历中已逐渐认识到“文革”是一场灾难。我在实践中认识到，“文革”再也不能继续下去，必须改弦易辙，重新探索建设社会主义现代化的新道路。粉碎“四人帮”，进行拨乱反正，正是推进历史转折的机会。同时在拨乱反正过程中，我认识到“文革”严重地篡改与歪曲马列主义，全国各方面都被搞乱了，冤假错案遍于国中，要一点一点推动拨乱反正，是十分艰难的。必须抓住一个根本问题加以解决，即找到拨乱反正的“总开关”。这个根本问题是什么呢？我反复思考，寻找答案。

我们毕竟太天真了，对国情缺乏深刻了解，把极端复杂的形势看得很简单。拨乱反正的阻力太大了。先是北京传出消息，说张春桥、姚文元的文章不能批判，因为那是毛主席圈阅过的。毛主席圈阅的，就不能批判。于是，这也不能批判，那也不能批判，方兴未艾的揭批“四人帮”斗争突然冷却下来。不久，两报一刊发表社论，提出了“两个凡是”。按照“两个凡是”，“文革”不能批判，

1976年的“四五”革命运动不能平反，邓小平同志不能重新出来工作，冤假错案不能平反，“文革”的理论、路线、政策都要“始终不渝地遵循”。

“两个凡是”出笼后，拨乱反正寸步难行。记得在一次座谈会上，我发言说“文革”破坏了教育，教学质量下降，科研无法进行，高校是个重灾区。立即有同志说：可不能这么说，“文革”是毛主席领导的，教育战线是重点啊。这位同志的本意是爱护我，但也说明“两个凡是”的桎梏多么严重，个人崇拜和教条主义的流毒多么深广，“文革”的残酷斗争使人们仍心有余悸。然而，广大群众和干部还是以各种方式推进拨乱反正。

当时流行一种方法，即以马列主义、毛泽东思想批判“文革”，找毛主席的几句话推动拨乱反正。恢复人们普遍关心的高等学校招生考试制度，就是从一本笔记本中找出毛主席的几句话做依据的。我以为，这是巧妙的办法；但用这种方法，拨乱反正难以取得突破性进展，因为在一系列重大问题上，根本无法找到毛主席的话作为拨乱反正的依据。我逐渐认识到，“两个凡是”是拨乱反正的主要障碍，是当时中央的主要负责人制定的最大禁令，否定“两个凡是”正是推动拨乱反正所要解决的根本问题。

“两个凡是”是林彪的“句句是真理”的翻版，与“四人帮”编造的毛主席的“按既定方针办”如出一辙，都宣传天才论，是唯心论、形而上学，搞个人迷信。这是十分清楚的。天才论、“句句是真理”是为“文革”制造舆论的，是推行“文革”的理论、路线、政策的工具。“两个凡是”的目的是维护“文革”，继续坚持“文革”的理论、路线、政策，阻止拨乱反正。马克思恩格斯没有说过“凡是”，毛泽东没有说过“凡是”。要拨乱反正，就必须冲破“两个凡是”的桎梏。然而这很困难。毛泽东是中国人民的伟大领袖，毛泽东思想是指引中国革命胜利的伟大旗帜，人民自然敬仰毛泽东。“谁反对毛主席就打倒谁”成为最流行的口号。这样，批判“两个凡是”，可能被指责为反对毛泽东和毛泽东思想；而且，“两个凡是”是两报一刊社论提出的，按照“文革”期间的惯例，两报一刊社论代表中央主要负责人的观点，批判“两个凡是”会被指责为反党。当时我想得很多，“文革”严重破坏了我国的经济、科技和教育等各项事业，中国已经很落后了；人民政治上、精神上受压抑，生活上贫困。我国面临向何处去的历史关键时刻：坚持“两个凡是”，维护“文革”的理论、路线、政策，中国人民将堕入苦难深渊；否定“两个凡是”，否定“文革”的理论、路线、政策，重新开辟社会主义现代化建设的新道路，中华民族就能自立于世界民族之林。拨乱反正是历史的要求，人民的愿望，否定“两个凡是”是迟早的问题，愈快愈好，总要有人来做这件事。天下兴亡，匹夫有责，作为受过人民多年培养的理论教员，身为共产党员，有责任、有义务为拨乱反正出力。

二、确定以“实践是检验真理的标准”作为文章的主题

首先遇到的问题是，怎样批判“两个凡是”？公开批判“两个凡是”显然是不行的。不能赤膊上阵。否则，即使文章写出来了，也没有哪家报刊能发表。因此要给“两个凡是”找个“替身”，这个“替身”就是林彪的天才论、“句句是真理”。批判天才论、“句句是真理”，是理直气壮的，无人能反对。用什么形式批判呢？我认为，批判“两个凡是”首先是个理论问题，要从理论上分清是非，要正面立论，阐明马克思主义基本原理，然后批判“句句是真理”的唯心论。先立后破。

遇到的第二个问题是，选择马克思主义的哪个原理与“两个凡是”针锋相对呢？这是个要动脑筋的问题。“两个凡是”的本质是唯心论、形而上学，但不能写一部马克思主义哲学著作去批判“两个凡是”。

我反复研究“两个凡是”的本质特征。“两个凡是”的唯心论、形而上学本质就在于，它认为毛泽东的指示、决策都是先验地正确的，“文革”的理论、路

线、政策都是先验地正确的，不需要经过社会实践的检验，毛泽东永远不犯错误，因为毛泽东是天才；而且，当时人们研究解决问题、评判正确与错误不是以实践为根据，而是以马克思、列宁、毛泽东的语录做标准。这就是“两个凡是”唯心论的先验论、主观唯心论的特征。这就促使我思考这样一个问题：检验认识、理论、观点、路线、政策是否正确的标准是什么？马克思主义认为是实践。实践是检验真理的标准。“句句是真理”“两个凡是”的要害恰恰否认实践是检验真理的标准这个马克思主义的基本观点。想通这点，豁然开朗了，很兴奋。于是，我确定以“实践是检验真理的标准”作为文章的主题。

题目确定，就立即研究具体内容和提纲。开始这样安排：先论述“只有实践才是检验真理的标准”；接着论述自然科学，理论、路线、政策都必须经过社会实践的检验才能证明是否正确，任何人的理论、学说、观点是否正确都必须经过社会实践的检验，实践标准是相对的，又是绝对的；随后批判“句句是真理”的唯心论、形而上学本质。当时，我强调一切理论、路线都必须经过社会实践的检验，但我觉得，针对性还不强，难以真正戳到“两个凡是”的痛处。因为，“两个凡是”是讲毛泽东的理论、路线、决策、指示是先验地正确的，无须经过实践检验，毛泽东不犯错误；“两个凡是”并不广泛适用于广大干部和群众。因此一般论述实践是检验真理的标准，针对性还不强。怎么办？公开说毛泽东的理论、路线、政策也要经过社会实践检验，在当时是不行的，说毛泽东也会犯错误更不行。经过苦思，我想出了一个办法，以马克思、恩格斯依据实践修改自己的理论观点做例子，说明马克思主义导师的认识发展也遵循人类的认识规律。他们的理论、观点是否正确也必须受社会实践的检验，他们的特点在于自觉坚持科学态度，自觉根据社会实践的检验来证实、发展自己的理论，并公开修改某些不正确的或过时的观点。我从《共产党宣言》德文版序言中，找到了马克思、恩格斯修改《共产党宣言》中的一个重要观点作为实例，以说明马克思、恩格斯的代表作《共产党宣言》还有某些观点要依据实践检验进行修改，何况其他著作；马克思主义导师尚且依据实践检验修正自己的观点，何况其他人。毛泽东的理论、路线、决策当然也要经受实践检验，以坚持真理，修正错误。“句句是真理”是没有的，“两个凡是”是不能成立的。我把马克思、恩格斯自觉根据实践检验自己的理论作为文章的第二部分，并对这一部分特别满意，认为切中了“两个凡是”的要害，有理有据，无懈可击。

1977年6月，正当紧张工作时，我家出了一件大事。我妻子在体检中发现了肿瘤，亟须开刀。我着慌了，放下工作，到处奔走，联系妻子住院事宜。在同志们热情帮助下，妻子住进了省工人医院。手术很顺利，接下来是陪护。那时已是暑假，白天，由儿女们给妈妈送饭菜，我则到处购买鲫鱼、母鸡，排队买西瓜。晚上，我去陪护。一间病房住4位女病人，天气闷热，陪护的人都在走廊里，找张凳子坐着打瞌睡。那时我年轻，下午睡一觉，可以通宵不眠。于是，我把中断了两周的研究在医院里继续下去。我把《马克思恩格斯选集》《列宁选集》和《毛泽东选集》带到医院，逐篇研读论述实践观的篇章，做出标记。这些著作过去反复读过，两三个晚上就做好了。随后，就伏在凳子上构思内容、编写提纲。累了，就找几张凳子拼起来睡一会儿，醒了再干。一星期后，妻子出院了，我的提纲也写好了。回家后，用了几天时间，写出了《实践是检验真理的标准》的草稿。当时有一种强烈的责任感，有一股冲动，也肯吃苦。由于这篇文章政治上的敏感性和风险，我在构思和写作过程中，给自己规定了几条：牢牢把握马克思主义，正面立论；观点正确，无懈可击；态度坚决，切中要害，尽量引用马列语录，引用马列著作中的实例；以理服人，措辞谨慎，摈弃大批判作风。我曾经历过多次政治运动，特别是经历了“文革”，深知文字狱的可怕。因此，我必须既坚定勇敢，又坚持科学态度。我写文章喜欢自己研究，这样敏感的题目更要独立完成，文责自负，所以文章寄出前从未与人议论过。

我历来的习惯是，文章写好后，搁几天再修改。一般要修改三四次。这篇文章更是反复修改，约一个来月。这期间，召开了党的十一大。当时中央主要负责人在十一大报告中，仍然坚持“无产阶级专政下继续革命的理论”，强调“文革”还要搞多次，也就是坚持“两个凡是”。我进一步感到，《实践是检验真理的标准》这篇文章很适时，必须写好。

1977年8月底，文章改出来了。寄到哪里去呢？我想起了《光明日报》哲学组组长王强华同志。王强华是我在6月初认识的。那时理论界在江苏省委党校召开理论讨论会，我在会上做了题为《谁反对唯生产力论就是反对历史唯物论》的发言，论述生产力论是历史唯物论的根本观点。会后，经别的同志介绍，我认识了王强华同志，他似乎支持我的观点，并约我写文章，但没有提出题目。因而我于1977年9月初把《实践是检验真理的标准》与另一篇文章一起寄给了王强华。这篇文章从酝酿到寄出，近半年时间。

三、文章的修改和发表

我给王强华寄去的《实践是检验真理的标准》一文，有三部分：（一）实践是检验真理的标准，任何学说、理论、路线是否正确，都必须经过社会实践的检验，实践证明是正确的才是真理，实践证明是错误的则应予否定，实践是检验一切真理的标准；（二）马克思、恩格斯创立了辩证唯物论、历史唯物论，自觉根据社会实践检验自己的理论、学说，证实、发展真理，修正错误；（三）天才论、“句句是真理”是唯心论形而上学，流毒很深，必须继续深入批判。

文章寄出4个月，没有消息。1978年1月14日，王强华给我寄来《实践是检验真理的标准》的两份清样，并附信说，文章“已粗粗编了一下，主要是把原稿第一部分压缩了”，“另外，这篇文章提的问题比较尖锐，分寸上请仔细掌握一下，不要使人有马列主义‘过时论’之感的副作用。文章请尽快处理寄来，争取早日刊用”。王强华等同志已看到这篇文章提的问题比较尖锐，敢于始终坚持发表这篇文章，其精神是非常感人的。我研究了他的建议，仔细推敲了文章，自认文章不会产生“副作用”，而坚持实践是检验真理的标准，反对“两个凡是”，批评“文革”的错误，推动拨乱反正的文章主题，也不宜改变。所以，我对文章修改得很少，尽可能说得周到些，坚持文章的主题、基本观点。为避免授人以柄，2、3、4 月，王强华都给我寄文章的清样，让我修改，我都照办了。这几次修改，编者没有提出具体要求。

3 月 13 日，王强华又给我一信，他说：“您的文章立意是很清楚的。但为了使文章更加具有战斗性，请适当增加些联系实际部分。由于‘四人帮’多年来抓住片言只语吓唬人，束缚人们的思想，致使一些同志至今仍不注意实践经验，不从实际出发，从概念出发，硬套某个指示，结果‘心有余悸’，许多工作搞不好。请考虑能否把这样意思的话写上。”我很高兴这样做，于是，在修改文章时加了一大段话，现摘录一部分：

“十年间，‘四人帮’主观唯心主义横行……他们抓住片言只语吓人、打人，到处设置禁区，给人套上枷锁。所以，至今仍有一些同志，做工作，解决问题，既不总结实践经验，又不倾听群众意见，从概念出发，从原则出发，不问具体条件，把个别词句奉为教条，生搬硬套，明知不符合实际，也不敢从实际中引出新结论；遇到新情况下的新问题，不去运用马克思主义的观点方法进行调查研究，具体问题具体分析，而是翻书本、找语录，把个别词句作为包医百病的灵丹妙药，不管是否符合当前实际，不问能否做好工作；判断是非，不以实践作标准，不拿事实作根据，而以片言只语作准则，总之，心有余悸。……因此，我们必须继续深入揭批‘四人帮’，肃清其流毒，解放思想，完整地、准确地掌握马列主义、毛泽东思想体系，理论与实践结合，实事求是，冲破‘四人帮’设置的禁区，把我们的革命工作做好。”

我的认识也在不断深化，所以加了这段话。同时，我把文章题目改为《实践是检验一切真理的标准》。可是，在4月2日的清样上，编者却删掉这样几句话："判断是非，不以实践作标准，不拿事实作根据，而以片言只语作准则，总之，心有余悸。"而这几句话正是直接批评"两个凡是"的。我理解编辑的处境与心情：既支持实践标准，反对"两个凡是"，又不便把话说得太明白。

4月中下旬，我去北京参加社科院哲学所召开的全国哲学讨论会。某晚，王强华把我接去报社。他告诉我：《实践是检验一切真理的标准》本已定稿了，因为有争议，所以送给新任总编辑杨西光审阅。杨西光很赞赏，认为放在哲学版可惜了，要放到第一版作为重要文章发表，但是还要修改，要加强联系实际，更有战斗性。原来想约你来北京修改，现在你来开会，正好修改文章。

在总编辑办公室，我见到了杨西光、马沛文、孙长江同志，还有强华等同志。杨西光说明了意图：把这篇文章从哲学版上拿下来，作为重要文章发表，因此要进行修改，请大家提意见。他说，同中央党校理论研究室联系了，理论研究室也在研究这个题目，因此请孙长江同志来参加讨论，帮助修改。大家随即提了一些意见，归纳起来有几点：第一，加强理论联系实际，批判"句句是真理"，冲破禁区，宣传解放思想，实事求是，加强针对性、战斗力，对准"两个凡是"；第二，文章的论述要更充分一些，更深一些，理论上更严谨、更完整一些，不能授人以柄。马沛文主张公开点名批判"两个凡是"。

白天我参加哲学讨论会，晚上修改文章。第二天上午《光明日报》通讯员把稿子拿走，傍晚又把清样送来，如此往返了3次。哲学讨论会结束后，杨西光又接我到《光明日报》招待所继续修改。在此期间，我去了人民日报社，见到何匡、汪子嵩、崔文玉等同志。何匡说：文章有战斗力，《光明日报》如果不用，我们发表。遵照杨西光同志嘱咐，我去找吴江同志征求意见。他肯定了文章，在一份清样上给杨西光写了两句：写得不错，是一篇有力的说理文章。吴江提了修改意见：加强理论联系实际，论证充分一些，写得周密一些，增强战斗力。

我到北京以后的修改，有几点说明：

第一，把文章由三部分变成四部分，增加了“理论与实践的统一，是马克思主义的一个基本的原则”作为第二部分。

第二，强调冲破“禁区”：“无论在理论上或实际工作中，至今仍存在一些‘禁区’。所谓禁区，就是不能在马克思主义指导下实事求是研究的问题，不能用科学方法去分辨是非的问题，而只能靠信仰去解决。这是完全错误的。在马列主义、毛泽东思想面前，没有不可研究的问题，没有任何禁区。凡是‘禁区’，就没有实践标准，就没有科学，就没有马列主义、毛泽东思想，就是盲从。”后来，又引用了周扬在全国哲学讨论会上讲的“科学无禁区”这个论断。

第三，修改时加了两句话：“他们（指马克思、恩格斯）并不认为凡是自己讲过的话都是真理，也不认为凡是自己的结论都要维护。”

第四，进一步阐述理论、学说、路线、政策是否正确，都必须通过实践检验，没有例外。

1978 年五一节快到了。我准备回南京。杨西光说：“文章已改得差不多了，你要回去也可以，下面就交给中央党校的同志做点修改了。”我与孙长江分别时，他曾说：“我来理一理，挤掉一点水分。”

孙长江是我的老师。我在中国人民大学读书时，孙老师给我们讲中国哲学史先秦一段。孙长江老师的修改，概括地说有以下几点：第一，把文章理顺。给四个部分加了标题，更醒目了；第二，对“理论与实践的统一”这部分，做了进一步论述；第三，对文章的观点进一步做了分析发挥，并且使文章精练了。总之，孙老师的修改，提高了文章的质量，我是很感谢的。

在修改文章期间，杨西光与我同住在《光明日报》招待所，他曾几次同我谈话。他说："我在中央党校学习结束时，胡耀邦同志找我谈话，要我到《光明日报》工作。耀邦同志说，北京四大报刊，二比二，《人民日报》《解放军报》积极揭批'四人帮'，《光明日报》《红旗》杂志是执行'两个凡是'的，现在要你去《光明日报》工作，就是要你去改变《光明日报》的面貌，把二比二变成三比一。"杨西光说："《光明日报》改变面貌就从这篇文章开始。"

杨西光还说，这篇文章，要请胡耀邦同志审定。"他站得高。他在中央党校成立了理论研究室，办了个内部刊物，叫《理论动态》。发表在《理论动态》的文章，都要经过耀邦同志审阅批准。所以，我们这篇文章要交给中央党校理论研究室修改，请耀邦同志审阅，先在《理论动态》发表。"不久，他又告诉我："发表这篇文章已做了安排。先由《理论动态》内部发表，第二天《光明日报》公开发表。然后《人民日报》《解放军报》转载，新华社向全国发通稿。我们已经商量好了，要批判'两个凡是'，推动解放思想，拨乱反正。"杨西光还同我商量说："福明同志，我要跟你商量一个问题。这篇文章发表在第一版，不以你的名义发表，而以本报特约评论员的名义发表，这样可以加重文章的分量。我们没有约你写这篇文章，但是现在我们聘请你做《光明日报》的'特约评论员'，你就是《光明日报》的'特约评论员'。"我立即表示："行。"我说："我写这篇文章，是为了批判'两个凡是'，为了拨乱反正。文章发表后，能起更大作用就好。"

据我所知，给这篇文章修改、提意见的有多位同志。杨西光主持这篇文章的修改发表，马沛文、王强华、吴江等同志都参加了修改。孙长江下大力气修改了文章，因而这篇文章成为集体创作。耀邦同志审定了这篇文章，对文章的发表起了决定性作用。

《实践是检验真理的唯一标准》一文，鲜明地反对"两个凡是"，击中了它的要害。因而，发表后立即遭到提出和支持“两个凡是”的人的激烈反对，指责这篇文章是“砍旗的”，即是反对毛主席、反对毛泽东思想的，犯了弥天大罪。因而刚刚兴起的思想解放运动有被扼杀的危险。在关键时刻，小平同志于6月2日在全军政治工作会议上做了重要讲话，论述了实践论的基本观点，指出实事求是是毛泽东思想的根本点，旗帜鲜明地肯定实践是检验真理的唯一标准，严肃批评照抄照搬书本和上级文件的本本主义、教条主义，批评思想僵化。在小平同志的大力支持和亲自领导下，真理标准大讨论在全国广泛展开，从中央到地方的党政军领导干部先后参加真理标准讨论，广大干部、知识分子和人民群众也积极参加真理标准讨论，支持实践是检验真理的唯一标准，打碎个人崇拜和教条主义的精神枷锁。一时间，真理标准讨论成为人们日常的热门话题，形成了全党全国的思想解放运动，为党的十一届三中全会准备了思想条件和群众基础。

（《党的文献》，1998年第4期）

秋色入梦忆校园

陈传才

陈传才（1936— ），广东普宁人。1961年毕业于中国人民大学新闻系，后任教于中国人民大学中文系。著有《文学理论新编》《艺术本质特征新论》等。

光阴荏苒，岁月迢递。转眼间，我在人大已度过半个多世纪的时光。在这里，我亲身参与母校的建设和发展，经历了辉煌与挫折、改革与变化，复杂多彩的情感记忆，值得重温和回味。

一

我是1957年考入人大新闻系的调干生，在校期间曾发起组建学生文艺评论组，发表了一些文艺评论，引起了老师的关注。1961年毕业时，组织上把我分配到新成立的语文系工作，担任系主任何洛教授的助手兼文研班的教学秘书。

1959年在中央宣传部和周扬同志的直接指导下，由中国科学院学部文学所与中国人民大学合办的文艺理论研究班（简称“文研班”）开始招生，1959—1961年连续招收学员100多人，1962年后又招收了一届文艺理论进修班30多人。文研班创办的第二年，语文系正式成立，从1960年起招收语言、文学专业的本科生，直到“文革”。在我的印象里，中宣部和周扬同志根据当时反资、反修斗争的政治要求，希望把文研班办成培养马克思主义文艺理论批评队伍的基地。在办学方向上，突出马克思主义、毛泽东思想的理论学习，关注并介入现实斗争；同时，重视专业理论知识的广博汲取和艺术审美素养的培育。周扬反复强调："关注现实斗争与认真读书是不矛盾的。"班主任何其芳竭尽一切可能地聘请文学、美学、哲学、历史各学科的一流专家、学者给学员授课，用一流专家、学者的学识、人格及研究方法引导学员成长。他本人给学员开列了必读书目300种，要求认真读书、系统读书，理论联系实践。回想起来，文研班重视马克思主义和专业文艺理论知识的读书风气还是令人眷恋的。

受到文研班办学方向和浓厚的读书风气的影响，语文系在何洛主任领导下，一方面承续从陕北公学、延安鲁艺到华北联大文艺学院一路走来的革命传统，另一方面为适应社会主义经济建设亟须培养专门人才的要求，强化本科教育的正规化和专业化，从而把物色富有深厚学术造诣的教师视作办学育人的关键。在我的记忆中，当时语文系的师资力量雄厚、人才济济。由吴玉章校长亲自聘任的国学大师谢无量、曾天宇老先生坐镇语文系，著名西方美学研究权威缪朗山、莎士比亚研究名家赵澧教授先后加入到外国文学教研室，左联作家汪金丁教授主持现代文学教研室，何洛、马奇教授指导文艺理论教研室的工作；汉语、语言学方面聘请了丁毅音、刘益之、傅强等名家担纲。在教学第一线的中青年教师中间也不乏佼佼者，如古代文学教研室的冯其庸（由冯其庸主编的《历代文选》上下册广受好评）、吴文治，现代文学教研室的林志浩迅速成长为国内著名的鲁迅研究专家，文艺理论教师郑国铨和语言学教师胡明扬因发表了一些有影响的学术论文而引起同行关注。这些教师不仅认真教书，而且热情指导学生课外阅读，开展各种形式的文艺活动。回想当年，语文系文艺社团非常活跃，话剧组、诗歌朗诵组、文艺创作评论组成为学生放飞自由想象的天地，也是张自忠路校区一道独特的风景。何洛主任不但亲自指导，还经常客串节目，以至同学们也能跟着他哼上几段陕北民歌和日语歌曲。系里还经常邀请作家、诗人给学生讲演，《红旗谱》作者梁斌曾受邀给学生讲述他的创作体会；福建著名诗人蔡其矫曾为学生朗诵他的代表作，并畅谈创作感受。短短几年，新组建的语文系便呈现出一派蓬勃生机，初步形成了严谨、求实、生动活泼的学习氛围与育人环境。

语文系领导和老师们对学生因材施教、不拘一格的育人方式，更是体现了重视个性的现代教育理念。我印象最深的，是老师们对于那些具有“叛逆”性格且特立独行的学生，始终予以耐心的诱导和雕琢；即使他们发表的见解触犯了主流意识形态设置的“禁区”，犯下了严重的错误，也从不嫌弃或排斥。1964—1965 年间，语文系学生中发生了两起惊动全校师生的政治性事件。那段时间，正是文艺天空乌云密布、暴雨骤起之际，中央报刊接连对那些曾经感动人的优秀电影（如《早春二月》《林家铺子》《舞台姐妹》《不夜城》等）开展批判，把革命的、进步的文艺看成资产阶级、修正主义的毒草。我们当时虽无法理解，却响应了上级号召，写了一些批判文章。而两位平素特立独行的学生却反其道而行之，先后在报刊上发表了替《早春二月》电影辩护的文章和赞美被批判的电影《北国江南》的文章。实际上，他们是在同主流意识形态唱对台戏，这是人大这样的中央直属高校所不容的。学校有关部门很快做出反应，拟将这两名学生定为“反动学生”，予以开除。消息传来，不少老师坐不住了，纷纷找主持系里工作的副主任俞圣祺商议对策，希望从轻处分这两位犯了错误的青年才俊。后来，何洛、俞圣祺、马奇等系领导亲自到学校斡旋，最终保留了学生的学籍，批评教育，通报全校。

总之，在 20 世纪 60 年代初期，年轻的语文系是富有朝气的。正当她准备大展宏图、扶摇腾飞的时候，一场亘古未有的“文化大革命”风暴却阻断了她继续前行的道路。

二

改革开放之初，学校同整个国家一样，正处于百废待兴的艰难腾飞时期。教学要走上正轨，学科要获得新生，关键在于解放思想，消除极左思潮流毒。我们语文系诸多学科受文艺思想解放、拨乱反正的影响，把文艺观念的正本清源置于改革的中心地位。主持语文系（后改称中文系）工作的副主任俞圣祺抓住机遇，要求各学科的教师在拨乱反正的教学和科研中重新编写教材，以适应改革开放的高等教育。我至今仍清楚地记得，俞圣祺同志一个教研室又一个教研室找老师讨论编书的事，经常了解编书的进度和遇到的困难，尽系里的可能为老师排忧解难。短短四五年间，我系新编出版了《文学理论》《马列文论选讲》《中国现代文学》《外国文学简编》《语言学概论》，后来又编写、出版了《中国文学理论史》（三册）。虽然这些新编教材对学科体系的观念方法的探索还很初步、很不成熟，但其可贵之处在于发扬了马克思主义的学风，把文学艺术作为一门科学来学习和研究，并从文学实际出发总结我国的文学实践经验，这样就有利于研究新时期文学发展中出现的新问题、新走向。

那些年，“伤痕文学”“反思文学”“改革文学”“朦胧诗”及国外涌入的文艺新潮（如新人本主义、弗洛伊德主义）受到学生追捧，校园由此掀起了“美学”热。这些教材的出版，对有争议的文艺新作和理论新潮予以剖析，引导学生在诗意的阅读和体验中，弘扬真、善、美，不断提升自己的审美境界。有一次，一位学生在美学概论课的讨论会上做了一个主题发言，题目我仍记得很清楚，叫作《美兮，魂兮归来》。他说：抒发真挚感情，寄予美好的理想追求，是古往今来文学能够感人肺腑的一个主要原因。所以，他要呼唤美和魂的归来，从而对人民美好心灵的塑造产生潜移默化的作用。这位学生的学习体会恰好证明了新编教材对于引导他们掌握文学的基本理论观念，进而为探讨新时期文学的成就和问题提供了指导或参照。截至 1991 年，中文系各个学科不仅出版了一批在全国影响广泛的教材和著作，而且有 10 项学术成果（包括代表性教材和著作）获教育部高校教材、著作一、二等奖。

从 20 世纪 80 年代中后期起，为了适应国家现代化建设的需要，学校制定了多层次、多学位的人才培养规划，加大培养硕士、博士的规模和质量。此时，中文系的硕士研究生从 80 年代初的 20 多名增加到 50 多名，还招收了文艺学、语言学的研究生班 30 多名。我本人除了带好自己的研究生外，还担任了文艺学硕士研究生班班主任，1987 年起还主管全系研究生的教学和培养工作。根据我个人的体会，指导研究生也好，办研究生班也好，关键要抓三个环节：第一，把好招生质量关。要求文艺学学生要有艺术感染力、理论分析能力，写作的基本功要扎实。第二，要把读书、讨论、写作结合起来。我们开列 120 部书目，要求学生在三年时间内读完，其中有 40 本是需要精读的，另外 80 本泛读即可。结合学生的系统阅读，我们把知识点划分为若干专题进行重点讲解，并在此基础上与学生一起讨论，鼓励学生把自己的见解写成文章。第三，把好学位论文答辩关。

在指导学生的过程中，有一个问题是我们需要着力解决的，那就是如何看待西方文艺新潮的问题。那时，学生思想解放，思维敏锐活跃，但对西方新潮往往缺乏充分的辨析能力，因而在专题讨论时，我们从西方现代社会文化背景出发，深入探究这些文艺新潮的特点和问题。比如当时流行的弗洛伊德心理学，强调无意识、潜意识及性意识。我们反复指出：人的潜意识、无意识和性意识构成了一种辩证关系。过去我们不重视潜意识和下意识，不敢涉及性意识，是不实事求是的；但是，弗洛伊德把人的潜意识和性意识看成最主要和最根本的，这又是他的片面性。为此，我还专门在《光明日报》上写了一篇题为《浅谈文艺创作中的意识和无意识》的文章，学生看过以后，加深了对这个问题的理解。

其实，在改革开放的历史新时期，中西文化之辨、中西文论传统的继承与创新问题，始终困扰中文系学科的建设和发展。以文艺学学科为例，从20世纪80年代初期起，学界就一直围绕着文艺与政治、文艺与人性、人道主义等理论难题，展开持久而激烈的论争。由于老师们既有的理论知识比较单一、陈旧，对新的理论知识的学习尚不深入，所以难以破解上述的理论难题；倒是这些青年学生思维敏锐、善于质疑权威的探讨方式，促使我们改变单一的线性思维方式，更新观念方法。说到这里，我想起了一桩往事：1982年春天，首届硕士研究生论文答辩即将开始，一位姓李的学生提供的毕业论文是《人道主义是文学的灵魂》，他结合古今中外文学名著加以论述，力图突破文学的“人道主义禁区”。虽然他的观点有所偏颇，但确实切中时弊；然而，当时主流意识形态正在批判那篇影响广泛的关于异化与社会主义人道主义的文章，所以他的导师没有给他通过。他不服气，希望邀请周扬、朱光潜等大家来审议他的论文。系里主持工作的副主任俞圣祺找到了我（当时我是系党总支副书记）说：“这是你的专业，还是你找学生谈话吧，你劝他尽力修改好论文。”我与这位同学做了一番谈话，并把我发表于《文学评论》的谈人道主义问题的文章要点提供他参考，希望他把文章从论题到论述方式做些修改，但他坚持己见，不采纳我的观点。结果，他的论文没有通过，也没有毕业。十多年后，他出了一本文集，把这篇没有通过的论文收录其中，并把文集寄给我。我看完后，一方面为他不改初衷、追求真理的勇气所感动；另一方面，也对当年没有能力帮他完成论文答辩而感到内疚。尽管如此，中文系研究生善于独立思考、勇闯文学理论“禁区”的文化品格是难能可贵的，是学术创新的不可或缺的内驱力，也是中文系得以长足发展的精神资源之一。

三

1993年以后，我辞去中文系系主任的职务，专心致志地从事学术研究和培养硕、博研究生的工作。

中文系年富力强的新领导班子带领师生员工，经过十年苦干，终于实现了博士点授予权覆盖各个学科的夙愿，并建立了博士后流动站，完成了从中文系到文学院的转型。

我在这段难忘的学术岁月里，秉持学人操守，潜心治学，先后完成科研课题五六项，出版了著作七本，讲授文艺学专业课程七门，培养了硕、博研究生近30名。每当想起当年教学和科研的往事，心里依然温暖。1994年，我和周文柏教授一起完成了《文学理论新编》的撰写和出版。这本书是以我们20世纪80年代初出版的《文学理论》为基础，贯穿全书的一个基本思想即坚持马克思主义的文艺观，坚持“文化化人、艺术养心”的指导观念。我们以该指导观念回应美国学者杰姆逊在北京大学演讲中所论述的后现代文艺观。不错，在一个商品化无所不至的现代社会，文化艺术的消遣性阅读已经成为缓解人们生存压力的一种娱乐性消费。这种情况是合理的。但是杰姆逊教授总是从现代文艺的商品化消费这个角度来谈文化所发生的变化，而并没有从现代文艺的意识形态和审美角度来分析审美阅读、教化阅读和消费娱乐阅读之间的关系。所以，我认为他的观点是片面的。我们正是用这样的理论观点去辩证地处理高雅文艺与通俗文艺的关系，文艺的商品属性与审美艺术特性的关系，引导人们科学地认识文艺的性质和功能。后来，这部教材被教育部推荐为高校文学概论课三本教材之一种，深受学生的喜爱。

从1997年开始，哲学、美学、文艺理论界几乎同时掀起对20世纪的回顾和总结，以及走向21世纪的展望热潮。在这样的背景下，我于1997年《文艺研究》第二期上发表了一篇较长的理论文章《从百年文论史得到的启示》；1998 年，又应《文学前沿》总编之邀，发表了另一篇长文《现代文学价值理论建构初探》。这两篇文章在学界中反响较大，也引起了北京市文艺学会同事们的关注。恰好在 1998 年春天，北京市社会科学联合会为了出版一套中国学术百年丛书，邀请属下所有学会编写各自的百年学术史。于是，北京市文艺学会会长曹子西研究员找到我，委托我主编《文艺学百年》这本书。我接受了这个主编任务后，便找到了我的博士生组成了一个编委会。我们提出了一个大纲，征求了北京市有关专家学者的意见，然后分工写作。经过一年的努力，初稿终于完成，我又进行了修改和加工，直至 1999 年 12 月才由北京出版社出版。通过《文艺学百年》的编写工作，博士研究生在学术史的研究方面受到了锻炼，整个研究能力和学术层次有了明显的提升。

2001 年，我又出版了专著《中国 20 世纪后 20 年文学思潮》。早在 1994 年，我承担了北京市社会科学规划的一个重点课题“新时期文艺思潮研究”，1996 年完成初稿并作为研究生的辅导教材，研究生一致认为，初稿对 80 年代的文艺思潮分析深入细致，而对 90 年代的论述略嫌不足，故而建议我加强对 90 年代文艺思潮论述的分量。之后，我采纳了研究生和同行专家的意见，从 1997 年到 1999 年两年间，重新增加了对 90 年代文艺思潮的几个重大现象，即“新写实小说”“后先锋写作”和“女性写作”的论述。我认为，这些新潮创作更多地受到西方后现代文学及后现代理论思维的影响。从“思维论”方面看，后现代所宣扬的多层次、多维度的思维，无疑对拓展文学及其理论批评的思维空间是有积极意义的；然而，从“价值论”方面来看，后现代是过度世俗化、私人化的价值取向，这不利于中国文学价值的现代提升。因为中国国情及文化传统决定了我们价值关系的参照重心始终固定在社会群体的基础上，人只能在现实存在社会群体的基础上去规定自我的价值、自我的行为方式、自我的人生选择，从而实现自己的物质和精神需求。

总之，这些学术成果凝聚着我和研究生们的心血，也记录着师生相互切磋、教学相长的浓浓真情，不管社会如何变化，这种人间至情是永远不会褪色的。记得七年前我住院期间，曾同前来探望的学生重温那段美好的岁月，并口占短诗一首，抒发我对人大校园的眷恋之情。

时光流逝悄无声，
春风桃李思华年；
《风》《骚》依旧调未孤，
难忘也诗韵书香。
人生进退寻常事，
古稀告老别校园；
风景远去留胜处，
难舍也梦萦魂牵。

2015 年 10 月 26 日

写于回龙观寓所

（出自作者手写稿，尚未发表）

“嫁”给中国人民大学

郑杭生

郑杭生（1936—2014），浙江杭州人。1961年毕业于中国人民大学哲学系并留校任教。著有《社会学对象问题新探》《转型中的中国社会和中国社会的转型》等。

1956年我高三毕业，中国人民大学那时有提前招生权，在全国统考前招生。我的成绩符合条件，所以没有参加全国统考，被保送进入了人民大学。在选择志愿时，我还什么都不懂，看到哲学系的介绍说哲学“是自然科学和社会科学的综合”。我想自己这两者都喜欢，于是就报了哲学系。那时候，进哲学系比进其他系难，学制是五年。在入学前的那个暑假，我读了艾思奇的《大众哲学》，觉得挺有意思，所以选择哲学也符合我当时的个人兴趣。

进入人大哲学系后，我开始系统学习马克思主义哲学。那一年人大第一次招高中应届毕业生，以前都是招调干生。当时人大哲学系一共招了大约二百人，分成七个班，都是各地比较优秀的学生。在五年的学习期间，我研读了不少马克思主义哲学的经典著作，听了不少校内外名师的讲课。当时《人民大学周报》还让我做通讯员，我给周报写了很多东西。此外，我还和经济系的谭宗伯一起创作了一首名为《毛主席描花人民绣》的歌曲，作为《人民公社大合唱》的第六曲，通过广播电台广播，在当时流传还挺广。

自从1956年到人民大学之后，直到现在，我几乎就没有离开过人大，算是一辈子“嫁”给了人大。在人大当学生这些年，我觉得最有收获的一点就是遇到了一大批名师，他们给了我很多指点，我也从他们身上学到很多东西。比如当时我们哲学系的系主任何思敬，他是一位非常著名的法学家、哲学家，在延安的时候担任过毛主席的法律顾问，还精通德语和英语。我们系的萧前老师更是我的恩师。1961年上半年，我即将本科毕业，当时正在选择到哪里去工作。我曾想自己家庭出身不是太好，又有走“白专道路”之嫌，争取了多少年入党还没有如愿（我直到后来到湘潭农村参加一年“四清”运动后才于1966年初加入中国共产党），所有这些不利的政治条件，使我觉得留在人大可以说是一种根本不敢想的奢望，只能选择到那种自认为我还能去的地方。我曾想到去南昌，一位年龄比我大很多的姐姐在那里。我也跟许多同学一样，报名到祖国最需要的边疆去，但我心里很怀疑自己在政治上是否合格。

直到1961年的6月底左右，正当我为自己的前途反复猜想之时，组织上通知我，我被留在当时萧前老师主持的人大哲学研究所。这个出乎意料的消息让我感动不已，久久难以平静。我后来才知道，把我留在人大是萧前老师力主的结果。在我报到后不久，萧前老师——当时我们尊称他为“萧公”，比我大12岁——找我谈话，谈到留我做他的助手之一的理由，主要是他觉得我对马列经典著作比较熟悉，外语较好，文笔可以，人还勤奋，为人不错等，给了我很多鼓励，也解除了我多年藏在心里的压抑感。我对萧前老师非常感激，前几年在萧公病逝后我还专门写过一篇纪念文章《怀念恩师萧公》。应当说，留在人大，给我提供了很好的起点、难得的机遇，是我人生道路、学术发展上最关键的一步。

留校后，我的学术研究与教学活动主要是在哲学领域。1961年到1962年期间，萧前、吴传奇、关锋、陈先达老师主讲“辩证逻辑”，我担任他们四位老师的助教，先后为哲学系本科五年级和研究班三年级辅导。第二年我开始讲这门课，第三年独立开课，后来还到北大去讲这门课，受众是哲学系本科五年级。可以说，本科毕业就当教师，并且很快能独立支撑一个课堂，这种情况还是很少的。教学工作之余，我也在努力撰写文章、翻译著作。1963 年 5 月 3 日，《光明日报》《哲学副刊》发表了我的一篇学术论文《从抽象到具体的方法首先是建立范畴体系的正确方法》，这是我对当时学术界关于“从抽象到具体方法”的争论发表的自己的一点见解。1965 年，苏联哲学家柯普宁的《作为逻辑的辩证法》一书作为译著正式出版，我承担了其中大部分的翻译工作。

当然，那时候各种政治运动接连不断。1964 年，人民大学组织师生分三路参加“四清”运动，即农村社会主义教育运动。我所在的这一路被分配到湖南湘潭的“四清”工作团中。在那里待了一年。团长是谭震林。这个团规格很高，谭震林当时是中央政治局委员、国务院副总理，我们叫他“谭教授”。以前有一个说法是“湖广熟，天下足”，但一到湖南，我就感到与浙江的差距实在太大。湖南当时不仅穷，而且因为“大炼钢铁”，把当地的生态环境破坏了，当地群众生活很苦。我们作为工作队员生活也很辛苦，伙食非常差。不过参加这次运动也很锻炼人，学会了吃辣椒。

后来“文革”开始了，学校里“人大三红”和“新人大”两派争斗很厉害。我那时是属于保郭影秋这一派的，我和另外几个同志还组织了一个战斗队，主要负责宣传工作。我是个做什么事情都很专注的人，对方喇叭一广播，我听几句话就知道是什么意思了，于是就开始写应对的稿子。广播一停，我们的喇叭就开始广播，反驳对方的观点。在这段时期，我练就了听广播快速写稿子的本事，但因为写稿子，晚上睡得太少，后来把身体弄坏了。军宣队进校那天，在人大原文化广场集会，站起来，在太阳下晕倒了。

之后我和人大大部分老师一样，去了江西余江人大的“五七”干校，在那里当了三年石匠。当时需要我们自己打石头，自己盖房子。采石头既是气力活，也是个技术活，七八斤重的锤子，一天要打万把下。有时锤子没有打在钎子上，而是打在大拇指上，我的大拇指盖一共掉过三次。每次打到大拇指上，要钻心疼好几天，特别是第一天晚上。打石头先是采毛石。即开出四边都是两米宽、二十公分高的大石头。这样先要在四边打一条二十公分深、八公分宽的沟。这个工作完成了，然后需要在大石头正中间打一个直径三十公分、深二十公分的圆洞，在圆洞底部打进去四个楔子，并在四个楔子上面的几个点轻轻地、均匀地敲，慢慢把一块石板掀起来。如果用力不均匀，厚薄不均，这块石头就废了。一块石板掀起来之后把它切割成大概二十五块，这个叫“毛石”，还得再加工，之后就可以当砖使。一开始我们加工起来不是很熟练，后来就非常熟练了，一眼就能看出平不平，这是我们最后的产品“加工石”，就可以上墙了。我们这些住在“水晶宫”的“打石连”战士，还需要帮助村民干农活，因为我们都是小辈，这种劳动的事情我们都得参加，所以我们戏称自己是“常委”。比如采茶的时候去支援采茶，插秧的时候去支援插秧。夏天先“抢收”，后“抢种”，这样的“双抢”我们都得参加。

过去人大都是隔系如隔山，从来不接触。去干校的时候打破了这个隔膜，各个系的都混在一起了，所以我在那里认识了很多人，像经济系的胡钧、卫兴华、吴易风，党史系的许征帆，新闻系的郑超然等。在干校的时候，还有好几位教师意外死亡的。像担任过教务长的铁华游泳的时候淹死了，还有经济系一位教授项冲，他是从美国回来的一个经济学家，结果安排让他放牛，住在牛棚里，反差太大，他接受不了，喝敌敌畏自杀了。还有一些人使用电锯的时候不小心把手指削掉了等等。

从干校回来之后，整个哲学系被分配到北师大。这是郭影秋同志高瞻远瞩的想法，一个系的教师干部按建制成块进行分配，恢复的时候就能成建制地回来。我们把这叫作“批发”。从 1972 年到 1977 年，我在北师大待了大约五年，这期间我的教学和科研工作逐步恢复，并且常常在各类报纸杂志上发表文章。那时我主要讲授马克思恩格斯的哲学著作和毛主席的哲学著作，面向北师大哲学进修班、社会科学院研究生院、复校后的人大哲学本科生和研究生系统地开设了“反杜林论”这一课程，同时负责编写《〈反杜林论〉哲学编解说》一书，该书1979年以校内用书的形式出版。此外，我还带着北师大历史系的学生去清河卫戍区学军。

粉碎“四人帮”之后，我集中力量从哲学的角度揭露、分析、批判“四人帮”散布的种种谬论，做了不少在理论上拨乱反正的工作。我在国内主要报刊发表了近20篇文章，如《“四人帮”彻底背叛了我们党的一贯思想原则》《论形而上学猖獗》等，其中发表在1977年《红旗》杂志第7期的《批判折中主义，还是攻击两点论》一文，先后被翻译成英、法、德等多种文字，在《北京周报》第48期予以转载。由于这些作品，我在全国的知名度极大地提高了，还被戏称为人大几大“秀才”或“才子”之一。

与此同时，我还积极参加关于“实践是检验真理的唯一标准”的讨论，发表了《为真理而斗争》《立实践标准，破主观标准》等文章。1979年到1980年期间，针对当时长期困扰我国理论界的“阶级”属性问题，我曾与李秀林合作在《人民日报》提出划分阶级只能是经济的标准，对“阶级是一个广泛的社会范畴”提出了疑问。1978年，人民出版社出版了我和李秀林、吴树青合著的《论〈十大关系〉中的辩证法》。1979年，北京出版社出版了我独著的《本质、现象、假象》。可以说，在这一阶段，我的所有文章和著作都贯穿一条主线，那就是把唯物论和辩证法结合起来。而到了这一阶段的后期，我的兴趣部分转移到了社会学和现代西方哲学上面，开始参加当时在北京举行的、由费孝通先生主持的社会学“月谈会”，并与人合作翻译了《现代资产阶级理论社会学批判》一书，1981年由中国人民大学出版社出版。

（节选自《求是园名家自述（第二辑）》，中国人民大学出版社，2012）

“文研班”的读书生活

何西来

何西来（1938—2014），陕西临潼人。1959—1963年就读于中国人民大学中文系文艺理论研究班。著有《新时期文学思潮论》《文格与人格》等。

报考“文研班”

我于1958年提前一年毕业于西北大学中文系汉语言文学专业，毕业后留校做下一年级的助教。次年夏天，学校接到中国科学院文学研究所与中国人民大学合办文艺理论研究班的招生通知，报考者须经原单位推荐，资格要求是：在大学中文系或文化艺术单位工作2年以上；是中共党员，专业骨干；政治可靠，有培养前途。原单位推荐经招生单位初步审核同意后，还要参加正式考试，考试合格，才有可能被录取。我的工龄只有1年，距“工作2年以上”的最低要求尚有差距，但学校领导怕早我毕业的两位教师刘建军和张学仁考试把握不大，也报了我的名字，以增加保险系数。

7月，我们三人同赴北京应试，我和刘建军住在文学研究所8号楼的一间小屋里。记得考题中有一个关于“双百方针”的理解问题。作文题是评论鲁迅的《阿Q正传》或杨沫的《青春之歌》，任选一部。我选的是评论《阿Q正传》，记得开头的几句是：“阿Q被糊里糊涂地送上刑场，‘团圆’了。但是屠夫们，赵太爷们并没有逍遥多久，得意多久……”说实在的，我当时对自己的试卷和评论，还是很有几分得意的，相信自己能够被录取。但一想到差一年工龄的欠缺，心里又有点打鼓，不免气馁。我默祷自己能被录取，默祷幸运之神的光顾；我一定要到北京来学习，来深造，好进入更高的学术境界和人生境界。

回到西安不久，便接到通知，西大参加会考的三人，全部被录取了。我真是喜出望外。我真的理解了孟郊“春风得意马蹄疾，一日看尽长安花”的心态。我们立即准备行装，负笈京华。

“文研班”住地在张自忠路（即铁狮子胡同）1号，简称“铁一号”。那可是个非常有名的地方，原是段祺瑞执政府的所在地，1926年3月18日，那个被鲁迅先生称为“民国以来最黑暗的一天”的日子，屠杀徒手请愿学生的惨案就发生在门前。10余年后北平沦陷，这里又做过日寇华北派遣军的司令部，冈村宁次等寇酋曾在这里策划过、指挥过惨绝人寰的大“扫荡”，策划过、指挥过所谓“治安强化运动”和种族灭绝主义的“三光”政策的实施。我们的宿舍，就在进门的灰色雕花主楼的二层。

我们报到以后不久，便举行了开学典礼。在开学典礼上，我才知道这个研究生班是根据时任中宣部副部长的周扬的指示由文学研究所筹办的。曾与北京大学联系过合办事宜，没有谈成。最后得到人民大学的全力支持。那时老革命家吴玉章正做着人民大学的校长。他出席了我们的开学典礼，并且讲了话。他用浓重的四川口音，勉励我们好好学习，不要辜负党的重托和人民的厚望。因为他兼任着文字改革委员会的主任，所以也讲了许多关于文字改革方面的话。“文研班”的班主任由何其芳老师亲任，副班主任是人民大学的何洛教授。文学研究所负责专业教学的规划、授课教师的聘请，和专业教学的实施；人民大学负责学生的日常管理，包括党团组织的领导、政治思想工作、后勤工作，以及哲学、逻辑、外语等公共课的开设。

文学所参加开学典礼的老师，除何其芳所长外，还有唐弢和蔡仪两位先生。唐弢作为“文研班”的专职教师，是其芳老师专门从上海调来的。他初到北京，就住在铁一号人民大学教师宿舍的红楼里。因为藏书多，学校拨了相邻的两套房子给他。

“文研班”的研究生来自全国各地，我们班是第一届，后来又招收了第二届和第三届；以后，还办过一届进修班。我们这一届共有学生 30 人左右，中间有人回了原单位，毕业时只有 20 多人了。多数同学经过了考试，还有少数几位未经考试，开始算旁听，久了也就成了正式学生，一例看待了。来自中国青年艺术剧院的王春元和来自中央美术学院的冯湘一，就是这样。

必读书目三百部

开学不久，便给我们每人发了一份打印的《必读书目三百部》，要求我们在毕业之前读完。这个书目是何其芳老师亲自开列的。他征询了所内外不少专家的意见，几经修改，最后才确定下来，印发给我们。

书目以文学名著为主，但是不限于文学专业，也开列了哲学、史学、经济学方面的名著。如《狄德罗哲学选集》、《费尔巴哈哲学著作选集》、《路德维希·费尔巴哈与德国古典哲学的终结》、《路易·波拿巴的雾月十八日》、《唯物主义和经验批判主义》、《资本论》（第一卷）等。

拿到这个书目，对许多同窗震动很大：一是文学名著类书目，我们只读过其中的一部分，虽各人情况有别，多少不同，但谁都有相当多的篇目未曾寓目；二是非文学类名著我们差不多全没有读过，只有少数人读过一两本。正是这个书目，让我认识到自己学养的不足，看到了文化知识准备上的差距。

何其芳老师根据我们的要求，专门讲过一次学习方法的问题。他根据毛泽东《改造我们的学习》的思想，讲了学习历史、学习现状和学习马列主义三个方面的问题。他又把这三方面概括为理论、历史、现状。在他看来，这三个方面既是学习的内容，也是知识准备的格局，既是学习的方法，读书的方法，更是思想的方法。他还给我们讲到延安整风时的整顿文风和学风。事实上何其芳老师个人的学术研究，也正是按照理论、历史、现状这三个方面布局的。他有专门的文学理论研究领域，并以其理论研究带动和指导自己文学历史及其规律性的研究；他对中国古代文学的历史进行了重点和深入的研究，如研究屈原，研究《琵琶记》，研究文学史的一般规律和文学史的编写原则，特别是关于《红楼梦》的研究，最为学术界所称道。他给我们说，为了研究“市民说”能否站得住，他花很多工夫细读了黄宗羲的《宋元学案》和《明儒学案》。他说这两部书虽然很重要，但读起来却非常枯燥，他是硬着头皮读完的。

说到读书，他说，当年读大学时，他读了“五四”以来的全部找得到的新诗集和翻译的外国诗集，数量足有两个书架子之多。他的深度的近视眼镜，就是从那时戴起来的。

由于《必读书目三百部》的震撼，由于包括何其芳在内的师长们读书榜样的启迪和读书方法的教诲，加上同窗们都是经过一段工作之后来深造的，谁都有过“书到用时方恨少”的体验，所以大家都很珍惜这一段难得的学习机会，班上拼命读书成风。我也在这股风气中被推拥着，认真、自觉地读了几年书。特别是 1960 年“饿饭”以后，比前些年折腾得少多了，我们反倒有了稍许宽松的读书环境。按照学制，我们首届“文研班”应该修业三年，于 1962 年暑假毕业。但是大家一致要求延长一年。理由是这几年写“反修”文章，热蒸现卖，没有好好读书，许多必读的著作都没有读，得好好补课。一听是要好好读书，其芳同志很痛快地答应了大家的请求，经有关上级同意，我们推迟一年，与下一届“文研班”的研究生同于 1963 年毕业。我们的毕业证书上印着“学制三年，统一延长一年”字样。

转益多师是汝师

“文研班”有严格的课程安排，按部就班，循序渐进。大体按照中国文学史和外国文学史的顺序，安排重要作家和作品的专题讲授。请来授课的老师，多是当时第一流的学者，所讲内容都是他们长期研究的成果，且为学界所公认。授课老师不限于文学所，外请的也相当不少。

中国文学的首讲是《诗经》专题，由文学研究所的余冠英先生讲授。余先生是《诗经》研究的名家，他曾在此前出版过《〈诗经〉选》和《〈诗经〉选译》，受到读者的广泛欢迎。他为人温厚谦和，讲课风格平实而循循善诱，不故作惊人之语。《楚辞》是请北京大学的游国恩先生讲的。他的《楚辞》研究功力很深，听课前我就读过他几篇关于《楚辞》的专门文章，也把他的文章和郭沫若的文章进行过对比。游先生的讲课风格一如他的文风，严谨得几近琐细。比如讲《离骚》，就先从题目的释义和考证开始，举证详备，不厌其烦。我在念大学时，听刘持生教授关于“摄提贞于孟陬兮”一句的解析，特别是关于“摄提格”的考证，竟长达一星期的六个课时，所以对于游先生的《离骚》考，倒也能细细地听他道来。记得在讲屈原的人格和屈原谪迁命运对后世的影响时，他特意把唐代诗人刘长卿的诗用粉笔抄在黑板上 ：“三年谪宦此栖迟，万古惟留楚客悲。秋草独寻人去后，寒林空见日斜时。汉文有道恩犹薄，湘水无情吊岂知……”一边吟诵，一边讲解，非常投入，也非常让人感动。我至今仍能记得他吟诵时的神态。当时的《楚辞》今译有多种本子，如文怀沙的和郭沫若的，我都看过，但游先生提也没提一句，更不要说评价了。

杜甫专题是请冯至先生来讲的。他当时在北京大学西语系做教授，好像还是系主任。我们知道他兼有名诗人的身份，在《人民文学》上不时能读到他优美的诗篇。做助教时，我研究杜甫，读过他写的《杜甫传》。他的《杜甫传》50

年代首先在《新观察》连载，后来稍经修订由人民文学出版社出了单行本。全书仅十多万字，虽然是面向文学爱好者和一般读者的，却很见功力，非熟知杜诗者不能为。《杜甫传》文笔清丽，深入浅出，很受读者欢迎，曾一版再版，屡印不衰。有关杜甫的资料不多，冯至作传，主要从杜诗中离析出来，足见其用功之勤。“文革”中，郭沫若写《李白与杜甫》，居然说他怀疑冯至有没有读过杜甫的全集，颇为有识之士所訾议，大家都为冯至抱不平。冯至先生的课是诗人式的，感性式的，不以理性的剖析和周密的论证见长。他后来还给我们讲过德国文学的专题，也给人留下深刻的印象。

我们班上的同学，有不少是读过文学所范宁先生的文章的，建议请他来讲宋元话本的专题，但其芳老师没有同意，说范宁虽然写过一些文章，但讷于言辞，不善表述，讲课效果不一定理想，终于没有派他来。我读过《西厢记》的两种当代注释本，一是文学所吴晓铃先生的注本，一是中山大学王季思先生的注本，王注更详备一些。原以为会让吴先生来讲《西厢记》的专题，但请来的却是王季思。王先生从广州专程赴京为我们上课，往返乘的都是飞机，这在当时是要花重金的，也是很少见的。只要学问好，讲课效果好，班主任何其芳是不惜工本的。王先生的课的确不负众望，讲得极精彩。

外国文学的授课老师，也同样都是名重一时的专家。罗念生先生为我们讲希腊悲剧，他精通古希腊语，三大悲剧家的主要作品都是经他翻译的。他的译本至今仍是公认的权威译本。罗先生身体不健壮，面容黄瘦，讲课细声细气，冬天总是戴着一顶卷边毛线编织短檐帽，形状很像电影《林家铺子》里谢添饰演的林老板戴的那种。他穿着青布棉袍，好像没有罩袍，因为我能清楚记得上面一个个针脚纳过后留下的小坑窝。为我们讲法国文学和戏剧的是著名现代批评家和戏剧家李健吾。他与着中式袍服讲洋戏的罗念生不同，而是每次讲课都穿着深色的西装，以黑色为主。他显得胖墩墩的，西装好像要被胀破似的。讲莫里哀喜剧，很投入，讲到精彩处常自己在讲台上表演起来。特别有趣的是，掏出雪白的丝织手绢来，一抖，用几个手指捏着，从嗓子里挤出细而且娇的女声，扭着粗壮的腰肢，表演贵妇人的动作和神态。课堂情绪极为活跃。还有其他一批著名的外国文学专家被班主任延聘来为我们授课。如宗白华讲中国古代美学，季羡林讲印度文学，卞之琳讲莎士比亚，戈宝权讲普希金，叶君健讲安徒生等。

我们的文艺理论课是一门主课，由蔡仪老师讲授，每周都要来讲。那时他正在主持编写作为高校教材的《文学概论》。我们的这门课程就是按照后来成书的这部教材的轮廓讲授的。蔡老师身材瘦高，留着寸头，用浓重湖南口音的普通话讲课。他的课从文艺作为上层建筑开始，逐渐展开。蔡老师讲课，以严密的推理和论证见长，很少有生动的举例。他总是很严肃地讲，我不记得他在课堂上有过笑容。有的同学觉得他讲课枯燥，但我始终是认真地听，认真地做笔记，并不觉得枯燥。听他的课，有如嚼橄榄，久而真味始出，盖属于苏东坡所说的"外枯中膏"一类。我们都知道，在50年代的美学论争中，蔡老师属于"美是客观的"一派，是这个美学流派在现代中国的主要代表，但他没有给我们讲过美学课，也没有在文艺理论课中系统地介绍过自己的美学主张，尽管我觉得他的文艺理论观点其实就是他的美学思想的文艺或文学表现。

美学课也是"文研班"的主课之一。我们系统地听了朱光潜先生讲授的西方美学史，这门课的讲稿就是后来出版的《西方美学史》的雏形。朱先生满头银发，长着一个苏格拉底式的脑门。他的《文艺心理学》等主要代表性著作，我做大学生时就读过，知道他是唯心主义营垒里的美学家，新中国成立以后，他把自己"美是主观的"的主张修改为"美是主客观的统一"，以与马克思主义的哲学接轨。但他的论争对手仍认为他的"主客观相统一"，不是统一于客观，而是统一于主观，还是主观唯心论那一套。别看朱先生文笔活泛，平易近人，但他讲课却极严肃认真。每次讲新的课以前，他都要复习上一次讲课的内容，或者检查他所布置的参考书的阅读情况。他拿着听课人的名册，随时点名，让你站起来回答问题。所以我的同学们都很紧张，生怕点到自己的名字，回答不好，下不了台。我在“文研班”还算娴于辞令、长于表述的，一般不怯场。但在有一次关于亚里士多德《诗学》的提问中，还是被朱先生问蒙了。最初的两问还能对付，接连几个更深入的问题，便知其然不知其所以然了。朱先生个头不高，且已微微驼背，但往讲台上一站，便显得威严、高大起来，有一种人格和精神的震慑力。

李泽厚是实践派美学的代表人物，他也被请来讲授过他的美学观念和理论。他那时也就刚刚 30 出头年纪，比我们班上年龄大的同学还要小十来岁。他对自己的观点很自信，但似乎不太会讲，没有如朱先生那样的震慑力。他没有讲稿，只在两张白纸上散乱地写了提示性的短语，短语之间画了连接线，这显然是一份前提纲阶段的思维轨迹图。

美学家王朝闻先生也来给我们讲了课，他与蔡仪先生的授课风格正相反，基本上不讲多少理论，而是多具体作品的欣赏和举证，讲自己的鉴赏体验和创作体验，机敏而且睿智，给人以多方面的、亲切的启发。比如他讲，他的雕塑名作《刘胡兰》的挺胸稍稍前倾的身姿造型，就是从中国古代青铜酒器斝的型制中得到启示，获得灵感的。

就记忆所及，先后给我们讲过课的老师，还有张光年、黄肃秋、缪朗山（灵珠）等人。我们还到中央美术学院听过中国美术史和西方美术史等课程，以拓展我们的学术视野。

像一支军队的风格就是指挥员的风格一样，我们“文研班”的课程设置风格，就是主持者、班主任何其芳的文学教育思想的风格：第一流的授课教师；古今中外的教学内容；历史、现状、理论并重的方法。杜甫《戏为六绝句》的最后一首是："未及前贤更勿疑，递相祖述复先谁？别裁伪体亲风雅，转益多师是汝师。"何其芳老师很喜欢杜甫的这组名诗，他在1964年也效杜甫写了《戏为六绝句》，抒发自己的诗歌见解。杜甫的"转益多师"他是实践过的；他也按照这个思路，安排我们的必读书目，安排我们的教学。

作为一代文学艺术教育的宗师，其芳老师三四十年代在延安主持鲁艺文学系的时候，五六十年代在北京主持"文研班"的时候，都按照自己开放的具有包容性的学术精神和思路，培养了自己的几代学生。

我是"马文兵"里的小角色

"马文兵"在60年代初的中国文坛上是很有点名气，很有点影响的。"马文兵"是我们人大"文研班"首届研究生写文章时所用的集体笔名，意为马克思主义文艺理论战线上的一群小兵，一队小卒子。我们读研的那几年，"反修"是文艺界的主要任务，周扬下令创办"文研班"的目的，就是要培养文艺理论批评战线上的反修队伍，所以，我们写反修的批判文章，也就是理所当然的了。

以"马文兵"的名义发出的重要文章，一般都要经过大家反复讨论和修改。那时要文章的地方很多，也有些未经全班讨论，又不是特别重要的小文章，则用"文效东"的笔名发出去。当然，这样的文章也要经班支部同意。

在"马文兵"几篇重要文章的写作中起了关键作用的是郭拓。郭拓在"文研班"是老革命了。他1937年参加革命，1938年入党，抗战期间，在八路军中做参谋，负责过对日本人的宣传和对日本俘虏的改造教育工作。天津解放后做那里最大的一家造纸厂的党委书记兼厂长，行政级别十四级。但他不想做红色企业家，对当官也毫无兴趣，一门心思想读书。于是，在他的强烈要求下，组织上同意调他到南开大学中文系做调干大学生。在南开，他是唯一的学生校党委委员。1959年和我一样报考并被录取为"文研班"的正式研究生，当然是调干研究生。

进入“文研班”的那年，郭拓41岁，差一岁就是我入学年龄的两倍。他级别高，资格老，理所当然被指派为我们班的支部书记，同时也是新闻系的总支委员（因为当时人大没有中文系，只有语文教研室）。

郭拓很老练，讲起话来滔滔不绝，长篇大论。“马文兵”的反修文章，从定题到写作，到出初稿，到讨论，到定稿，他都是主要组织者。有了题目，他先讲，大家讨论，他把大家意见初步归纳，拍板指派人去分头写出稿子，他再组织讨论，修改，定稿。他很会说，但从来不亲自执笔写。不仅字写得难看，而且写不好文章。说他是“马文兵”一系列文章的主要谋士和智囊，我看当之无愧，但他并不是执笔者。他的讲话，记录下来，稍加修饰，就是不错的文章，但他自己单独写不出好文章。这大约是他长期从事领导工作的结果，“领导出思想”，出了思想，下了指示，让秘书去干就行。他是“马文兵”写作集体事实上的主要领导人。“马文兵”最有影响的两篇大文章，一篇批判资产阶级人性论，一篇批判资产阶级人道主义，他都是主脑。文章写成后他代表“马文兵”在《文艺报》组织的座谈会上去发言，语惊四座，深得主持会的邵荃麟的好评。这两篇文章《文艺报》都给了大的篇幅作为重点文章全文刊发。

郭拓不修边幅，生活很不讲究，吃饭、喝水都用的是同一个硕大无比的大茶缸，有的同学拿他“开涮”，说是郭拓那个大缸子，晚上兼做尿桶用。这个我倒是没见过。他住在我们那层楼的西北角房间里，东向、北向均有大窗开向游廊，北窗正对着一个上楼的楼梯。学校照顾他，给他一人一间屋子。夏天苦热，他常常会像南北朝时的刘伶一样，“以天地为屋宇，以屋宇为裈裤”，脱得一丝不挂，在屋里吊儿郎当地走来走去，做思考状，还不时端起大茶缸喝口水，但旁若无人，从不向窗外望一眼。他这样，吓得班上的几位女同窗都不敢从那里的梯子上楼。我是在一位同学的提示下，去那里窥伺过一次，郭拓真的没发现我。

郭拓的支部书记是被“文研班”的同窗们罢免掉的，原因是大家越来越无法忍受他目空一切、出言不逊的狂态。他觉得在这个世界上他最有学问，他讲的话最正确，对的是对的，不对的也是对的。最让同学们无法容忍的是他对大家尊敬的班主任也不瞧在眼里，说：“何其芳懂得什么？还是文学所所长呢，就这水平！”罢免郭拓时，我也是意见最激烈的人中的一个。郭拓毕业后分配到哲学所工作，死于脑梗死，一粒药没有填进口里，就孤独地去了。去世时还是助研，他的副研名分，是死后才得到的，已是死魂灵副研究员了。

“马文兵”的真正写家在当时是王春元。王春元来自青年艺术剧院，有点肺结核。他长我 13 岁，是我同窗中的中等年龄。那时吴雪做青艺院院长，派他来“文研班”进修，想把他培养成剧院的“自己的评论家”。他不善于讲，却长于写，与郭拓正好相反，二人互补，便有了“马文兵”的好文章。那篇关于资产阶级人道主义的文章，就是他执笔写成的。他写文章很慢，属于以“腐毫”著称的司马相如一类的才子，慢工出细活，文章耐看，有文采。正因为如此，他毕业后没有回青艺去再度演红如《家》里大少爷觉新那一类的角色，改了行，被调到文学研究所来。不幸于 1994 年过世了。

当年用“马文兵”和“文效东”的笔名所发表的那许多文章，从今天我们所达到的认识来看，有相当突出的“左”倾教条主义的倾向，而那些对所谓“修正主义文艺思潮”及其在国内外的代表性作家作品的批判，也基本上是站不住脚的，但那是一个时代的错误，是步入歧途的历史必然会有的文化反映，“马文兵”的每一个年轻的和不十分年轻的成员，都无法为它负责。时过境迁，我们当然应该进行反思，不能固守原来的立场和观念。事实上，包括我在内的仍然活着的马文兵的成员，我们正是这样做的。

在“马文兵”的成员中，许多人在经过“文研班”的严格的、开放的同时又是系统、科学的训练之后，都成为文艺界的骨干，在党所领导的文艺战线上发挥了中坚作用，尽心尽职地干了一辈子；在学术上有建树的人也不少。

谭霈生长我五六岁，是中央戏剧学院来的。嗓子经过训练，音色、共鸣都不错。讲起话来浑厚而富于感染力。他写文章时，拿着《马克思恩格斯全集》翻阅，引经据典。他抽烟，篮球打得很棒，在我们班的那个无往不胜的篮球队里，属于技术型球员，不像我的猛冲蛮撞。他常打中锋，篮板球拿得很好。每到周末之夜，他又是玩“拱猪”的牌迷，输了钻桌子，或者在脸上贴纸条。他是中国戏剧界最重要的理论家之一，他的“情境说”的戏剧理论，独树一帜，影响很大。

陆一帆来自中山大学，他身体特棒，肌肉发达，是我们班唯一的校体操队运动员，也比我年长五六岁。在“文研班”时他曾跟唐弢老师学过一阵现代文学，但毕业后却从事文艺理论和美学研究。新时期以来是岭南美学界的执牛耳者，著作甚丰，他从事文艺心理学的研究，与早起步的金开诚，稍晚起步的鲁枢元，都是在这个学科较有建树的学者。可惜，他那么好的体质，又一直坚持锻炼，却不幸猝亡。据同在一校工作的也是“马文兵”成员的潘翠菁教授说，很可能是长期超负荷工作，积劳成疾而不自知。

“马文兵”成员中，后来有影响的还有做了《人民日报》文艺部副主任的理论批评家缪俊杰；西北大学中文系主任、理论批评家刘建军，教授、学者张学仁；杭州大学教授、学者张颂南、何寅泰；扬州师范学院中文系总支书记、学报主编陈兆荣；鲁迅研究专家、研究员李元经；天津社会科学院研究员、理论批评家黄泽新，美术理论批评家冯湘一，理论批评家贺兴安等。

在“文研班”，在“马文兵”的写作群体里，我是真正的丑小鸭，小不点，小兄弟，不起眼的小角色，派不上，也没有派什么大用场。入学的时候，刚满21 岁，虽细高挑个子长到一米八，还是被同窗的师兄师姐们亲切地叫作“小何”。“饿饭”的那几年，班上的大哥哥大姐姐们都减了定量，减到只有20来斤，许多人都浮肿了。但是他们一致说：“小何正在长身体，不要减他的定量！”我是班上唯一保持原来学生36斤定量的人。我虽然也感到饿，腿上没力气，爬上二层楼到宿舍都没力气，但是我没有浮肿。我是在同窗大哥哥大姐姐们的呵护和关爱下，修满研究生的四年课程毕业的。

分配到文学研究所工作，小何改称大何了。但大何仍然怀念那一段长知识、长身体的研究生生活，怀念师长们、师兄师姐们。如今，我该是真正的老何了，我深感有愧于师友们的培育、关爱和期望。

2002.12.2　六砚斋

（《新文学史料》，2003年第2期）

怀人三章

王先霈

王先霈（1939—　），江西九江人。1963—1964 年就读于中国人民大学文学进修班。著有《明清小说理论批评史》《圆形批评论》等。

一、怀念一位老师

我从小学、中学到大学，有幸得到许多有学问而又十分敬业的老师的教诲，可是，由于不懂事和性格缺陷吧，从来都不善于在老师面前表达自己的敬意和谢意。至今，大部分恩师先后已归道山，我由衷的怀念和感戴无法上达于他们的在天之灵，写点回忆文字，只是抒发我自己积在心头的真情实感。

初中一年级教我们语文的是汪际虞老师，南昌人，那时五十多岁，极度近视。汪老师走路迈着外八字步，高抬重落，从不左顾右盼，也不大与人打招呼，而是自顾默念诗词文章。有一次，前往教学楼途中，行经运动场附近，飞过来一个排球，刚好打在他的面部，眼镜被撞落到地上。学生们吓到了，站着不敢动。汪老师什么也看不见，蹲下身子，像盲人一样两手在周围一番摸索，终于摸到眼镜重新戴上，继续迈起八字步，嘴里念着诗文，走了。汪老师始终没有把头转向球飞来的方向，更没有发一句声问是哪个班级、哪些学生在打球，他甚至不知道这几分钟有几十双眼睛注视着他，眼神中是惊慌、畏惧、愧疚而后则是十分尊敬的心情。

汪老师旧学根底很深，我们这些学生程度偏低，而且接触的多是新文学，看“五四”以来的小说，丁玲周立波的小说，苏联小说。汪老师擅长讲文言文，课文里的革命文学作品，他讲的没有其他老师那样放得开，所以，当时学生对汪老师的课并不特别热心。我们的语文每周有一次连堂课，一个星期是作文，下一个星期汪老师就在连堂课给我们讲历史故事，这是学生们很享受的。若干年后才知道，他讲的那些故事，基本上来源于《史记》《汉书》，表达的是重然诺而轻生死、重气节而轻利禄的做人的原则。乳臭未干的男孩子，向往古代大丈夫的风度气概，对于“人而无信，不知其可”“己所不欲，勿施于人”“士可杀而不可辱”这些话虽不甚了然，也还是渗在了心里，在其后漫长的人生道路上，发挥着隐隐的也是深深的作用。

汪老师每次讲故事之前，往往要问，今天要讲的历史人物是某某，你们听说过吗？这些人物，既不是燕人张翼德，也不是取经的唐三藏，学生们从来没有读《史记》，自然不知道。但是，其中有几个人，我从连环画里看到过，便知道一丁点儿皮毛。汪老师只读线装书，他是不看小人书的，他大约以为我也读过《史记》，或者至少是翻阅过《纲鉴易知录》一类的书，不禁喜出望外。此后，倘若路上遇见，停止吟哦，止住脚步，问我最近读过什么，同时用手掌抚摸我的平头。十一二岁的男孩子，很不愿意长辈把自己当作娃娃，而且我也没有可以与汪老师对谈几句的本钱，别的同学见到我的窘态，远远地窃笑，我很急于摆脱他。过了两年，到了初三以后，我长得比汪老师还要高，他不再教我们这个班，也不再摸我的头，见到时仍然露出喜悦和亲切。再后，我中学毕业，离开故乡，汪老师被调动到另外一所中学，我再也没有见过他了。

1966 年夏天，汪老师被当作“四旧”的典型，强逼他穿上长袍马褂游街，汪老师不堪其辱，自沉于甘棠湖中。他把知识分子的人格尊严，看得比生命贵重。我听到这个消息已经是好几年之后，即刻想起他给我们讲故事时的神态，想起他所讲过的古代的仁人志士，想起他讲故事时有所期盼的眼光，我更想起他抚摸我的头顶那温热的手掌。汪老师要我看的书，我一直没有看完，今生今世也看不完了，他的故事、他那手掌的温热，永远留在我的心里。

二、怀念一位同学

1963年到1964年，我在中国人民大学文学进修班学习，这个班的学员来自十几个省份、二三十所大学和十几个省级文联作协机关。我所住的宿舍六个人，除我之外其余五个都是共产党员，而且在本单位担任大大小小的领导职务，他们来读书都有充分的思想准备，是为求学而来，没有一点儿架子，对我这个小老弟多有照顾。年龄最长的史如北是行政十五级，天津文联办公室主任，小八路出身，一位年轻的“老革命”。他听了何洛系主任讲授“恩格斯论现实主义”专题，急忙到图书馆借阅巴尔扎克的作品，管理员问他借哪一本，他说《人间喜剧》。管理员告诉他，巴尔扎克的《人间喜剧》将近一百种，中文译本也有好几十本，你要哪一本？他答不上来，回来当作笑话讲给我们听，表示要抓紧补课。对于有些专业基础知识问题，他随时不耻下问。他长期生活在文艺圈子里，与不少大作家名演员有交往，艺术感受力很强。看电影《汾水长流》，回到宿舍，马上凭记忆写出主题曲的曲谱。他在艺术欣赏中有主见，他是山西人，他说，他有两个“不喜欢”，一不喜欢听评剧，二不喜欢听郭颂演唱。这是一种偏爱，但艺术忌平直，评剧作为年轻的戏曲，在含蓄、丰富、典雅上与京剧、昆曲，乃至与汉剧、秦腔确实有差距。他担任班上党支部书记，有时把传达毛主席批示的文件给我学习，要求我在政治上有追求有进步。因为他的工资是我的工资的两倍还多，邀我吃馆子，常常是他抢着付账。他还烧得一手好菜，冬天宿舍有烤火炉子，他大显身手，掌勺弄出一大桌菜。烧菜要作料，买作料需要北京市购买副食品的购物本，同房同学资历比年轻老师还要老，不方便干这件事，只有派我去老师家里借购物本。老师当然说："借什么！要什么作料在家里拿就是，用不完再还回来。"我立了一个小"功"，香喷喷的菜肴吃起来就少了惭愧。

"文革"是从文艺界学术界打开缺口的，老史身不由己陷进错综复杂的矛盾之中，处境狼狈。1977 年我去天津出差，到他家看望，他很急切地再三叮嘱，叫我专心业务，不要"参与政治"。后来，1985 年我和多位同事到秦皇岛开会，路过天津，我先在宾馆住下再去他家看望，他立刻要我退掉客房，把我还有与我一起的石声淮先生接到他家里住，十分热情地款待。石老师觉得在他家比宾馆随意，很高兴，还充当起老史读中学的女儿的临时英语教师，一老一少叽叽喳喳用英语交谈，其乐融融。

老史癌症去世十年了，以他的才华、经验和人品，本来可以做更多得多的事。他精力最旺盛的时候被耽误了。我想起这位老同学，更加珍惜和平的环境，珍惜和谐的人际关系，珍惜真诚的友谊。

三、怀念一位学生

我的床边，有一盏落地灯，它陪伴我已经有二十五六个年头，七八千个夜晚。最初，它是我家里最豪华的一件电器，如今，灯体早已锈迹斑斑，每晚却依然静立床头，用温柔的灯光抚慰我。

大约是 1982 年末，或者 1983 年初，1977 级黄德斌同学来访。他毕业之后回到原来工作的武昌造船厂做工会干部，公务、家务很是繁多，但一年中至少总有两三次，要到偏远的吴家湾华师二附中宿舍我的家里坐坐。那时人们交往，不作兴送礼，师生之间尤其如此，而黄德斌老想送我一点什么。一次闲聊中他听我说起喜欢睡前坐在床上看个把小时的书，他说："我替你找人做一个落地灯吧。”落地灯？我只是在电影里看过，从没想过我这样的家庭可以拥有如此奢侈的东西。因为那时孩子小，日用开支大，何况穷惯了，除了油盐柴米和少量书籍，不会关注到其他商品。他说起落地灯，勾起了我的欲望，但是，要多少钱呢？黄德斌说，材料他到厂里找，请熟悉的师傅做，花不了几个钱。过了几个月，一台新的自制落地灯果然送到我手里。底座是一块圆铁饼，插进去一根空心铁柱，焊紧了，都镀了铝，亮铮铮，柱头可以安放螺口灯头，上面用水果罐头瓶子的铁皮盖做成托子，用以支撑起灯罩的支架。全部的工本，好像是十四五元。随即，我又花了三四元钱，买来绉纱做的灯罩。晚上，孩子们睡了，吊在屋子中央的灯熄灭，台灯亮起，在我胸前的书本周围投射圆圆的光圈。一时间，我似乎暂离现实的俗世，到另一方天地游览、歇息。

而今，我有了不止一台新款落地灯，灯杆可以弯折伸缩，灯罩可以左右旋转调整方向。那台老的落地灯，我还舍不得撤走，它负载了许许多多的记忆。只要我还有倚枕夜读的兴趣和精力，它就会和我相依相随。

1989 年，听说黄德斌患了不治之症，我到湖医二附院介入疗法科病房去探望。胰腺癌据说十分痛苦，但那天他精神很好，看不出疼痛和绝望。他说，本来，领导告诉他，他被推荐为全国总工会倪志福主席秘书的候选人，准备到北京接受考察。“现在，不要说‘呢制服’，粗布工作服也穿不上了……”说着，哈哈笑了几声。那年多事，我没有能再去看他。接着，就传来他去世的噩耗。彼时，我盯着落地灯，回想起交往的若干细节。孔子看望病重的伯牛之后说：“斯人也而有斯疾也！斯人也而有斯疾也！”啊，我能体会至圣先师作为一个普通老师的心情了。这就是命吧。

（《语文教学与研究（教研天地）》，2014 年第 3 期）

永久的忆念

陈锡添

陈锡添（1941— ），广东新会人。1966年毕业于中国人民大学新闻系。著有长篇通讯《东方风来满眼春——邓小平同志在深圳纪实》。

这是我40多年前在人民大学校园里拍的照片。照片上是几位敬爱的校领导：吴玉章校长（左二）、郭影秋副校长（右二）、孙泱副校长（左一）、赵德芳副书记（右一）。

每当凝视着这张照片，我总会心潮起伏，难以平静，记忆像流水般汩汩流向远方，四五十年前的往事，点点滴滴地浮现脑际。

记得解放初期，我和几个小学同学在村政府里看到一幅张贴画，全是中央人民政府委员们的照片。第一排中间是毛主席，两旁是刘少奇、朱德、宋美龄等六位副主席。下面各排有政务院总理周恩来；有贺龙等各大军区军政委员会主席；有李立三、傅作义等一些部长……有署名吴玉章的照片引起了我们的注意，因为他的职务是：中国人民大学校长。而他的照片还在前几排。我们几个无知的小孩便议论起来：大学校长有这么大的官吗？自此，吴玉章的名字就镶嵌在我的心坎里。

当然，以后随着知识的增长，我对吴老这位老革命家、教育家有了更多的了解。想不到的是，后来我竟考上了中国人民大学。

在我们村子里，考上这一名牌大学可不得了，消息不胫而走，到处传开。我在街上走着，随处都遇到羡慕的目光。有人指着我谈论："他是吴玉章的学生了。"我听了以后感到十分自豪。入学后，在开学典礼上，吴老做报告，勉励我们好好学习。从小学生时，看到他排列在中央人民政府委员会中的照片，到成了他的学生，亲眼目睹他的风采，亲耳聆听他的教诲，这真是一种巧合，似乎是命运的有意安排，我觉得三生有幸，激动不已。

在人民大学65周年校庆前夕，人大深圳校友会几经研究，为答谢母校培育之恩，决定捐赠一座吴玉章像，让他矗立在校园里，永远被人大师生们瞻仰。塑像落成后，我作为人大深圳校友会的会长，和名誉会长、广东省委原常委叶澄海，一齐专程到学校为吴老塑像揭幕剪彩。吴老塑像的落成，表达了我们人大学子对吴老的怀念和崇敬之情。

郭影秋是我们十分爱戴的一位校长，他给我最深的印象是：省长不当当校长。

1966年8月的一天，邓小平、陶铸、吴德、张经武等领导人，在人民大会堂，接见人民大学"文革"筹委会全体成员。"文革"伊始，中央给各单位派工作组，我校成立"文化大革命"筹备委员会，由每系派一名代表组成，大概十多个人，我作为新闻系代表，是筹委会成员之一。我们比预定时间提早一点到达人民大会堂的其中一个厅，坐下不久，张经武先来和我们聊天。他谈的内容我记得很清楚，他说："你们的校长郭影秋是位好干部，文武全才，1957年，党中央号召文化高的领导干部去搞教育，我记得，第一个报名的就是郭影秋，他当时是云南省的省长，后来中央派他去南京大学当校长兼党委书记……"

50年代中期，党中央提出，向科学文化进军，要加强党对高校的领导，郭影秋主动响应党的号召，省长不当去当校长。听了张经武的一番介绍，我对郭影秋校长的崇敬之情油然而生。

接着，吴德、陶铸相继到来，最后，邓小平出来时，大家一齐起立，小平神采奕奕，满面笑容地说："我们就不拉手了，大家坐吧。"小平谈到，郭影秋是他二野一个军的政治部主任，小平了解他，他是一位出色的干部。

陶铸对郭影秋也谈了很多肯定和赞扬的话。其中谈到郭影秋的一首诗，全诗我不记得了，只记得后面两句是："学剑不成书误了，浓茶烈酒猛抽烟。"当时有人批判说，这是一首黑诗，陶铸否定这种说法，肯定地指出："这不是黑诗。"

其实，郭影秋校长无论在战争年代，还是在建设时期，无论对人民的解放事业还是建设事业，都做出了巨大贡献，他那"学剑不成书误了"的诗句正反映了他非常谦虚、永不自满、对自己要求甚高的革命情怀。

正因郭影秋工作出色，周总理于1963年初，亲自点将，要调他到国务院当副秘书长。这时，吴老向周总理要求派一位得力助手给他，于是，中央便改派郭影秋到人民大学协助吴老主持校政。郭影秋校长到人大后，他那风度翩翩、才华横溢的人格魅力，很快就感染了我们，大家都为来了一位如此出众的校长而高兴。深感他的到来为人民大学增添了光彩。

在"文化大革命"中，郭影秋被康生之流污蔑为"假党员""叛徒""二月逆流的急先锋"而惨遭批斗。当时，就听说有他"四清"所在地的农民成群地进城、南京大学成千师生北上进京，都要保护这位敬爱的校长。

其实，郭影秋校长学剑已成，书也没有误，他对明史研究造诣甚高，著有《李定国纪年》等史学专著，深得史学界好评。他的才华从他在1982年给南京大学80周年校庆撰写的长联，可见一斑：

苍莽石头，长虹横贯；浪淘尽三国风流、六朝金粉、二陵烟月、半壁旌旗。况虎踞春残，寂寞明封余数垒；龙蟠叶老，萧条洪殿锁斜阳。初解放时，只剩下蒋山青青，秦淮冷冷。

东南学府，赤骥飞驰；名奕留两江情采、四壁弦歌、八十年代、千秋事业。欣栖霞日暖，郁茫天堑变通途；浦口新潮，百万雄师传夜渡。本世纪末，定赢来人才济济，科教芃芃。

1978年，人大复校后，郭影秋任校党委第二书记兼副校长，遗憾的是，我离校后，再也没有机会见过他。

在学校这几位领导人中，我接触最多的是孙泱副校长。1965年，孙泱率队到山西省“四清”，我们新闻系部分师生随之前往山西定襄县宏道公社。

孙校长把“四清”总部设在宏道公社西社大队。随从他的工作人员有校办主任、校报记者、警卫人员等等。山西省给他派了一位公安人员和一位医生。后来，他要物色一位秘书，主要是记录他的讲话，写些工作报告、工作总结之类。我被选中了。我只是一个大学四年级、没有任何社会经验的学生，怕难以担此重任。他见我面有难色，鼓励我不要怕，可以在实践中不断学习提高。

孙校长和蔼可亲、平易近人，对我写的每篇文字，不厌其烦地详细阅改，从提炼观点到运用材料都一一给予指点，使我受益匪浅。

当时参加“四清”的师生，在当地受到农民的热情“款待”：师生们开始挨家挨户“派饭”时，农民们总是拿出自家在过年时才吃的白面来招待。孙校长非常关心农民疾苦，在了解这种情况后，制定出一条纪律：工作人员不准吃老乡的白面。他让人告诉老乡，即使做了白面，队员们也不会吃。农民们闻之感动不已。

他对农民有着深厚的感情。有一位青年农民，小时给狼咬了，整个脸破损，相貌丑陋吓人，孙校长后来把他送到北京，自己掏钱请医生为他整容，使他面貌大为改观。此举在全公社传为美谈。

孙校长工作很忙，但经常参加劳动，与农民促膝长谈，帮农民解决困难。农民称赞他说，老孙同志是个好人。一次，山西省省长卫恒驱车到西社大队看望孙校长，农民们围着省长的小轿车议论说，老孙同志原来是一位"大官"。

有空时，孙校长还给我讲些故事。西社大队绝大部分人都姓续，著名革命家续西峰上将和续范亭中将就是这个村子的人。孙校长告诉我，他在听毛主席做《整顿党的作风》的报告时，中途，续范亭突然走进来听报告。毛主席当即停止了讲话，走下讲台，和续范亭握握手，然后再走上台去继续做报告。

我在孙校长身边工作了一段时间，就换了比我高一届的刘济民同学（刘后来曾任国务院副秘书长）来担任他的秘书。孙校长对我很信任，调我任西社三队工作组组长。而其他各组的组长多是由系教研室主任担任。我仍然在他身边工作，和刘济民同睡一个炕。

"四清"结束前，师生们都要写总结。我写了《方向·途径·迈步》，孙校长详细看了我的总结，在他认为写得好的句子下面画了横线，还在有些地方做了批注，如"永远不要忘记过去"等等。

在"文革"初期，孙泱被江青一伙诬陷为"三反分子""特务"。孙泱不堪凌辱，于 1967 年 10 月自杀身亡，时年 52 岁。

2005 年 9 月，我参加第三届"世界华文传媒论坛"后赴陕西考察。在太原，和邢建堂、王昆顺、杨小中等同学见了面，并一齐专程到定襄县走访了当年我

“四清”的西社村。村支部书记带我们去看当时孙泱校长的办公地点和住处。一推门，我愣住了：院落保存完好，一切依旧。院子一角的厕所、院里一排三个房间、房间前面的空地……完全和当年一样，40年，这里已经是人去楼空。我在院子里伫立良久、百感交集，此时此刻，孙泱校长的音容笑貌又清晰地浮现在我的脑海中。我在想：斯人已逝，怎么他工作、居住过的地方竟40年没有变过样？冥冥中，这不正是为了纪念他吗？这不正是为了让我们到此来凭吊他吗？

照片中，最右边的是校党委副书记赵德芳同志，我对他不太熟悉，后来知道他曾就读于抗日军政大学，是彭德怀的机要秘书，曾跟随彭总转战大江南北，于1964年调入中国人民大学。相信赵书记现在仍然健在，在此，我遥祝他老人家健康长寿。

最后，谈谈这张照片的拍摄经过。1964年夏，学校领导人和各系毕业生合影留念，从照片上可以看到，校领导后面有叠起来的桌子，那是让毕业生们站着照相的。因为时值盛夏，骄阳如火，酷热难当。一批人照完之后，立刻有人上前给领导们打伞。我和新闻系的几位同学，拿着照相机，在领导们眼前晃来晃去地拍照。这时，我听见吴老指着我们几个问打伞的人：那些拿着相机照相的都是什么人？回答说，是新闻系的学生，他们在练习摄影呢。

吴老一听非常高兴，立刻向后挥挥手，对打伞的人说：“你们撤了吧，让他们好好拍照。”就在这当儿，我急忙“咔嚓”地拍下了这张极其珍贵的照片。这张照片的拍摄，体现了吴老对学生的殷切关爱。我制作了几张，分送给这几位领导留念。同时，我自己也留下了一张，作为永久的忆念。

2006年5月于深圳

（《与祖国共命运 中国人民大学新闻系66届同学文集》，
香港商报出版社，2006）

我的“阿瓕”

温儒敏

温儒敏（1946— ），广东紫金人。1969 年毕业于中国人民大学中国语言文学系。著有《新文学现实主义的流变》《中国现代文学批评史》等。

“阿瓕”（“瓕”读 mí）是我对母亲的称呼，如同叫“妈妈”。后来才知道这是古音，有些客家人保留了这种古代的称谓。我从小就这样称呼妈妈，有些特别，反而觉得亲切。遗憾的是“阿瓕”离开我们 12 年了，我已经有 12 年没有当面喊过“阿瓕”了。每年回广东老家给父母扫墓，兄弟姐妹、亲戚友朋几十口人，到了墓前拔草、祭奠、放鞭炮，每次都是那样“热闹”一番就过去了。我就想，若有机会能安静一点，让我一人在墓前坐坐，喊几声“阿瓕”，和母亲说说话，该多好呀。

今年，我特意选择一段平常的日子，与妻子回老家扫墓。到墓地的人少，祭扫完毕，我和妻子及陪同的亲戚说，请你们先去别处等我，让我单独和“阿瓕”说说话。这才有了和我的“阿瓕”独处、可以痛快地喊声“阿瓕”的机会。

二十年前，“阿瓕”随我姐姐住广州，后又跟妹妹居深圳，年迈多病，心里肯定很盼我去看看她，但从来没有明说过。我老是工作呀、事业呀，一二年才去探望一次。“阿瓕”患青光眼，视力极差，模模糊糊见到儿子，满脸皱纹松弛下来，绽放出笑容。她最欢喜的事情便是给儿女讲《圣经》故事，我从小就听过无数遍，也许她不记得，或者是陶醉于这种讲述，还是要不厌其烦地讲。我乖乖地倾听，有时装作对某些情节特别有兴趣，要她复述，她就兴致特别高，耶和华呀、摩西呀、所罗门呀，连声调都颇有些抑扬顿挫。这可能是她最快乐的时分吧。

但我每次回去探望也就住三五天，还有许多应酬，便要匆匆回北京了。她便有些焦虑，尽管不舍，还总是说，工作要紧，看看就赶紧回吧。现在回想，为何不能多陪老人几天，真的就那么忙，一年到头就很难多挤些时间和“阿婴”说说话吗？而现在只能在墓地里和“阿婴”说话了，真是后悔呀。

“阿婴”名黄恩灵，1917年生于广东紫金一个基督教家庭。我外祖父是牧师，毕生传教，乐善好施，在当地有很高的威望。牧师享年85岁，去世时正值“文革”爆发，却也未曾受到冲击，甚至还有很多人披麻戴孝去参加葬礼，这也堪称传奇。“阿婴”幼时颇受父母宠爱，上过教会学校，读到初中毕业。在二三十年代，女孩子读书是非常奢侈的事。19岁，她由父母做主嫁给我父亲温鹏飞（望生）。父亲出身贫寒，虽然我祖父是“崇真会教士”，也以传教为业，但“级别”比牧师低，家里穷。父亲十六七岁就离家外出打工，在香港东华医院当学徒，多年苦练掌握了一些医术。28岁到紫金龙窝镇开设西医诊所，是当地最早的西医之一。“阿婴”嫁给父亲是不太情愿的，据说新婚不到一个星期就写信回娘家诉苦，毕竟大家闺秀，一时适应不了比较苦的生活。但也就这样互相扶持，过了一辈子，生下9个孩子（有2个夭折了）。父母都很爱我们，他们很辛苦地把我们兄弟姐妹7人全都养育成人。

“阿婴”有“男女平等”的想法，性格倔强，总希望能相对独立，有一份自己的工作。50年代土改时，她独自一人带着我的两个姐姐回去乡下，分了田地，盖起房屋。一个女人家，多不容易！后来公私合营，父亲的诊所被强行合并到国营的卫生院，父亲当了卫生院的医生。“阿婴”说她连拉丁文都认识，看得懂药方，也要求去卫生院“工作”。那时有个“工作”似乎是很体面的事情。“阿婴”果真当了大半年的药剂师，每天上班穿着白大褂给病人拿药。那是她最舒坦的日子，后来常常要提起的。

可惜很快就赶上各种运动，“阿婴”重又回家当家庭妇女。此后几十年，经历了“大跃进”、三年困难时期、“文革”动乱，一家生活过得非常艰难。五六十年代，父亲的工资每月 80 元，当时可谓高薪。可是家里人口多，7 个孩子都要上学，花销很大，总是寅吃卯粮，入不敷出。“阿婴”要靠为人家织毛线衣来补贴家用。一件毛衣织七八天，也就得八九元工钱，她总是在昏暗的油灯下织呀织，把眼睛都熬坏了，后来得了青光眼。

“文革”前后，父亲先是下放到乡下，降格为“赤脚医生”，后又到一个制作铁锅的小厂当厂医，他到七十多岁才退休，长年累月在外边，很多时候都不能和“阿婴”在一起。孩子们陆续都成家了，像我早就远走高飞、到遥远的北京上学了,“阿婴”经常一个人守着小镇上的店家，后来又独自回去乡下的老家，过“空巢”生活。那时她六十多岁了，还得自己烧柴打水。我们也不时会寄点钱给她，她连一盏灯都舍不得点，孩子们寄来的生活费，绝大部分都捐献给了当地的教会了。据教会人士说，“阿婴”的奉献是全县第一多。其实当时我们也知道她总是省吃俭用在做捐献，但只能随她，这是精神依托。

兄弟姐妹都想接“阿婴”到城市住，7 个子女的家她都住过，但终究还是想住自己的老屋。有一年回去她和我说，老了，还和“徙兜猫”(客家话，意思是居无定所的猫）一样！有些伤感。“阿婴”何尝不想和孩子在一块儿，可是住个三月五月，她又要回乡下。“阿婴”希望一个人独立清净，更怕“拖累”孩子，她总是为孩子着想。一直到 80 岁上下，实在走不动了，才不得不到广州深圳等地，由我的姐妹来照顾她。她最后就终老在深圳——对她来说总是喧嚣而又陌生的城市。

80年代初和90年代初，我也曾经接她老人家到北京来过，那是母子团聚的欢乐时光。上街时，我想搀扶她，她会突然甩开我，表示还不至于老成那样呢。我们陪她游北京动物园，她有些返老还童，最喜欢看老虎、狮子和大象，扒着围栏老半天不愿离开。那时我在中南海的业余大学兼课，想办法找来参观券，陪她参观过毛主席的菊香书屋。我们还游览过颐和园与故宫。每当她看到自己认为有趣的东西，就会像孩子一样惊呼“果绝呀！”（这是客家话中骂人的话，常在惊叹无语时使用。）这时，我是多么惬意。

可是“阿婴”两次来京，都只住了个把月，就着急要回广东。她眼睛不好，希望住亮堂的地方，而我当时的寓所在未名湖北畔，老旧的四合院，树荫和竹影太浓，她觉得暗，住不惯。现在想来，“阿婴”的不惯，也因为我当儿子的照顾不周。比如，有什么我们觉得好吃又有营养的东西，总希望“阿婴”能多吃点，若老人不吃，就跟她急，不会从老人角度想想，为何不吃。我对自己的孩子有耐心，但对老人就不见得，当初若有对孩子耐心的三分之一去侍奉“阿婴”，也许再“不习惯”，她也乐于在北方多住些时日吧。

现在，我能做什么？只能一两年找个机会，独自上山坐在“阿婴”的墓前，和她说说话，“逗”她喜欢。

墓前待久了，有时仿佛又能看到“阿婴”正静静地坐在椅子上，拿着放大镜费劲地读《圣经》。阳光透过窗户流泻在“阿婴”佝偻的身上，如同一幅迷离的油画。

（《中华读书报》，2017年第5期）

重返“北大荒”的感悟

何家弘

何家弘（1953— ），北京人。1986年起任教于中国人民大学法律系。著有《同一认定——犯罪侦查方法的奥秘》《中美检察制度比较研究》等。

一

……我终于回到了阔别多年的“北大荒”。站在熟悉的“大宿舍”和“大食堂”这两栋与其他比较而言堪称高大的土房中间，我感到异常兴奋，但是那兴奋之中也包含着些许焦虑和不安。老连长来了，见到我很高兴，也很热情，立即召集连队的年轻人到大宿舍开会，听我讲话。虽然这有点儿突然，但是我从事教学工作多年而且经常四处演讲，因此并不感到紧张。在大宿舍里，我站在门口处，看着坐在两边大炕上那几十张陌生的面孔，兴致勃勃地讲述了我当年在连队的生活经历和这些年的奋斗成就。虽然我讲得很动情、很激昂，但是那些年轻人脸上的表情都很冷漠。我不禁有些惶然，甚至出现了张口结舌、语无伦次的状况。最后，我仓皇地在稀稀拉拉的掌声中结束了演讲。老连长对我的讲话似乎也不太满意，简单地跟我打了个招呼就匆匆地走开了。这些年来，我已经习惯了听众的喝彩与热烈的掌声。此时的冷落让我感到手足无措。从“大宿舍”走出来，我很有些沮丧，在泥泞的土路上漫无目的地走着。在不知不觉中，天色渐渐黑了下来。我的肚子饿了，便走进“大食堂”，想买些饭吃，但是我没有饭盒，食堂的工作人员也不借碗筷给我，而周围的人都冷冷地看着我，嘴角流露出一丝嘲笑。我只好逃了出来，去找老连长，但是没有找到。看着那一排排土房的窗户里泻出的稀疏昏黄的灯光，我感觉自己似乎置身于荒山野岭之中，一股寒气在我的脊柱中油然升起。我深一脚浅一脚地走到自己当年住过的青砖房，推门进去。在昏暗的灯光下，看见两边的炕上都睡满了人，只有自己当年睡觉的位置还空着，但是没有被褥。我问同屋的人，我能否睡在这里。又问，在什么地方能找到被褥。他们都趴在被窝里，昂起头来看着我，但是都不说话，脸上挂着奇怪的笑容。我感到非常尴尬，只好和衣躺在又凉又硬的土炕上，煎熬着等待天明……

这是一个梦，或者更准确地说，是我经常做的一种梦。虽然每次梦中的具体情节并不尽同，但基本内容与情调是一样的。我不知道自己为什么总会做这样的梦，也不知道从心理学或精神分析的角度应该如何解读我的梦，但是它确实已经成为我生活中的一部分——无法割舍也无法忘却的一部分。

如今，我离开“北大荒”已经28个年头了。这些年，我一直想回去看看，但是一直没有机会。随着年龄的增长，随着岁月的流逝，这种愿望也越来越强烈。于是，我就越来越频繁地重复着那相同的梦境。直到有一天，我真的回到了“北大荒”——并非在梦中。

二

2005年6月10日上午，我应邀在黑龙江大学法学院做完学术报告之后，立即在该院几位教师的陪同下乘车离开哈尔滨，开始了我的“怀旧之旅”。我们途经安达、明水、拜泉、克东、北安等地，于下午4时许到达了以“休眠火山群”驰名世界的五大连池。安排好住处之后，我们就在导游姑娘的引领下，开车来到在那十几座火山中名气最大的老黑山。沿途，我们观看了蜿蜒的“石河”与壮观的“石海”，然后弃车步行，登上了老黑山的顶峰。站在火山之巅，俯视着脚下那令人生畏的巨大火山口，我感到了崇拜大自然的诚惶诚恐；站在蓝天之下，眺望着面前那广阔原野上一个个突兀的火山和五个首尾相连的湖泊，我又感到了享受大自然的心旷神怡。想当年，我在“建设兵团”当“知识青年”的农场离这里并不太远，但那时只听说过“五大连池”，却一直无缘游览。在那“激情先燃烧后熄灭的岁月”，“旅游”对我们来说是一个非常奢侈的概念。

夜幕降临之后，五大连池市的街道上仍然很热闹。直到午夜时分，城市才渐渐安静了下来，只是偶尔还会传来几声狗的吠叫。我躺在宾馆的床上，身体很疲惫，却久久不能入睡。30 多年前的往事犹如电影般浮上我的脑海——

1969 年 10 月 7 日凌晨 1 时许，我们在坐了 30 多个小时的火车之后，来到了赵光火车站。在站前广场那昏黄的灯光下，我们背着行李、提着大包小包，像逃难的人群一样拥挤着、喊叫着，最终分别爬上了一辆辆军用卡车。我们的卡车驶出车站，驶出赵光镇，进入了一片漆黑的旷野之中。车灯照亮了前面的一小片路面，并随着车身的起伏而不时地将两道光柱射向深邃的夜空。借着天上的星光，我们可以看出两边那黑黢黢的山林的轮廓。而每当路边出现了几点灯光的时候，我们的车上就会有一小阵骚动。卡车在颠簸不平的土路上行驶了约一个小时，终于停在了两排土房的旁边。老连长迎接了我们，并把我们安排在食堂的库房里临时过夜。库房里有一铺炕，墙边摆放着一溜大缸，散发出老咸菜的气味。我们 19 个男女同学就挤在这间小土房里度过了“知青生活”的第一个夜晚。我清楚地记得，在灯光熄灭之后，黑暗中传出了压抑的啜泣声……

大约在天色朦胧的时候，我才进入了朦胧的睡眠状态。而当我醒来时，窗帘的缝隙已然泻入了一缕阳光。我看了一眼手表，还不到 6 点钟。简单洗漱一番之后，我便下楼来到了宾馆门前的空场上。这天是端午节，也是五大连池风景区一年一度的“饮水节”，因此，这清晨的街上就已经有了熙熙攘攘的行人和车辆。我绕到宾馆的后面，站在一排小树的旁边。这里比较安静，而且可以眺望远处的火山峰。我呼吸着清新的空气，看着周围的景色，不过，我的心已经飞向了那阔别28年的第二故乡——我奉献了八载青春年华的“沈阳军区黑龙江生产建设兵团一师七团十八连”。

三

早饭后，我们驱车绕过北安市区，沿着平坦宽阔的柏油公路来到赵光镇——赵光农场总部的所在地。一进赵光镇，我的心跳便加快了，我感受到了一种难以名状的紧张。我的目光在道路两旁搜索着，但是那一栋栋居民楼和一家家店铺都不是我记忆中赵光镇的模样。终于，我看到了团部医院那已相当破旧的老房子，也看到了熟悉的火车站和旁边的大烟囱，还有一些似曾相识的房屋和街道。穿过镇区，我们在通向“二营”的铁道路口休息片刻，然后在当地法院和检察院同志的引领下，驱车直奔我们当年的“营部”。

这里都是沙土路。因为日前下过大雨，所以路面有很深的车辙，有些路段还很泥泞。这样的道路很快就在我的记忆里引起了共鸣。当年，我曾无数次在这样的道路上走过，或者步行，或者坐马车或拖拉机，当然也有自己开着拖拉机的时候。我们戏称这样的道路既是“洋灰路”，又是“水泥路”，因为它一刮风就扬起灰尘，一下雨就道路泥泞。路旁的景色也是我非常熟悉的。一望无际的田野，绵延起伏的山林，统统罩上了一片迷人的绿色；山坡上那星罗棋布的房屋，山沟里那水波粼粼的池塘，又给这画面增添了几分鲜活的色彩。不过，我似乎今天才发现，“北大荒”的景色竟然是如此美丽——特别是当人们在蓝天白云下远远望去的时刻。也许，这就应验了“距离产生美”的道理——不仅是物理学上的距离，也包括心理学上的距离，因为我的生活已经与这里的生活有了相当遥远的距离。

就在我遐想之时，车停了下来。我看见在前面引路车的旁边站着一个身材敦实、头发花白的老人。他和车里的人说了些什么，然后就转身向我坐的车走来。我定睛一看，他正是当年开拖拉机的陈旺师傅。我连忙跳下车来，迎上去，两人紧紧地拥抱在一起。我们都很激动。原来，当地接待我的人已经事先和陈师傅取得了联系，说我要回来，因此他很早就站在这路旁守望。我到陈师傅的家里看了看（他的家已经从“连里”搬到了“营里”），又到“营部”的办公室和现任领导聊了一会儿，然后和陈师傅一起坐车来到我此行的最后一站——我曾经生活工作过的“十八连”。

田地还是那样广阔，道路还是那样泥泞；土坯房还是原来的土坯房，篱笆墙还是原来的篱笆墙。然而，我们住过第一夜的库房和天天去打饭的“大食堂”都不复存在了；我们多次在里面学习开会和演唱“样板戏”的“大宿舍”也不复存在了；我们学会用辘轳从井中打水的井房也不复存在了；我们停放拖拉机和农机具的“农机场”也面目全非了，只有“保养间”还孤零零地站在那里；我们当年亲手用石头和砖瓦修建起来的“俱乐部”（大礼堂）已经分割成一间间办公室；那栋专为“知青”修建的“青砖房”和后面的“小学校”也都变成了一户户职工的住家，原来的篮球场已变成一家一户的菜园子。不过，当年我们在田间路边亲手种下的一行行小杨树已经长大成材，似乎在证明着一代“知青”的汗水和理想。

几个当年的老职工听说“知青”回来了，立刻急匆匆地从家中赶了过来。在场院边上，他们围着我，激动地拉着我的手，用最淳朴的语言倾诉着他们对“知青”的感情，并且一再讲述他们在电视里看到我时的那份激动和骄傲。他们带着我四处走走看看，谈论着当年的人和当年的事。我得知当年很多一起工作过的老职工都已经离开了人世，心中不禁有些凄楚。这时，一位中年妇女走过来，问我还认不认识她。见我回答不上来，旁边的人就笑着告诉我，她是当年食堂班长老张的女儿。我曾经担任过两年的司务长，主管食堂工作。我终于在她的身上看出了当年那个小女孩的形象。于是，我的心中又生起许多慨叹。但转念一想，我们这些当年风华正茂的小青年，不也都已经年过半百了嘛！正所谓：28 年过去，弹指一挥间！

依依不舍地告别了“十八连”的老职工，我们一行又乘车返回“营部”。在我的印象中，“连队”离“营部”非常遥远。但是如今在丰田越野车的轮子下，这段路却显得很近。回到“营部”后，我们在陈旺师傅的儿子开的饭馆里吃了一顿地道的东北饭。陈师傅原来就很少饮酒，如今已经 65 岁，更是滴酒不沾，但是他今天很高兴，开怀畅饮，直喝得有些面红耳赤。席间，他经常抓住我的手，诉说着那些年和这些年的事情。午饭后，我们要赶回哈尔滨。站在车旁，陈师傅拉着我的手，眼角留下了泪水。我的眼睛也湿润了……

四

离开赵光镇之后，我们驱车经海伦和绥化赶回哈尔滨。一路上，我的心情很轻松，仿佛刚刚完成了一篇耗费心血的论文，或者刚刚结束了一场尽心竭力的讲演。虽然内心还有些残余的兴奋，但是思想已经带着疲劳和倦意松弛下来。坐在疾驶的越野车里，我时而把目光漫无目标地投向广阔的原野，时而让思想无拘无束地驰骋在无边的意境。然而，我的眼前一次又一次地浮现出两个字，我的思想也一次又一次地凝聚成一个词，那就是——人生！

人生犹如一次旅行。在这个每人只有一次机会的旅行中，你无法选择起点，甚至也无法选择终点，唯一可以选择的就是速度和路径，而这也就使得人生的旅途呈现出各不相同的特征。有些人根本不知道选择，盲目无求却也无怨无悔地走完旅程；有些人自愿放弃选择，随缘顺流但也自得其乐地度过一生；有些人不断地选择，在不断变换不断更新的同时往往也留下了各种各样的遗憾；有些人始终如一地选择，在执着的求索中用痛苦去换取欢乐。其实，任何一种人生旅途都具有两面性：既有明媚的阳光，也有狂暴的风雨；既有欢乐的体验，也有痛苦的磨炼；既有坎坷的路段，也有平坦的里程；既有辉煌的时刻，也有平淡的岁月。一帆风顺只是美好的愿望，一路平安就是令人羡慕的人生旅程。

人生宛如一条河流。开始时，它只是一条涓涓细流的小溪，嬉笑跳跃着在山谷间流淌，用好奇的目光欣赏着两旁的花草和树木；后来，随着水量的积蓄和能量的增长，它逐渐形成一条大河，激流汹涌波涛澎湃，日复一日地向前奔流，甚至无暇观望两岸的美丽景色；再后来，随着河岸的拓宽和地势的趋缓，水流的速度逐渐放慢，于是又有了观赏风景的时间，只不过那两岸的风光再美丽也难以在其昏花的老眼中留下鲜活的影像了；最后，在河流的入海处，它无声无息地融会到茫茫的大海之中，顶多在那融会的地方留下几朵细小的浪花。诚然，有些河流在没能投身大海的时候就已然干涸了，那是生命的不幸。

人生就像一个故事。每当一个生命诞生的时候，一个人生的故事就开始了。然后，随着年龄的增长，那故事也不断地发展演变，直到生命终结的那一天。很多人都认为自己的故事是非常独特的，是与众不同的，但事实上，每个人的故事都在很大程度上重复着前人的故事。虽然每个故事中的主人公各不相同，虽然每个故事发生的时间地点各不相同，虽然每个人似乎都在以自己的方式演绎着故事的情节，但是千百年来，人们的故事都在讲述着一个相同的主题：那就是生命的过程。诚然，有些人的故事很精彩，有些人的故事很平淡；有些人的故事是喜剧，有些人的故事是悲剧。但是，故事就是故事，归根结底都是人编造出来的，尽管有些故事编造得很滑稽甚至很无聊。如果一个人的故事能够得到他人的关注乃至传诵，那就是人生中最大的幸福。

…………

汽车驶进了哈尔滨市区。我的“怀旧之旅”结束了，然而，此次旅行在我心底搅起的波澜却很难平静下来。人生旅途、生命之河、人生故事，这些似乎早就听他人讲过的话语久久地萦绕在我的心头，使我不由自主地思考着自己的过去、现在和将来。于是，我又想到了本文开头的那个梦境，我不知道读者会怎样解读。我真诚地希望，热心的读者能够将你的解读告诉我。谢了！

（《法学家茶座》，2005 年第 3 期）

我的“北京同事”雷立柏

杨慧林

杨慧林（1954— ），北京人。1990年毕业于中国人民大学中文系后留校任教。著有《移动的边界》《圣言·人言》等。

有幸先读雷立柏的《我家北京》并写写感受，似乎有点像旧时文人的唱和。而雷立柏居然有“101个理由”证明“外国人应该爱北京”，更可联想到苏曼殊当年“奉答”一位朋友的绝句：“相逢天女赠天书，暂住仙山莫问予；曾遣素娥非别意，是空是色本无殊。”

雷立柏住在北京已有20年，如他所说，确实算是“相当久了”。因此“暂住仙山”当是“久住仙山”，而为什么同样无须有问？或可说无论他的“101个理由”何在，无论我们彼此的理由有否不同，其实不过是“空”“色”的分别而已。真正重要的，是他已经在北京住了20年，是他对北京的接触、考察和理解会让我们这些“原住民”多少感到惊讶，是他把我们共同生活的“人民大学校园”视为“舒适之地”。

初识雷立柏，是在北京大学临湖轩的一次会议上。当时尽管中、英文同属会议的工作语言，却由于国外代表的实际情况而不得不以英文为主。大约在会议临近结束之际，突然有一位年轻的“老外”主动操起流利的汉语侃侃而谈——有如70年前圣约翰大学的一位并不太老的“老朽”在使用英语的会议上突然发声："吾今日可操国语以语中国人之所欲者乎？"那位"老朽"是钱锺书的父亲钱基博，而这位"老外"就是雷立柏。

于是我知道雷立柏来自奥地利，是到北京大学哲学系攻读博士学位的，其研究对象竟是汉代的思想家和科学家张衡。此后不久刘梦溪先生召集座谈会，嘱我去认识一位年轻的国外学者，并说"他可能是二十年以后欧洲最好的汉学家"。我去了一看，又是雷立柏。

后来雷立柏到中国社科院世界宗教研究所从事博士后研究，再往后，就成了我的同事。老实说，起初我并未意识到这将是一位"北京同事"。人大的老师们多以"雷立柏"或者"雷老师"称之，我却始终用 Leo；他好像对此也很满意，甚至觉得这表明我对"老外"自身的习惯比较尊重。实际上，这本来是因为德国学者 Hans Kung 的名字被译为"孔汉思"之后，有好事者为之刻了一方印，简称"孔子"，我担心雷立柏早晚要成为"雷子"。好在他知道北京土话中的"雷子"是警察。而他怎么会知道"雷子"是警察？这种江湖切口好像早就被废弃了吧？

雷立柏当然很重视自己的传统，记得他曾对我解释过：Leo 亦即 Leopold，本来是奥地利国王的名字。我猜他由此得到过不少积极的心理暗示，乃至这本书专门向读者交代了"我的名字是'雷'"；另外在"我与爱新觉罗的关系"一节，与中国皇族后裔的见面被描写得格外有声有色。不过根据我听到的传说以及我本人的亲历，Leo 与奥地利历史的链接已成次要，更多的倒是他真的越来越像"北京同事"。

比如，他可以骑着自行车穿遍北京的大街小巷，可以在市场或者公共汽车上找人聊天，据说最难以置信的，是他告诉汽车售票员自己是从新疆来北京卖羊肉串儿的。其中的细节也许已难考证，但是至少以下几件事情是我本人所见：

一次我去意大利访问，有位朋友希望我能留在罗马大学任教两年。这当然是完全不可能的，因此我答应推荐一位“西文比我好、中文也不差”的学者，对方欣然应允。没想到当我推荐雷立柏之时，他的回复却是如下：“我非常高兴你能把我作为中国学者推荐给欧洲人，不过我还是宁愿留在北京。”

另一件事与雷立柏津津乐道的拉丁语、古希腊语和古希伯来语有关。他的《我家北京》有“在北京生的孩子”一节，这是写土生土长的北京人吗？非也。无论他说“三个爱人”还是“三个孩子”，都是指拉丁语、古希腊语和古希伯来语。雷立柏到人大任教的十多年里，始终开设拉丁语和古希腊语课程，后来他又提出申请，增设了古希伯来语。就我所知，这可不仅是“爱人”和“孩子”，还被他当作“三个代表”到处宣讲。

前几年中国政府与欧盟启动了“中欧高级别人文交流对话机制”，由刘延东副总理和欧盟委员瓦西利乌分别担任双方的主席，每年轮流在北京和布鲁塞尔召开会议。某次会议是让我代表中国学者用英语发言，让雷立柏代表欧洲学者用汉语发言，雷立柏所谈的正是这“三个代表”。会后刘延东副总理对他说：“你讲得好。”雷立柏为此颇为得意：“你看，刘延东副总理也说我的‘三个代表’讲得好。”我只好解释说：“刘延东副总理是说你的汉语讲得好。”

2007 年以来中国人民大学陆续承办了五届“世界汉学大会”，每届大会都选用一对中西哲人相互关联的警句，以提点主题。最让雷立柏感到兴奋的，大概就是每次都有古希腊语的深度参与。比如“和而不同”（《论语》）与“对立产生和谐”（赫拉克利特），“同归而殊途”（《周易》）与“此路亦彼路”（赫拉克利特），“与时偕行”（《周易》）与“因势而通”（柏拉图），“道不远人”（《中庸》）与“理无分殊”（柏拉图）；其中古希腊引文的最后审定，当然都由雷立柏负责。而他永远都会留意这些琐碎的“会务”，并且乐此不疲。

此类事情尚多，毕竟我们已经做了十几年的同事。而我之所以说他越来越像“北京同事”，还有另一段故事。当初他来人大任教，是按照国家外国专家局多年前规定的标准聘用，故而虽有教授的名衔，待遇却不及中国的教授们；人大提供了住房和每年一次往返奥地利的机票，才算聊作弥补。雷立柏从来没有问过这些，反而因为自己直接做了教授甚感不安，并且主动提出“是不是应该先做副教授”。现在我才可以说：那时候我真不好回答他的问题，只是暗自觉得这实在不是“雷子”，却可能有“雷锋”的潜质。幸好，近些年的发展果然没有辜负雷立柏对中国、对北京的热爱，我们终于有了长期聘用国外学者担任全职教授的政策，雷立柏也就正式享有了“北京同事”的种种待遇。

对此他会怎么说？这本书里没有写。不知他是否还记得曾经开过的玩笑：我到人大工作就好比来到了“解放后”，现在的日子简直就是“改革开放”以后了！

以上是我所认识的这位“北京同事”。仔细想想，我们之间的差异很可能多于我们的相似，然而这并不妨碍我们相互倾听，从而也才有了一向的信任和坦诚。不同文化之间应该也是如此，既然“仙山”可以“久住”，未必需要追究“是空是色”。所谓“空”“色”，“迷执”而已，文化的相遇和碰撞，则恰恰可以破执。

（《我的灵都》序，新星出版社，2017）

火车站，小姐姐……

王家新

王家新（1957— ），湖北丹江口人。2006年起于中国人民大学文学院任教。著有诗文集《塔可夫斯基的树：王家新集1990—2013》等；译著有《保罗·策兰诗文选》等。

“没有人可以伴哭，没有人可在一起回忆”
——阿赫玛托娃

1989年3月下旬，海子在山海关卧轨自杀。最早把这一消息传给我的是老木，当时他在文联大楼的《文艺报》上班，我在他们楼下的诗刊社上班。老木一贯风风火火的，遇到这事更显得火急火燎，他匆匆来到我的办公室，劈头盖脑地告诉了我这一噩耗后，还没有等我反应过来，他的人影已不见了——大概去筹备追悼会或其他什么活动去了。

而我愣在那里！怎么会呢？不可能吧？就在大半个月前，海子还来过这里，一如既往地和我在一起谈诗，我们甚至还一起上楼去文联出版公司买书。没有任何征兆，没有任何迹象！唯一的迹象是他在同我的谈话中，谈到了他春节回老家安庆期间的一个发现：黑暗不是从别处，是在傍晚从麦地里升起来的！

但在当时我并不怎么在意他的这个“发现”，直到后来我在他的遗作《黑夜的献诗》中读到这样的令我战栗不已的诗句：

黑夜从大地上升起
遮住了光明的天空
丰收后荒凉的大地
黑夜从你内部升起

也许正是在那一刹那，我才如梦初醒般地理解了海子的死。我知道了一个写出如此诗篇的人必死无疑，因为他已径直抵达到生与死的黑暗本原，因为他竟敢用一种神示的语言歌唱，因为——他已创造了一种可以让他去死的死！

然而，我却不愿轻易说出这一切。海子的壮烈的死，在我看来，也使一切的言说显得苍白。在此后的日子里，我推却了陈东东的约稿，他将在《倾向》第 2 期出一个纪念专辑；而在更早，不知怎的，我甚至没有去参加海子的追悼会。我知道我需要更长的时间才能理解这一切。我在内心里如此执拗，就是不愿相信海子及后来骆一禾的死——正如我不敢相信那一年所发生的一切一样！

那是在 4 月初，海子死后还不到一周。我在家里闷着，但又坐立不安。我似乎也隐隐感到了一禾所说的雷霆（他在整理海子遗作期间写下的诗：“今年的雷霆不会把我们放过”），但又不知这是一种什么样的雷声。就在这种茫茫然中，我一再想到一个人，那就是诗人多多，想骑车去新街口附近他的家去（那时北京的普通家庭中还很少有电话），想告诉他这一消息，想和他在一起谈论，或者干脆在一起沉默——在沉默中默默分担这笼罩着我们的一切！

是的，在那时我最想见到的就是多多。我们认识的时间不长，但相互间却有一种默契。他经常一个人到我家来，一谈就谈到很晚。可以说我热爱多多，不仅喜爱他的诗，还赞赏他的人本身——从他那里我感到的是作为一个诗人最优异的品质。说来话长，在那时的北京诗人圈子里，虽然对多多的诗歌天才早有公论，然而对他的人，许多人却敬而远之——他的傲气，他的暴烈和偏激，让许多人都受不了。传说有一次他和一个老朋友发火时，在人家的阳台上掂起一把自行车说扔就扔了下去。然而很怪，对他的这种脾性，我却能理解。一次在一个聚会上，多多一来神就亮起了他的男高音歌喉，接着还念了一句曼杰斯塔姆的诗“黄金在天上舞蹈，命令我歌唱”，然后傲气十足地说：“瞧瞧人家的诗，这才叫诗人！哪里像咱们中国的这些土鳖！”可以说在那一刻，我一下子就喜欢上了多多！

当然，多多的生活中还有着另一面，那就是独自面对命运的黑暗并与它痛苦搏斗的一面。记得有一次在我家，当他看到我的刚过五岁的叫他“多多叔叔”的儿子（顺便说一句，多多特别喜欢孩子，在他临出国前还不忘要我选一幅他的画送给我的爱画画的儿子），颇动情地问我：“家新你知道吗，我也曾有个女儿……”我当然知道，因为“多多”这个笔名就是他的早夭的小女儿的名字！但我一直没有问及此事，怕触及他的隐痛和创伤，也不便问他为什么这样做（是为了纪念？还是为了让死亡在他那里活着？），我所知道的是，他一直在以内在的暴力抵御着外在的暴力。可以说从一开始他就是一个顶着死亡和暴力写作的诗人。这就是我所知道的多多。他自己一直为死亡所纠缠，他的性格那样暴烈，他在孤独和痛苦中承受的又是那么多，我怎能把这样的消息传递给他？！

我就这样压下了去找多多的念头。但是，我没有到多多那里，他却到我这里来了！时间是4月初的一个深夜。那时我和我的家人住在西单白庙胡同的一个有着三重院落的大杂院里。夜里11点左右，我听到屋外一个熟悉的叫我的声音，开门一看，正是多多！他在院子里那棵黑乎乎的大枣树下放好自行车，然后像地下党人似的紧张而神秘地走进屋来，还没有坐下，就这样问：“家新，我听说海子自杀的事了！是不是因为我呵？”声调里有一种抑制不住的惶惑和不安，我心里一震，嘴上一面赶紧说“不，不”，一面安顿他坐下，并赶紧找杯子沏茶。

我当然明白多多说的是什么。他指的是头年在我家举行的“幸存者”活动。“幸存者”是80年代后期由芒克、唐晓渡等人发起的一个北京诗人的俱乐部，多多和我都是它的首批成员（虽然多多和我都对“幸存者”这个名字有异议），海子是后来才加入进来的。那一次，轮到在我家举行活动，去了二三十人，屋子里挤得满满的，根本没有那么多地方坐，人们只好站着或靠着；屋子里唯一的单身沙发，人们留给了多多，多多当仁不让地在那里坐了下来，并点起烟，一副大师的派头。那么，怎么开始？像往常那样“侃”诗？静默了二三分钟，也没有人挑头，“那就念诗吧”，有人提议。这一次，海子自告奋勇地打头。他先念了一首，没什么反响，“我再念一首吧”，接着念了一首新写的比较长的和草原有关的诗。这一首节奏更为缓慢，在我的印象中，只能算是海子的中等水平的诗（我想我还是比较了解海子的诗的）。这之后，依然没有什么反响。气氛有点尴尬。这时，多多说话了：“海子，你是不是故意要让我们打瞌睡呢？”就是这句话，使多多后来深深地内疚不安。但了解80年代诗歌圈子的人知道，那时的人们就是这样在一起谈诗的，不像现在有那么多的矜持和顾虑。多多这样一说，气氛有点活跃起来。在我的印象中，人们七嘴八舌地提了一些意见，但并没有像后来所传说的那样把海子的诗“贬得一无是处”。人们也并不是有眼不识天才。如果当时海子念的是像《黑夜的献诗》这样的诗，我想说不定多多会一下子站起来拥抱住这位“兄弟”（这是多多对他所认同的诗人爱用的称呼）的！多多就是这样一种性情。我了解他对诗的那种动物般的敏锐直觉，更知道他对诗的那种赤子般的热爱（这里仅举一例：多多出国前一直在《中国农民报》编副刊，一次他很激动地对我谈到一个农村作者寄来的诗稿《我是田野的儿子》：“写得好哇，就跟我写的一样！我也是田野的儿子呵！”）海子可能在当时受到刺激，但我想他并不会因此而对多多和其他诗人有什么看法，或改变他一直对多多所抱的崇敬之情。后来有人把这件事和海子的自杀联系起来，我更是不能同意。那晚人散后，因太晚不能赶回昌平，海子就住在我家。一同留下的还有另一个朋友，他们一人睡在长沙发上，一人睡在折叠床上。我记得在睡前我们又谈了一会儿，海子是有点快快不乐，但我想他是在想他自己的诗。他并没有说任何人的不好。他不是那种人。在这方面，他永远单纯得就像一个孩子。

话再回到 4 月初那天晚上。多多在屋子里坐下后，我关了大灯，开了书桌上的台灯。我的妻子和孩子已在里屋睡了，只有我们俩在外屋低声聊着。夜色的深邃和宁静并不能使人平静。我们都被海子的死深深地震撼了，“家新，今年一定有大事发生，你等着吧，一定有大事发生！”多多在谈这一切的时候，就像大地震前的小动物一样躁动不安（后来发生的一切才使我理解了他那惊人的预感）。一会儿，话题又回到海子的死上。这一次，多多不解地、若有所思地问我：“家新，你说怪不怪，这两天我翻海子的诗，他写过死亡，写到过火车站、小姐姐……哎，我也写过这些呀！我这样写过：小姐姐向火车站走来……”而我抑制着内心的战栗听着。后来我曾想从海子和多多的诗中找到有关的诗篇，但又作罢，还有必要去找吗？死亡一直就在那里！在童年的铁锈斑斑的火车站上，在“小姐姐”那贫困而清澈的眼睛里，更在我们自身生命中那不可理喻的冲动里……是到了让死亡来造就一位诗人的时候了。想到这里，尤其是想到近年来我自己也曾经历的那种几乎要“越界”的精神危机，我这样对多多说：“海子是替我们去死的！”

一时间多多无语，我亦无语，在十多年前的那个愈来愈深重的夜里。

两个月后，多多去了英国。当闻知这个消息后，我心中的一块石头落了地。

四五个月后，西川在到我家的路上在西单路口碰到一个人，他对那个人说他梦到了海子和一禾，他们一起要他到他们那里去。待他到我家后，我大吃一惊：数月不见，西川一下子变苍老了，配上那件他穿了多年的浮士德式的破旧的蓝色长工作衫，像是刚从地狱里出来似的！

三年后，当我在伦敦的乌云翻滚的天空下再次见到多多后，我更是不敢相信：多多的头发几乎全白了。

而在这之后的第二年春天，也即90年代的第一个春天，仿佛是从寒冬的门口出来，当我经过北京西北郊一片荒废的园林，看到一群燕子飞来，在潮润的草地上盘旋并欢快地鸣叫时（是在那里寻找蠕动的小虫子吧），我不由自主地站住了。这就是梦幻般的春天吗？是的，然而生命的复苏却使一种巨大的荒凉感重又涌上了我的喉咙——在那一刻，我想起了我们曾经历的苦难青春，想起那曾笼罩住我们不放的死亡，想到我们生命中的暴力和荒凉……我想起这一切，流下了眼泪。于是回来后我写下了一首诗：

车站，这废弃的
被出让给空旷的，仍留着一缕
火车远去的气息
车轮移动，铁轨渐渐生锈

但是死亡曾在这儿碰撞
生命太渴望了，以至于一列车厢
与另一列之间
在呼喊一场剧烈的枪战

这就如同一个时代，动词们
相继开走，它卸下的名词

一堆堆生锈，而形容词
是在铁轨间疯长的野草
…………

就这样，我写下了我的哀悼和纪念。现在，当我回想这一切时，已是 2001 年 7 月 14 日。昨夜彻夜的狂欢似乎仍未平息，连我也受到感染。我衷心为这个国家祝福，更为广场上那些因申奥成功而狂欢的青年祝福——是的，七年后的中国将属于他们，七年后的他们正是登上所谓“历史舞台”并大展身手的时候，他们甚至还不知道“苦难”这个词，为什么不狂欢呢？但同时，就在我这样想时，我更深切地感到了一种寂寞。的确，一切全变了，这已是一个和十多年前甚至三四年前都不一样的时代。然而苦难并没有变为一种记忆，因为没有人记忆。于是，恰恰就在电视中传来的举国狂欢中，我感到一切正离我远去。我再次想起了海子——死亡已使舞者和那最后的舞蹈化为一体，使他永远定格在永恒的 25 岁；想起了多多——他现在仍乔居在欧洲的某一个国家，带着一头白发，眺望那已看不见的黑暗田野；想起了新街口马相胡同、前门西河沿街、西单白庙胡同这些我曾居住过的、现在恐怕已逐一从新版北京市区地图上消失的地名。是的，一切已不存在或将不存在，一切甚至还没有来得及化为一支挽歌。唯有不灭的记忆仍留在心中，唯有那不灭的记忆仍在寻找着流离失所的人们。想到这里，我再一次找出多多的近作《四合院》，它写得是多么好呵。我读着它，惊叹于诗人语言天才的再度迸发，同时，又禁不住泪流满面——为一位游子的家国之思，为那“撞开过几代家门的橡实”，为那些在神话的庇护下“顶着杏花互编发辫”的姐妹，也为那一阵阵为我们所熟悉的“扣错衣襟的冷”……是的，无尽的文化乡愁、多少年的爱与恨、一种刻骨的生命之忆，这一切，找到了一个名叫多多的诗人：

把晚年的父亲轻轻抱上膝头
朝向先人朝晨洗面的方向
胡同里磨刀人的吆喝声传来
张望，又一次提高了围墙
…………

除了久久凝望这些令人战栗的诗句并梦呓般的重复它外，我还能说什么呢。是的，在这里，在这个寂静的远离市区的燕山脚下的乡村院落里，当我遥想多年前的那个一去不复返的时代，当我怀念着那些光辉的生者和死者，我只能这样喃喃自语地重复说：张望，又一次提高了围墙！

2001 年 7 月，北京昌平上苑

（《天涯》，2001 年第 6 期）

一个人的三条河

阎连科

阎连科（1958—　），河南洛阳嵩县人。2009年起于中国人民大学文学院任教。著有《日光流年》《受活》等。

生命与时间是人生最为纠结的事情，一如藤和树的缠绕，总是让人难以分出主干和蔓叶的混淆。当然，到了秋天到来之后，树叶飘零，干枯与死亡相继报到，我们便可轻易认出树之枝干、藤之缠绕的遮掩。我就到了这个午过秋黄的年龄，不假思索，便可看到生命从曾经旺茂的枝叶中裸露出的败谢与枯干。甚至以为，悦然让我写点有关作家与死亡、与时间的文字，对我都是一种生命的冷凉。但之所以要写，是因为我对她与写作的敬重。还有一个原因，是朋友田原从日本回来，告诉我了一个平缓而令人震颤的讯息，他说谷川俊太郎先生最近在谈到生命与年岁时说道："生命于我，剩下的时间就是笑着等待死亡的到来。"

富有朝气、卓有才华的诗人兼翻译家田原，年年回来总是给我带些礼物。我以为他这次传递的讯息，是他所有礼物中最为值得我收藏的一件。在日本的亚洲文学，或说世界文学，大江健三郎、谷川俊太郎和村上春树，约是最为醒目的链环。他们三个人中，诗人谷川俊太郎年龄最长，能说出上边的话，一是因为他的年岁，二是因为他的作品，三是他对自己作品生命的自省和自信。由此我就想到，于一个作家而言，关于时间、关于死亡、关于生命，可从三个方面去说：一是他自然的生命时间，二是他作品存世的生命时间，三是他作品中虚设的生命时间。

自然的生命时间，人人都有，无非长短而已。正因为长短不等，有人百岁还可街头漫步，有人早早夭折，如流星闪失。这就让活在中间的绝大多数，看到了上苍对人的生命之无奈的不公，滋生的人类生命本能最大的败腐，莫过于对活着的贪求与渴念，因此膨胀、产生出活着的无边欲望和对死亡莫名的恐慌。我就属于这绝大多数中最为典型的一个。在北京，最怕去八宝山那个方向。回老家最害怕看见瘫坐在村口晒太阳的老人和病人。十几年前，我的同学因为脑瘤去世，几乎所有在京的同学，都去八宝山为他送行，唯独我不敢去那儿和他最后见上一面。可是结果，大家去了，在伤感之后，依然照旧地工作和生活，而我却每天感到隐隐的头痛头胀，严重起来如撕如裂，于是怀疑自己也有脑瘤，整整有半年时间，不写作，不上班，专门地托亲求友，去医院，找专家，看脑神经、脑血管和大脑相关的各个部位。单各种 CT 和核磁共振的片子拍得有一寸厚薄。医院和专家，也都不惜你的钱两，看见小草就说可能会是一株毒树，不断地引领你从感冒的日常遥望癌症的未来，直到最后在北京医院求见了一位八十多岁的脑瘤专家，他在比对中看完各种片子，淡淡问我：“你看病自费还是报销？”我说：“全是自费。”他才朝我一笑，说你的头痛头胀，还是颈椎增生所致，回家按颈椎病按摩去吧。

实话说，我常常为死亡所困，不愿去想人的自然生命在现实中以什么方式存在才算有些意义。躲避这个问题，如史铁生一定要把这个问题想清弄明的执着一样。比如写作，起时是为了通过写作进城，能够逃离土地，让自己的日子过得好些。让自己的生命过程和父母的不太一样。后来，通过写作进城之后，又想成名成家，让自己的生命过程和周围的人有所差别。可到了中年之后，又发现这些欲望追求，与死亡比较，都是那么不值一提，如同我们要用一滴水的晶莹与大海的枯干去较真而论。诚实坦言，直到今天，我都无法超越对死亡的恐慌，每每想到死亡二字，心里就有种灰暗的疼痛。会有种大脑供血不足的心慌。就是二三年前，北京作协的老作家林斤澜先生因病谢世，我找不到理由不去八宝山为他送行，回来后还连续三个晚上失眠烦恼，后悔不该去那个到处都是“祭”字、“奠”字和黑花、白花的地方。现在，弄不明白我为什么要继续写作，我就对人说：“写作是为了证明我还健康地活着。”我不知道这句话里有多少幽默，多少准确，只是觉得很愿意这样去说。因为我不能说：“我写作是为了逃避和抵抗死亡。”那样会觉得太过正经，未免多有秀演。可我把死亡和写作，把一个人的自然生命和文学联系在一起时，我实在找不到令我和他人都感更为贴切、更为准确，又可信实的某种说辞。我常常在某种矛盾和悖论中写作。因为害怕和逃避死亡才要写作，而又在写作中反复地、重复地去书写死亡。《日光流年》我说是为对抗死亡而作，其实也可以说是因恐惧死亡而悠长地叹息。《我与父辈》中有大段对死亡浅白简单的议论，那也其实是自己对死亡恐惧而装腔作势的呐喊。我不知道我什么时间、在什么年岁可以超越对死亡的恐慌，但我熟悉的谷川俊太郎先生，在年近八十岁时说了“生命于我，剩下的时间就是笑着等待死亡的到来”那样的话，让我感到温暖的震撼。这句对自然生命与未来死亡的感慨之言，我希望它会像一粒萤火或一线烛光，在今后的日子里，照亮我之生命与死亡那最灰暗的地段和角落，让我敢于正视死亡，如正视我家窗前一棵树木的岁月枯荣。

如果把人的自然生命视为一条某一天开始流淌、某一天必然消失的河流，于作家、诗人、画家、艺术家等等相类似的职业而言，从这条河流会派生出另外的一条河流来。那就是你活着时创作出的作品的生命时间。曹雪芹活了四十几岁，而《红楼梦》写就约 250 年，似乎今天则刚入生命盛期。没有人能让曹雪芹重新活来，腐骨重生，可也没有人有能力让《红楼梦》消失死去，成为废纸灰烬。卡夫卡41岁时生命消失，而《城堡》《变形记》却生命漫延不衰，岁月久长久长。他们在活着时并不知自己的作品会生命久远，宛若托尔斯泰活着时，对自己的写作和作品充满信心一样。一个画家不相信自己的作品可以长命百岁，并不等于他不想自己的作品生命不息。一个作家之所以要继续写作，源源不断，除了生存的需求，从根本去说，他还是相信或者侥幸认为自己可以写出好的乃至伟大的作品来。如果不怕招人谩骂，我就坦然我总是存有这样侥幸的莽撞意愿。但我也知道，事情常常是事与愿违，倍力无功，如一个一生长跑的运动员，到死你的脚步都在众人之后。你的冲刺只是证明你的双脚还有力量的存在，证明你在长跑中知道掉队但没有选择放弃和退出。如此而已，至多也就是鲁迅歌颂的“最后一个跑者”罢了。

在中国作家中，我不是写作最多的，也不是最少的；不是写得最好的，也不是最差的。我是挤在跑道上没有停脚者的一个。跑到最前的，他在年老之后，可以坦然地站在高处，面对夕阳，平静而缓慢地自语：“时间于我，剩下的就是微笑着等待死亡。”因为他们在时间中证实并可以看到自己作品漫延旺茂的生命，而我于这些证实和看到的，确是不可能的一个未来。何况现在已经不是一个阅读的时代。何况已经有人断言宣布：“小说已经死亡！”在我来说，我不奢望自己的作品有多长的生命力，只希望上一部能给下一部带来写作的力量，让我活着时，感到写作对自然生命可以生增存在的意义。今天，不是文学与读书的时代，谷川俊太郎的诗在日本却可以每部都印十余万册，且从他二十岁到七十九岁，六十年来，岁岁如此。这样我们对诗人已经不可多说什么，就是聂鲁达和艾青都还活着，对今天日本人痴情于某位诗人的阅读，也只能是默默敬仰。这位诗人太可以以“微笑着等待死亡”的姿态面向未来。而我们一生对写作的付出，可能只能换回当年烂俗的保尔·柯察金的那句名言：“回首往事，他不会因为虚度年华而悔恨”。如此虚肿的豪言，也是写作的一种无奈。作品的存世，只能说明我们活着时活着的方式。希望自己写出传世之作，实在是一种虚胖的努力，如希望用空气的砖瓦，去砌盖未来的楼厦。但尽管明白如此，我还是要让自己和堂吉诃德一样战斗下去，写作下去，以此证明我自然生命存在的某种方式。“决然不求写出传世之作。一切的努力，只希望给下一部的写作不带来气馁的伤害”。这是我今天对写作、对自己作品生命的唯一条约。

努力做一个没有退场的跑者，这是我在没有战胜死亡恐惧之前的一个卑微的写作希望。

有一次，博尔赫斯在美国讲学，学生向他提问说：“我觉得哈姆雷特是不真实的，不可思议的。”博尔赫斯对那学生道：“哈姆雷特比你、我的存在都真实。有一天我们都不存在了，哈姆雷特一定还活着。”这件事情说的是人物的真实和生命，也说的是作品的永久性。但从另一个侧面说，探讨的是作品和作品中的内部时间。作家从他的自然生命之河中派生出作品的生命河流。而从作品的生命河流中，又派生出作品内部的时间的生命。作品无法逃离开时间而存在。故事其实就是时间更为繁复的结构。换言之，时间也就是小说中故事的命脉。故事无法脱离开时间而在文字中存在。时间在文字中以故事的方式呈现是小说的特权之一。20 世纪后，批评家为了自己的立论和言说，把时间在小说中变得干枯、具体，如同呈现在读者面前的一具又一具的木乃伊。似乎时间的存在，是为了写作的技术而诞生；似乎一部伟大的作品，从写作之初，首先要考虑的是时间存在的形式，它是单线还是多线，是曲线还是直线，是被剪断后的重新连接，还是自然藤状的表现。总是，时间被搁置在了技术的晒台上，与故事、人物、事件和细节可以剥离开来，独立地摆放或挂展。时间欲要清晰而变得更加模糊，让读者无法在阅读中体会和把握。而我愿意努力的，是与之相反的愿望和尝试，就是让时间恢复到写作与生命的本源，在作品中时间成为小说的躯体，有血有肉，和小说的故事无法分割。我相信理顺了小说中的时间，能让小说变得更为清晰。在理顺之后，又把时间重新切断整合，会让批评家兴趣盎然。可我还是希望小说中的时间是模糊的，能够呼吸的，富于生命的，能够感受而无法单单地抽出评说晾晒的。我把时间看作小说的结构。之所以某种写作的结构、形式千变万化，是因为时间支配了结构，而结构丰富和奠定了故事，从而让时间从小说内部获得了一种生命，如《哈姆雷特》那样。人的命运，其实是时间的跌宕和扭曲，并不是偶然和突发事件的变异。我们不能在小说中的人生和命运里忽视时间的意义。时间从根本上在左右着小说，只有那些胆大粗疏的写作者，才不顾及时间在小说中的存在。理顺时间在小说中的呈现，其实就是要在乱麻中抽出头绪来。有了头绪，乱麻会成为有意义的生命之物。没有头绪，乱麻只能是乱麻和垃圾堆边的一团。我的写作，并不是如大家想的那样，要从内容开始，“写什么”是起笔之源。而恰恰相反，“怎么写”是我最大的困扰，是我的起笔之始。而在“怎么写”中，结构是难中之难。在这难中之难里，时间的重新条理，可谓结构的开端。所以，我说“时间就是结构，是小说的生命”。我用小说中的时间去支撑我的作品。用作品的生命去丰富我自然生命存在的样式和意义。反转过来，在自然生命中写作，在写作中赋予作品存世呼吸的可能，而在这些作品内部虚设的时间中，让时间成为故事的生命。这就是一个作家关于时间与死亡的三条河流。生命的自然时间派生出作品的存世时间；作品中的虚设时间获得生命后反作用于作品的生命；而作品的生命，最后才可能让一个作家在年迈之后，面对夕阳，站立高处，可以喃喃自语道：

“时间于我，剩下的就是微笑着等待死亡的到来。”

2010年10月14日

（《芳草（经典阅读）》，2015年第4期）

时时想着她

邵华泽

邵华泽（1933— ），浙江淳安人。1960年毕业于中国人民大学哲学系研究生班。著有《生活与哲学》《历史转变中的思索》等。

关于我的母亲，至今没有写过一篇文章，但我从心底里时时想着她。上世纪50年代初她到部队来看我时的合影，一直摆放在家里最显眼的地方。每当阳光洒拂照片，过去的时光，便在回忆的宇宙里悄然开放出芳香。

母亲徐秋姣，是一位一字不识的农家妇女，慈祥、勤俭、善良，乐于助人。在我们那个百来户人家的村子里，没有人不夸赞她。从本村迁往外地居住的一位医师和诗人邵涵海，曾赋诗一首《代妈谢秋姣嫂》："谢寄家乡味，馨香慰五中。相思永不倦，两地自相同。"（见2002年4月《邵宅村志》第1版）

母亲小时候家境贫寒，弟弟又体弱多病，所以十来岁就跟着大人一起下地干活，还缠着脚，风里来，雨里去，辛苦非常，也许正是这种艰辛，磨炼了她的意志和品格。

有几件小事是我终生难忘的。

我的家在浙江西部淳安县一个很偏僻的山村。父亲是农村私塾老师，那时教一年书仅得几担粮食，家庭经济不富裕。我的大哥没有念过一天书，连自己姓名都不会写。二哥念书，但不幸英年早逝。全家都寄希望于我，父亲更是恨铁不成钢，对我学习上的要求极其严格，真正是一位“严父”。我识字很早，上学不久，父亲就要求我练习毛笔字，一天一张小字，一张大字，隆冬酷暑不能例外。记得 8 岁那年，有一天放学回家路上，正巧遇见邻居一位叔叔在给几个小朋友讲《三国演义》，我是第一次听这么有趣的故事，全神贯注，听得津津有味，把写字的事全丢在脑后，到晚饭前回家才想起来，可这时要补救已经来不及了。父亲知道后大怒，用戒尺打我的手心，十大板子下来，手肿得连饭碗都端不住了。母亲见到我，掉出了眼泪，但她不是简单地爱怜我，而是借此机会给我讲道理，说一个人从小要有志气，该做的事就要坚持去做，不能三天打鱼两天晒网；人还要守信用，自己答应做的，就要做到。否则，养成一种懒懒散散的习惯，说话也不算数，长大了是什么事也做不成的。父亲的十大板和母亲的一席话，使我小小的心灵受到很大震动，从那以后，我学习更用功，再也没有被父亲打过手心。

在我 10 岁生日的时候，母亲用节省下来的钱，买了一块质地较好的花布，给我做了一件长衫。这花布很素雅，我很喜欢，但是只穿了几次，洗过以后晾在外边就被别人收走了，我很伤心，母亲也很难过。后来还是她开导我，说一个人衣服穿得漂亮当然好，但是做的事不好，还是会被人瞧不起的。她是在安慰我，更是在教育我：人活着要有本事，品行要端正，这样人家才看得起。

1950 年冬，我正在建德县城省立严州中学高中部念书，为了响应抗美援朝、保家卫国的号召，报名参了军，全校批准三十名，我是其中之一。建德离家乡有一百多公里，因为事情紧急，又没有什么条件联系，报名时未能征求父母的意见，离校之前也没有回家去看看他们。家里节衣缩食供我上高中，本来是期望我将来上大学，所以我一直有些内疚，怕参军一事伤了他们的心。第二年母亲到部队来看我，我给她讲当时决定参军的心情和没有办法同家人商量而感到的不安，谈入伍后感受到的人民军队的温暖。还没等我说完，她就说：“你不要把妈妈看成是落后分子，我们在村子里也组织学习，也懂得一些道理了。爸爸妈妈都支持你为国家出力。”简短的几句话，朴实、有力，真是知子莫若母，我情不自禁地流下了感激的热泪。

1976年11月29日，母亲因脑溢血突然去世，走完了她淳朴、辛劳的一生，终年76岁。噩耗传来，我十分悲痛。那时我在解放军报社时事政策处任副处长并临时主持工作，两个孩子都上学，便商定由我夫人回去了一趟，代表全家向敬爱的母亲致以深切的哀悼，并且冒着风雪天气把我年届八旬的父亲接到北京。直到1982年父亲逝世我回家时，才在母亲的坟头献上了一束鲜花，深感儿时的记忆是一种彻骨的真切，浸透了我整个生命的旅程，我在心里默默地祝愿：安息吧，亲爱的妈妈。

（《中华儿女》，1995年第9期，收入本书时有改动）

幸福的母亲

马俊杰

马俊杰（1962— ），辽宁大连人。1984年毕业于中国人民大学哲学系，同年留校工作至2015年。著有中短篇小说集《情况反映》等，话剧作品集《巴赫金的狂欢》等。

我妈自己觉得一生很幸福，可我们做儿子的却认为她遭了一辈子的罪。

我妈不是那种强装欢笑的虚伪人。她有一说一，有二说二，冷就是冷，饿就是饿，绝不会冻得发抖扇扇子，饿着肚子打饱嗝。她说她幸福，那就肯定是幸福。

幸福在于被感知，那是一种真实而愉悦的感觉。妈妈的幸福感从何而来呢？这是一个值得探究的谜。

我妈在不满两岁时母亲病逝，父亲瘫痪，她几乎成为孤儿。她的父亲（我从未见过的姥爷）炕上拉尿，生活完全不能自理。尚不会说话的她只好跟着她年迈的爷爷和年幼的哥哥弄口饭吃。大人们喂鸡、喂狗时顺便抓一把吃的扔给我妈，若鸡不叫，狗不咬，他们也想不起时常被饿得哭不出声音的“小死鬼儿”。再大一点时，我妈就能爬着、跑着与猪狗争食吃了，她没有被饿死、被猪狗咬死，简直就是世间奇迹。

我们曾经问她，小时候遭罪吗？她回答，那才多大点儿，根本就不记事儿，哪知道什么叫受苦遭罪呀！这么多年了，早忘得一干二净啦！

妈妈幼年的事情，是她的哥哥（我的舅舅）后来告诉我们的，我妈确实早就忘了。我妈的记忆力很有意思，有极强的选择性。凡是对自己不利的事情，她转头就忘。受过的苦、遭过的罪她记住的很少。相反，她专记好事，包括梦里吃了顿饱饭，若干年后还能津津乐道，像真有那么一回事儿似的。这大概就是妈妈感到幸福的奥秘之一。

只有一件事情她一直耿耿于怀，那是三十多年前，二儿子（我二哥）偷偷拿了她的 8 毛钱又给弄丢了，她为此几乎把二哥活活打死。那时妈妈在生产队里干活，因她个子小，每天只记 5 个工分，相当于男劳力的一半。当时，年景不好，10 个工分才兑 9 分钱，8 毛钱几乎是一个月起早贪黑的全部收入。

妈妈越老越喜欢钱，喜欢得要命。她乐意把大票子换成零钱，再一遍一遍地数。现在我们要是给她一百元一张的大钞票，远不如给她一百张一元面额的小票子更能使她兴奋。如果票子是新的，她更欢喜得不得了。她甚至愿意用两元钱的旧票换一块钱的新钞。这些年，她常把一捆捆崭新的纸钞，小心翼翼地存放在各种花花绿绿的点心盒子或绸缎包裹里，生怕有贼进屋偷走，结果往往是自己弄不清钱放到哪去了，急得满屋子转。若有邻居来串门，她还时常把一沓沓新票子拿出来给人看，说是儿子儿媳孝敬她的，以换取邻居们的羡慕和嫉妒。其实，那点钱数目很小，但在她看来，这是儿子儿媳们的心意，是一笔数不清的财富。她搞不懂百、千、万、亿之间的数量关系，俨然以为自己是“百万富翁”，富得不能再富了。

像许多穷苦出身的劳动人民一样，妈妈生活得很节俭。剩菜剩饭是绝不会倒掉的，就连长了绿毛霉烂变质的窝窝头，她也要咽下去。她说她吃了新鲜的东西会坏肚子，这种歪理邪说她坚持了一辈子。令人难以置信的是，她至今没有因为吃了腐烂的食品而中过毒。父亲和我们曾为此经常和她发生激烈的争执，但从未改变过她的饮食习惯，她顽固地奉行着自己的主张。

洗脸水是不能用一次就泼掉的，她要先洗一遍手巾，再洗一回抹布，然后可能是袜子之类的东西，直到那盆水变得发黑发黏发腻为止。不足巴掌大小的碎布，妈妈也要把它收藏好，留着补衣服用。如果在前二十年，这是可以理解的，但坚持到今天，显然已经是很滑稽了。节省是她快乐和幸福的又一源泉。

我妈妈 34 岁以前，一口气生了六个孩子，五男一女。女儿命薄，9 个月大时夭折了。这是母亲心里永远的痛，谁也不敢轻易提起。她说，只有这个女儿长得像爸爸，很好看。因为我父亲年轻时的确是个美男子，这不仅是我妈妈的看法，也是村子里人人皆夸的。直到现在，只要她想起曾经拥有的女儿，便泪水涟涟，她说，她天生就是没有女儿的命。她又说，儿媳妇们对她比亲生的女儿还好！她很知足。

我妈说得没错。她的儿媳妇们个个都很孝顺，她们对婆婆的照顾和挂念几乎超过了对自己的母亲。妈妈从小没有得到过母爱，“自己做了母亲也不会疼爱孩子”，这是她老人家 60 岁以后，经常说的一句自责话。小时候，我们常挨妈妈的打和骂，她脾气不好，家里的孩子又多，日子过得很苦，吃了上顿没下顿，大的叫，小的闹，她哪有耐心哄孩子，只有采取简单粗暴而又直接有效的方式来调教儿子。乡下人说，“棍棒底下出孝子”，这句话在我们家真的灵验了。她的五个儿子没有一个人不孝敬妈妈的。心理学家告诫父母说：打骂会使孩子自卑。我妈养的五个儿子没有一个逃过母亲打骂的，但他们现在都很自信。我们兄弟间曾不止一次地专门讨论过这个话题，结论是“小时候挨过的打和骂，锻炼了我们坚强的心理承受力和自强不息、不屈不挠的奋斗精神”。我妈说，你们小时候挨了我那么多的打，可一个也没打傻了，都是老天爷在照应。她虽没直接说她打我们“有理”，但也暗含着打我们“有功”的意思在里面。她常向前来“取经”的邻居们介绍说：我的这五个有出息的儿子，都是我打骂出来的。这是她感到幸福的重要原因。

妈妈没念过书，到了晚年才自强不息地认了十几个字：大、小、中、天、日、白、上、下、人、东、西、北、牛、马、生、死。她的儿子中有读北京大学的，于是她学会了“北”和“大”。有读中国人民大学的，她又认出了“中”和“人”。大儿子和二儿子都当干部，她便掌握了“上、下”和“东、西”。小儿子当了大夫，她又知道了“生”和“死”。

儿子不自卑，她更不自卑。妈妈虽大字不识几个，却敢在北大校园里自称“教授”。有一年夏天，我妈来北京，住在北大的儿子家里，闲着没事儿，便下楼到院子里跟邻居家的保姆唠嗑。人家问她是干什么的，她脱口而出：“我是北大教授。”说话时脸不变色心不跳。等儿媳妇回家时，她原原本本地把自己的“自我介绍”学给媳妇听。儿媳妇——堂堂的北大哲学博士竟笑得直不起腰来，冲着乡下婆婆竖起了大拇指，说，妈，您真棒，我还是副教授呢！

妈妈弄不懂博士、硕士有何不同，在她眼里儿媳妇是平等的，她从不以学历高低来做区别。在妈妈看来，儿媳妇就是儿媳妇，博士、硕士、护士、战士统统一样。她有两个儿媳妇拥有博士学位，但她并不另眼相看。在我妈眼里，儿子都有本事，媳妇得听儿子的话，永远要服从于丈夫。除了大儿媳妇她略有偏爱外，其他四个儿媳妇她都一视同仁。每个媳妇过门时，她都给二百块钱，谁也不多不少。妈妈跟每个儿媳妇都谈得来，没有任何沟通障碍。她没受过系统的教育，说话有时会深一句、浅一句，不讲究语法和修辞，但这丝毫不影响她与儿媳妇们的深度交流。头一回我带妻子回家，妻子性格内向，少言寡语，这让我妈很不习惯。她瞅了我一眼，当着头次进门的儿媳妇的面说：“你怎么找了个木头人？”我妻子脸红着尴尬地笑了笑，我妈紧接着来了一句：“吓死人了，木头人还会笑！”

我们这五个做儿子的在找对象、谈朋友时都把丑话说到了前头，事先告诉她们未来的婆婆说话做事的种种怪异惊人之处，以便让做儿媳妇的有个心理准备。也许是“预防针”打得太多了，儿媳们后来凑在一起说：“咱妈可不像他们哥几个说得那么邪乎，多好哇！天底下哪儿能找到这么好的婆婆啊！”儿媳妇们从心底认同并爱戴和孝敬这位自以为是“北大教授”的文盲婆婆。没上过大学，没受过所谓的科班教育，这也是她的幸福所在。

我妈只来过两次北京，每次也只住了一个月。她说，不管是南京还是北京，都没有住在自己家里“精”。她生活在乡下，不习惯住在都市里，更不愿意给儿女添麻烦。她来北京住，与其说为了享福，不如说是为了照顾面子。邻居们常羡慕老太太的福气，夸赞她儿子有出息并怂恿她搬到北京来住。她身体不好又晕车船，坐车很痛苦，但她还是下定决心要到北京的儿子家住一住，她要用行动证明给乡亲们看，让他们相信自己儿子的无限孝顺。在北京的日子她很寂寞，儿子儿媳白天上班，她一个人独自在家，没人陪她说话。头几天还好，等过了一个星期，她就成天念叨着要回老家。我们劝她多住些日子，她流着眼泪咬牙坚持住了一个月，说什么也要回去了。回到老家，她便不停地向那些连县城都很少去过的老太太们炫耀京城的繁华和儿子儿媳对她无微不至的孝敬。她把儿子与国家领导人的合影相片拿出来给邻居们看，人家说这个人我们在电视上常看见，她一脸的不高兴，一把把照片给抢过来，没好气地说：“我让你看我的儿子，谁让你看他了？”她为儿子和儿媳感到自豪，这是她晚年自感幸福的主要动力。

三年前，妈妈又一次住进了医院。她年轻时身体就不好，长年的劳累和营养不良使她患上了气管炎、哮喘、肺心病等多种疾病。那一次她病得很重，连大夫都说准备后事吧！弟弟从北京急飞老家，与其他三个兄弟和媳妇、小弟妹昼夜守护，终于把母亲从死神的手里又一次夺了回来。

妈妈50岁以前从不上医院，她最大的本事是能给自己治病。牙疼了，她实在熬不住了，就自己用粗线套在牙齿上，生生地给连牙带肉地拔下来。手脚上划个大口子，她就用灶里的草灰抹一抹，继续干她的活。身上长个瘤子，她也是自己用生锈的锥子愣是给挑开了。疼能幸福吗？不能。但花钱她更心疼。相比较而言，妈妈宁可忍受肉体的疼痛，也不愿意花钱看病。正像她吃了一辈子的腐烂变质的食品而没中毒一样，她为自己动的一次次“手术”也从未感染过。什么扁鹊、华佗、关公“刮骨疗毒”，与我妈相比，不论是作为医生还是患者，他们都不在话下。

妈妈常说，我活着的时候你们常回来看看，等我要死了，你们该忙什么就忙什么，用不着急三火四地往回跑。大夫都说不行了，你们回来了有什么用。我要是死了，你们也用不着扯着嗓子大哭，我烦！

妈妈大病痊愈后，竟把预备送终的寿衣穿在自己身上照相，然后把照片寄给我们看，让儿子儿媳着实吓了一跳。惊悸之余，我们又为老母亲视死如归的精神所震撼。她的生死观是那样豁达，她说，她不管何时闭眼她都知足了，她享福太多了。

妈妈经常告诉我们的一句名言是“别做伤天害理的事，老天爷长眼呢！”她觉得老天爷不仅存在，而且还长着眼睛。他在注视着人间的一切，并会惩罚那些作恶多端的坏人。妈妈的话成为我们哥几个多年来做人处事的长鸣警钟。

妈妈不仅相信老天爷，还自称相信“主”。她常在床上跪着祷告，祈求上帝、菩萨、真主和老天爷等各路神明保佑她的儿孙们不生病、不惹祸、不遭灾。她卧病在床，这是她为儿孙唯一能做的事情。

妈妈耳朵有些背了，我们在电话的这边喊，她在那头也喊。她年纪大了，说话的声音也大了，而且口才比年轻时要好得多，说起话来很生动。前些天打电话，我问她：“我爸最近对你照顾得好吗？”她说：“好着呢，就像刚娶了个新老婆似的！”这就是我妈，一位目不识丁的幸福知足的老母亲。

我们是妈妈身上掉下的肉，血管里至今还流淌着她的血。父母的幸福，是儿女们最大的心愿。我妈疾病缠身，省吃俭用仍觉得自己很幸福，儿女们还有什么不能替她做的呢？

《安娜·卡列尼娜》一书里有一句话：“幸福的家庭总是相似的，不幸的家庭各有各的不幸！”我套用这个句式说：幸福的母亲都是相似的，不幸的母亲各有各的不幸。

不管怎么说，现在我妈感到很幸福！

2005 年 2 月

（《远看是山，近看是树》，中国人民大学出版社，2011）

父亲给了我什么

马　中

马中（1962—　），河南武陟人。1988年毕业于中国人民大学农业经济系，后留校任教。著有《环境经济与政策：理论及应用》《环境经济学与政策丛书》等。

身在喧嚣浮躁的尘世，往往心不由己。每当提笔，要写父亲，却发觉回忆是如此的片断。几十年的时光，竟不知怎么落笔。正在一心向前跑的人，认真地扭回头看原来是很难的。不说也罢。可每当人声寂寥之时，又总有一种感怀浮上心头，挥之不去。我反躬自问，父亲给了我什么。

办公室墙上悬着父亲的手迹："马中座右：傲不可长，欲不可纵，志不可满，乐不可极。"语出《礼记·曲礼上》，是亚圣孟子的话。四个"不可"，父亲集不同字形金文写成，而且写了两幅。一次我回家时，很随意地交给我，并无多话，一如他的风格。父亲70岁开始习字，喜书写后装裱送人。所录多为古人淡出名利、感叹世事、寄情山水的名篇佳句，似这样耳提面命的警句极少。因为看惯了他的散淡不羁，这幅字很让我心惊，可以感觉到他隐而不露的良苦用心。虽说是审美的欣赏，但更是冷眼旁观的敲打。所以挂在墙上，不敢不时时温习。

父亲病逝前正值SARS恐慌甚嚣尘上，无论是医生、医院里住的病人，还是病人的家属，都忌讳去医院。我是两天前被告知，父亲的病情不好。我自恃体强，一向认为人们对SARS反应过度。但顾及别人，所以给医生打了电话，特别申明，我并不在乎被传染的风险，但不知医院是否介意我去探视。答复是可以。我随后给父亲打了电话，告诉他我明天会去医院看他，并找医生谈病情。电话里可以明显听出，他的呼吸很急促，一句话已经不能完整说完。我放下电话，告诉妻子，父亲的状况不好，怕是随时会出事。当时的时间是 2003 年 4 月 28 日晚上 8 点半。大约半小时后，妹妹打来电话，说医院让马上去人。等赶到医院，父亲已经不能说话。护理父亲的小吕告诉我，父亲得知我明天要来看他很高兴。我是最后一个和他说话的亲人。

父亲享年 82 岁。以他的一直糟糕的身体状况，可以说是出乎意料的高寿了。葬礼按照他的遗愿，一切依据宗教仪轨进行，俭朴、认真、低调、迅速。突然发生的一切似乎又都在冥冥安排之中，我甚至少有悲痛，难道我的心肠真的已经磨炼得如此刚硬？丧事甫定，我着手把讣闻告诉亲朋好友。午夜时分，Dan 从美国纽约州乡下农场打来电话。和老友交谈中我不知觉潸然泪下。这是父亲走后我第一次流泪。

Dan 长我六岁，父亲患了癌症，仍健在。两个中年男人，谈起与父亲的关系和交流，感受竟是如此惊人的一致。Dan 对我没有节哀之类的慰问，令我唏嘘不能自已的是我们谈到了，父亲给了我们什么。

父亲去世之前已经住了一年医院，辗转了五家，最终还是回到最初的那家。父亲老年开始变得执拗，有了主意不容商量，一意孤行。他固执地不肯相信自己患了癌症。这使得我们的对话更少更难。但现在想想，这何尝又不是他的性格没有遮拦的表现？

我心目中的父亲是个处变不惊的人。“文革”开始不久的一个黄昏，我刚刚跟着红卫兵看他们抄别人的家，回到自己家，发现也站了一屋子的红卫兵。几个年轻的教员正指着父亲的脸义正词严地大声斥责，好像是打土豪的情景。我的心一下子提到了嗓子眼。很快，父亲就被反剪双臂押了出去，穿着拖鞋，就在我们住的院子里游街示众。好像有千万人在高喊侮辱他的口号。妹妹坚强，凛然地陪着父亲挨斗。我躲在屋里，浑身战栗，内心感到极端的屈辱和恐惧。少顷父亲回来，我胆怯地探询着他的脸，他却平心静气，一如下班回家，似乎没有发生什么事情。

更糟的事情后来还是发生了，父亲被抓走，关押在人大的老图书馆楼，几个月音讯皆无，死活不知。我和妹妹去送过几次东西，也只是走到今天的小北门，就不让进去了。每次去我都是心惊胆战的，仿佛前面就是刀山火海，但又不得不硬着头皮前往。看到凶神恶煞的红卫兵，马上就有经过日本鬼子炮楼的心情。可是一想起被关押在里面的父亲一定在经历江姐那样的刑讯逼供，我的恐惧就减弱了大半。后来父亲被释放回家，却很少听他说起被关押的经历。他似乎对于这样的遭遇早有准备了。

父亲是一个讷言的人。我们父子之间，很少直接的语言交流，即使有事要说，也经常是让母亲代言。我成年后这样的关系愈加微妙，他的一些决定一经做出，再不更改，也不做太多解释，让我只有猜度。譬如他坚决拒绝搬到人大校园居住，虽然那里的住房条件要好许多。我猜他是不愿勾起“文革”痛苦的回忆。他散尽藏书金盆洗手的决定似乎也是一夜之间做出的。他在病情渐渐沉重之后，会和老家来的亲戚说起要修爷爷的坟，说起童年接受的伊斯兰教教育，说起他的后事。但这些又很少直接和我说起。几十年来，我不记得他对我有过什么严肃认真的训示。迄今依然印象深刻并仍然受用的一次当面教诲是大约我上小学四年级时，不知为了什么，他告诉我，和别人谈话时候要看着对方的眼睛，这样尊重人。我也记不得他对我有过什么具体要求。唯一的一次是大约四五年前，他说希望在他有生之年身体允许的时候，我能自己开车带他再回河南武陟老家看看，给爷爷上上坟。可惜的是他的这个愿望最终没能实现，也成为我心中永远的愧疚。

父亲没有上过大学，但在大学任教。他没有可供炫耀的学历，没有引为自豪的老师和同学，我一直可以感受到他内心深处的孤独和危机感，这大概也造就了他不甘人后的自强精神。我生不逢时，受教育的经历也不平坦，但最终拿到博士学位，细想起来，支撑我的精神动力应该是父亲的遭遇和经历。

我童年印象的父亲是夜深时分烟雾缭绕伏案写作的背影。父亲每有一篇文章发表，都要经历这样的过程：秉烛夜书的劳作；交稿之后的如释重负；发表之后的欣喜；最后是用稿费带全家和请朋友去下馆子。我对东来顺、萃华楼、起士林、烤肉宛的认识就是那时候建立的。多少年后，自己也涉足学问，才更加深刻地理解了其中的意味和甘苦。发表文章可以满足成就感和功名欲，拿到稿费可以解决物质欲求，华堂美食又可以一了口腹之欲。依靠自己独立的思索和劳动，不仅教化了社会，也完善了自我。中国知识分子的辛苦和自得又岂是他人可以体会和感受的呢？

父亲嗜书，也是因为自学，到我记事的时候，家里已经积攒了五架书。“文革”伊始，红卫兵来抄家，把大床单拽下来，往地上一铺，再把书架往上面一扣，拖着就走了。后来才知道因为有些书里父亲批注了看法，很可能有“反毛泽东思想”的东西。书没有了，全家很快就被赶到小的房子住。“文革”结束，有些书陆续还回，但也十去八九。后来父亲又陆续把书积攒起来，还请人专门打了四个书柜。但是1990年他离休时候，却和谁也没有商量，就把亲戚和学生叫来，说，有什么你们需要的书就拿走，剩下的我卖废纸，一本也不留，连书柜也不留。而且从此绝不参加任何学术活动。父亲不当教授了，又过起了家中无书的日子。我至今无法完全理解他散书绝学的举动，为什么一个一辈子读书写书教书的人最后连一本书也不留。是因为对学问的失望？还是愤世嫉俗？抑或他想重新开始？因为他后来确实开始了书画自娱生涯。

父亲性格开朗，朋友极多。我们家里经常是高朋满座，宾客盈门。他的好朋友中，有30年代开封高中的同学，40年代南阳地下党的战友，也有五六十年代中学、大学的同事。无论世事如何变迁，大家身居何地，职务怎么变动，彼此指点江山，无话不谈，有福同享，有难同当，大有共赴国难、共商国是的慷慨意气。

父亲是一个内向的人，但很执着，性格温和却在重大问题上不肯退让或者改变看法。这也解释了为什么他与人为善却在“文革”大吃苦头。父亲是一个宽厚的人，他不计较过去几十年政治动荡带来的恩恩怨怨，特别是原谅少不更事的同事和红卫兵，大家照旧来往，不计前嫌。他欣赏和追求能够给人以美感的事物但也吃得了苦和耐得住贫寒屈辱。

人如果清心，往事就能历历。往事历历又何尝不是一次心灵的洗礼。我的思绪在经历往事之后逐渐清晰。是父亲的举手投足、接人待物、行为举止告诉了我他的风格、他的志趣、他的价值观念、他的脾气秉性。就是从这里面，我知道了他对我的期望，也获得了行动的力量。我能从他不经意的眼神中读出赞许，也可以看出依然的不屑和因此的鞭策。这大概就是父亲所能给予儿子的最大财富。从他的身上，我学会了做学问的人不应该是只专注于自己的专业而不食人间烟火。以教书为生的快乐和满足应该是自由或者说可以最大限度地不受别人驱使。我想这大概就是为什么他在50年代放下高教部的官不当，来中国人民大学做学问的动因吧。看看今天有多少无比精灵的莘莘学子对从政经商趋之若鹜，对学问的观点却只是致用而已。这里面是不是有一种传统在悄悄丧失？有一种精神在被静静地埋葬？有一种优雅在无可奈何地逝去？有一种享受在被人随意地遗忘？学者气质正在变得越来越乏味孤独无人喝彩，而又怎能不令人感到一丝难言的凄苦和悲凉。

数日腹稿之后，一挥而就于农历甲申年正月初三之三上斋

（《风范长存：马奇先生纪念文集》，中国广播电视出版社，2004）

妙悟清钟月满川

——谈经论道

青年与中年

许孟雄

许孟雄（1903—1994），福建福州人。1956年调任中国人民大学外语教研室主任。译著有《论持久战》（英译）、《子夜》（英译）等。

一

今天青年节，我是专门来说话来恭维青年，我不敏；讲道德来催眠青年，我不为。我只好逃避现实，进入理论的境界，学学英国文学批评家迭肯生，把人们分作两边理想的极端，把他们的同点故意抹杀，以利于泛论和夸张。

二

首先声明者，本人所论的青年和中年是理想的人，是极端的人，不是你，也不是我。因为你和我都是在于两端之中的真实的人。我们有时表现青年的气概，有时表现中年的神态。我所说青年和中年不能用年龄长幼为标准，因为有的人，年虽老而气青，有的人年虽年轻而意老。孙中山先生至死仍是一个青年，溥仪三岁就开始衰老了，四十岁的甲也许反比三十岁的乙青年得多。我所说的青年和中年，不过是两种不同的人生作风而已。

三

青年富于理想，遇事勇往直前，但是思虑不足，很容易弄成错误。中年重实际，所以畏缩保守。青年不怕死，中年贪生。青年热心喜功，中年冷淡自私。青年随声附和，趋向暴戾。中年自打算盘，潜心生活。青年喜欢游行，喊口号，贴标语，喊打倒，立正稍息。中年满口仁义道德，满心争权夺利。所以青年常常被中年利用，常常上中年的当。青年如果同时勇敢又讲道理，是锦上添花；青年如果同时勇敢而讲自私，是老虎添翼。所谓“后生可畏”应作此义。青年追求主义，不自私，肯牺牲，成功则得意忘形，失败则难请回头；中年不讲主义，不肯牺牲。青年追求真理，愿意牺牲自己的幸福；中年图谋自己的幸福，宁可牺牲真理。青年多食，但不贪食；中年贪食，而不多食，多食则胃病。青年好动，喜欢穿得漂亮；中年好静，喜欢住得舒服。青年喜欢花钱，装富示阔；中年喜欢积钱，装穷叫苦。青年花的是他老子的钱；中年积的是自己辛苦的钱，而且要负责养妻育子。但是有的中年俭省到吝啬，钱用盐腌起来，天天怕强盗，生时一毛不拔，死后财产归公，华侨中很多是这样。青年恋爱不贪色，中年贪色不恋爱。青年有恋爱名，无恋爱实；中年有恋爱实，无恋爱名。所以青年追求女人有进无退，中年追求女人进退维谷。青年多数不怕爱人，中年多数怕妻子。青年一二年不接近女人无问题；中年一二天没有妻子，眼镜、领带、自来水笔，什么东西都找不到，如果妻子负气出走一二夜，小孩子在家大哭起来，那更不堪设想。青年反对一夫多妻制度；中年心中赞成一夫多妻，但是不敢公开讨论，有办法的就暗中个别实行，无损于民族主义。青年敢说话不怕得罪人，中年怕得罪人不敢说话。青年性急无祸心，中年忍耐颇存恨心。青年近于诚实，中年近于虚伪。青年佩服张飞，赵子龙；中年拜孔明，曹操为师表。青年多数近君子远小人，中年多数近小人远君子。青年认为天下间女人个个是可爱，可敬，可怜，可妻的；中年认为女人都是不可爱，不可敬，不可怜，不可妻的。青年一见女人，就打算为她牺牲自己；中年一见女人，就打算为自己牺牲她。青年讲恋爱，必须付出极重代价而没得到什么好处；中年不讲恋爱，只须付出轻微代价可以得到好处甚多。青年把女人的弱点看作强点，一切失败都弄到自己身上来；中年看透女人的弱点，趁其不备，一攻而下之，一切吃亏都由女人担负。青年是女人的牺牲者，女人是中年的牺牲者。青年努力学业，不知道社会黑暗；中年知道社会黑暗，所以不必努力工作，但求无过，便是有功。青年追求理论，违有事实；中年服从事实，放弃理论。青年想创造翻新，举趾高，意气扬；中年想多妻多钱多孩子，所以意气消沉没有社会思想和热情。青年做事多有改革，亦多错误；中年做事死板具文，少有错误，因为他们主张大事化小事，小事化无事，所以公务员的工作是饮茶、看报纸。青年野心比责任心多，所以崇拜拿破仑、洪秀全；中年有家累，有责任，爱做官，爱发财，所以向孔夫子、曾国藩、煤油大王、汽车大王、花生米大王学法宝。青年喜欢阅《水浒传》《七侠五义》《西游记》《红楼梦》；中年喜阅《三国志》《金瓶梅》《马寡妇开店》。

四

国家和个人一样的，也可以分作“青年”的和“中年”的。德国和日本是“青年”的，成功速，失败也速，因为青年的毛病是在骄傲和残暴；中国和印度是“中年”的，一切不科学化，进步如蜗牛，因为中年的毛病是在于守旧和贪污。我们的文化表现中年的一切强点和弱点，只好叫作“中年”的文化，不是“青年”的文化，和平的文化，不是青年世界各国争雄长的文化。科学家富有理想力，创造力，不惮冒险和牺牲，进取而有为；没有科学头脑的中国人只有生命而没有生活，只知便宜和取巧，而且投降在权势掌握中。

结果贤能和天才都饿在家中，死在路上。中华民族的毛病是没有栽培科学家和科学精神，今后必须在“青年”的和“中年”的两者之间，截长补短，寻见一条进步大路。

（《现代周刊（槟榔屿）》，1947 年第 49 期，本文为许孟雄任中国驻马来西亚领事时于吉隆坡庆祝第四届青年节大会所发表的演说词，略有改动）

有的放矢及其他

艾思奇

艾思奇（1910—1966），云南腾冲人。曾于陕北公学教授哲学课。著有《大众哲学》《哲学与生活》等。

一

想起了中国旧时有名的故事。

《吕氏春秋》的《察今》篇，说到荆人要进攻宋国，路隔着澭水，先使人去测量澭水，把可以渡的地方记下来，准备晚上从那里涉过去。晚上水涨，荆人不注意，仍就原路前进，结果死了一千多人，进攻计划失败了。

把白天决定了的事情当作教条死守着，而在情况已完全变化了的晚上照样地做去，不知道依据新的情况做具体的补正，其危险，中国几千年前的人已经看见了，但我们现在仍常常糊里糊涂地向危险地方钻。

“察今”，这是非常重要的。要了解今天的情况、今天的特点，解决今天的问题。理论与今天的实际相结合、依据今天的情况而具体化，这就是进入成功之门的正道，否则就是走向失败的邪道。

荆人渡河的比喻，也不可生硬理解：白天和晚上，情况是完全变化了，要采取全然不同的行动指导原则，但要进攻敌人这个总方针，则是不论白天晚上都不变的。以全国情况的总结为基础的党的决定，在全国情况未起基本变化的时候，虽然在各个岗位上要灵活地具体实现，但始终规定着我们工作的总的方向。例如统一战线是总的方向，在一定的具体环境里，固然会需要展开激烈的斗争，然而在斗争中仍不能忘记统一的方向，斗争的目的是为了具体地打通这个方向。

荆人渡河的比喻自然也有完全适合的情形，例如全国的根本情况变了，在行动方向上也就会要有基本的改变。

二

最近《解放日报》登载了边区一个乡下小孩的故事，里面有一段，说他出嫁了的姊姊回到娘家来就哭泣诉苦，他却只是站在窑洞角落里睁大了眼睛望着，小小的心灵不能了解姊姊为什么痛苦。

我也曾经有过这类似的经验。很小的时候，在亲戚家里看见出嫁不久的女人回家来哭诉苦情。我当时也知道，而且事后能向人说明她是在伤心。然而这伤心，并不能深刻搅动儿童的心灵，引起真切的同情。我所感到的，宁可说一大半是奇异的心情。这一种伤心，对于小孩的认识，似乎是很隔膜、神秘和遥远。

我想，我也一定曾经睁大了眼睛，望着那伤心的人。

对同一件事，经历不同的人，所能理解的程度是完全不同的。没有相当经历，即使能朦胧地意识到某一件事是什么，却不能深刻理解其所以然。小孩和大人一样，能用同一名词来说明出嫁女人的哭泣现象：这是伤心。但对于伤心的意义，小孩所能理解的深度和广度，是和大人完全有差别的。

小孩懂得伤心，因为他也有自己的伤心的经验。但他的伤心的观念，也只能以他的贫乏的经历为内容：或是吃不到自己所想吃的糖果，或是失去了心爱的玩物。除了这些直接的刺激之外，伤心对于小孩是生疏的，对于那不与眼前的痛苦刺激直接相联系的哭泣诉苦，小孩是会感到新奇的。一般地说，伤心的概念，在小孩的认识领域中，是抽象的，内容空洞的。

同一句话，同一概念，同一理论原则，没有经验的人说出来，和有经验的人说出来，所代表的意义完全会不同，所包含到的精神完全会两样。虽然词句上可以完全相同。

黑格尔曾说，小孩和老人同样说着各种宗教的格言。但“对于老人，宗教的格言是包含着他的全生涯的意义。小孩也同样了解宗教上的内容，但对于他，除此而外就没有更多的意义。全生活和全世界，是还隔绝在它的外部的”（摘自列宁：《逻辑学笔记》）。

黑格尔并且认为，老人和小孩的肉体上的差别，并不等于他们的精神上的差别。肉体上的老人，是表示走向衰亡，所以小孩是更优越的。但精神上，思想上的老人，却是更成熟、更完全的阶段，因为它包含着全生活和全世界的具体内容。

这个比较，自然也不一定完全恰当。在事实上，顽固不化的老人，尽管生活到一百岁，在思想上有时仍往往赶不上三十岁前后的青年。但道理的实质是对的。能够包含全生活和全世界的丰富内容的思想，比较仅仅以名词概念为表帜的思想，是更优越、更高级的东西。最成熟、最完全的思想，是以最多的经验为内容的具体思想，而不是抽象的思想。

概念、名词和原则尽可以说得完全一样，但在了解上，有成熟和不成熟的分别，有具体和抽象的分别。我们需要的，是对于理论的具体了解，而不是抽象的了解。

我们有许多专门研究理论的人，过去差不多都不懂得这一个真理。我们满足于书本的背诵，词句的推敲，满足于烦琐派的、玄学的穿凿，而不能将马列主义的理论原则，做具体的领会。我们也曾想到要以事实的证例作为理解的基础，然而不是满足于书本上告诉我们的现成例证，就是只能从中国社会历史上拉一些随便割裂下来的个别例证，却不能对历史和现状做有系统的研究。我们讲的理论，全没有这样的成熟的内容，只在词句上似乎背得烂熟，而在实际上，它对于我们，却一直是生疏的。就像出嫁姐姐的哭泣对于小孩一样，是那么隔膜，那么神秘而且遥远，真正的生活内容，全然隔绝在它的外面。我们并没有触到它的精神的深处，而始终只是睁大了眼睛，对它奇异地望着。

三

讲一讲哲学上的情形吧。不用说，我们没有从中国历史，特别是近代中国革命史的精细研究中来理解辩证法唯物论的规律，我们接受苏联反对德波林孟什维克唯心论的斗争的结论时，对于苏联之所以要展开这斗争，这斗争与社会主义建设以及联共（布）党史的关系，我们也没有认真研究过。

不研究苏联历史，不以这历史内容做基础，要充分了解反德波林的斗争的意义，是不可能的。因此我们所接受过来的，是一套抽象的公式、教条，这样的接受，实际也等于小孩子对老人的牙牙学语，不能真正理解其完全的意义。

列宁研究黑格尔的态度，是值得仔细学习的，他说要批判地研究黑格尔的辩证法，而批判研究的方法，就是要以现代帝国主义发展史及无产阶级革命运动的研究作为基础，用这些实际经验和事实来验证和理解黑格尔辩证法中的许多合理因素，而不是单就黑格尔的著作来做词句上的穿凿。

德波林的研究违背了列宁的遗教。他是就黑格尔来研究黑格尔，就黑格尔的书本词句来抽象地说明辩证法，而不能依现代社会发展及革命运动的历史来正确地批判理解黑格尔的辩证法。因此实际上它仍然成了黑格尔唯心论的俘虏。他满足于书本的背诵，以文章的引证宏博为夸耀，而忘记了战斗唯物论的现实任务。

我们从苏联接受反德波林斗争的结论，也违背了列宁的遗教。既不依据苏联的历史以及现代无产阶级的革命史来理解这些结论，更不能有毛泽东同志的精神，依据中国的革命历史经验来领会这些结论，却埋着头在这些结论的字句上实行反刍。这是在言词语上跟着人反对了德波林，却在实际上学了德波林。

四

理论容易变成死教条，反德波林的结论也容易变成德波林主义。这是必须随时警戒的。在我们研究党的决定和文件的时候，也不要一刻放松了这警戒哨。

听了“整顿三风”的报告，有人会这样说：“还不是这一套！”不错，从词句上说，党的决定似乎常常不过是这一套！因为小孩用的名词和老人用的名词不会有什么分别，所以小孩会嘲笑老人说，你讲来讲去还不是这一套！

不错，决定的文字并不深奥，一读就懂，三读就熟，似乎很容易了解。但请仔细分析你所了解的是否真正的实质？我看很有问题！不然，为什么“反三风”（即当时有一些人对“整顿三风”的不正确的说法）差不多竟成了反大小厨房，反干部骑马，反看旧戏，反离婚结婚，反津贴一、二、三、四、五元了呢？党的决定的全部具体内容，主要的，就在这里吗？或者更应该把眼界放宽些，把思想用得更深些呢？

不错，吃饭，走路，娱乐，“终身大事”……是我们眼前迫切的问题，这里面当然有许多关涉“三风”的东西，把它提出来是应该的。然而把太多的脑力和最大的热情用在这些问题上，是不是就能完成研究文件“整顿三风”的任务呢？局促在食物和玩具的直接刺激范围内的小孩的苦痛经验，能够用来完全理解和解决姊姊伤心的问题吗？

你不解决我吃饭的问题：主观主义；你让他吃不让我吃：宗派主义；你解

释困难的原因吗？我不听；你说的一套都是党八股！这就是现在有些地方有些人“整顿三风”的全部逻辑。二十年流血斗争所凝结成的党的决定，在一些人的头脑里是这样庸俗化了。沉没在琐末的“小事件”中，缺少了更深广的政治意义。

在“反三风”的斗争以及党的决定的研究上，应该用主要的精力放在中国革命史的经验和现在抗战经验的学习上，应该放在自己的工作检讨上，不应该放在小事情的挑剔上——这并不是说不应该揭发和解决那些对工作有影响的小缺点和小问题。把胸襟扩大些，多注意些复杂的政治问题吧。不这样，决定的实质，对于你就会成为隔膜，神秘而又遥远的东西。

这似乎又是一套党八股！的确，“政治，政治”，这些字眼讲得太多，“自由”思想家就会要说“这是党八股”的。然而党八股之为党八股，并不因为它有充分的政治内容，相反地却因为把政治词句变成了空调头。充实的政治意识绝不是党八股，相反地，在反党八股的旗帜下，向琐末的小事堆里爬行，并离开了政治原则的，倒是走向党八股去的另一极端。

五

生活的小事件不是不应作为“整顿三风”的问题来讨论，重要的是莫把精神沉没在琐事里，这是一。还有，谈的结果，必须能够引导出积极解决的办法。简单的揭发，消极的冷嘲——不对的是这一种。

问题的提出，同时包含着解决问题的条件，这首先是就客观事实而言。在主观的反映方面，有时我们只看见某些问题，却还看不到解决的条件，于是对问题本身的了解也就带上许多空想的成分，成为无结果的、没有实践力量的思想之流产。大的例子，是空想社会主义，小的例子，是由反对当前生活中某些个别不合理的现象而走到绝对平均主义的意识。绝对平均主义，其实也就是一种小资产阶级的空想社会主义。

实在的可能性必须能够转化为现实，不具备转变为现实性的条件，就叫作抽象的可能性。抽象的可能性是主观主义的东西。我们的脑子里常常会充满了许多抽象的可能性，而不肯依据实际的条件来加以纠正——特别是没有经验的小资产阶级知识分子，更常常会这样做。思想里的这一种可能性，是对于客观事物的不完全的认识和夸大的反映，也正是一种主观主义。

革命的唯物论者，每提出一个问题的时候，必定恰当地估计着事实条件，同时提出一套解决问题的办法。理论与实际，是这样联系的。而理论的正确与否，也直接关联到办法的正确与否。办法错误，也证明了这理论的了解也并不周到。这一定是只在抽象原则上把握了理论，而没有对理论获得最正确最完全的了解。

墨子论“言有三表”，我以为值得吟味。“言必有三表”：“有本之者，有原之者，有用之者。于何本之，上本于古者圣王之事；于何原之，下原察百姓耳目之实；于何用之，发为刑政，观其中国家、百姓、人民之利。”

这里不研究墨子的全部体系，也不分析墨子这些话的时代条件和全部内容，只依据我们的革命历史经验来探求这些话里有无可贵的因素。言论必须以历史的研究（古者圣王之事）为本源，以当前实际情况的调查（原察百姓耳目之实）为基础，再必须作用于实践（发为刑政）——这就是中国古代哲人对理论与实际统一的原则，虽然是很粗略地，却也多少正确地为我们指明出来的要领。

“知之非艰，行之维艰”的旧道德，为中国许多人所深信，孙中山先生把它看作大敌。现在也还经常有人说：“说话漂亮容易，做起来就很难。”是古人对呢？还是孙中山有道理？我以为我们应有自己的理解。“知之非艰”，并不是指的周到的具体的认识。所以会“行之维艰”，是因为所知也并不完全，至少并不知道行之主要条件。只知道自己头脑里片面夸大了的空想，就难实现于行，不但难，简直就不可能。知行不能一致，是因为“知”不足，真正活的知识，周到的理论，必定是伴随着可以实行的办法。

罗亭是“言语的巨人，行动的矮子”，其实并不是这么一回事。行动是矮子，则言语也一定是瘪三，至少“三表”中缺少“用之者”的一表。表面上漂亮，是因为善于“装腔作势”，仔细分析起来，一定是“空话连篇，言之无物”。

但“知难行易”的学说，也未见得完全得当。行是艰苦的斗争，至少并不比知容易。知的任务在于指导行动克服困难，但知是在行的当中求得的，理论是以实践经验为基础。知的困难条件，同时也就存在于行的当中。如果周到的“知”难，那么，正确的行也同样难。正确的行有待于周到的知，周到的知也有待于克服困难的精神和努力，才能够实现——这也是理论与实际的一致。

特别“不知亦能行”的思想，是有害的。能行必须能知。知的发展到什么程度，行的效果也才能达到什么程度。工人依工程师的计划建筑房屋，中国人做豆腐，是“不知亦能行”的重要例子。其实工人必须熟悉他的工作规律，才能进行工作，例如石匠，对于他的本行是会有一定程度的精确知识的。做豆腐不要化学知识，但也必须熟悉豆浆变成豆腐的规律。而因为这些知识是粗糙的经验中获得的知识，所以中国人做豆腐，并不能适应一切地方条件而做得都一样好。要扩大我们的行动能力，必须努力求获完全的知识。粗枝大叶，不求甚解，朦朦胧胧地走向前去，就难免要变成英雄们的阿斗，或敌人的俘虏。

（节选自《艾思奇全书》，人民出版社，2006，收入本书时有修改）

我与《基度山恩仇记》

蒋学模

蒋学模（1918—2008），浙江慈溪人。1950—1952年就读于中国人民大学经济系。著有《论社会主义经济》《政治经济学》等；译著有《基度山伯爵》。

法国大作家大仲马的名著《基度山恩仇记》，1946年在上海问世，后来改名为《基度山伯爵》，离现在已有四十二年了。回想一下这部译稿的翻译、出版以及它在“文革”中的遭遇，就好像做了一场大梦。

《基度山恩仇记》一出版，就是一部畅销书。从初版到1949年5月上海解放，三年内印刷了五次，计三千部。这个数字，同1978年第二版发行到现在的总印数超过一百万部相比，当然是微不足道的。但在当时，它确实是一部畅销书。因为那时战争使上海同全国许多地方隔绝，上海出版的书，主要是在上海销售。最多，北不过南京，南难越杭州。国民党政府的“法币”和金圆券的恶性通货膨胀，使书店同出版社直接只限于现金交易。再加上一般老百姓连吃饭都成问题，哪里还顾得上精神食粮？凡此种种，都是发行三千部就可以成为畅销书的原因。

谈到《基度山恩仇记》，有些朋友常常跟我开玩笑：“一百万字的一部书，稿费一定拿得木佬佬了！”这倒也是可以坦白的。抗日战争期间和抗战胜利后的那几年，文化人被称为“文丐”。稿费的行情，用货币计量，因为那时“法币”日夜贬值，1946年的一元“法币”究竟是个什么概念，除非是专门研究中国近代经济史的人，恐怕谁都说不上。我自己也确实记不清楚了。但有一件事我记得很清楚：

从抗日战争时期的重庆到抗战胜利后的上海，从事笔耕的“丐友”们曾一度再提出过“千字斗米”的呼吁。斗米就是15斤米，按现在的行情，才2.5元人民币。然而，这只是个希望，实际上那时千字半斗米都未必拿得到。我那时是复旦大学《文摘》的一个编辑，拿着一份复旦大学的讲师工资。1945年8月到1946年夏，复旦大学整整花了一年时间才从重庆迁校回上海。这期间，《文摘》杂志停刊，我在重庆足足闲了一年，利用这一年的时间，译了《基度山恩仇记》全书的四分之三。文摘社给我定了一条规矩：每月三万字，不给稿费，以抵付工资。这样，一百万字就去掉了三分之一。余下的部分是拿稿费的。据记忆所及，这笔稿费用在以下三个方面：第一，我的哥哥蒋学楷，曾译过约翰·根室的《欧洲内幕》《亚洲内幕》等书，是一个知名的翻译家。太平洋战争爆发后，他在香港被日本侵略军杀害了。他的遗孀和四个遗孤，从香港回上海后，生活窘困。我远在四川，又无法也无力接济。抗战胜利后，我要文摘社来沪的先遣人员每月从《基度山恩仇记》稿酬中支付两担米的钱给我的嫂嫂和侄儿女。一年有二十多担米。第二，1946年我随复旦大学留渝人员乘飞机回上海，栖身在文摘社堆书刊的一间库房里。而我的爱人那时即将临盆。我又从《基度山恩仇记》的稿酬中支取了一张从上海到香港的机票钱，让她到香港娘家去生孩子。第三，一年后，爱人从香港回来，我用《基度山恩仇记》最后的一笔稿费为她和我自己各添了一件秋季大衣，还是从吴淞路的估衣铺里买的。这三笔开支扣起来，大约相当于现在的人民币一千二三百元，距千字半斗米相差也不远了。拿稿费讲，现在是比解放前高得多了。1978年重新出版《基度山恩仇记》时，出版社支付给我三千五百元稿费。那时还没有实行征收个人所得税，物价也比现在低得多。这稿费，对于十年浩劫期间全家没有添过一件衣服的我，实在是笔可观的意外收入。

“为了《基度山恩仇记》，‘文革’期间没少吃苦头吧？听说《基度山恩仇记》的再版还有一段曲折的故事，是吗？”这也是朋友们常常问到的一个问题。

确实，《基度山恩仇记》联结着我个人的不少喜悦和愁苦。我自从 1936 年在苏州看了美国电影《基度山恩仇记》以后，就对这部小说的故事产生了兴趣，立即去东吴大学图书馆找了英译本来看，更进一步被书中大仲马优美的笔触和生动的对话吸引住了。当时就产生了想把它翻译出来的愿望。十年以后，当我把它奉献给读者的时候，心中的快慰是难以用言语形容的。

但是，新中国成立后，这部书就同许多其他西方名著一样，不再在书店露脸了。我心中的失落有多么沉重，是可想而知的。1957 年上半年，在帮助党整风的早春天气里，有一天，在一次会议上，当时任上海市出版局代局长即现在的上海市社联主席罗竹风同志，问我是否愿意重新出版《基度山恩仇记》。我当然是大喜过望。但不久，一场众所周知的政治风暴铺天盖地袭来，重新出版的希望成了泡影。

“文革”开始没有多久，我一直保存着准备留给三个儿子的三部《基度山恩仇记》，被当作封、资、修黑货抄去了，并很快在“小将”们中间高速度地流转起来。据说，还出现了《基度山恩仇记》的手抄本。为此，我又被扣上了一重“宣传金钱万能的资产阶级思想”的罪名，被押上《基度山恩仇记》的专场批斗会。当时，在“天天斗”的情况下，增加这么一次专场批斗，也算不了什么。奇怪的是，大概在 1972 年前后，传来一个小道消息，说是那位以“旗手”自居的“妖婆”，指名允许可以出几部西方小说，其中之一就是《基度山恩仇记》。而不久，就有出版社来同我联系，表示愿意重新出版该书。奇怪的是，这部书排出来以后，一直未见出版。据打听，说是出版社要出版局局长签发才敢出这部书，而出版局局长，则担心不知哪一天会因同意出版这部书而遭殃，所以也就迟迟不敢签发。所以，再版的《基度山恩仇记》，尽管1972年就已经排好，却直到1978年真理标准问题的讨论展开以后，才终于千呼万唤始出来，重新同广大的读者见面。

（《上海滩》，1988年第3期）

我怎样走上音乐道路

王　莘

王莘（1918—2007），原名王莘耕，江苏无锡人。1938年就读于鲁迅艺术学院，毕业后任教于华北联大音乐系。代表音乐作品有《歌唱祖国》等。

秀丽的江南是我的家乡。在我童年的时候，镇子上的人们经常凑到一起，演奏江南丝竹乐。那悠扬的笛声，柔美的二胡，常常把我吸引去，久久地听着他们的演奏。到了十来岁，我也跟着他们学吹笛子，学拉二胡，学会了《老六板》《梅花三弄》《行街四合》等曲子。从小，我对那带着浓厚江南特色的丝竹乐发生了兴趣。

一九三二年，在我十四岁时，到上海一家百货公司去当学徒，经常可以听到广播的音乐，但都是那些流行歌曲，我并不喜欢。一九三五年冬，“一二·九”学生运动之后，上海掀起了抗日救亡歌咏运动，我参加了一次群众歌咏大会，非常激动人心。当场就参加了这个歌咏会组织。在歌咏活动中，我认识了吕骥、冼星海等同志，并参加了他们举办的教歌指挥训练班。抗日救亡歌咏运动，把我带上了革命的道路。

一九三八年，我到延安鲁艺音乐系学习，吕骥、冼星海等同志是我的老师。次年夏天，吕骥同志带着我们鲁艺一批师生，渡过黄河，深入到敌后去，我在华北联大文艺部音乐系学习、工作。

一九三九年冬，我们住在阜平县花山一个小山村里。一天夜间，轮到我值班站岗，我荷枪站在村边的一个小山头上，皎洁的月光，照着白雪覆盖的村庄和山川，非常宁静，非常明亮。虽说我们身在华北敌后，却看到了我们的抗日根据地仍然这样巩固。于是，一首歌曲从我的脑子里涌现出来。

晋察冀，晋察冀，
模范抗日根据地。
这里高山起伏平原千里，
到处都是我们的好土地。
敌人占了我们的铁路线和大城市。
广大的乡村都在咱手里。
…………

这是我创作的第一首歌曲。《晋察冀》写成发表后，很快在边区传唱开来。我的创作就是这样开始的。那时我们和人民群众战斗在一起，生活在一起，思想情感息息相通。我用歌曲朴素地表达了自己内心的思想感情，引起了群众的共鸣，所以他们爱唱。后来在反对国民党顽固派的斗争中，我和钟惦棐同志合作写的《打击顽固分子》，在边区民主建政运动中，和牧虹同志合作写的《选村长》，以及后来我在反“扫荡”斗争中创作的《战斗生产》，都是这样产生的。歌中所写的抗日军民在敌后抢收抢割，广泛开展地雷战、游击战，英勇打击敌人；以及日伪军到处挨炸挨打的狼狈相等，都是我亲眼目睹、亲身经历的。这些歌曲很快在全边区广泛流传，受到群众的欢迎。那时，我是个二十多岁的青年，思想情感比较敏锐，创作的欲望比较旺盛，心中也没有什么框框和顾虑。只是自己所受的专业训练太少，音乐和文学素养都很不足，有时虽有满腔热情，想把看到的战斗生活用歌曲表达出来，但苦于找不到恰当的词句和旋律。我感到生活确实是文艺创作的源泉，没有丰富的生活积累，任何文艺作品都写不出来。但要写出好的、水平比较高的、能经得住长期考验的歌曲，确实还需要有较高的音乐、文学等方面的素养。

一首歌曲篇幅虽然很小，但它的容量却很大，既要概括时代的特点，又要写出人民的真情实感，立意要新，感情要深，曲调还要好听，这样才能让人越唱越爱唱，经久难忘。一九五〇年我写《歌唱祖国》时，用了一年多时间的酝酿才写出来。由于感到自己的基础很差，五十年代我下决心到中央音乐学院干部进修班去学习了四年。通过学习，我扩大了眼界，认识到音乐这门艺术历史很悠久，领域宽广，古今中外积累下来的音乐名作非常丰富。又认识到学习作曲必须掌握许多门理论知识，光靠自己在创作实践中积累的一点点经验是不够的，必须勤奋地刻苦地学习，才能逐步提高创作水平。

（《音乐生活》，1981 年第 6 期）

我所走过的治学道路

戴　逸

戴逸（1926—　），江苏常熟人。1948年进入华北大学学习，全国解放后在中国人民大学革命史教研室任教。著有《中国近代史稿》《乾隆帝及其时代》等。

我是江苏常熟人，于1926年生。我从小生长在一个学术文化空气比较浓厚的环境中。老师、亲友中有的是南社诗人，有的是清朝秀才、举人，都能诗善文。江南著名的藏书家铁琴铜剑楼瞿氏是我家的近邻。从小耳濡目染，使我对祖国的历史文化产生了浓厚的兴趣，尤其喜欢学习古典文学、诗词和历史。

尽管我青少年时代酷嗜文史，但于1944年，却考进了上海交通大学铁路运输系。因为，在旧社会，读文史没有出路，毕业就是失业。同时，在日本统治下，也没有像样子的文科大学，所以只好违背自己的志愿和爱好，进了交大。抗战胜利后，北京大学复校返京，我渴望能够进入这一著名的学府，学习素所爱好的文史专业。在强烈的求知欲冲动下，我不顾家庭和亲友的劝阻，毅然放弃了在交大的两年学历，于1946年重新投考进入北京大学历史系。

进了北大，听到许多知名学者讲课，接触了丰富浩瀚的图书，在我面前，瑰丽的知识宝库放出光辉的异彩。我立志献身于学术研究，废寝忘食地学习着，恨不得一口吞下全部知识。在北京大学这座素有科学与民主传统的学府里，我不仅奠定了一生学术研究的基础，更受到了浓郁的民主气氛的熏陶，投入了中国共产党领导下的学生运动。在经历了“沈崇事件”引发的学潮、反饥饿反内战等运动以后，我在 1947 年参加了民主青年联盟，并当选为北大学生自治会理事，又参加了进步社团“南北社”。随着解放战争的胜利开展，在当时的北平，进步学生遭到通缉、逮捕，在 1948 年的“八一九”黑名单上，我也被列入其中。为了避开政治迫害，在党组织的安排下，我离开北大前往解放区，进入了当时设在河北正定县的华北大学一部学习。1949 年，当我随同华北大学回到北京时，这座古都已获得了新生，正在准备迎接新中国的诞生。

1950 年，华北大学改为中国人民大学，此后我一直在这座学校里从事教学与研究工作。一个学者在选择自己的学术方向时，一般都是出自自己的志趣，但我却与众不同。回顾自己的治学道路，是沿着逆向回溯的路径进行，即由近而远，由今至古。最初我从事党史和革命史研究，稍后研究中国近代史，一步步往前推移回溯。清史是我毕生研究的专业范围，前半生研究中国近代史，属于晚清时期；后半生研究鸦片战争以前的清史，属于清前期和中期。这都是根据组织的安排和工作的需要不断变换研究课题的结果。

华北大学结业后，我被分配到该校一部政治研究室革命史组，担任著名党史专家胡华教授的助手。解放之初，为了配合全国范围兴起的学党史、学革命史的热潮，我以中国传统的章回体形式写作了《中国抗战史演义》，还与彦奇一起协助胡华编写了《新民主主义革命史参考资料》，当时正值抗美援朝战争期间，我们将所得稿酬捐献给志愿军购买飞机。

1952 年，我被调到人民大学新成立的中国历史教研室承担近代史教学工作。当时中国近代史的研究工作刚刚起步，虽有范文澜、胡绳等质量很高的著作，但还没有一本完整的适合教学需要的讲义，资料也很缺乏，近代史领域还是一片荒芜。高等学校的教学缺少合适、详尽的中国近代史教材，在实践中我感觉这一学术领域的研究亟待开辟，我抱着拓荒者的心情，投入工作。那时的教学任务很繁重，由于缺乏教师，1954 年我还不得不承担研究生的近代史课程，难度很大。我的全部心血和时间都倾注到备课上去了。当然，个人的成长离不开集体和社会。我有幸的是置身在一个组织得较好、学术气氛较浓厚的学术集体中，1957 年前，环境很安定，得以致力于学术研究。我更有幸生活在社会主义的新中国，解放以来，中国近代史学科受到重视，发展很迅速，出版了不少研究成果和大量资料，近代史的研究队伍也不断扩大。“水涨则船高”，个人业务水平能有所进步，有赖于集体的协作和整个历史学界研究水平的发展。

我当时有志于写一本较详细的中国近代史稿。青年时期，精力充沛，《中国近代史稿》第一卷 38 万字，在兼任教学的情况下，不到 3 年时间就完成了，于 1958 年由人民出版社出版，填补了这一史学领域的空白。1959 年，我应邀参加了全国群英会。此后，政治运动多，自己又担负了行政工作，要参加一些社会活动，用于研究的时间少了，直到1964年，才完成了第二卷的初稿40万字。“文化大革命”打断了我的研究工作的进程。在林彪、“四人帮”横行的时期，我同其他科学家一样，被剥夺了从事研究工作的权利。由于我和别的同志在多年前以星宇的笔名写过《论清官》一文，因此，遭到了批判、围攻。1973 年，我从干校返回北京，开始研究早期的中俄关系史，以后又研究 1840 年以前的清史，这段历史是我国历史研究中较为薄弱的环节。

十年动乱结束后，人民大学复校，我受命组建清史研究所。这是遵循周恩来、董必武同志的指示，在 20 世纪 60 年代就已经着手筹建的研究机构。从此，由于工作的需要，我的学术研究重点又转移到鸦片战争以前的清代历史。清史所的任务和长远目标是编写大型清史。为了培养和组织清史研究队伍，并满足社会上学习与研究清史的需要，我与清史所的同志经过几年的努力，编写了《简明清史》第一、二册，于 1980 年、1984 年出版后，先后被评为国家教委的全国优秀教材，并获得了吴玉章奖。

我长期在中国人民大学工作，从事新民主主义革命史和中国近代史的教学工作，后来，又从事清史研究工作。我在治学方面的一个重要体会是：必须把马克思列宁主义理论和中国历史的实际相结合，一方面要勤奋刻苦，掌握大量的第一手历史资料，决不能贪省力、抄捷径、发空论；另一方面又要经常阅读理论书籍，提高理论水平，培养和锻炼分析历史问题的思维能力，避免陷入罗列材料的烦琐主义。

易代修史、盛世修书是中国数千年来绵延不绝的文化传统，正是这种传统使中国成为世界上唯一具有连续历史记载的国家，也使中华文明成为世界上从古至今传承未绝的唯一文明。修纂历史，具有文化、历史、学术、现实等多方面的意义，清史的编修在今天尤其具有重大的现实意义。清代距离今天很近，对现实社会具有重要的影响，和当前的政治、经济、军事、外交、民族、文化等各个方面息息相关，要了解中国的国情并根据中国的国情来建设具有中国特色的社会主义，非要对清代历史进行深入的研究不可。修纂清史在文化史上的意义更是非同一般。说清朝的文化贡献要举出《四库全书》《明史》，说明朝的文化贡献要举出《永乐大典》《元史》，21 世纪的中国编修清史同样是一代盛典，也是我们这一代人的责任。国内的清史研究界在经过了几十年的积累之后，已经具备了编修大型清史的条件。修纂清史，正其时也。我这个在党的关怀下走过了大半生治学道路的老史学工作者，能够身逢修纂清史的历史机遇，参与当代具有标志性的这项文化工程，深感是一幸事，对此充满信心。

（《常熟文史资料选辑》，上海社会科学院出版社，2009）

让哲学回归生活

陈先达

陈先达（1930— ），江西鄱阳人。1956年毕业于中国人民大学哲学研究班，后留校任教。著有《走向历史的深处》《漫步遐思：哲学随想录》等。

法国作家莫里哀的喜剧《醉心贵族的小市民》中有个人物茹尔丹，他是小市民，偏偏醉心于贵族，处处假装爱艺术、爱文学。他弄不清什么是散文，别人告诉他，你说的就是散文。他说，天啦，我整天说散文却不知道什么是散文！恩格斯曾引用过这个故事。他说，“人们远在知道什么是辩证法以前，就已经辩证地思考了，正象人们远在散文这一名词出现以前，就已经在用散文讲话一样”。哲学也是如此。在我们的日常生活中，就存在哲学。

我们面对两种哲学：一种是生活中的哲学，一种是书本上的哲学。我们不但要学习书本上的哲学，更应注意生活中的哲学。哲学既不能没有形而上的问题即纯哲学问题，也不能没有形而下的问题即生活中的哲学问题。没有形而上只有形而下，哲学就会变为生活常识；可没有形而下，哲学就在天上，没有着陆点，永远与人的生活相分离。

哲学家的哲学，就是历史上或当代一些哲学家创立的哲学体系。例如，中国古代的老子、庄子，西方的苏格拉底、柏拉图、康德、黑格尔等，这些人提出了基本的哲学概念、范畴和理论体系。我们要学习哲学家的哲学，学习中国、西方、马克思主义的哲学经典著作，学习他们的哲学思想。这是非常重要的。

但我们千万不能忘记还有一种哲学，就是生活中的哲学。如果我们只懂书本上的哲学而不懂生活中的哲学，这就叫书斋哲学、书呆子哲学。德国哲学家叔本华在《论哲学和智力》一文中说过一段很深刻的话，大意是说，哲学家比任何其他人更应从直观知识中汲取素材，因此哲学家的眼睛应永远注视事物本身，让大自然、世事、人生而不是书本成为他的素材；不能把书本视为知识的源头，书本只是哲学家的辅助工具而已。当然，这不是说读书不重要，而是说要读活书、活读书。生活中的哲学不以命题、范畴的方式呈现，而是日常生活中经常发生的、能从中体悟出哲学道理的生活状态。生活中的哲学智慧是丰富多样的："变""联系""矛盾""过程"等，都是活生生的生活观念。

矛盾变化是什么？是辩证法。所以日常生活现象中的变与不变就是哲学问题。老百姓从日常生活中都知道，事物是变化的，人也是变化的。例如，古代有一个故事，说的是一个儒生找裁缝做衣服，衣服前短后长，他不乐意，说为什么前短后长？师傅说，你未发达，逢人低头，自然前面短点，便于弯腰。后来他考中状元，又找了这位师傅做衣服，变成了前长后短，他又不乐意，问为什么这次前长后短？师傅说，这次你做了官，不用低头而是挺胸、昂头，自然前面长点好。这则故事里包含的不仅有裁缝哲学，还有成衣哲学、人生哲学。

又如，人们从一片树叶落地就知道秋天到了，即所谓"落一叶而知秋"。这里面包含的是什么？是联系的观点，也是一种关于事物信息的观点：一个事物的变化与另一事物的变化相联系。我们可以从一个事物的变化看到与它相联系的事物变化。如果世界上事物彼此没有联系，都是孤立的，就不可能落一叶而知秋。矛盾也是如此。什么叫闹矛盾？就是把矛盾扩大、激化；但如果及时交流、化解，就能使矛盾得到解决。这些都是哲学问题。

关于过程的思想是最重要的哲学思想之一，恩格斯称之为伟大的哲学思想。

万物发展都是一个过程，如一串葡萄很简单，但要得到葡萄，就必须经历种树、施肥、浇水、除虫等一系列过程。没有过程，就没有结果。过程通常是枯燥的，而结果往往是丰富的。人也是一样。例如，一个刚开始学钢琴的人，练琴时使人掩耳，自己也苦不堪言；而一旦成为钢琴大师，他的成果就是辉煌的。只要结果、不要过程是不可能的，要重视过程。台上一分钟，台下十年功。这就是生活中的过程哲学。

让哲学回归生活，不是蔑视经典、回归平庸，而是既要重视经典、更要重视生活。哲学家应善于从平凡的日常工作和生活中捕捉为人熟知但不真知的哲学问题。不是把生活作为书本的注脚，而是把书本作为生活的注脚，这样的哲学家才是贴近生活、贴近群众的哲学家。

（《人民日报》，2016 年 1 月 10 日第 5 版）

养生与修身的统一

李文海

李文海（1932—2013），江苏无锡人。1955 年起任教于中国人民大学历史教研室，曾任中国人民大学党委书记（1987—1994）、中国人民大学校长（1994—2000）。著有《灾荒与饥馑》等；编著《清史编年》等。

家训是中华文明中颇具特色的一种形式，以家长对家人及后世子孙在待人接物、修身养性、齐家治国等方面的教诲和训示为主要内容。家训最早产生于西周，经历代发展，到明清时达到鼎盛。

家训主要关注的是家庭成员的道德品质、人生追求及精神情操等方面的问题，希望子孙们始终保持清白家风以达到家族的福泽绵长。但正如李鸿章在一封家书中所说："人虽有文章、名誉、金钱，而无强健之身体，亦何所用之？故养生之术，不可不注意也。养生非求不死，求暂时之康健而处安乐之境耳。"（《千家训》）《聪训斋语》也说："父母之爱子，第一望其康宁，第二冀其成名，第三愿其保家。"子女的康宁是家长关心的头一个重要问题，所以家训中也有不少关于养生的内容。不过家训中所谈的养生，有一个鲜明的特点，就是紧紧同修身相结合，更多地强调精神因素与身体健康的关系。这一点，在清人家训中表现得十分明显。

上面提到的《聪训斋语》，是曾国藩最为推崇的一部家训。他曾讲过，教育子侄，“不在多书”，只要有康熙帝的《庭训格言》和这一本《聪训斋语》就够了，因为此书“句句皆吾肺腑所欲言”（《谕纪泽儿》，见《曾国藩全集·家书》）。《聪训斋语》的作者张英，康熙时官至大学士兼礼部尚书，是清代名臣张廷玉的父亲。他在这部书中，用相当篇幅讲了“致寿之道”，有一些道理颇能发人深省。

张英把“致寿之道”归纳为四个字：慈、俭、和、静。“慈”就是要有爱心，要懂得关爱他人，乐于助人，决不可有害人之心、行损人之事。“人能慈心一物，不为一切害人之事，即一言有损于人，亦不轻发，推之戒杀生以惜物命，慎翦伐以养天和，无论冥报不爽，即胸中一段吉祥恺悌之气，自然灾沴不干，而可以长龄矣。”“俭”就是要戒奢靡，戒挥霍，朴素简约，淡泊自甘。“俭于饮食，可以养脾胃；俭于嗜欲，可以聚精神；俭于言语，可以养气息非；俭于交游，可以择友寡过；俭于酬酢，可以养身息劳；俭于夜坐，可以安神舒体；俭于饮酒，可以清心养德；俭于思处，可以蠲烦去扰。”这些都对健康长寿有益。“和”就是要心情愉悦，襟怀坦荡。“人常和悦，则心气冲而五脏安，昔人所谓养欢喜神。”他在书中引用一位明朝人的话说：“日间办理公事，每晚家居，必寻可喜笑之事，与客纵谈，掀髯大笑，以发舒一日劳顿郁结之气”，认为“此真养生要诀”。他还转述一位年过百岁的农村老人对长寿经验的回答，说“予乡村人无所知，但一生只是喜欢，从不知忧恼”。认为这一点是“名利中人”很难做到的。“静”就是要一无挂碍，切戒浮躁，从容镇定，宠辱不惊。“凡遇一切劳顿、忧惶、喜乐、恐惧之事，外则顺以应之，此心凝然不动，如澄潭，如古井”，则一切纷扰自然无所施其害。他总结说，“此四者，于养生之理，极为切实”，是比起“服药导引”更加重要的养生要义。（《聪训斋语》）

张英所谈的“慈、俭、和、静”的内容，既是有益身体健康的重要体验，也是涵养性情、培育良好操守的内在要求。在这里，身和心、体和德、形和神，被很好地结合、统一了起来。在此书的另外地方，张英还讲到了养生的具体禁忌：“养身之道，一在谨嗜欲，一在慎饮食，一在慎忿怒，一在慎寒暑，一在慎思索，一在慎烦劳。有一于此，足以致病，以贻父母之忧，安得不时时谨凛也。”这六个方面，不少也与修身养性有着紧密的联系。

在清人家训中，通过修身以养生，或寓养生于修身的内容，比较集中的有以下几点：

一曰戒贪。康熙帝在《庭训格言》中就强调，“俭约不贪，则可以养福，亦可以致寿”。贪渎之徒，多方聚敛，百计肥私，占到便宜即沾沾自喜，却不知道“便宜者，天下人之所共争也，我一人居之，则怨萃于我矣”（《聪训斋语》）。你一个人侵占了众人的利益，必然成为众矢之的。所以“贪则狼藉之声，甚于粪秽；祸害之加，甚于戈戟；防虑之切，甚于盗贼”（陈弘谋：《在官法戒录》）。未曾暴露之时，心神不宁，寝食难安，惶惶不可终日。一旦东窗事发，不但自己身败名裂，而且“秽及父母，祸延子孙”。像这样的人，心劳日拙，心力交瘁，自然难望有身心康泰之日了。

二曰戒多欲。这当然并不是主张“尽革人欲”，把一切饮食男女、衣食住行等人的本性欲求统统视作罪恶渊薮的禁欲主义，而是指不可纵欲，将物欲的追求作为人生的最大目标，沉溺于锦衣玉食，酣梦于纸醉金迷。严复说：“勿嗜爽口之食，必节而精；勿从目前之欲，而贻来日之病。卫生之道，如是而已。”（《严复集·与甥女何纫兰书》）曾国藩说：“古以惩忿窒欲为养生要诀，惩忿即吾前信所谓少恼怒也，窒欲即吾前信所谓知节啬也。因好名好胜而用心太过，亦欲之类也。”（《谕纪泽儿》，见《曾国藩全集·家书》）曾国藩把欲的内容从物的层面扩展到精神层面，指出过分热衷于名利，也是“多欲”的一种表现，不利于身心的健康。张英则详细论述了“多求多欲”造成的种种苦恼，怎样损害着人们的健康：“多求而不得则苦，多欲而不遂则苦，不循理则行多窒碍则苦，不安命则意多怨望而苦，是以踢天跻地，行险徼幸，如衣敝絮行荆棘中，安知有康衢坦途之乐。”（《聪训斋语》）他还以饮食起居日常生活为例，来说明过分追求口腹之欲，怎样成为“致寿”之大害。“古人以眠食二者，为养生之要务。脏腑肠胃，常令宽舒有余地，则真气得以流行，而疾病少。”那些“燔炙熬煎，香甘肥腻之物，最悦口而不宜于肠胃。彼腻易于粘滞，积久则腹痛气塞，寒暑偶侵，则疾作矣”。睡眠也是一样，“安寝乃人生最乐。古人有言：‘不觅仙方觅睡方’”，起居有节，眠食有时，自然神清气爽，益寿延年。（《聪训斋语》）

三曰戒恼怒。曾国藩立的家规，有所谓“八本之教”，就是八个根本原则，其中之一是“养生以戒恼怒为本”，把“戒恼怒”作为养生的最重要的一个根本原则。他在给儿子的信中说：“既戒恼怒，又知节啬，养生之道，已尽其在我者矣。”并且说，“须活泼泼地，养得一段生机，亦去恼之道也”（《谕纪泽儿》，见《曾国藩全集·家书》）。就是说，自己在精神上充满生机活力，遇到烦恼之事，也就能驱恼制怒，泰然处之了。清初被称为“畿南三才子”之一的申涵光在所写家训中也说：“嗜欲正浓时，能斩断；怒气正盛时，能按纳，此皆学问得力处。”（《荆园小语》）只有做到这一点，才能够淡泊处世，心康体健。如果有了疾病，就更应该“视恼怒如蝮蛇，去之不可不勇”。曾国藩在给弟弟的一封信中说：“弟信中有云肝病已深，痼疾已成，逢人辄怒，遇事辄忧等语”，“此病非药饵所能为力，必须将万事看空，毋恼毋怒，乃可渐渐减轻”（《致沅弟》，见《曾国藩全集·家书》）。说“药饵”无能为力，自然失之于绝对，但注重控制情绪，戒绝恼怒，却颇合乎医理。

四曰亲近自然，动静相济。清人家训中十分注意涵养性情对养生的作用，认为一个人“性情不乖戾，不谿刻，不偏狭，不暴躁”，“无忤于人，无羡于人，无争于人，无憾于己”，这样就可以“无心意颠倒之病，无取舍转徙之烦”（《聪训斋语》）。而亲近自然则是怡性养情的重要途径。还是这个张英，在上述家训中描写了一幅“茅亭草舍”“菜陇瓜畦”的恬静田园风光：“淡泊而可免饥寒，徒步而不致委顿。良辰美景，而匏樽不空；岁时伏腊，而鸡豚可办；分花乞竹，不须多费，而自有雅人深致；疏池结篱，不烦华侈，而皆能天然入画。”曾国藩特别赞许说，这部家训“其中言养生、择友、观玩山水花竹，纯是一片太和生机”，要求他的子侄们“宜常常省览”，并且嘱咐他们“以后在家则莳养花竹，出门则饱看山水，环金陵百里内外，可以遍游也”(《谕纪泽鸿儿》，见《曾国藩全集·家书》)。曾国藩还强调要“多走路少坐轿”，“每日饭后走数千步，是养生家第一秘诀”。这不仅是为了活动筋骨，也是戒骄戒惰的良方。申涵光关于这方面，讲了一段带有总结性的话：“常有小病则慎疾，常亲小劳则身健。恃壮者一病必危，过懒者久闲愈懦。”(《荆园小语》)

当我们读这些议论的时候，也许可以得到一些超出养生范围的人生感悟。

(《学习月刊》，2012年第15期)

《登山赋》解

艾　丰

艾丰（1938— ），河北玉田人。1961年毕业于中国人民大学新闻系。著有《新闻采访方法论》《新闻报道与写作》等。

解释一句格言，告诉你一个“自知之明”的办法，也告诉你一个“他知之明”的办法。

我有一本随感录，书名就叫《艾丰随感210条》，一位同事看过之后，指着其中一条，要求我把它写在宣纸上。看来他很喜欢这段话：

“登小山，飘飘然；登大山，茫茫然；登深山，惶惶然。知然也。”

写完，我又加了个题目：《登山赋》。本文就是想解释一下其中的含义。

首先这里说的都是登山的直感。

我记得在攀登北京西边温泉附近的“鬼见愁”的时候，就产生过这种飘飘然的感觉。其实它才海拔500米，小山一个，本不该有这种感觉。嘿，它就有这种感觉。回想起来，可能有这样几条原因：一是第一次爬山，从来没有做过的事情，当然更有新鲜感。二是名字叫“鬼见愁”，似乎爬上去很难。而我爬上去了。三是爬上山之后，眼前是一望无际的平原，唯独自己高高超然于平川之上。这第三条原因最重要。

再往前进，就是登大山了。登大山为什么会是茫茫然呢？因为平原再也看不见了，映入眼帘的是一座又一座山头。它们掩映在云雾之中。这时，只有身在其中，而没有了居高临下。面对苍茫群山，于是“茫茫然”油然而生。

再往前进，就钻入深山了。深山者不仅远离平原，而且处于群山深处。这里，云雾缭绕，古木蔽日，人迹罕至，猛兽出没。这时你面临的主要问题是：该怎样继续前进？将会有怎样的风险发生？于是“惶惶然”占据了你的心胸。

这几句话，其实更在于比喻涉世、做事、做学问。

涉世不深的人，小有成绩，就容易飘飘然，因为他对照的是什么突起都没有的平川。再往深里研究，再往大里做事，如果是一个有责任心的人，就不会再有飘飘然的感觉了，而首先的感觉是艰难、压力和辛劳，甚至会有力不从心的感觉。再往深里做，实际上就是要做开拓性的事业，开拓性的研究，往往继续前进的方向并不明确，需要一步一步地探索。战战兢兢，如履薄冰，惶惶然的心情就是自然的了。

明白了这几句话的内涵，也可以把它作为一把尺子，首先衡量自己，也可以观察别人。如果是处于一种飘飘然的感觉之中，那恐怕是在小山上；如果是有一种茫茫然的感觉，那是在登大山了；如果是一种惶惶然的感觉，那你就可能是处在学术或事业的前沿了。平常我们说的，“一瓶子不满，半瓶子晃荡”，“越是有学问的人，越是觉得自己知道得少”，就是这个道理。

这三句话的重点，是警戒飘飘然者。“请不要飘飘然吧，你还在小山上！”这不是挖苦，是对我们自己，也是对朋友的友好忠告。知道这三个层次和三种感觉，才是“知然也”，既知道怎样的状态容易有怎样的感觉，又可以知道怎样处理怎样状态下的怎样的感觉。

（《三做谈：做人·做事·做官》，经济日报出版社，2000）

屐的梦思

杨　义

杨义（1946—　），广东电白人。1970年毕业于中国人民大学新闻系。著有《中国现代小说史》《中国叙事学》等。

近年回广东，除在一些乡间老妇脚下，已经难得见堪称岭南人穿着特色的木屐了。忆少年读书于粤西海滨城镇，同窗们于黄昏濯足着屐，转瞬即有得得脆声响于街衢。南方溽暑多雨，一双木屐无避泥水，反得凉快，漫步蕉风椰雨之间，另有一番情韵。同窗中有家庭略为富裕者，穿着凉鞋与我辈同游，反被我辈视若异类，给他起了个“凉鞋”的绰号。

屐之为物是非常土俗的。一块木头，刨平后砍出二齿，上钉一条橡皮，即可任人践踏，其卑贱已是无以复加。可是我辈坐在小板凳上濯足着屐，常常摇头晃脑地吟咏宋人叶绍翁的名句：“应怜屐齿印苍苔，小叩柴扉久不开。”甚至浮想到上图下文的《千家诗》印本上，那位扶杖叩问、苍髯拂拂的老翁。于是，卑贱到只配踏印苍苔的木屐，反而成了迎春使者，默默无闻地驮送我辈去迎接关锁不住的满园春色。我想，今日高贵的革履锦鞋，唯慕赴高堂盛宴，是没有这番野趣，是不屑如此亲近自然的。唐人独孤及《山中春思》诗：“花落没屐齿，风动群木香。”不避登石践泥，一步一个印痕，送君迎春寻春，何妨磨损自己：这就是平凡的木屐。

木屐价廉物美，似乎融合着中国人忍辱负重，不辞前行的某种天性。

我对木屐产生深长的思念，是负笈离乡，求学京华的岁月。南方人赤足着屐惯了，上体育课我嫌操鞋夹脚，脱鞋跳远，被北方的学友们引为笑谈。是园柳初绿时节，我凭窗读《通鉴》。一千六百年前的淝水之战，牵系着东晋和苻秦的安危存亡，却被司马光写得举重若轻、别有情趣。苻坚率近九十万戎卒铁骑，直指江淮，使晋京师闻风震恐。谢安却带上入朝问计的前锋都督谢玄到山间别墅下围棋，把棋艺略胜而心神不安的谢玄杀得落花流水。当八万晋师以少胜多，杀得秦兵死者蔽野塞川，生者闻风声鹤唳而丧胆之时，谢安正在与客下围棋，看完捷报“了无喜色，围棋如故”。收棋送客之后，才得意忘形，过门限，不觉屐齿之折。

《晋书》写到这一节，反讽谢安故作镇静，是“矫情镇物”。《通鉴》把这些反讽的话都删掉了。居安思危，是励精图治的深心；以安履危，又何尝不体现儒将在危难时刻的雄才大略？我想，谢玄能在八公山上严整布阵，使不可一世的强敌感到草木皆兵，不会不从乃叔着屐对弈、谈笑风生的大将风度中得到一点启示吧。两个国家、百十万军队的胜负兴亡，就如此不可思议地和两盘围棋、一双木屐相联系，这大概是有木屐历史以来最辉煌的一幕。

我当时真有点后悔，未从岭南带来一双木屐，于清晨楼道中，得得投足，高声诵读历史著名战役中画龙点睛的这一句：不觉屐齿之折。

举凡辉煌的东西，似乎都离不了浸有几滴血和泪。多少年后我才发现，木屐的生辰八字中记录着火影泪痕，记录着春秋五霸之一晋文公对流亡途中为他割股疗饥的介子推的思念。淝水之战后一百余年，出现一部奇书《殷芸小说》，记载道：

介子推（隐于绵山）不出，晋文公焚林求之，终抱木而死。公抚木哀嗟，伐树制屐。每怀割股之恩，辄潸然流涕视屐曰："悲乎足下！"足下之言，将起于此。

这确是一场了不得的烧山火，烧出了一个寒食节，烧出了踏青、插柳、蹴鞠（古代足球）、扫墓一整套与寒食、清明有关的风俗。当然它也烧出了与寒食有关的千古悲凉情思，如唐人孟云卿赋《寒食》："二月江南花满枝，他乡寒食远堪悲。贫居往往无烟火，不独明朝为子推。"又因寒食禁火，唐代皇帝宫中钻木取火以赐近臣，引得"文起八代之衰"的大文豪韩愈也有点受宠若惊，《寒食直归遇雨》诗写道："唯将新赐火，向曙著朝衣。"世事扰攘，也不必说了。我深有感慨的，倒是晋文公砍伐介子推抱着烧死的那棵树来制屐，晋国人穿屐难免脚心透凉，倒给苦暑的岭南人带来不少方便。由此产生的"足下"一词，已经成了雅士间的称呼，很少人把它与那些同泥水做伴的木屐相联系了。

世事如白云苍狗。木屐来到世间，就如此牵系着卑贱与辉煌，高雅与村俗，创痕与思念。我写此文时坐在春雪明窗之前，脚踏绒面拖鞋，很久未听到岭南木屐的得得声响了。

（《学者自选散文精华风华卷》，太白文艺出版社，1995）

书卷人家

吴　方

吴方（1948—1995），安徽怀宁人。1981—1982年就读于中国人民大学中文系。著有《中国文化史图鉴》《仁智的山水——张元济传》等。

一年里冷热不均的四季，比较而言，人多苦夏热。一入伏天，小室如蒸笼，觉得坐卧皆不安，只有摇扇读书，聊可消闲。昔宋人尤袤酷爱读书抄书，曾有“四当说”，形容书“饥以当食，寒以当衣，孤寂以当友朋，幽忧以当金石琴瑟”。读书，能否当得吃穿，令人怀疑。但说聊当长夏清茶，借以消遣、寄托，也差不太远。

半亩方塘，天光云影，好读书者，自有会意。受书的陶冶，人可能会由求知读书而爱书、嗜书如痴。这样的人，从古至今，接续了一种文化性情，身上好像带一种“书卷气”。书卷气好不好呢？难说（譬如“书呆子”便不是个好称号），却总比铜臭气、脂粉气、小家子气或者俗气、痞气好些罢。

由读书而想到书籍本身的历史沧桑，本身也成了一本令人惊心的书的内容，也是文化史的一章。我恰好有机会翻了一本《古今典籍聚散考》，于此很有感触。溯自孔子“韦编三绝”那时代，而后书史种种，书的成毁沉浮聚散，往往述不尽述，却可看出：书的厄运劫难正是文化的厄运劫难，而由于有书卷气的藏书家和古代“编辑”代不绝出，方维持传统“斯文”未坠于地。毕竟，书史上的兴亡悲欢也太多了。虽然古人早就总结过："书画器具哀集甚难，而其究也，或厄于水火，或遘于兵焚，或败坏于不肖子孙，或攘夺于有力势豪。"却不解何以到了二十世纪，书的灾难仍有增无已。原因，大概正如杜牧所谓："后人哀之而不鉴之，亦使后人而复哀后人也。"或者，反映出文化建设、人文理想同文化破坏、霸气痞气的悲剧性历史冲突。

宋代赵明诚、李清照夫妇为可风后人的书卷人家。李清照《金石录后序》叙述过他们的藏书之乐和失散之悲：

> ……每获一书，即同其校勘，整集签题；得书画彝鼎，亦舒磨展卷，指摘疵病，夜尽一烛为率，故能纸札精致，字画完整，冠诸收书家。
>
> 余性偶强记，每饭罢"归来堂"烹茶。指堆积书史，言某事在卷几第几页第几行，以中否角胜负，为饮茶先后。中即举杯大笑，至茶倾覆杯中，反不得饮而起。甘心老是乡矣，故虽处忧患困穷而志不屈。

可惜好景无常。战乱一起，李清照"四顾茫然"，盈箱溢箧的书画古器虽恋恋难舍，终究一批批挥泪而别。世事无情，令嗜书的人怅恨何深？

书史劫痕，既反映一种愚昧痼疾难医，反映文化的破坏性意识反复表演，也反映传统社会缺乏对文明遗产的保护机能。譬如说修书、藏书，历来只是由皇家或私人来进行，一直缺少公共性文化机构来促进知识传播、文献保存，并避免或减少政治动荡对文化的冲击。这种情况直到本世纪以来公共图书馆逐渐建立才有所改变。中国图书馆事业的开拓者正是梁启超、张元济诸位不乏书卷气的贤者。

然而从晚清到民国，内外忧患，社会动荡不已，古籍命运更多磨难。部分看，宫廷方面，如明代巨帙《永乐大典》的嘉靖录本原藏翰林院，在道光到光绪年间大量散失，先是被翰林们偷盗（可谓“爱书”之伪君子），后在英法联军和八国联军两次占领北京时毁掠，所剩无几。《四库全书》抄成七部，在战火中先后毁掉一半（文渊阁、文汇阁、文宗阁及文澜阁的一半）。在民间方面，一些睥睨一方的著名藏书家，如浙东范氏“天一阁”，于太平军之役陷于衰颓；归安陆氏“皕宋楼”，于其主人殁后出售给日本岩崎书库，从此流羁东瀛；杭州丁氏“八千卷楼”，破产后总算售给了端方始创的江南图书馆；而北方古本收藏的重镇，时为聊城杨氏海源阁，更是迭经劫难，除部分散佚市尘，多被土匪所糟蹋，甚至珍贵古籍被焚烧撕扯，揩器做枕，试抹鸦片烟签。据说，匪徒用书烧火，因旧书不易燃点，竟愤言：“谁说宋版书可贵？”在一个混乱无序的时代，真是“斯文”何止“扫地”！此前此后，中国历史上的“焚书记”一再续篇，令人感慨。怪不得有人说，历史悠久却不一定懂得珍惜历史。

鱼龙曼衍中古籍消息何处寻觅，大概是一本理不清的烂账，其中毁亡者和流落海外者当有不小的数目。私家藏书从此趋于式微，这也正是古籍的最后一次大规模的聚散过程。所幸者，犹有一些爱书的人坐论起行，虽不能力挽狂澜，却力争做局部的补救，拳拳之心亦属难得。其中值得一提的是周叔弢先生，他被称为传统大藏书家的“最后一位”。

周叔弢藏宋元古本以精深著称。如海源阁流出的一部宋版《庄子》，便为周氏高价收入，加上另一部宋版《庄子》，额其室号为“双南华馆”。民国初年，周氏初涉书林，便收得清宫流出的宋本《寒山子诗》，为海内硕果仅存的精椠，周氏以此为宝，特取“寒在堂”室名做纪念。不过周氏最常用的室名则是“自庄严龛”，典出《楞严经》“自得心开，香光庄严”。

“自庄严龛”先后有约百部宋本及半数金元本入藏。古本难得，几乎每次搜讨均有一番动人的来历。例如，一部宋刻《春秋经传集解》，原已散成残本，玉碎珠零。周叔弢先以重值获得海源阁旧有的二十三卷，再以双倍价从李盛铎木犀轩请购得四卷，一年后又以更高代价获得另一卷，为求完璧，始终“忠心耿耿”，可惜此书终于仅差一卷而未能“团圆”。可是另一部元刻《春秋经传集解》，终因他的锲而不舍，历经十七年分别从四个来源补成完书，虽曲折宛转而情有独钟，心志不渝，堪称书之良友。尤令人感佩的是，他在夙愿得偿后，推己及人，毅然将所藏《左传》《群经音辨》宋刻残本各两卷赠送故宫博物院，使故宫原有的此两部残书因而完整。诸如此类，诚然体现了他的自白：“余岂忍私自珍秘，与书为仇耶。”是于求书若渴之外另有一种情怀。

周叔弢在藏书史上别见手笔，别见其特别的书卷气，难得在有“大气”，能拿得起放得下。例如，他非常喜爱宋陈师道（后山）的诗，原只藏有明代刊本，后来听说有《后山诗注》宋残本（清宫流出）求售，索值甚高，他便不惜高价收入。别人认为此举未免近奢，他则自思：人生几何，异书难遇，不暇为财物计了。惜书如此，却不一定不近人情。又例如，他曾获得一宋代建安务本书堂刊刻的《王状元集注分类东坡先生诗》，听说另一位藏书家傅增湘专门搜集这位四川先贤的宋版诗集，正缺此本，他于是见投明珠，主动将此书与傅氏交换了三部明版书，使傅氏感动不已，还邀集朋友在其“藏园”举行祭苏盛典。周氏的爱书之心之德，是在执着中渗透了一份庄严和豁达。傅增湘评论他：“凡遇刻本，卷帙必取其周完，楮墨务求其精湛，尤重昔贤之题识与传授之渊源；又其书必经子古书，大家名著，可以裨学供循涌者。至校钞之书，审为流传之补祖本，或以名人之手迹，必精心考研之，以定其真赝……设遇铭心绝品、孤行秘本，虽倾囊以偿，割庄以易，而曾不之恤，既收之后，又亟缮完补缀，存其旧装，就以金粟之线，盛以香楠之匣，牙签锦囊，芝芬麝馥，宝护用勤，故其藏书不侈闳富之名，而特以精严自励。”可见周氏藏书不为附庸风雅，于校刊修饬内外，别有境界，大概就是“香光庄严”的气象罢。

周叔弢（1891—1984），本名暹，字叔弢，安徽建德人。他出身名门，祖父周馥曾任两江及两广总督。父周学海为光绪壬辰进士，早卒。叔父周学熙官也不小，自晚清道台、盐运使直至民国初年两任财政总长，并经营实业而致富。周叔弢多年从商，曾随周学熙在青岛创办华新纱厂，以后历任其家族实业如滦州矿务局、耀华玻璃公司、江南水泥厂等董事，解放前夕任启新洋灰公司董事兼总经理。解放后他以工商界民主人士身份担任过全国工商联副主席、天津市副市长、全国政协副主席等职。周氏以其经济实力而成为最后辞世的传统大藏书家，有钱，却又不为"钱奴"，其家由官宦人家而为利禄人家，又不失为有功于文化学术的书卷人家。他的"爱书心"还浸润着"爱国心"。

周叔弢认为自家藏书虽然宝贵，实为天下公物，"不欲吾子孙私守之"，他担心一旦散作云烟，反而辜负了当初爱心。所以解放后一批批献书给京津各大图书馆。至七十年代，将"自庄严龛"全部捐出，使私藏在自己辞世前成为"天下公物"。这大概可以说，标志着一个藏书史历史时代的结束，又翻开了另外的一页。

书卷人家今何在？如今情况已是完全不同了。但愿四海安宁，万家灯火，书史新一页并不都为金钱所左右，何妨"诗书继世长"！书史之兴亡沧桑，也如一本"大书"，为今人读之鉴之。

（《尚在旅途——吴方书话》，浙江人民出版社，1997）

大家的胸怀

陈传席

陈传席（1950—　），江苏徐州人。2005年起任教于中国人民大学艺术学院。著有《中国山水画史》《中国绘画美学史》等。

一个人的胸怀是决定其一生成就的一个重要方面，也可以说在文化修养、技法等方面都具备之后，能否成为大家，主要就看你的胸怀。没有一个胸怀狭小的人能成为大家的。胸怀狭与广也有很多方面。小儒规规焉，小家严守各种法规纪律，不敢越雷池一步，人家一骂一批评，就吓得半死，是无法成为大家的。齐白石题李苦禅画云："众人若要骂，吾贤休害怕。"他自己题自己画："……人欲骂之，余勿听也；人欲誉之，余勿喜也。"白石的胸怀之大还不仅于此。

凡是大家，都具有广阔的胸怀。

齐白石终生都在固有传统中生存发展，按他的情形，应该是坚决反对外国绘画的。但事实却相反，据胡佩衡、胡橐所著《齐白石画法与欣赏》一书中介绍："白石老人……对西洋画法也是很注意的。"三十年前（陈按：指著书时之三十年前），他和法国来中国的画家克罗多常常往来，也互相交谈中西画的理论问题，白石老人曾说："得与克罗多先生谈，始知中西绘画原只一理。"我也常见他仔细欣赏西画复制品，他说要吸取西法的构图、着色和意趣。后来，还听到老人对徐悲鸿说："现在已经老了，如果倒退三十年，一定要正式画画西洋画。"

"中西绘画更只一理"，后来，张大千也认真讲过类似的话。

二胡经常在白石身旁，他们对齐白石是十分了解的。

齐白石《为蒋兆和画展题词》也说："兆和先生与吾友悲鸿君善，尝闻悲鸿称其画，今始得见所作人物三幅，能用中国画笔加入外国法内，此为中外特风，予甚佩之……"可见，白石不但不排斥西法，而且欣赏吸收西法，如果年轻 30 年，他还要学画西洋画，虽然他并没有做到，但他的胸怀是能容下西洋画的。

齐、黄并称为 20 世纪公认大师，黄宾虹的画也是纯传统的，但他也并不排斥西洋画。1943 年，黄宾虹致朱砚黄书信云："欧风东渐，心理契合，不出二十年，画当无中西之分，其精神同也。笔法，西人会积点成线，即古书法中秘传之屋漏痕。"

致傅雷信云："……始悟古人用笔之法，皆具数十寒暑苦功，而后上纸作画。其理论仍与欧西吻合，如画笔重在点，曰起点，为章法之主；曰弱点，为无笔力；曰焦点，为无墨彩。正是中国画言章法、笔法、墨法相同。"

1947 年致陆丹书云："即绘画一事，西人倾向东方古物书籍，融会贯通，胜于中邦学者，与之言论，往往如数家珍，诚是畏友。不出十年，世界可无中西画派之分。所不同者面貌，而于精神，人同此心，心同此理，无一不合。"

致吴鸣书云："一画开天，笔有转折起讫。老子谓道法自然，欧西人之自然美，其实一也。"

在我的想象中，黄宾虹一生致力于传统的研究和积厚，必会排斥西法。事实则相反，他对西画十分亲切："世界可无中西画派之分""其实一也"。说明他胸中容得下西画。

当然，徐悲鸿、蒋兆和、李可染、林风眠等，有的亲自跑到国外去学习素描、油画，有的借鉴西法，凡大家之胸怀，必能容纳其他，必不会坚决排斥其他。

林纾亦擅画，但不是绘画大家，他就完全不能容忍西洋画，也不能容忍新画，他在《春觉斋说画》中说："……新学既多，士多游艺于外洋，而中华旧有之翰墨，弃如多狗，无论鄙夷近人之作，即示以名迹，亦复膛然，尚何论画之云。中国人也，重点仍守中国旧有之学。前此论文……今之论画亦尔。"他是绝对要求"至求画古人""与古人合"，绝对不能容忍西洋画。他的画也确实像古人画，所以，并无建树。人们只是欣赏他翻译的外国小说，才重视他的画。林纾是以文学家、翻译家而名于世的，因为他胸怀中能容下西洋小说，他成为文学大家。

李可染说他的画还要发展，还要迈越，"但不能迈到西洋画中去"，看来他是不能容忍西洋画的了，但他的画室里却陈列张贴很多欧洲油画，他的绘画之成功，也正是借鉴西方画的结果。潘天寿强调"拉大中西绘画距离"，主张中西画各自发展，好像是不能容忍西洋画了，但他的画室中张贴唯一的一张画就是欧洲油画。

大家的胸怀是广阔的，此其一也。

（《中国书画》，2009年第11期）

史家的“童心”

王子今

王子今（1950— ），黑龙江哈尔滨人。2007年起任教于中国人民大学国学院。著有《秦汉交通史稿》《秦汉区域文化研究》等。

《左传》有“昭公十九年矣，犹有童心”的说法。《史记》沿袭了这一记载。《鲁周公世家》载：“昭公年十九，犹有童心。”也可以说这是较早使用“童心”这一词语的文献。不过，《左传》以批评的口气言“童心”，《史记》却没有明显的否定性倾向。裴骃《史记集解》引东汉学者服虔对“有童心”的解释，是“言无成人之志，而有童子之心”。现在我们回顾历史，似乎“有童子之心”恰是许多有文化贡献的人们共同的值得肯定的资质。阅读《史记》这部中国史学童蒙时期的杰作，是可以通过其气质与笔法的朴实、清纯、天真，亲切体味著家的“童心”的。

司马迁与《史记》研究的名家李长之在《司马迁之人格与风格》一书中，对司马迁与他所处时代的另一代表性人物汉武帝进行过比较。他注意到这两位历史名人有共同之处：“汉武帝之求才若渴，欣赏奇才，司马迁便发挥在文字上。汉武帝之有时而幼稚，可笑，天真，不实际，好奇，好玩，好幻想，司马迁也以同样的内心生活而组织成了他的书。”所谓“幼稚”“天真”“好奇”“好幻想”，正是“童子之心”的表现。

对于司马迁的“好奇”，西汉扬雄《法言·君子》早有评价：“多爱不忍，子长也。”“子长多爱，爱奇也。”因此才取得“《太史公》，圣人将有取焉”的非常成就。扬雄所谓“爱奇”，后人或直接称赞其“好奇”。欧阳修《帝王世次图序》说：司马迁“博物好奇之士，务多闻以为胜者”。徐孚远《史记测议序》也写道：“太史公志大而好奇”，“包举广矣”。

“好奇”而务求“多闻”，首先表现为历史资料收集之求之“若渴”，对于其中富有“奇”的意味的信息之深心“欣赏”。司马迁对于历史现象“包举”之“广”，可以说到了极致。就通过实地考察丰富历史体验、充实历史见识而言，王国维《观堂集林》卷一一曾经说：“史公足迹殆遍宇内，所未至者，朝鲜、河西、岭南诸初郡耳。”司马迁勇敢叙写“当代史”为许多评论家所赞许。顾颉刚肯定其对于“武帝之世”历史的记录，是“《史记》一书，其最精彩及价值最高部分”。又说，“武帝时事为迁所目睹，其史料为迁所搜集，精神贯注”，因而实现了“光照千古”的文化成就。

“好奇”还表现为历史观察视角之新异的追求。有学者评价：“《史记》记载同他有交往的，他常从他们吐谈中寻取这种便利……最可贵的，他还把这种关系深入到野人田父身上……”（卢南乔：《论司马迁及其历史编纂学》）《史记》避免了一般史书“不载民事”“未睹社会之全体”的痼病，能够“大抵详察社会，精言民事”（朱希祖：《中国史学通论》）。于是梁启超《中国史学革命案》写道：“（《史记》其书）常有国民思想，如项羽而列诸本纪，孔子、陈涉而列诸世家，儒林、游侠、刺客、货殖而为之列传，皆有深意存焉。”他关注司马迁此奇异之“深意”，于是感叹：“太史公诚史界之造物主也！”

“好奇”表现为历史探索之创意，使得历史革新、历史推进的真实得以发现。正如有的学者所指出的，“司马迁使到了他的笔下的人类的活动永远常新，使到了他的笔下的人类的情感，特别是寂寞和不平，永远带有生命”（李长之：《司马迁之人格与风格》）。

基于“童心”的“好奇”，还使得《史记》的文献形制和语言风格超越了以往的历史典籍。陈继儒《史记定本序》写道：“余尝论《史记》之文，类大禹治水，山海之鬼怪毕出，黄帝张乐，洞庭之鱼龙怒飞，此当值以文章论，而儒家以理学捃束之，史家以体裁义例掎摭之，太史公不受也。”司马迁突破了旧有的史书记述风格的局限，使得其“文章”呈示全新气象。俞正燮说《史记》可以看作司马谈与司马迁合著，然而，“至其驰骋议论，谈无与焉”（《癸巳类稿》卷一一《太史公释名义》）。苏辙《上枢密韩太尉书》赞美《史记》“其文疏荡，颇有奇气”。所谓“驰骋”“疏荡”显现的“奇气”，无疑也是“好奇”追求的收获。人们公认《史记》成就了中国史学和中国文学共同的经典。班彪曾经赞誉这部名著“今之所以知古，后之所以视前，圣人之耳目也”（《后汉书》卷四上《班彪传上》）。班固也说《史记》“贯穿经传，驰骋古今”（《汉书・司马迁传》）。梁启超肯定“《史记》自是中国第一部史书”（《要籍解题及其读法・史记》）。崔适也称《史记》为“群史之领袖”（《史记探源》卷一《序证・要略》）。然而又多有学者指出，《史记》不仅于史学建设多所创制，还体现出全面的文化优胜。朱熹说“《太史公书》疏爽”（《朱子语类》卷一三〇《历代史》）。章学诚也有“深于《诗》者也”“千古之至文”（《文史通义・内篇五・史德》）的称誉。鲁迅也说《史记》不仅是“史家之绝唱”，亦“无韵之《离骚》”（《汉文学史纲要》）。读《史记》，正是高等级的美学享受。从司马迁著写的这部名著中可以品味真实的美，充沛的美，深沉的美。

李长之说“汉武帝之有时而幼稚，可笑，天真，不实际，好奇，好玩，好幻想，司马迁也以同样的内心生活而组织成了他的书”。说到与“幼稚”“天真”“好奇”并列的“好玩”的“内心生活”，也许有人会联想到与汉武帝频繁出巡类似的司马迁的长途旅行。苏辙《上枢密韩太尉书》说，《史记》的“奇气”，由自“太史公行天下，周览四海名山大川，与燕赵间豪俊交游”。马存说，“其文奔放而浩漫”，“其文停蓄而渊深”，“其文妍媚而蔚纡”，“其文感愤而伤激”，“其文雄勇戟健，使人心悸而胆栗”，都与司马迁广泛游历对于不同的地理景观与人文遗迹的亲身体验有关。他说：“子长平生喜游，方少年自负之时，足迹不肯一日休，非直为景物役也，将以尽天下大观以助吾气，然后吐而为书，观之，则其平生所尝游者皆在焉。”（凌稚隆《史记评林》卷首引马存语）这里所说的“方少年自负之时，足迹不肯一日休”，是可以与我们讨论的“童心”相互对照理解的。

对于自然的亲近，也是“童心”的表现。《史记》以较多篇幅引录汉赋文字，曾经受到一些《史记》《汉书》比较研究者的批评。比如明代学者王鏊《震泽长语》卷下说，《史记》没有载录贾谊的《治安策》和董仲舒的《天人三策》，是“疏略”于《汉书》。梁启超《中国历史研究法补编》也曾写道，对于贾谊，“专载他的《鵩鸟赋》《吊屈原赋》，完全当作一个文学家看待，没有注意他的政见，未免太粗心了”。其实，司马迁重视汉赋作品，除了内心的文学偏爱之外，可能还由于汉赋对自然景观的细致描绘，亦切合他热爱自然的心理。《文心雕龙·比兴》说，汉赋有“图状山川，影写云物”的优长。有学者甚至说：“汉赋有绘形绘声的山水描写，是山水文学的先声。”（康金声：《汉赋纵横》）有的学者分析汉赋“所铺陈的事物内容”，首先指出“山川、湖泽、鸟兽、草木”（姜书阁：《汉赋通义》）。司马相如《上林赋》有关草色林光“延曼太原，丽靡广衍，应风披靡，吐芳扬烈，郁郁斐斐，众香发越”等文句被收录在《史记》中，体现了司马迁特别的情趣，也为我们保留了宝贵的生态史料。特别注意对事物细节的观察并有所思考，是儿童心理的特征之一。《史记》对历史人物表情的细致描绘，也与作者的“童心”有关。例如《史记》关于秦史，有一个特殊的语汇值得注意，这就是“得意”。秦始皇二十八年琅琊刻石：“立石刻，颂秦德，明得意。”又说：“普天之下，抟心揖志。器械一量，同书文字。日月所照，舟舆所载。皆终其命，莫不得意。”秦二世回顾先帝事业，言“作宫室以章得意”（《史记·秦始皇本纪》）。李斯以述职表功为主题的上书，也说到“治驰道，兴游观，以见主之得意”（《史记·李斯列传》）。《史记·六国年表》写道：“秦既得意，烧天下《诗》《书》。”贾谊《过秦论》中秦“得意于海内”的辞句为司马迁所重视，《史记·太史公自序》也使用了这一说法。对“得意”的关注，从这一政治表情分析政治心态，是《史记》政治史记录的独到之处。类似的例子，又如刘邦看到秦皇帝时感叹“嗟乎，大丈夫当如此也”（《史记·高祖本纪》），项羽则言“彼可取而代也”。鸿门宴历史记忆之深刻，主要由于因《史记》所记述项羽、范增、项庄、刘邦、张良、樊哙等人物表情之生动。（《史记·项羽本纪》）

对儿童生活的关注，是《史记》超越诸多史书的独有特点。扁鹊为“小儿医”的故事（《史记·扁鹊仓公列传》），刘盈兄妹幼时随吕后参与田间劳作的故事（《史记·高祖本纪》），窦太后的弟弟窦少君“年四五岁”被拐卖从事苦工的故事（《史记·外戚世家》），童年汉景帝与吴太子游戏时发生争执，以博局掷击对方致死的故事（《史记·吴王濞列传》），张汤儿时审鼠处刑，“其文辞如老狱吏”，后来成为司法名臣的故事（《史记·酷吏列传》）等，都为司马迁所关注，一一载入史籍，成为我们研究汉代未成年人生活的重要史料。

我们在考察汉代的儿童劳动与劳动儿童时还注意到，司马迁在《史记·太史公自序》中回顾自己早年经历时，说到在“年十岁则诵古文”之前，他曾经“耕牧河山之阳”。司马迁童年亲身从事“耕牧”实践的劳动生活，使得他与“野人田父”能够情感融汇，心灵相通。《史记》注重下层社会的物质生产与物质生活，也理解劳动阶级的精神体验，自然与这样的童年生活有关。《史记》于是如梁启超所说，能够“以社会全体为史的中枢，故不失为国民的历史”（梁启超：《中国历史研究法》）。我们思考汉代社会史、汉代未成年人生活史，乃至汉代文化史和汉代史学史，都不能不关注这样的事实。

（《光明日报》，2017 年 2 月 28 日第 16 版）

思维的乐趣

王小波

王小波（1952—1997），北京人。1982年毕业于中国人民大学贸易经济系，1991年任教于中国人民大学会计系。著有《沉默的大多数》《时代三部曲》等。

一

二十五年前，我到农村去插队时，带了几本书，其中一本是奥维德的《变形记》，我们队里的人把它翻了又翻，看了又看，以至它像一卷海带的样子。后来别队的人把它借走了，以后我又在几个不同的地方见到了它，样子越来越糟。相信这本书最后是被人看没了的，现在还忘不了那本书的惨状。插队的生活是艰苦的，吃不饱，水土不服，很多人得了病；但是最大的痛苦是没有书看，倘若可看的书很多的话，《变形记》也不会这样悲惨地消失了。除此之外，还得不到思想的乐趣。我相信这不是我一个人的经历：傍晚时分，你坐在屋檐下，看着天慢慢地黑下去，心里寂寞而凄凉，感到自己的生命被剥夺了。当时我是个年轻人，但我害怕这样生活下去，衰老下去。在我看来，这是比死亡更可怕的事。

我插队的地方有军代表管着我们，现在我认为：他们是一批单纯的好人；但我还认为，在我这一生里，再没有谁比他们更使我痛苦了。他们认为，所谓思想的乐趣，就是一天二十四小时都用毛泽东思想来占领，早请示，晚汇报，如有闲暇，就去看看说他们自己“亚古都”的歌舞。我对那些歌舞本身并无意见，但是看过二十遍以后就厌倦了。假如我们看书被他们看到了，就是一场灾难，甚至“著迅鲁”的书也不成——小红书当然例外。顺便说一句，还真有人因为带了旧版的鲁迅著作给自己带来了麻烦。有一个知识可能将来还有用处，就是把有趣的书换上无趣的皮。我不认为自己能够在一些宗教仪式中得到思想的乐趣，所以一直郁郁寡欢。像这样的故事有些作者也写到过，比方说，茨威格写过一部以此为题材的小说《象棋》，可称是现代经典，但我不认为他把这种痛苦描写得充分了。这种痛苦的顶点不是被拘押在旅馆里没有书看，没有合格的谈话伙伴，而是被放在外面，感到天地之间同样寂寞，面对和你一样痛苦的同伴。在我们之前，生活过无数的大智者，比方说，罗素、牛顿、莎士比亚，他们的思想和著述可以使我们免于这种痛苦，但我们和他们的思想、著述被隔绝了。一个人倘若需要从思想中得到快乐，那么他的第一个欲望就是学习。我承认，我在抵御这种痛苦方面的确不够坚强，但我绝不是最差的一个。举例言之，罗素在五岁时，感到寂寞而凄凉，就想到：假如我能活到七十岁，那么我这不幸的一生才度过了十四分之一！但是等他稍大一点，接触到智者的思想的火花，就改变了想法。假设他被派去插队，很可能就要自杀了。

谈到思维的乐趣，我就想到了父亲的遭遇。父亲是一位哲学教授，在五六十年代从事思维史的研究。在老年时，他告诉我一生的学术经历，就如一部恐怖电影。每当他企图立论时，总要在大一统的官方思想体系里找自己的位置，就如一只老母鸡要在一个大搬家的宅院里找地方孵蛋一样。结果他虽然热爱科学而且很努力，在一生中却没有得到思维的乐趣，只收获了无数的恐慌。他一生的探索，只剩下了一些断壁残垣，收到一本名为《逻辑探索》的书里，在他身后出版。众所周知，他那一辈的学人，一辈子能留下一本书就不错。这正是因为在那些年代，有人想把中国人的思想搞得彻底无味。我们这个国家里，只有很少的人会觉得思想会有乐趣，却有很多的人感受过思想带来的恐慌，所以现在还有很多人以为，思想的味道就该是这样的。

二

“文化革命”之后，读到了徐迟先生写哥德巴赫猜想的报告文学，那篇文章写得很浪漫。一个人写自己不懂得的事就容易这样浪漫。我个人认为，对于一个学者来说，能够和同行交流，是一种起码的乐趣。陈景润先生一个人在小房子里证数学题时，很需要有些国外的数学期刊可看，还需要有机会和数学界的同仁谈谈。但他没有，所以他未必是幸福的，当然他比没定理可证的人要快活。把一个定理证了十几年，就算证出时有绝大的乐趣，也不能平衡。但是在寂寞里枯坐就更加难熬。假如插队时，我懂得数论，必然会有陈先生的举动，而且就是最后什么都证不出也不后悔；但那个故事肯定比徐先生作品里描写得悲惨。然而，某个人被剥夺了学习、交流、建树这三种快乐，仍然不能得到我最大的同情。这种同情我为那些被剥夺了“有趣”的人保留着。

“文化革命”以后，我还读到了阿城先生写知青下棋的小说，这篇小说写得也很浪漫。我这辈子下过的棋有五分之四是在插队时下的，同时我也从一个相当不错的棋手变成了一个无可救药的庸手。现在把下棋和插队两个词拉到一起，就能引起我生理上的反感。因为没事干而下棋，性质和手淫差不太多。我决不肯把这样无聊的事写进小说里。

假如一个人每天吃一样的饭，干一样的活，再加上把八个样板戏翻过来倒过去的看，看到听了上句知道下句的程度，就值得我最大的同情。我最赞成罗素的一句话：“须知参差多态，乃是幸福的本源。”大多数的参差多态都是敏于思索的创造出来的。当然，我知道有些人不赞成我们的意见。他们必然认为，单一机械，乃是幸福的本源。老子说，要让大家“虚其心而实其腹”，我听了就不是很喜欢：汉儒废黜百家，独尊儒术，在我看来是个很卑鄙的行为。摩尔爵士设想了一个细节完备的乌托邦，但我像罗素先生一样，决不肯到其中去生活。在这个名单的末尾是一些善良的军代表，他们想把一切从我头脑中驱除出去，只剩一本 270 页的小红书。在生活的其他方面，某种程度的单调、机械是必须忍受的，但是思想决不能包括在内。胡思乱想并不有趣，有趣是有道理而且新奇。在我们生活的这个世界上，最大的不幸就是有些人完全拒绝新奇。

我认为自己体验到最大快乐的时期是初进大学时，因为科学对我来说是新奇的，而且它总是逻辑完备，无懈可击，这是这个平凡的尘世上罕见的东西。与此同时，也得以了解先辈科学家的杰出智力。这就如和一位高明的棋手下棋，虽然自己总被击败，但也有机会领略妙招。在我的同学里，凡和我同等年龄、有同等经历的人，也和我有同样的体验。某些单调机械的行为，比如吃、排泄、性交，也能带来快感，但因为过于简单，不能和这样的快乐相比。艺术也能带来这样的快乐，但是必须产生于真正的大师，像牛顿、莱布尼兹、爱因斯坦那样级别的人物，时下中国的艺术家，尚没有一位达到这样的级别。恕我直言，能够带来思想快乐的东西，只能是人类智慧至高的产物。比这再低一档的东西，只会给人带来痛苦；而这种低档货，就是出于功利的种种想法。

三

有必要对人类思维的器官（头脑）进行“灌输”的想法，正方兴未艾。我认为脑子是感知至高幸福的器官，有功利的想法施加在它上面，是可疑之举。有一些人说它是进行竞争的工具，所以人就该在出世之前学会说话，在三岁之前背诵唐诗。假如这样来使用它，那么它还能获得什么幸福，实在堪虞。知识虽然可以带来幸福，但假如把它压缩成药丸子灌下去，就丧失了乐趣。当然，如果有人乐意这样来对待自己的孩子，那不是我能管的事，我只是对孩子表示同情而已。还有人认为，头脑是表示自己是个好人的工具，为此必须学会背诵一批格言、教条——事实上，这是希望使自己看上去比实际上要好，十足虚伪。这使我感到了某种程度的痛苦，但还不是不能忍受的。最大的痛苦莫过于总有人想要种种理由消灭幸福所需要的参差多态。这些人想要这样做，最重要的理由是道德；说得更确切些，是出于功利方面的考虑。因此他们就把思想分门别类，分出好的和坏的，但所用的标准很是可疑。他们认为，假如人们脑子里灌满了好的东西，天下就会太平。因此他们准备用当年军代表对待我们的态度，来对待年轻人。假如说，思想是人类生活的主要方面，那么，出于功利的动机去改变人的思想，正如为了某个人的幸福把他杀掉一样，言之不能成理。

有些人认为，人应该充满境界高尚的思想，去掉格调低下的思想。这种说法听上去美妙，却使我感到恐慌。因为高尚的思想和低下的思想的总和就是我自己，倘若去掉一部分，我是谁就成了问题。假设有某君思想高尚，我是十分敬佩的；可是如果你因此想把我的脑子挖出来扔掉，换上他的，我绝不肯，除非你能够证明我罪大恶极，死有余辜。人既然活着，就有权保证他思想的连续性，到死方休。更何况那些高尚和低下完全是以他们自己的立场来度量的，假如我全盘接受，无异于请那些善良的思想母鸡到我脑子里下蛋，而我总不肯相信，自己的脖子上方，原来是长了一个鸡窝。想当年，我在军代表眼里，也是很低下的人，他们要把自己的思想方法、生活方式强加给我们，也是一种脑移植。菲尔丁曾说，既善良又伟大的人很少，甚至是绝无仅有的，所以这种脑移植带给我的不光是善良，还有愚蠢。在此我要很不情愿地用一句功利的说法：在现实世界上，蠢人办不成什么事情。我自己当然希望变得更善良，但这种善良应该是我变得更聪明造成的，而不是相反。更何况赫拉克利特早就说过，善与恶为一，正如上坡和下坡是同一条路。不知道何为恶，焉知何为善？所以他们要求的，不过是人云亦云罢了。

假设我相信上帝（其实我是不信的），并且正在为善恶不分而苦恼，我就会请求上帝让我聪明到足以明辨是非的程度，而绝不会请他让我愚蠢到让人家给我灌输善恶标准的程度。假若上帝要我负起灌输的任务，我就要请求他让我在此项任务和下地狱中做一选择，并且我坚定不移的决心是：选择后者。

四

假如要我举出一生最善良的时刻，那我就要举出刚当知青时，当时我一心想要解放全人类，丝毫也没有想到自己。同时我也要承认，当时我愚蠢得很，所以不仅没干成什么事情，反而染上了一身病，丢盔卸甲地逃回城里。现在我认为，愚蠢是一种极大的痛苦：降低人类的智能，乃是一种最大的罪孽。所以，以愚蠢教人，那是善良的人所能犯下的最严重的罪孽。从这个意义上说，我们决不可对善人放松警惕。假设我被大奸大恶之徒所骗，心理还能平衡；而被善良的低智人所骗，我就不能原谅自己。

假如让我举出自己最不善良的时刻，那就是现在了。可能是因为受了一些教育，也可能是因为已经成年，反正你要让我去解放什么人的话，我肯定要先问问，这些人是谁，为什么需要帮助；其次还要问问，帮助他们是不是我能力所及；最后我还要想想，自己直奔云南去挖坑，是否于事有补。这样想来想去，我肯定不愿去插队。领导上硬要我去，我还得去，但是这以后挖坏了青山、造成了水土流失等等，就罪不在我。一般人认为，善良而低智的人是无辜的。假如这种低智是先天造成的，我同意。但是人可以发展自己的智力，所以后天的低智算不了无辜——再说，没有比装傻更便当的了。当然，这结论绝不是说当年那些军代表是些装傻的奸邪之辈——我至今相信他们是好人。我的结论是：假设善恶是可以判断的，那么明辨是非的前提就是发展智力，增广见识。然而，你劝一位自以为已经明辨是非的人发展智力，增广见识，他总会觉得你让他舍近求远，不仅不肯，还会心生怨恨。我不愿为这样的小事去得罪人。

我现在当然有自己的善恶标准，而且我现在并不比别人表现得坏。我认为低智、偏执、思想贫乏是最大的邪恶。按这个标准，别人说我最善良，就是我最邪恶时；别人说我最邪恶，就是我最善良时。当然我不想把这个标准推荐给别人，但我认为，聪明、达观、多知的人，比之别样的人更堪信任。基于这种信念，我认为我们国家在“废黜百家，独尊儒术”之后，就丧失了很多机会。

我们这个民族总是有很多的理由封锁知识、钳制思想、灌输善良，因此有许多才智之士在其一生中丧失了学习、交流、建树的机会，没有得到思想的乐趣就死掉了。想到我父亲就是其中的一个，我就心中黯然，想到此类人士的总和有恒河沙数之多，我就趋向于悲观。此种悲剧的起因，当然是现实世界里存在的种种问题。伟大的人物总认为，假设这世界上所有的人都像他期望的那样善良——更确切地说，都像他期望的那样思想，“思无邪”，或者“狠斗私字一闪念”，世界就可以得救。提出这些说法的人本身就是无邪或者无私的，他们当然不知邪和私是什么，故此这些要求就是：我没有的东西，你也不要有。无数人的才智就此被扼杀了。考虑到那恒河沙数才智之士的总和是一种难以想象的庞大资源，这种想法就是打算把整个大海装入一个瓶子之中。我所看到的事实是，这种想法一直在实行中，也就是说，对于现实世界的问题，从愚蠢的方法找办法。据此我认为，我们国家自汉代以后，一直在进行思想上的大屠杀；而我能够这样想，只说明我是幸存者之一。除了对此表示悲伤之外，我想不到别的了。

五

我虽然已活到了不惑之年，但还常常为一件事感到疑惑：为什么有很多人总是这样的仇恨新奇、仇恨有趣。古人曾说：天不生仲尼，万古长如夜；但我有相反的想法。假设历史上曾有一位大智者，一下发现了一切新奇、一切有趣，发现了终极真理，根绝了一切发现的可能性，我就情愿到该智者以前的年代去生活。这是因为，假如这种终极真理已经被发现，人类所能做的事就只剩下依据这种真理来做价值判断。从汉代以后到近代，中国人就是这么生活的。我对这样的生活一点都不喜欢。

我认为，在人类的一切智能活动里，没有比做价值判断更简单的事了。假如你是只公兔子，就有做出价值判断的能力——大灰狼坏，母兔子好；然而兔子就不知道九九表。此种事实说明，一些缺乏其他能力的人，为什么特别热爱价值的领域。倘若对自己做价值判断，还要付出一些代价；对别人做价值判断，那就太简单、太舒服了。讲出这样粗暴的话来，我的确感到羞愧，但我并不感到抱歉。因为这种人士带给我们的痛苦实在太多了。

在一切价值判断之中，最坏的一种是：想得太多、太深奥，超过了某些人的理解程度是一种罪恶。我们在体验思想的快乐时，并没有伤害到任何人；不幸的是，总有人觉得自己受了伤害。诚然，这种快乐不是每一个人都能体验到的，但我们不该对此负责任。我看不出有什么理由要取消这种快乐，除非把卑鄙的嫉妒计算在内——这世界上有人喜欢丰富，有人喜欢单纯；我未见过喜欢丰富的人妒恨、伤害喜欢单纯的人，我见到的情形总是相反。假如我对科学和艺术稍有所知的话，它们是源于思想乐趣的滔滔江河，虽然惠及一切人但这江河决不是如某些人所想象的那样，为他们而流，正如以思想为乐趣的人不是为他们而生一样。

对于一位知识分子来说，成为思维的精英，比成为道德精英更为重要。人当然有不思索、把自己变得愚笨的自由；对于这一点，我是一点意见都没有的。问题在于思索和把自己变聪明的自由到底该不该有。喜欢前一种自由的人认为，过于复杂的思想会使人头脑昏乱，这听上去似乎有些道理。假如你把深山里一位质朴的农民请到城市的化工厂里，他也会因复杂的管理感到头晕，然而这不能成为取消化学工业的理由。所以，质朴的人们假如能把自己理解不了的事情看作与己无关的事，那就好了。

假如现在我周围的世界又充满了“文革”时的军代表和道德教师，只能使我惊，不能使我惧。因为我已经活到了四十二岁。我在大学里遇到了把知识当作幸福来传播的数学教师，他使学习数学变成了一种乐趣。我遇到了启迪我智慧的人。我有幸读到了我想看的书——这个书单很是庞杂，从罗素的《西方哲学史》，一直到英国维多利亚时期的地下小说。这最后一批书实在是很不堪的，但我总算是把不堪的东西也看到了。当然，我最感谢的是那些写了好书的人，比方说，萧伯纳、马克·吐温、卡尔维诺、杜拉斯等等，但对那些写了坏书的人也不怨恨，我自己也写了几本书，虽然还没来得及与读者见面，但总算获得了一点创作的快乐。这些微不足道的幸福就能使我感到在一生中稍有所得，比我父亲幸福，比那些将在思想真空里煎熬一世的年轻人幸福。作为一个有过幸福和痛苦两种经历的人，我期望下一代人能在思想方面有些空间来感到幸福，而且这种空间比给我的大得多。而这些呼吁当然是对那些立志要当军代表和道德教师的人而发的。

（《王小波全集》（第一卷　杂文），云南人民出版社，2006）

江南寻阿炳

曹利群

曹利群（1953— ），北京人。1983 年毕业于中国人民大学文学系。著有《缪斯的琴弦——世界音乐史话》《永远的珍藏》等。

到无锡，第一个想到的就是瞎子阿炳。

多年不来，无锡竟也繁华起来。穿过闹嚷的街市人群，找到当年阿炳居住的崇安寺旁的老屋，现在的“阿炳纪念馆”。屋内的复原陈设足够真实，恰如当年和他一起卖唱的人说的那样，就像是叫花子巢，一塌糊涂，钻都钻不进去。老屋的外边是向上伸展的高楼，阿炳广场中间塑有他弯腰低头吃力拉二胡的雕像，见过阿炳的老人都摇头说不像。

读到一本《二泉映月——十六位亲见者回忆阿炳》，终于让那些粉饰在阿炳身上的各色油彩剥落下来。他们都曾和他有过交接，一起喝过酒，卖过艺，听过他演唱，看过他拉琴，或是捡拾过他死后的尸骨。他们断不会说什么“他的伟大的名字应该用黄金写在中国音乐史上”这类拔高的话。于是，一个穿长衫、头顶铜盆帽、戴一条断腿眼镜、头挽道髻的瞎眼民间艺人活脱脱站在面前。

这个人吃喝嫖赌抽几乎占全。抽鸦片之前，个子高大、留着小胡子的“阿炳人还是长得蛮神气，蛮挺的”，不像现在的铜像，头那么低腰那么弯。浴室老板惦记侵吞阿炳继承的庙产引诱他吃了鸦片，在风月场所鬼混患上梅毒又让他瞎了眼。他鸦片的念头重得不得了，挣了钱，“有一块吃一块，有十块吃十块”。他在雷尊殿守业的日子里，一季香汛的正常收入可以应付两年的生计，却被他一下子吃光。

不出家门的时候邋邋遢遢，出来必是身着长衫，有形有相。就连死的时候都是头顶道髻，一派安详仪容。庙产没有了以后，阿炳必须自食其力。为了在江湖上混得开，官府商贾，引车卖浆者，包括日本人他都要巧妙周旋应对。不能砸了饭碗，更不能送了性命。所以他谋生的重要手段“说新闻”就颇有讲究。当着街坊百姓他可以骂日本人骂汉奸，一副同仇敌忾的样子；但进出城时，他也会识相地用二胡模拟“阿里阿笃”向鬼子问好。不必说他多有骨气，他也不是讨好日本人，都是生存之道。他嘴里的新闻都是噱头，杀人越货，轧姘头，巷中奇谭无所不有，极大地满足了市民的好奇心。唯有这样大家才爱听爱看，他才能赚得人气和钞票。

草根之人活一个真性情，阿炳也不例外。虽然五毒俱全，做人却有底线，所谓盗亦有道。不坑人，不骗人，不害人，大不了也就是蒙吃蒙喝。酒瘾上来就去店里赊账，只要有了钱立刻就还上。人家给钱，有交情的收下，没交情的坚辞不纳。一生全凭手艺吃饭。卖艺时摊开一个小本子，分唱、拉、弹三个部分，上边有二胡、琵琶曲子若干，明码标价。有一毛两毛的，也有五毛的，丰俭由人，客人想要听荤段子就得多付钱。很像今天流行的二人转。唱完了说完了看客该给钱了，给得多自然开心，给得少就发脾气，骂人，“要围观的人再凑”。有时还出损招儿：用二胡拉出唢呐的哭丧调，诅咒那些不给钱的人。

见多识广，左右逢源，痞气浊气邪气骨气灵气才气，鱼龙混杂泥沙俱下，这才有了血肉之躯的阿炳。

当年的“无锡八怪”，最有眼球效应是哭丧、算命、卖艺的三个人，而阿炳最受捧。手拿二胡，肩背琵琶，阿炳的样子让人想到带着小提琴和吉他巡演的帕格尼尼。高超的弓法和指法之外还有滑稽声音的模仿。这也是民间艺术家出来混的套路。光是技巧高超还不够，必须取悦于人。除了头顶弹琵琶，阿炳的二胡绝顶一流。他能在胡琴儿上模仿鸡鸣狗吠，各种鸟儿叫，男女苦笑叹息之声和无锡的土话白话。虽然这些他不看中，但混饭吃是少不了的。倚靠从小转益多师的刻苦学习，他的琴技非常人可比，“小天师”的名号不是浪得的。给他录过音的人回忆说，他的二胡厉害在两根弦，别人用的弦是丝质的中弦和子弦，阿炳用的是粗一级的老弦和中弦，发出的声响自然大不相同。加上他的两根弦绷得又紧又硬，按弦非得用足力气不可。多年下来，阿炳的两手都是老茧，那些按弦的手指满是苦做的印痕。这样的老弦，老练的手段，拉出来的声音既劲道十足又传播得很远，细听下来却又甜而不腻，糯而不黏。真是好手段。

后来学习阿炳拉二胡的人过于想当然，或者被意识形态化的高调所误导。冷月清泉的惠山脚下，他们把阿炳想象成为劳动人民的代言人，乐曲声中满是哀怨，心酸，苦痛，委曲，充满了对万恶社会的深仇大恨。速度也慢，节奏拖沓，似乎这样才得阿炳的真传。有的国际巡演更是离谱，现代化的乐队，钢琴伴奏，声光电像天上的雷电，极尽婉转流畅华丽，煽情到极限。听了看了苦不堪言。市面上有的《二泉映月》差不多都听过，不管风格如何，水平参差，无论独奏还是乐队版，有意无意都在泣涕涟涟地“营造苦难”，独独少了阿炳行走江湖的落拓与散淡。

乐由心生，琴声即是心音。一首曲子拉成什么样子本无定论。上个世纪三四十年代，阿炳外出演奏经常从无锡的吉祥桥到老北门走过。人们往往从他的琴声来判断他今天生意的好歹。生意好，一路琴声轻快，只消十分钟这段路就走完。若是琴声缓慢哀伤，一定是没挣足钱，同样的路，二十分钟也不一定走得完。好好坏坏，有起有落，这是人生的常态，也是音乐的常态，和阿炳1950年的钢丝录音如出一辙。那时离他的死日不过几月，临时从商店里借来的乐器，只练习三天的手艺，不会是他最好的状态。何况大烟断了之后，他人已经脱相。只是曲子仍然饱满，不疾不徐，势大力沉，味道重浊，不是临终的哀鸣，却是平常日子的存照。不是对生活的哭诉，而是对生活的担承与化解。无惧无恐，无忧无喜。

录音后，杨荫浏先生让阿炳为这个无名的曲子起了名字。在先生的建议下，“二泉印月”被改为“二泉映月”。一字之差，意境损了不少。天上月水中月阿炳本是看不到的，无所谓“映”不“映”。而心中的月琴中的月，却给阿炳的一生留下了难以磨灭的印痕。“印”是足迹也是心痕，几十年里与山与水与树与风与人的交集，一个“印”字有多好。

（《想起京都一只鸟》，生活·读书·新知三联书店，2014）

我们文明了吗?

杨奎松

杨奎松(1953—),重庆人。1982年毕业于中国人民大学中共党史系,曾任中国人民大学党史系讲师。著有《毛泽东与莫斯科的恩恩怨怨》《西安事变新探——张学良与中共关系之研究》等。

你知道何谓“文明”吗?

估计乍一面对这样的提问,中国的普通读者十有八九马上会想到二三十年来报纸网络、公共场合中种种“文明”规劝,像什么“不随地便溺”“不随地吐痰”“不乱扔垃圾”“不大声喧哗”“不乱穿马路”等等;而学者们却多半可能想到的是涉及地域、时代、民族、人种、宗教,抑或生活方式、生产方式、社会形态,乃至于物质文化形态之类的差异与不同,像什么东西方、古现代、海洋陆地、农业工业、精神物质、资本主义社会主义什么的。

在这里,一个“文明”讲的是人们的言行举止、礼貌操守、道德规范,既针对群体,更针对个人,具有价值判断的意味。不仅文明好,不文明不好,而且还有程度高低之分,文明越高才越好,低了就有被指为“半文明”“不文明”,甚或野蛮、不开化、没教养之嫌。

另一个“文明”呢?恰恰相反,与个人言行举止、教养习俗没有多少关系,哪怕你一族或一国中人,既不读书也不识字,每天打打杀杀,也照样称得上是一种“文明”。这一“文明”的概念，强调的是一种与他者有别的历史文化特色。所谓特色也者，就是历史使然，存在即合理，越独特、越不同，就越有其价值。就像世间物种各有各的形状、各有各的活法、各有各的作用，不能去分什么高下或好赖。说“文明”，就是讲不同。

然而，这两种“文明”在中文里混用，中国人有时却有些尴尬。因为从80年代北京有关部门在王府井大街上开始告诫游客“不要随地吐痰”开始，又搞“社会主义精神文明”，又搞“五讲四美三热爱”，又发布“公民守则”，又制定不文明黑名单制，今天国人的文明程度不仅没高，好像还低了。对此社会上也就有了各种各样的怪话，其中有些话就直接涉及此“文明”与彼“文明”打架的问题，比如说“有着五千年文明传统的中国人是世界上最不讲文明的人”云云。一个号称世界上文明传统最悠久的民族，如今族人却最不讲文明，这是哪里出了问题呢？

关于“文明”一词的由来及意义，学界中人考证、论证不知凡几。中国学者人人知道该词古来有之，但也没有人不清楚，这个“文明”与中国传统古词其实没有多少关系，只是古词新用，成了西文“civilization”的汉译。

那么，西文“文明”，即“civilization”一词，到底是指那个“不随地吐痰”和“不乱穿马路”，且可以当动词、形容词用，可以指个人行为的小“文明”呢，还是指那个体现着“自古以来”的传统文化特色，只能用作复数名词，并且只能用于整体概念的大“文明”呢？

读一下德、法学者，如诺贝特·埃利亚斯和费尔南·布罗代尔等人的著述，想必就能了解，原来中国人对“文明”一词的混用，与西文原词“civilization”的演化变异也不无关系。换言之，西方社会历史中人过去其实也弄不大懂“文明”是个啥东西。

简而言之，和当今中文的用法一样，“civilization”在西方最初也有过动词和形容词用法，而且它最早也是着眼于人的行为举止的用语。“civilization”一词源于拉丁文“civic”（城市）、“civis”（公民）、“civilis”（公民的）等词，16世纪最先生成为英文的“civility”和法文的“civilité”，就是指“教养”“礼貌”“开化”之类。当时的欧洲人之所以开始重视“教养”“礼貌”“开化”问题，和当时的地理大发现这一大的历史背景密切相关。因为发现了美洲新大陆，原本并没有太多优越感的西方人，意外地觉得自己高大起来了。因为他们发现，在美洲大陆以及在大西洋的众多海岛上，存在着大批赤身裸体、茹毛饮血，甚至会以食人为生的土著人。这不能不让欧洲人开始有意识地想要把自己和那些蒙昧、野蛮的土著人区别开来。“文明”一词的出现，从一开始就是用于区别那些野人或土著族群的“蒙昧”与“野蛮”的。之所以会找上拉丁文“civil”等做词根，并衍生出“开化”“教养”“礼貌”的词义，又明显是与欧洲中世纪城里人对“野蛮”的对立面的想象有关。因为多数人都相信，城里人，尤其是像王室、贵族中人那样的言行举止才是最标准、最高尚，完全脱离了野蛮的。也就是说，正是这种自我优越感的萌发和对自身举止行为礼貌化的重视，催生了像“civility”以及“civilization”这一带有明显价值判断的现代概念的形成。

不难看出，“civilization”，特别是早期生成的“civility”等词，和今天中文里讲人的行为举止的那个小“文明”一样，原本也是“野蛮”“粗俗”“缺教养”“没有礼貌”，甚至是“未开化的乡下人”一类概念的反义词。甚至于，18世纪中叶，当有人创造出“civilization”这一直接对立于“野蛮”的大“文明”概念的时候，欧洲启蒙学者中间还发生过一阵争论。有人怀疑新词会冲淡“civility”直接针对“野蛮”一词的含义，另一些人却相信，这个由“civilize”派生出来的词，“从与野蛮这个词的相对意义上来说，它比civility更好”。因为，随着这个时候欧洲民族国家日渐形成，主要着眼于个人举止行为的“civility”一词，很难简单地拿来评价整体的民族或国家，而“civilization”一词明显更适合来说明一个民族或一个国家的现代性质和现代程度。

既然如此，“civilization”一词又为何会变成与“野蛮”无涉的中性词了呢？这是因为，就在“civilization”这一概念日渐通行前后，欧美社会内部自身的问题日渐爆发出来了。随着文艺复兴运动催生出人文主义思潮，人权的及其权利平等的意识迅速生长，逐渐引发了思想启蒙运动，进而在当年城市化最发达的英、美、法三国接二连三地促成了平权革命。“人人生而平等”的崭新的现代权利观念，极大地冲击了中世纪的等级观念、精英观念，包括欧洲中心说。布罗代尔就明确指出，自1819年以后，欧洲思想家已经转而开始对“civilization”一词含有的某些人比另一些人优秀或卓越之意，“感到不大舒服”，因为这在政治上显得不那么正确，有变相支持种族主义或殖民主义的倾向。因此，几乎所有公开拥护思想启蒙的欧美思想家，观念上都相信，应该将“civilization”由单数形式变成复数形式。

为什么用“civility”一词会让许多西方人感到“不大舒服”呢？阿诺德·汤因比有过一个解释。他说：“当我们西方人把别人唤作‘土著’的时候，我们就等于在我们的观念里把他们的文化特色暗中抹杀了。我们把他们看成是充斥当地的野兽……没有把他们当作是同我们一样具有感情的人。”正确的态度，是把“文明”视同“文化”，因为不同的文化是没有优劣之分的。

布罗代尔不无自豪地宣称说，这是一个意义重大的改变。因为“使用复数形式意味着一种观念的逐渐式微——这个观念是一个典型的18世纪的观念，它主张存在文明这样一种东西，这种东西与进步的信念相关，仅为少数特权民族或特权集团（也就是人类的‘精英’）所拥有。庆幸的是，20世纪在某种程度上已经摈弃了诸如此类的价值判断，人们难以确定——以什么标准——哪种文明最好”。

由上可知，中国人今天在“文明”一词使用上的混乱与尴尬，很大程度上是西方学者当年追求政治正确的一种结果。说很大程度上，是因为实际情况并非如布罗代尔说的那样，1819 年以后所有欧洲人或西方学界都改用复数形式来谈“文明”了。恰恰相反，正是从 19 世纪上半期开始，文明史观抑或进步史观蓬蓬勃勃地在欧洲发展起来，并统治了世界历史学、社会学以及政治学界近百年之久。

以往的文明史观，或进步史观并非就不讲政治正确。从 17 世纪启蒙思想家开始，许多人尝试着从人类学和历史学的视角来抚平地理大发现所引爆的因族群、人种发展差异造成的认识困扰。英国思想家亚当·弗格森 1767 年就写道，从欧洲考古学和历史著述中不难发现，并不是只有美洲土著人才是野蛮的。希腊人、罗马人的祖先莫不如此。包括他自己的祖国英国，在第一次罗马人入侵的时候，当地人“在许多方面都和当今北美洲的土著人有相似之处：他们对农业一无所知，在躯体上涂上色彩，用兽皮作衣服”。

100 年后，人类学家路易斯·亨利·摩尔根成就了《古代社会：人类从蒙昧时代经过野蛮时代到文明时代的发展过程的研究》一书。他用科学和实证的方法进一步印证了弗格森的观点。他指出：“从发展阶段梯的底层出发，向高级阶段上升”，是人类群体发展的共性。欧美今天的文明，一样经历了从古代蒙昧时代、野蛮时代的缓慢发展和演变，没有哪个民族生来就是文明的。

在摩尔根等人研究的基础上，马克思、恩格斯及其一大批西方思想家也坚持把“文明”视为“野蛮”的对立面。他们并公开断言，代表着现代文明的西方民族必定会征服一切落后的“野蛮人”“野蛮民族”，包括“亚洲式的野蛮制度”。在 1848 年的《共产党宣言》中，他们明白写道：欧洲资本主义已经“把一切民族甚至最野蛮的民族都卷到文明中来了。它的商品的低廉价格，是它用来摧毁一切万里长城、征服野蛮人最顽强的仇外心理的重炮……它使未开化和半开化的国家从属于文明的国家，使农民的民族从属于资产阶级的民族，使东方从属于西方”。

由此不难注意到，受到西方这种复杂背景的影响，当19世纪末20世纪初国人开始搬运西方现代知识，并把西方有关“文明”与“野蛮”之类的社会发展概念引入到中国来的时候，他们就已经开始在混用欧洲已经在变化着的这两种“文明”说了。一方面，他们受到当时在欧洲思想界仍占主流地位的文明史观和进步史观的思想影响，相信物竞天择，适者生存，优胜劣汰，文明必将战胜野蛮，落后的中国非得从制度、观念乃至于国民性上改造起不可；另一方面，他们又注定会受到西方平权思想，包括民族主义思想的影响，相信天赋人权，每个民族都有自己独特的历史文化，有独立建国的权利，进而并相信东西方文明各有所长，中华文明长于精神道德，西方文明长于物质经济，两者未必存在程度之差，倒是更需要协同发展才有助于克服各自的不足等等。

质言之，当下人们在“文明”这一概念及其观念认识上的混乱，都是当年制造复数“文明”概念的西方学者没有能把自己的观点贯彻到造成的。就像柏拉图谈论“人类”这一概念时，指的不过是与野蛮人相对的希腊人一样，几乎所有基于复数观念谈论“文明”史的西方研究者，其实也都承认或默认存在着一个前文明的历史发展时期。至于这个时期该叫什么，是叫“原始社会”，还是叫“史前时期”，并不重要，重要的是，这种划分依旧暗含有价值判断的意味。因为，只要承认人类发展有过那样一个时期，那么处于那段时期中的人群，就注定会被认为是未达文明标准的，也就是“未开化”的。这也是为什么，如今许多人类学者，甚至不少历史学者，干脆把原始社会也称为“原始文明”或“史前文明”了。很显然，如果我们把原始社会中人视为未开化的和不文明的人，那么，我们又有什么权利指责16世纪的欧洲人歧视了美洲原住民（土著）呢？

然而，一个基本的事实是，无论我们认为人类社会存在着多少种“文明”，这些所谓的“文明”社会形成的时间总是有先后的。古埃及文明的形成时间与古华夏文明的形成时间已知就相差上千年之久。试想，站在古埃及人的立场上来看当时还处于原始蒙昧状态的美索不达米亚人、华夏人、克里特人等等，难道不会产生如同16世纪欧洲人看美洲原住民（土著）一样的观感吗？这也是为什么，即使是布罗代尔等学者，在其文明史的叙述中，也常常还是会自觉不自觉地使用“未开化”“野蛮”一类字眼儿来谈论文明社会条件下发展程度不同的族群关系。因为，那就是历史。

几十年前美国人类学家罗伯特·路威写过一本书，书名叫*Are We Civilized*？（《我们文明了吗？》）依我看，他提出的问题可能更值得思考：人类社会发展迄今至少已经有几十万年了，而我们今人所说的所谓文明史充其量不过四五千年，我们凭什么认为我们就是或者已经是“文明”的了呢？再过四五千年，更新的人类会不会视我们也如同“未开化”的或“野蛮”人一般呢？如果此问能够成立，那么，或许还可以再进一步追问：人类今天真的都处在同一发展程度上吗？我们凭什么，又怎么可能要求发展程度明明差异很大，观念、意识、道德、习惯各不相同的不同民族或社会人群，都按照同一文明标准来思想和行事，并判定我是你非呢？

（《财新周刊》，2016年第8期）

新闻是缘

张建伟

张建伟（1956—　），天津人。1982年毕业于中国人民大学新闻系。著有《张建伟历史报告：晚清篇》《命运备忘录》等。

新闻是缘，好多种缘。

1975年，当我18岁高中毕业，走进天津人民广播电台的大门时，实在是想成为一个作家。新闻工作可以接触各种生活，给了我这种至今没能实现的妄想，但我有缘喜欢上了新闻报道工作。

1978年，当我参加高考时，并不想离开我已经喜欢上的新闻工作。所以，当报考志愿表平摊在我的面前时，我毫不犹豫地写上了“中国人民大学新闻系”，从第一志愿到最后一个志愿，都是它。而在“如果此志愿未被录取，你是否服从分配”的栏下，我坚定地填写道：不服从！我好有缘：我没有离开新闻的行当。

1982年，《中国青年报》选中了刚刚大学毕业的我。我至今认为，这是我最大的缘分。从“怀才不遇”到“怀才误身”，几乎是青年知识分子命中注定需要迈过的门槛，《中国青年报》使我避免了这炼狱的煎熬。她画出的平等竞争的起跑线，使我一入局，就没有前瞻之碍，后顾之忧，最初的冲刺，就站到了“起点均等，终点不均等”的前端。1986年，她把全国最年轻的“主任记者”职称给了我，最近，又聘任我为报社最年轻的高级记者，环境造人，我的缘分好极了。

所以，当许多记者同行采访我，问我“逆境成才”的经历时，我总是毫不犹豫地说：“没有！”我知道这个社会中有许多逆境成才的青年，我佩服他们的勇气和成功，但我坚决反对制造成才逆境的环境。我的第一组在全国引起轰动的报道《大学毕业生成才追踪记》，反对的正是“成才逆境”。我的经历告诉我：一个人，在顺境中，比在逆境中，能够更快更好地成长。

在后来的日子里，我追踪着北人南迁的“深圳潮”，体验着风起云涌的“海南潮”，观察着农村青年抛家离土的“进城潮”，深深感到，他们几乎无一不是在逃避逆境，寻找成长和发展的顺境。人，无一不想与顺境结缘，而远离逆境的牢笼。

我知道，我的看法很容易让人得出这样的结论：张建伟，你的道路太顺当了，在范长江新闻奖得主中，恐怕没一个像你！你的报道都像你的顺境一样，“得来全不费工夫”吗？

不。我也有过“很费工夫”的采访和写作。我曾在洪水围困的钻井场，有三月不知肉味，每天以萝卜充饥的经历；我也曾有过“浪迹全国”，数月不归，不知家人声息的日子；我还有过与恶势力周旋，为正义而呼，为民请命的“一时冲动”。但所有这些，我并不视为逆境，它们是一个记者应有的命运。记者，从他们所处的采访环境来说，是差不多的，所差的，是创造的激情和创造者能被报社和读者认可、接纳的缘分。

这又是我的缘分。《中国青年报》是一份鼓励记者放手进行创造的报纸，从某种意义上来说，她不接受不具创新的报道。我的报道曾被命名为“张建伟模式”，曾被说成“非驴非马”。我的新闻业务理论，在它很不成熟的时候，曾经被人说成“看不懂”，我所创造的“深度报道理论”，“信息短缺组合方式”，“采访成本论”，都曾引起过同行的争议，甚至“攻击”。但《中国青年报》，她大度地给我实验的权利。那不仅仅是版面的赐予，编辑的宽容，那是决策者的胆识，对创造的鞭策，是一种富有激情，几乎心心相印的编采亲缘关系。我至今想起采写（有的是合写）被称为“非驴非马”的《第五代》《命运备忘录》《第三次解放》等篇章时，那种从总编辑到每一个普通编辑，整个编辑部群情激动、合力共成的情景，还时时为之感动。那种情景，非亲历不能体味，我从没听说别的报社有过那样的“水乳交融”。所以，当在范长江新闻奖评选进行中，我报上我的上述新闻报道篇章时，我从没把它们视为我一个人的创造。它们是《中国青年报》的作品，是《中国青年报》每一个编辑记者所创造的亲缘氛围共生的产儿。

真的，新闻是缘，好多种缘。

（《中国记者》，1994 年第 12 期）

我们的人格理想

吴　思

吴思（1957—　），北京人。1982 年毕业于中国人民大学中文系。著有《陈永贵：毛泽东的农民》《潜规则》等。

仁孝人格

汉桓帝时期（147—167），陈蕃出任乐安太守，听说治下有一位叫赵宣的平民百姓，乡邑间盛赞其人至孝。父母去世，按常规要守丧 3 年，或居家，或结庐墓旁，这位赵宣竟然守丧 20 余年，而且一直住在未封闭的墓道之中。

陈蕃——就是《世说新语》开篇说的那位“言为士则，行为世范，登车揽辔，有澄清天下之志”的陈仲举——听到了众人的推荐，便会见了这位“州郡数礼请之”的孝子。聊起家常，陈蕃发现赵宣有五个不到二十岁的孩子。陈蕃大怒。这家伙睡在墓道中干了什么？这不是“污鬼神”吗？“圣人制礼，贤者俯就，不肖企及”（语出《礼记》），你跟着脚尖够不上倒也罢了，假充什么圣贤？这不是“诳时惑众”吗？于是陈蕃将赵宣治罪。（事见《后汉书·陈王列传第五十六》）

桓帝时期的东汉并不是什么好世道。连年歉收，盗贼四起，宦官干政，党祸不断，立国 120 多年的东汉已然日薄西山，露出了衰亡之象。但是我们透过这个故事仍然可以想见当时的道德风尚，我们可以看到当时的人们怎样诳时惑众，凭借何种表现就能够诳时惑众。

时代真是不同了。试想，今天的中国还会有人做赵宣做的事吗？即使他想诳时惑众？赵宣的行为恐怕已经超出了今日疯子的想象力范围。再退一步想，如果有人重新提倡守丧3年，我们会觉得这很正常，很自然，因而衷心拥护吗？如今国家规定的丧假是3天，似乎没有人建议延长十倍八倍以捞取政治资本道德资本或别的什么资本。两千年屹立不倒的常规，如今已经不正常了。

我这里说的不是某种无足轻重的礼数。“孝为仁之本。”孔子叫世人“修身以道，修道以仁”，又说“仁者人也，亲亲为大”（《中庸》），他为我们描述的是一种以仁孝为核心的理想人格，据说上合天理，下依人性，发为礼义。它为两千年来数以亿计的人们提供了为什么生活和怎样生活的权威答案，而且获得了吸引人去假冒的崇高地位。

孔子真死了？

雷锋人格

好像雷锋也死了。十多年前，一位不知姓名的父亲抱小孩乘车没人让座，当父亲的便对孩子说了一句：“雷锋叔叔不在了。”这句话的版本之多，流传之广，恐怕要远远超出尼采的那句“上帝死了”。可见时势不仅造英雄，还能造哲学家，至少能造名言。

其实现在还是有人给老人小孩让座的，孝敬父母的孩子也不罕见。但是大概没有人不承认道德风尚确实变了。做此断言的基本依据，就是很少有人为了诳时惑众而像赵宣假充孝子那样假充雷锋了。假充雷锋的现象曾经相当普遍，“假积极”这个词也曾经相当流行。时过境迁，现在还有谁骂别人“假积极”吗？现在诳时惑众的是假洋鬼子和真真假假的大款大腕，而不是假孝子假道学假仁假义和假积极。

“雷锋叔叔不在了”，这句话非同小可。雷锋所代表的是一种以“为人民服务”（人民不包括敌人）为核心的理想人格，据说它合乎科学规律，顺应历史潮流，代表人类未来。具有这种人格的人可以当接班人，生得伟大，死且不朽。这种人格理想曾经在共和国的历史上雄踞二三十年，为数以亿计的人提供了为什么生活和怎样生活的标准答案。

人格与时代

人格理想不像时装发式，其变化的根据要深刻得多。

孔子和毛泽东倡导的人格理想，都很合时宜地告诉人们如何处理当时最基本的人际关系，并且很有力地证明这种处理方式合乎天道人心或者历史规律，具有终极价值。现在，我们离宗族大姓毗邻而居、宗亲世交触目皆是的时代已经很远了，我们离革命同志团结一心兴无灭资推翻三座大山的时代也不近了。出门上班，满眼小商小贩雇主雇员，下班上路，到处是行色匆匆的路人和讨价还价的顾客。想叫一声同志，招呼一声兄弟，真不知冲谁开口。

孔夫子和毛主席没有教我们在这样的社会里怎样做人，没有来得及为我们树立一种合乎此时此境的人格理想，并把它与不知躲在何处的终极价值联系起来。

呜呼，我们失去了精神支柱。

公民人格

西方人有什么好主意吗？据说西方人面临精神危机时常常把眼睛转向东方，那我们也不妨看看西方。在上帝去世或弥留之际，西方人总要拿出个办法来处理他们的人际关系。

西方基本的人际关系是什么呢？马克思分析资本主义社会从商品开始，他认为商品交换是那个社会的基本关系。他又把劳动力作为商品引入，在遵守等价交换规则的条件下，推演建立了一个逻辑严密令人瞠目的理论大厦。

现在正吃香的西方经济学，其所有理论都建立在两个最基本的假设之上：第一，每个人都归在给定的约束条件下争取自身的最大利益，也就是说人是理性自利的。第二，每个人在市场上都有完全的选择自由，也就是说谁也不能强迫谁，只能平等地交换各自的产品和服务。于是我们又看到两不相亏的交换波涌而出。

似乎不必再说等价交换的原则如何渗透了西方社会，以至社会学中的交换理论成为主流。也不必再提用经济学方法分析家庭和政府行为的努力如何频频斩获诺贝尔奖。总之，西方人处理基本人际关系的常规是等价交换。

等价交换——这算是什么人格理想？再说得好听一点：做一个善于保护自己的权利，同时也尊重他人权利的好公民，一个自利同时也遵守社会义务的好公民，这能算是理想吗？为人民服务呢？爱呢？天理呢？道呢？历史规律呢？人生的意义呢？终极价值呢？难怪西方人说自己精神危机！

但是我以为西方人的主意并不坏。公民人格很有资格成为我们今天乃至未来数代人的理想人格。假设这个理想真能成为现实，马克思描绘的靠资本获取剩余价值的现象虽然不会寿终正寝，赤裸裸的坑蒙拐骗总不会有了。此外，“满口仁义道德，一肚子男盗女娼”之类的痼疾，满口的为人民服务，一肚子营私舞弊之类的顽症，居然也出乎意料地失去了流行的适宜温度。剩下一个大家诚实地劳动，干净地挣钱，尊重自己也敬重别人的社会——这是一个很糟糕很庸俗的结果吗？

“圣人不死，大盗不止”（《庄子·胠箧》），这话实在是很有道理的。

顺便说一句，我觉得英美人彼此相称的“Mr.”这个词很妙。Mister 作为

Master 的弱化形式，在词源上的基本意思仍是“主人”。你也是主人，我也是主人，大家都是自己的主人，自己照顾自己，同时也自己承担责任。谁也无权欺负谁，至少是不能强迫谁。这正是等价交换的前提，公民人格的要义。

公民人格与传统

咱们不能崇洋媚外。他们是主人，咱们也是主人。他们的传统生出了公民人格，咱们也有能生出公民人格的传统。“性相近也，习相远也”（《论语·阳货》），天下的人心本是相通的。

在以仁为核心的儒家理想人格中，就分明蕴含着公民人格的生长点。

子贡曾经问孔子：“有一言而可以终身行之者乎？”孔子回答说：“其恕乎！己所不欲，勿施于人。”（《论语·卫灵公》）孔子在此既尊重了别人，也肯定了自己。这不是一句无足轻重的话，孔子告诉子贡的是可以奉行终身的大原则，而且类似的原则也曾在位居核心的“仁”的范畴里出现。子曰：“夫仁者，己欲立而立人，己欲达而达人。”（《论语·雍也》）这里更直截了当地肯定了“欲立”和“欲达”的自己，也尊重了有同样欲望的他人。如此两不相亏地行事，正是公民人格的核心。

我无意把两千多年前儒家倡导的理想人格混同于今日西方的公民人格，这样做自然经不起知人论世的推敲。我也无意当一个儒家修正主义者。每个时代都有自己的问题和解决办法。不必死抱住某句箴言不放——西方的公民们似乎也没有死死抱住耶稣“爱你的邻人如同爱你自己”的训诫推导不已。

我想说的是：不必担心丢了咱们的传统。古今中外的人心自有相通之处，在劳动仍是谋生手段的时代，在劳动成为人生第一需要或莫大乐趣之前，在纳贡服徭役修陵寝的时代过去之后，人有一种不得不然的为人之道，不管你叫它什么，也不管你的传统是什么。

公民人格与终极价值

自利不损人的公民人格未必就与飘渺的终极价值挂不上钩。我先在这里挂挂看——我挂不好不等于别人也挂不好。

最简捷的挂法，就是把公民人格说成自本自根的终极状态。人是什么？“食色性也”，用中国农民的话说：“人活两个脑，一头吃饭，一头生养”。这是“本我”。再加上“超我”的约束，责任感义务感或曰礼义廉耻之类，这就是人了。谁也不会追问蚂蚁或猴子在其自身生存繁衍之外的终极价值，那么也不必向人类发问。

这种挂法有点耍赖之嫌，但不能说它没理。事实上弗洛伊德的本我，萨特的选择自由，确实被许多人视为终极价值。你可以另有高见，却不能说人家赖皮。

如果不肯接受这种终极价值，只承认传统的终极价值，我们可以再往传统上挂。马克斯·韦伯在他那本《新教伦理与资本主义精神》中，就用一个“天职”的概念当钩子，把公民的赚钱工作与上帝、天堂、灵魂不死这一套终极价值挂起来了。利己的行为都能挂上，尊重他人的行为自然不必多说。我们中国人要想挂，似乎也不必太费劲。我们的祖先把道、天道、天理等等视为自本自根的终极存在，而且用天人合一的概念把天道与人性挂得结结实实。《中庸》有云：“天命之谓性，率性之谓道”。那么我们只要“己欲立而立人，己欲达而达人”就行了，终极价值已在其中。一定不肯接受这种自然而然的包容，非要与外在的天硬挂，我们也可以说：“天行健，君子以自强不息”(《周易·乾》)。什么叫自强？拼命工作算不算自强？算就挂上了。这就是以天为则，顺天意，行天命，正好比服从上帝。再加上一个“地势坤，君子以厚德载物”(《周易·坤》)，宽容地对待别人，帮助别人，那更是阴阳调和。一阴一阳谓之道，这就算到头了。

如果说东西方传统中的终极价值太老了，不适用了，我们还可以换不太老的，流行于十几年前的。西方经济学中有个“激励相容”的概念，就是说每个个人理性自利的行为经过“看不见的手”的指引，便会结出社会进步、人人受益的善果。那么，好好赚你的钱就行了，只要别违法，其结果必定是社会进步，人民幸福。如此，关心国计民生的人便可以安心：历史正在你的生意中前进。实在安不下心来的不妨将来多做慈善事业，直接摘取善果，现在的工作可以看作打基础。性急一些的甚至不必等待将来，值此新规未立之际，正是英雄用武之时，可以干些为万世开太平的大事。

如果说这种终极价值还不称心，恐怕就要问问自己的心究竟是什么心了。明心见性，认清自己的真心自性，这是佛家特别擅长的功夫，也是佛家认可的终极价值——见性成佛。达到这种境界的人，大可不必关心什么理想人格。既然有理想，总是对现实的自我有所不满，而这正是大彻大悟者不会有的妄念。也许，释道儒的明心见性传统能为人类提供如何成为真人的答案，帮助我们成为可能是、应该是、本来是的那种人。但是即使有了明白易懂的答案，恐怕在有人挨饿受冻，有人互相残杀的时代也不容易大行于世。

话说远了。最后收一句：好公民是不会干涉别人明心见性的，他自己也可能做同样的事。等大家都有适宜的条件和巨大的兴趣做这样的事了，公民人格自将让位，替代它的东西或许很有仙风道骨。

（《吴思全集》，复旦大学出版社，2009）

我的康德缘

李秋零

李秋零（1957— ），河南唐河人。1982年毕业于中国人民大学哲学系，1985年起于中国人民大学哲学系任教。著有《上帝·宇宙·人》；译著有《康德著作全集》。

人生在世，有许多事情，并非出自生命的必然，而是由一次或者一连串偶然机遇造就的。这种偶然机遇，既无法预见，亦无法控制。正因为如此，人们常常把它们称为“命”，但我却更喜欢把它们称为“缘”。而与德国古典哲学的创始者、西方近代最伟大的哲学家康德结缘，则贯穿了我自进入中国人民大学至今的学术生涯。

1978这个数字，已经成了我的口头禅，它也是我人生中最大的一次“缘”。在此之前，我早已习惯了面朝黄土背朝天的农民生活，幼时的理想早已被我扔到了爪哇国里。但在1977年，中国却意想不到地恢复了高考。于是，在1978年，我虽然既未读过完整的小学，也未读过完整的初中，更未进过高中的校门，却斗胆报考，居然考中。是年秋天，我走进了中国人民大学，成为哲学系的一名新生。当然，与我同样有此机遇的，共53人。哲学系在人大各系的排行榜上总是占居首位，而我又是全班的“孙山”，所以我的学号是100053。最先认识的同学是同样来自河南的姚新中，他的学号是100052。这是我第一次发现河南省在中国的位置是“副班长”。

入学前，从不知道哲学为何物。高考复习材料中那些诸如“物质第一性”之类的原理，对我来说只不过是必须背下来以便挣分的绕口令。高考志愿也没有报哲学系，但巧的是代表中国人民大学到河南招生的是哲学系的老师。据这位老师后来说，他看中了两个分数较高年纪又较小的考生，就划进了哲学专业。反正，我就是稀里糊涂进的哲学系。

但不管怎么说，毕竟有学上了，有书读了（也有白馒头吃了）。上了几遭课，读了几本书，我就纳闷了：这些不着边际的东西，居然也叫学问？而且，讲课老师似乎有意无意地暗示：这是最高的学问！

真正把我带进哲学殿堂的，是西方哲学史这门课程。那一个个深邃的思想体系，宛如一座座兀立的山峰，令我目不暇接，令我瞠目结舌，令我神游，令我深思。曾几何时，昔年百思不得其解的问题，终于有了交谈的对象。

那时的西方哲学史课程为一学年。按照习惯的做法，第二学期是从 18 世纪的法国哲学讲起。哲学系 1978 级的学生至今引以为幸的是，给我们讲这个部分的老师是苗力田先生，这也是他最后一次为本科生讲授西方哲学史。苗力田先生是新中国最早的一部西方哲学史讲义的参与编纂者，同时也是中国人民大学西方哲学专业的开拓者。是时已年过花甲的他，手扶拐杖，虽有腰疾而不掩其魁梧的身材，着一身板正的中山装，手中拿几张台历片，信手在黑板上写下一串串希腊文、拉丁文、英文、德文字符，即便是那些在“文革”中堪称是“饱读”了哲学书的学长们，面对他的讲课也不禁如醉如痴，遑论我这初入门的小字辈了。更令人惊讶的是，苗力田先生一上来就宣布：法国哲学浅显易懂，学生应当自己读书就能够弄明白。因此，他一开始就给我们讲的是康德，而且讲了整整一个学期，宣布后面的靠自学。这真可以说是一次康德哲学的盛宴。此后，他又给我们开了一门康德的原著课。由于我进入中国人民大学，学的外语就是德语，这门原著课对我来说自然又是得天独厚。也许，我对一些术语和词句的翻译意见给这位学界德高望重的前辈留下了些微的印象。本科期间，可以说是我第一次与康德结缘。除此之外，利用课余时间，我囫囵吞枣地通读了当时已译为汉语的全部康德著作。

大学毕业，我考取公费出国进修，来到德国。在康德的故乡，我不仅深切地体会到德国学界对康德的“偏爱”，而且开始学会抛弃唯物唯心两大阵营斗争的标签，无偏见地理解康德和其他哲学家的思想。两年里，我选修了学校开设的全部有关康德的课程，并用德文通读了康德的大部分著作。而在回国前夕，我收到了上海人民出版社编译《康德书信百封》的邀请。

当时国内的西方哲学界，在经历了最初的拨乱反正之后，已经开始向研究的深度进军。当然，德国古典哲学依然是研究的重中之重。在康德那个时代，书信依然是学者们交流思想、探讨学问的一个重要方式。甚至可以说，书信是思想家的著作的一个重要补充。在此之前，苗力田先生编译的《黑格尔书信百封》，由上海人民出版社出版之后，在学界产生了重大影响。因此，上海人民出版社计划扩大规模，为德国古典哲学的五位哲学家都编译一部《书信百封》。本来，编译《康德书信百封》的稿约是发给苗力田先生的。但苗先生却推荐了当时默默无闻的我（要知道，我那时还没有哪怕一个字变成铅字），并得到了上海人民出版社的同意。1985 年我回国后，大约用了一年的时间完成了编译工作。虽然后来由于种种原因，这部书迟至 1992 年才正式出版，但它却是我真正的处女作。也可以说，它是我与康德的第二次结缘。

1987 年，我成为苗力田先生首次招收的博士生。我的本意，是借这个机会与康德再次结缘，但这个愿望却落空了。入学不久，我向苗力田先生提交了个人研究计划，准备把自己将来的毕业论文确定为“康德的自由观”。“自由”概念被康德称为他的批判哲学的“拱顶石”。从这个概念入手，不仅可以真正把握康德哲学的本质，而且从方法上也可以收到“提纲挈领、纲举目张”之效。苗力田先生对我的计划给予了首肯和赞赏，并要我再进一步把它具体化。但当我兴致勃勃地拿着具体化了的计划再找苗先生时，却被他一口拒绝了，而且拒绝的理由根本不是学术的理由。很简单，当时的中国一片“反对资产阶级自由化”的声音，饱受历次政治运动磨难的苗先生，深恐我的论文为我招来无妄之灾。于是，苗先生的社会经验与我这个初生牛犊的勇气之间爆发了冲突。我据理力争，坚持自己的计划，最终招惹得先生一拍桌子，厉声说道：“在你毕业之前，休想写这样的文章！”在苗先生的弟子中间，我大概是第一个吃了豹子胆的。我之前的师兄师姐们，对先生历来是毕恭毕敬，在先生面前大气不敢多出的。而我却敢不坐在先生对面，而是坐在他侧面的小沙发上与先生讨论问题，若机缘巧合，也敢带着一帮师弟敲先生的竹杠，让先生请酒喝。为此没少遭师兄师姐批评，我却从来是接受批评，永不改正。此时的我，不知道是哪根筋转错了，居然也拍了一下桌子，同样厉声说道：“我从你这里一毕业，就马上写这个题目！”苗先生惊愕了足足有一分钟之久，突然笑道：“你居然敢跟我拍桌子？”我顿时醒悟到自己的失态，赶快认错，并获得了先生的原谅。但是，先生最终不肯让步，我也只好放弃了与康德再次结缘的计划。

但也就是在这个时候，苗先生雄心勃勃地开始了《亚里士多德全集》的编译工作。课题组的成员都是苗先生此前几年招收的硕士生，跟随他学习了古希腊语。我虽然未曾学习古希腊语，也被苗先生列入课题组，主要是我在他身边，年龄又稍长于其他成员，便于帮他做组织工作。历时十年，《亚里士多德全集》汉译终于竣工，轰动了中西学界。而我，也就此迎来了再次与康德结缘的时机。

早在《亚里士多德全集》尚未竣工的时间里，苗力田先生已经与我谈起紧接着开始《康德著作全集》的汉译问题，并且明确指出，由于他年事已高，这次由我担任主编，他仅任顾问。有先生撑腰，我当然是没有问题了。但当《亚里士多德全集》完成后，苗先生要求《康德著作全集》开工时，我却顾虑重重。最重要的原因，是在此之前已经有学界的一位德高望重的前辈在做《康德选集》的项目，而我也被这位前辈邀约为课题组成员。但这位前辈以慢工出细活著称，数年之久没有任何实质性的进展。但即便如此，若我此时另立炉灶，岂非拆这位前辈的台？故任凭苗先生催促，我总是用各种理由推托。直到有一天，苗先生又对我发火了。

苗力田先生有一个习惯，就是亲自给自己的学生讲授西方哲学原著。年老体迈时，这门课就移至他家中进行。1999 年，有一天我接到苗先生的电话，要我马上到他家去。据我对先生的了解，我知道这是他给学生上课的时间，但我到后却惊讶地没有发现学生，而是看到了先生的一脸愠色。一看到我，苗先生就把手中的一本书摔在沙发上，不顾师母的劝阻，怒斥我说："这本书你还要让我用到什么时候？"看到书，我明白了。这是康德的代表作《纯粹理性批判》，是任何修习西方哲学的学生的必读书。苗先生使用的版本由著名学者蓝公武翻译，是学界使用的通行本，于上世纪 30 年代翻译，50 年代出版，使用了大量半文半白的语言，且转译自英文，精准度自然要打折扣。看到我发窘，苗先生语重心长地对我："我早知道你为什么推托了，但无法向学界交代，要比无法向某个前辈交代重要得多。"就这样，我与苗先生约定，2000 年正式启动《康德著作全集》的编译工作。

我们组织了一个班子，苗先生任顾问，我任主编，就这样在 2000 年正式启动了。然而，天有不测风云。正在一切都按照我们的设想顺利进行的时候，苗力田先生突然地、没有任何预兆地与世长辞。悲痛之余，我也同时认识到《康德著作全集》的编译遇到了强大的挑战。通常，一个失去了领袖的群体都会面临这样的问题：是进，还是退？进，则何以进？退，则何以堪？然而，先师的遗愿，岂可付诸东流？在惨淡经营了第一卷的编译之后，我做出了独自承担剩余8卷的编译的决定。到了2009年底，我终于提交了最后一卷的译稿。2010年春，350万字左右的《康德著作全集》9卷本全部出版，旋即召开了出版发布会。十年，与《亚里士多德全集》一样，《康德著作全集》也用了十年。

以近乎一己之力穷十年时间来翻译《康德著作全集》，完成后不断有人问我是怎么坚持下来的。原因很简单：先师的遗愿和对康德哲学的喜爱。然而，真正把它落实到十年的生活中去，却也有一些一言难尽的酸甜苦辣。

首先，翻译普遍不被人重视。不少人认为，写作是在出思想，而翻译只是重复别人的东西，没有自己的思想。许多地方不把翻译视为创造，不算科研成果，至今如此。其实，翻译不仅要求对原作有深刻和准确的理解，而且要求用准确的汉语把原作的思想再现出来，等于是教原作者用汉语来表达他自己的思想。外语与汉语的关系并不是简单的对等换算关系，尤其是强调概念的严格性的哲学，有时微小的词义差别就会导致思想的走样。苗力田先生曾说：有时为了一个术语的翻译，苦苦思索，终有一得，其感觉不亚于天文学家发现了一颗新星。在这种意义上，用汉语准确地表述原作的思想，不仅是一种不折不扣的创造，而且是一种更为艰难的创造，难就难在翻译者不能像写作者那样充分发挥自己的主体性，而是必须忠实于原作。

其次，翻译是一件苦差事。与教原作者说汉语相比，更难的是适应原作者的思想和知识。写作者可以扬长避短，对自己不懂的东西避而不谈，而选择自己擅长的东西尽情发挥。翻译者没有这样的便利，他不能绕开任何自己不懂的东西。原作者说到哪里，翻译者就必须跟到哪里。原作者懂什么、知道什么，翻译者就也要懂什么、知道什么。不懂、不知道的，就必须学习。弄懂了，知道了，才能再回来翻译。有人曾问我，在翻译康德著作时最难的是什么。我说不是他的深邃的思想，因为我在此之前就已经相对熟悉了。难就难在康德是一个18世纪的渊博学者，熟悉他那个时代各门学科的知识。在翻译中，我必须跟随他回到18世纪的知识水平，尤其是了解早已被现代自然科学扬弃了、仅仅会在自然科学史中简略提及的18世纪自然科学。至于康德的自然地理学知识，有一些很可能是来自茶余饭后的道听途说，个别东西根本无从查对，翻译时可谓吃尽了苦头。

最后，翻译是一件危险的事，翻译康德著作尤其如此。与写作者往往可以用“一家之言”为掩护不同，翻译有原作这个硬标准在那里。且不说有时候一些拙译会受到指责，翻译者常常会被人拿出原作来指出误译，甚至会被斥为“低级错误”。尤其是康德，国人对其著作的喜爱和熟悉恐怕是超出了西方绝大多数思想家，许多并非哲学专业的爱好者也常常在读他的德文原著，至少是英文译著。翻译中有拙译误译，难免被人拿出来敲打。固然翻译者也可以从这些敲打中受益，但被敲打的滋味毕竟是不好受的。因此，我在《康德著作全集》第一卷的后记中就说自己是“战战兢兢，如履薄冰”，十年的时间里可以说是天天如此。当然，即便如此我也还是犯了一些错误的，好在学界多是善意的指正、正常的商榷，倒使我于心稍安。

《康德著作全集》的翻译，既是我人生中种种“缘”的一个“果”，也是我主动与康德结的一个“缘”，这个“缘”是还要生“果”的。更何况，这个“缘”还远远没有尽，还要靠我用毕生的经历去继续“结”。大学毕业近三十年了，若说对生活有什么感悟，倒正是这个“缘”字。

（《天高人大：七七八八集续编》，中国人民大学出版社，2012）

“多”通于“一”

孙 郁

孙郁（1957— ），辽宁大连人。2009年起任教于中国人民大学文学院。著有《鲁迅与俄国》《民国文学十五讲》等。

鲁迅逝世的第二年，徐梵澄在纪念自己的老师的诗中写道：

逝矣吾与谁，斯人隔九原。
沉埋悲剑气，惨淡愧师门。
闻道今知重，当时未觉恩。
秋风又摇落，墓草有陈根。

那时候的徐梵澄，精神在漂移之中，思想里纠缠着诸多的文化概念。战乱突起，日寇使国土色变，他便开始了迁徙的生活，先后在多地教书。他后来与鲁迅熟悉的青年人几乎没有交往，因为不在文坛里，其声其影，隐没在遥远的边地。而鲁迅内心富有的知识宝地，却一直在他的内心深含着。

徐梵澄年轻时代追随鲁迅，批评文章颇有风骨，思想与激进文人略有暗合之处。留学之后，意识到学理的重要，兴趣遂转到学术中来。自从在鲁迅影响下翻译了尼采的《苏鲁支语录》，精神之门大开，文章之风遂见出汉魏之气。尼采哲学与鲁迅文章，使他对文明的根源有了很强的好奇心。日本投降后，他有志于对印度文化的研究，于一九四五年底飞抵印度，潜心于一个古老民族的学术。关于那段岁月，孙波所著《徐梵澄传》有详细的描述，不禁让人感到他的选择的非同寻常。

印度的三十余年生活，他的思想在浩大的精神之海里游历，所译《薄伽梵歌》《五十奥义书》惊动学界。自鸠摩罗什、玄奘后，有气象的印度经典的译者我们记得的不多。金克木先生说，这样的译作常人难以为之。赞佩之情，跃然纸上。

鲁迅学生的文章，基本是沿着鲁迅的气韵为之，模仿中现出皮毛之相。但徐梵澄是另类的选择，他逆老师的文体而行，到中外文化的原点里广采众果，穷源竟流。印度哲学、传统儒学、德国玄学、希腊艺术悉入笔端，在阔大的背景里走进鲁迅，而非在鲁迅语境里思考问题，这是他深知鲁迅的高明处。

他的文章踪影倏忽，可比天籁之音，仿佛从隐秘的古堡飘来，有几许寂寞里的暖意。他曾说，人们只羡慕西方的成果，却很少关注那成果的由来。而关注由来者，复古的意识居多，却又鲜知现代，都造成了文化上的偏执。徐梵澄的兴趣是多样的，对于各类文化源头的存在都有打量的冲动。每一种文明面前，都非泛泛之思，有刻骨的体味，又能以高远的目光跳将出来，说出东方古国才有的妙言。他的开阔的视野，不都在梦语之中，而是寻找人间的共有之路。他说：

> 求世界大同，必先有学术之会通；学术之会通，在于义理之互证。在义理上既得契合，在思想上乃可和谐。不妨其为异，不碍其为同，万类攸归，“多”通于“一”。

在这种理念下，他没有一般左翼学者的那种单一性，给他启发的一是鲁迅，二为尼采。他读鲁迅，看出内在知识结构与心理结构的元素，以为其站在高高的层面审视世间。尼采是高蹈于云间的叛逆者，但徐梵澄发现，这位哲人虽不满意于德国的一切现状，独对于故国语文“特加认可”。在路德（Martin Luther）、歌德（Goethe）而外，走出第三条道路。他发现鲁迅译介尼采，用的是《庄子》《列子》的语言，恰是其对母语的一种自觉。于是对尼采的语录体的文体有一种特殊的理解，自己的写作也连带出类似的精神。讨论《苏鲁支语录》文体时说：

> 单从语文学看，这部书里出现了些新字，及以二三字相结合而成的新词，皆戛戛独造。全书未尝用一个外国字，以德文论，极为纯洁。有些名词及其铸造，近于文字游戏了，然表现力强，也非常生动，必然是精心出之的。

徐梵澄的感受，与博尔赫斯对于尼采的体味极为接近，那种从智性里延伸的不易腐朽的词语，将人从枯燥、冷漠的深渊救出，精神的光沐浴着将醒未醒的人们，不仅有语言的自觉，也有生命的自觉。

在南印度的年月，故国的现代书籍，唯鲁迅之书让他心动，默默对读先生的文本，不禁情思万种，得思维的大自在。他回国后所作《星花旧影——对鲁迅先生的一些回忆》，文体奇崛，笔锋陡峭，开合之中，直逼历史深处的神秘，鲁迅词语的内在结构焕然而出。他对于鲁迅的读解，有哲学层面的，也有文章学的功夫。比如在《野草》里看佛教、拜火教、基督教的痕迹，尼采的超人也是有的。而在文本上，鲁迅的妙处，来自其治学的功夫：

> 文章简短，专论一事，意思不蔓不枝，用字精当；而多出之以诙谐、讽刺，读之从来不会使人生厌。——这渊源，说者多以为出自唐宋八大家和桐城等派，因为先生是深于古文的。这，很有可能。但更

可能的，乃是出自治古学或汉学的传统。治古学，如编目录、作校刊、加案语、为注解等，皆需简单明白，有其体例之范限，用不着多言。此在文言与白话皆同，文章技巧，已操持到异常熟练了，有感触便如弹丸脱手，下笔即成。即可谓此体出于治学。

如此强调治学的意义，是徐梵澄的一种策略。他在回忆鲁迅的文章里，专门讨论鲁迅与佛学的关系：

先生在日本留学时，已研究佛学，揣想其佛学造诣，我至今仍不敢望尘。但先生能入乎佛学，亦能出乎佛学。记得和我讲起几个禅宗的故事，当时只觉得有趣罢了。我至今尚未曾听过一次参禅。后来看些语录之类，于身心了不相干。但在现实似乎不然。是得力于那一长时期看佛经和抄古碑的修养呢，抑或得力于道家的修养——因为先生也深通老、庄——胸襟达到了一极大的沉静境界，仿佛是无边的空虚寂寞，几乎要与人间绝缘。如诗所说“心事浩茫连广宇”，外表则冷静得可怕，尤其在晚年如此。往往我去拜访，值午睡方起，那时神寒气静，诚如庄子所说“老聃新沐，方将被发而干，然似非人”。

从辞章到学问，是鲁迅给徐梵澄最大的影响，战士风格和革命情节在他那里弱化了。这似可以解释他何以沉浸在印度文明里的一个原因。他后来的路，即是学者的苦径，对域外经典有痴情的地方。徐梵澄在印度的时候，自己完全沉浸在古代文献中，以赤子之心面对林林总总的文化典籍，从中获取思想的灵光。这些有多少来自鲁迅的暗示，都值得研究。他后来的自述中对鲁迅学问之路的描述的惬然之意，也能证明彼此的心心相印。经过战乱，他发现国人的汉语水平渐渐下滑，乃无思想所致。有信仰而无学识，有学识而鲜信仰，都会遗漏了什么。学习鲁迅的人，仅知道其然而不知其所以然，乃认知的盲态。而由古而今，由中及外，不知身在何处又显于处处，恰是通人的耐人寻味所在。

我对于他的许多学问都不懂得，那些关于梵文、德文、法文、英文文献的思考，维度已过鲁迅，是沿着智性之径攀缘的奇思。他私下说这是鲁迅给自己的内力。在怀念鲁迅的文章里，萧红、徐梵澄最为深切。前者以心悟心，感性的画面激活了精神的瞬间，乃天底下的妙文。后者则因学识的厚重，得鲁迅风趣多多，庄子与尼采的气息弥漫其间，直逼一个悠远、深广的存在。他在一个我们没有经验过的时空中走来，犹如天外来客，散下诗意的落英，闻到了天国般的余香。因为有这样的人与文在，我们才知道自己远离智性的时间过久了。

对于各种文明的兴趣，也连带着多种语境的交汇，那结果是诞生了特有的语言方式，诸多表达与时代的语境隔膜深深。恰因为那隔膜，便有了另类思维，以古老的文明流泻出的情思与诗境，照着周边的世界。在众人扰扰的时候，以冷境里的哲思唤出我们沉睡的悟性与灵思，那恰是鲁迅遗产的一种延续。

徐梵澄翻译和写作中，善于思考文章的理路，在不同语境里寻找最有张力的文字。译介《薄伽梵歌》的时候，他以古代的楚辞对应其体，又有儒家心性之学的互动。在大量翻译里，他意识到，从梵文到汉文，有转换的机制，佛经翻译已说明了此例。但从汉文回到梵文就不容易。单一音节的汉语是有自己的短长的，译介中可以看到此点。他对比汉字与西方拼音文字，看到彼此的差异和优劣，对汉语的自信溢于言表。而在许多著述里，其对汉字的运用得心应手，将德文、梵文的句法也列于其间，无中生有地开出别样的花来。

一九六六年，徐梵澄在南印度写完《孔学古微》，这是他的一本英文著作，后来一直被域外学者所关注。徐梵澄的著作向以古奥见长，从诸多的著述看，已经没有东方本位的调子，阅之忽觉时空大开，又有诗意的顿悟。书中对于儒学的优劣有颇多创见，看到其内在的合理性以及先天的欠缺。即便讨论孔子的盲点，依然对其思想有颇多赞许的地方。比如对周礼的描述颇为神奇，黎明前的篝火照着祭祀的高台，诵诗者在舒缓的旋律里与远古的灵魂对视，其境神异得不可思议。徐梵澄说，就庄重而言，这与欧洲宗教的仪式比，并不逊色。在面对儒家经典的时候，他联想起佛学的精神要义，虽然差异显然，但境界庶几近之：

> 孔子并未说明为什么要爱人。但是“仁”本身不就是原因吗？我们需要在源头活水上附加任何武断的理由吗？在瑜伽的义度上，说“爱是存在于人性中的神性”（the Godhead），即是说并非只爱人或人类，而是爱一切存在中的“自我”。这正是一个转折点，韦檀多哲学由此向内，儒家由此向外。我们可以确认，同为儒家人物的孟子觉得了“自我”（the Self 或者 Atman）。如果采取严格的历史学之视角，仅凭文字记载判断，我们无法全然确定孔子是否也觉得了“自我”。自我延伸之路线有两条，一条是转向道德伦理领域，扩展至处于同一平面上的大众；另一条是向内或向上转对在上的神性，即形而上学领域，个人得以纵向提升。儒家学者认为：“如果个人圆成只是为了自己的救赎，而非为了全体，那么有何用处呢？”儒学向外转的努力旨在社会进步，大众成长，人类整体最终得以超越。这使我们想起“地狱不空誓不成佛”的菩提萨埵。

这些叙述文字是对一般儒学研究者的套路的颠覆，在古印度、古希腊诸文明的话语间，徐梵澄重审儒家要义，与那时候国内流行的著述不同，他在一种超国界的文明对话里，演绎着古老中国的兴衰史。其思其想不乏朗照，一个封冻的文明，在飘逸的词语间蠕活起来。

徐梵澄谈儒家之学，是接触了《薄伽梵歌》《五十奥义书》之后，深觉古印度的文明有许多与中国的儒学接近，而中土道家思想，亦可与印度某些精神对应。他在翻译《薄伽梵歌》的时候，发现其文也类似儒家内圣之学，也有“体天而立极”之义。此书成于公元前，是战乱年代的作品，对于人间事理与天地经纬，自是一番妙悟。佛教未出现之前，印度人已经能够以淡薄之心，对万千世界，处乱不惊，说出人间妙理。与儒家不同的是，印度人“超以象外反得人理之圜中者”，而儒家则“极人理之圜中，由是而推之象外者”。古印度文明的驳杂精神，刺激了徐梵澄重新认识中国固有之文化，他在多重对比里思考人间世的历史，多了一层思想的境界。

徐梵澄发现，“道教、佛教和基督教或还包括伊斯兰教，都是从社会底层兴起，然后在大众中平面式地广泛传播”，“而儒家更趋向于等级或纵向”，那结果就是变为官学。但尽管如此，儒学的迷人之处是和平、爱，这种爱不是个体的行为，而是指向整个天地。徐梵澄以多致的语境将封闭的儒学系统打开，在不同文明中看到孔子代表的儒学的特殊的价值。这个态度既不是“五四”激进主义式的，也非新儒学式的，他给学界带来的是另类思维。

在徐梵澄那里，紧张的、忧郁的气息殊少，那些飘忽不定的意象里呈现的是另一种精神。即便如尼采那样惊异的跳越，而内心满蕴着温情，那种静谧得神圣的文字，在我们的面前熠熠闪光。他有强大的综合性，比如对于今文经与古文经，均有吸收，并不偏袒一方。谈到秦始皇的焚书，他也顺便论及欧洲迫害基督教焚烧《圣经》的历史，也把希特勒的烧书丑行连带起来加以分析。文明的脆弱与其不可战胜的伟岸之处，都被一一点明。在这样的视野里讨论中国的经典，以及文化的过程，其思其想是非跨语境里的人难以为之的。

与鲁迅不同的是，他不是在与当下对话中寻找人生的要义，而是以当下经验重返古典学。在他眼里，东西方的文明以会通的方式处理最佳，而人类大同乃最高的理想。鲁迅用人类经验面对当下，而徐梵澄觉得中国人缺少的是对于人类不同经验的整合。这种整合并非生硬的嫁接，他其实在古印度、古希腊与古中国文明里，看到了同一性的东西。“此心，此性，此情，此体，此气，中西古今不异。”徐梵澄忧虑的是文明的中断，人类的错误乃是遗忘了人性中最为永恒的遗存，让生命与伟岸的精神互感，乃学问家的使命。这里看出他内心的乌托邦的梦想，在更高的境界上，他与自己的老师鲁迅多有交叉的地方。

徐梵澄研究儒家经典，思维里缠绕着现代人的智慧。比如谈及《易经》，注意到安定和恒定，简易与繁复，测及不测，词语所含的精神在不同所指里隐含迥异，一转而成多义，一变则另见玄机。他所熟悉的《苏鲁支语录》与《野草》，不也有这样的维度吗？讨论儒学，都在具体语境，孔子之后，儒一变而为八家，不同时期的儒者精神的侧重也不同，于是有了复杂的体系。在一种限定的话语里考量旧的遗产，就避免了论述中的褊狭，与一些新儒学家的单面思维比，那是受过“五四”精神沐浴的结果。

常有人问，待在印度的时间如此之长，是什么让他有了这样一种耐力与信念？几乎斩断了尘缘，一心沉浸在古老的文明里，一面翻译域外文明，一面也向域外介绍中国文化。他对中国儒、道学术的介绍，以及东方绘画的研究，都有彼时学界罕见的心得。而言及晚清的诗人，所述心得也深矣渊矣。天底下一切可爱、可感的遗存，都让其心动，在静谧的语言王国，采撷精神的遗绪，一点点闻出远去的清香，并召唤那些亡灵回到人间。仿佛自己久违的朋友，他在那里得到的是大的自在。

徐梵澄的文字，韵致悠远而清俊。他谈儒学，讲道家之学，探鲁迅之思，都不是流行的热词，而是从静谧的文明里折射的一缕波光，这波光穿透我们世俗的时空，在天地间铸成亮眼的图章，印在精神长卷的边角。文章呢，亦古亦今，时东时西，取人间万象而化之，就文体而言，造成白话文另一途径。如果说当代有谁对文章学有大的贡献，他应当算是一位吧。

会通人类的古今之思，在东海西海间觅出寻常的道术，是几代人的梦想。但做起来却难之又难。鲁迅年轻的时候，在《人之历史》《科学史教篇》《文化偏至论》《摩罗诗力说》《破恶声论》里试图回溯人类精神的逻辑起点，然而后来因了解决现实难题，这样的工作没有持续下去。徐梵澄是他的学生里唯一继续着精神哲学工作的人，他自觉地成为我们的学术地图的绘制者，将不可能变为可能。我读他的书，觉得有无量智慧与爱意，如在浩瀚的沙漠里流动的甘泉，虽点点滴滴，而我们终于见到了稀有的绿色。

（《读书》，2016 年第 6 期）

读陈子昂《登幽州台歌》

杨志今

杨志今（1957—　），甘肃民勤人。1985年毕业于中国人民大学中文系。著有文艺评论集《观潮漫笔》等。

提起陈子昂，我们就会不约而同地想到他那首激荡了千百代志士仁人心胸的《登幽州台歌》。自从这曲不同凡响的悲壮之歌奏出后，人们爱不释手，诵不离口。壮志未酬者吟它，感慨万千，潸然泪下；麻木偷生者读它，羞惭难已，重整生活……为何这样一首朴素短小的诗，能如此激动人心，传颂不已呢？

历代诗评家对此都试图做出解答，但最后大都连自己也不能满意。于是乎，有人只解一下表面意义：这是诗人用抑郁悲愤的语调来抒发“生不逢辰”、郁郁不得志的伤感。我们说，一般地讲，这样解也是可以的。但进一步思索，就会发现，古往今来，抒发不得志的伤感，几乎是封建时代知识分子的一种通病，这方面的诗、词、赋也浩如烟海，但绝大多数早被人们遗忘了，为何陈子昂的这首短歌却被称为绝响，而有如此顽强的生命力呢？

通过反复吟读，我个人感到，这首诗固然是抒发了一种怀才不遇的孤独感，而它比一般封建知识分子的伤时感怀之作大高一格之处却在于，这种孤独感、伤时感，包含了极其复杂、巨大而深广的历史与现实的内容。这是一个抱负远大的政治家寻不到知音的孤独与伤感；这是一个具有美好理想，感念宇宙之悠远无穷和人生之短促有限而又难以实现壮志的有为知识分子的孤独与伤感；我们似乎可以这样说，这是一种冷中带热的含有积极意味的高尚的孤独与伤感。它和一般封建文人发出的小家个人之感是不能同日而语的。

首先，我们看这种伤感所蕴含的具体时代内容主要是什么。要搞清楚这个问题，必须先弄清诗人生活的时代背景及创作时的处境和心情。据史书记载，写这首诗时，陈子昂三十五岁，他已是一个经历了人生忧患的较成熟的政治家了。这之前，二十九岁时，他就向武则天上过《答制问事八条》，主张减轻刑罚，任用贤才，延纳谏士，劝功赏勇，减轻徭役等，其中许多都是符合人民愿望的。可事实证明，推行贤良政治并不像他想的那么简单。后来，他又经历了被罢官、入狱的坎坷。但是，打击和挫折并没有摧毁他那颗坚强的要报效祖国的心。三十五岁这年，他为武攸宜的军事参谋。当时，东北边境住着契丹族，势力虽然并不甚大，但仍是边境上的潜在威胁。武则天时期，镇守东北的松漠总督李尽忠忽然叛变，朝廷派兵镇压。恰在这时，契丹乘机起兵南侵，攻陷幽州、冀州和营州，武则天派武攸宜北上抵敌。武攸宜不谙军事，才一接仗，先锋王孝杰等全军覆灭。陈子昂作为军事参谋人员，曾向武进言，不纳，又请分军万人为前锋，以遏敌势，武亦不听。非但如此，他还因此受到了降职处分。陈子昂满腔爱国热情，受到极其沉重的打击。《登幽州台歌》便是他在此时，登高远望，放眼北国河山，所发抒的无穷感慨。由此，我们可以看出，这时的陈子昂，首先是一个热望建功立业，报效祖国的豪杰壮士，是一个忧国忧民的政治家，是一个不得志的英雄。他面对的首先是政治上的打击，忧虑的主要是国家民族的根本利益。“前不见古人”，不是前无古人，而是我既不见古人，古人亦不及见我；“后不见来者”，也不是后无来者，而是我见不到后人，后人也见不到我。我理解这里的古人和后人，其所指的是一致的。主要是指那些善于用人，能在政治上力挽狂澜，建功立业的英雄。而偏偏在这个时代，既无古代英雄，亦无将来豪杰，沉迷惨澹，生气寂然。“天地悠悠”，人生有限，谁能免于“怆然涕下”？这正是纵横千载，旷视四海的有志之士所感到的沉重悲痛。诗人在这里并不是为写诗而写诗，写诗实际上只不过是他排遣政治郁闷的一种手段而已。

其次，我们再看，诗人是用什么手法来抒发他的郁闷的。对此历代不少人做过分析，但人们总感到很难说清。《唐诗小札》里这样说：“这四句诗很难演绎，也很难解说，诗人胸中包罗广阔，笔下弃尽町畦，无来无去，无首无尾。”此说确道出了一些奥秘，但仍使人感到神秘莫测，呈隔雾看花之状。马克思主义的分析方法告诉我们，包括人的感情在内，世界上一切运动着的东西，都有它的内在规律。陈子昂这首短歌的抒情之法也不会例外。我们只要认真分析，就会发现，这首诗中，诗人没有用传统的借景抒情或以物托情的手段来表现。贯穿全诗的主要是诗人内心世界的高速运动。他一会儿在幻想的世界里遨游，一会儿在现实的天地间流泪。用黑格尔的话说就是：“这种心灵是本身已得到自由的，不受为表现用的外在感情材料束缚的，只在思想和感情的内在空间与内在时间里逍遥游荡。”诗人使用的是让人从局部见到全体，从不完全见到完全，从有限见到无限的表现手法。“前不见古人”，一句可以囊括诗人之前的全部历史。三皇五帝，孔子乐毅，秦皇汉武，全部在历史的长河中消逝了。“后不见来者”，又可说展开了一幅广阔图画。一条向两头无限伸展的历史的曲线，表现了时间的无限性。“天地之悠悠”，又表现了空间的无限性。在这时间与空间交错纵横，无限延长的巨大框架中，诗人感到了作为某一个具体人的人生的渺小与短暂。但是，我们看到诗人由此而得出的最后结论，并不是一味的消沉，诗人怆然泣下的也并不是冰泪，而是一滴滴饱含着忧国忧民之情的热泪。原因何在呢？因为，诗人在这里，充分开拓了抒情主人公阔大而高尚的精神世界。和那无限的时间与空间相对的，不仅仅是一个个具体人的渺小的形体，更主要的是人的无限丰富、无限深邃的思想感情。这样，也就反过来把人的感情的容量大大地扩张了。这种在时间与空间的无限性中表现人的感情的无限性的手法，是极其高超的。而且用字的简练，也达到了绝无仅有的水平。

最后，我们再看看《登幽州台歌》的境界的描绘。读过这首诗，首先给人一个强烈、鲜明的印象就是，在我们面前高悬了一幅博大、幽深的历史与未来的图画。我们也可以把它比作一首气魄宏伟、旋律厚重的交响曲。这种奇妙境界的创造是如何进行呢？我们还是循着诗人思维的翅膀，来做一个粗略的考察吧。诗的题目是《登幽州台歌》，而诗中却没有写诗人如何一步步地攀登幽州台，在台上又望见了什么具体的景物。它起句便如平地炸出一声春雷："前不见古人，后不见来者"，一下就把读者的思绪带到了一种高远、庄严的境界。如果我们把时间与空间比作坐标系的话，那么，历史与未来便是纵轴，天与地便是横轴，抒情主人公正站在历史与未来、天与地的交叉点上。我们可以这样设想，北国苍茫寥廓的原野，似乎是引起诗人巨大感慨的外在契机。但当他一旦遨游进自己的精神世界后，便出现了这样的场面，古代的圣贤在演奏一幕幕惊心动魄的经邦济世的伟大戏剧，未来的俊杰接着登台亮相，继续创造宏图伟业。忽然，诗人又从幻想的空间跌落到了现实的幽州台上，只见天地依旧，悠悠茫茫，孤独的诗人，只好用忧伤的泪水来发泄自己胸中的不满。壮志和现实，在这里构成了无法缓解的矛盾。莱辛说："诗所选择的那一种特征应该能使人从诗所用的那个角度，看到那一物体的最生动的感情形象。"《登幽州台歌》正是让我们在历史与未来的交叉点上，看到诗人无限丰富的感情世界。就诗的画面本身看，酷似我国传统的写意国画，中间有许多空白处，让人初看似嫌单调，但只要仔细品味，我们就会发现，诗人表现手法的高妙，也正在这些地方体现出来。画面表现出来的实景，仅仅是一个窗口，是一个瞭望孔，蕴含在空白处的无限丰富的精神世界，实际正是这首诗最富有生命力的东西。虚与实的结合，在这里达到了出神入化的程度。高尔基在《给青年作者》一文中说："作家的作品要能相当强烈地打动读者的心胸，只有作家所描写的一切——情景、形象、状貌、性格等等，能历历地浮现在读者眼前，使读者能够各式各样地去'想象'它们，而以读者自己的经验、印象及知识底积蓄去补充和增补。"《登幽州台歌》千百年来，之所以能强烈地打动一代又一代读者的心灵，一个重要的原因也就是，它给我们提供了根据自己的生活经验、印象、知识积蓄来不断补充的广阔天地。

写于 1981 年

（《名作欣赏》，1985 年第 1 期）

与《史记》结下不解之缘

黄朴民

黄朴民（1958— ），浙江诸暨人。2002年起先后任教于中国人民大学历史系、国学院。著有《春秋军事史》《先秦两汉兵学文化研究》等。

1973年2月初的一天，我伫立在凛冽的北风里，用无限眷恋的目光，久久凝视着绍兴一中那灰色斑驳的校门，似乎要把这里的一切，铭刻在自己的脑海里。

初中刚毕业的我，从此走向社会，用长满厚茧的手，为自己的生存开辟道路。可以讲，我生活中并没有正规意义上的高中学历；是社会大学向我颁发了高中毕业证书，而拥有《史记》，则是我重续“高中梦”的起点！

拮据的家庭经济，使得年仅15岁的我早早开始了5年临时工的生涯。我曾在建筑施工队给泥瓦匠打过下手，曾在内河小火轮上售过票，曾在啤酒厂干过杂工，曾在油脂香料厂烧过锅炉，用汗水换取每天“九角三分”的报酬。就是这微薄的收入，贴补了家用，舒展了母亲紧锁的愁眉。我为此而感到欣慰，因为我恪尽了长子的责任；然而这无法填补我内心的缺憾，因为我渴望上学。要知道，从小学到初中，我的学习成绩在班上一直是名列前茅的。于是我就读书，读一切当时所能搞到的书。

一个十分偶然的机会，使我获得了一张绍兴鲁迅图书馆的借书证。我持着它，就像一个乞丐骤然间发掘到一宗财宝一样兴奋不已。从此，我时常向工友借用自行车，趁着工余空暇，去图书馆借阅图书。

在那个岁月里，图书馆可供外借的书籍同样少得可怜。一天，我在没有合适书籍可借的情况下，随意借了一册王伯祥先生编写的《史记选》，到家后漫不经意地翻阅了起来。说实在的，我当时并不能读懂《史记》，但是，强烈的求知欲、好胜心与无书可读的现实，使我终于静下心来，依靠王先生的注释，缓慢地、一知半解地坚持着“啃”读下去。

渐渐地，张牙舞爪的古文变得温驯了起来，原先十分生疏的《史记选》也多少显得亲切可近，更重要的是，自己为能够“生吞活剥”古书而沾沾自喜，很可笑地滋长了一股“超越”同龄人的骄傲情绪。受这种虚荣心理的驱使，自己“啃”《史记选》也就更加起劲了。

两个星期很快过去了，规定借阅的期限已到，我不得不将未曾“啃”完的《史记选》送还图书馆办理续借手续。很不凑巧，那位图书馆管理员拒绝了我的续借要求。不得已我只好第二天再跑图书馆，更不凑巧的是，我还是没有能借到这本书。在这以后，我又跑了几回图书馆，结果总是失望而归。俗话说，越是得不到的东西越是想要得到，我老是忘不了《史记选》，我与《史记》的缘分大概就在此时结下了。

终于到了我与《史记》正式缔缘的日子。那天，我正在市内的新华书店转逛，突然，整齐摆放在书架上的《史记》映入了我的眼帘。我驻足向它默默地注视了许久，最后终于鼓起勇气，向营业员询问它的定价。营业员用困惑的目光瞟了我一眼，心里认定稚气未脱、衣衫寒酸的我不会买它，半晌不曾吱声。惶惑中，我又轻轻追问了一句：“同志，《史记》多少钱一部？”她不耐烦了，冷冰冰地回答了一句：“十元三角，你要买？”的确，这个价钱对一位每天只挣九角三分钱的临时工来讲是太不可思议了。我索然无趣地悄悄离开了书店。

回到家中，我同母亲谈起了刚才发生在书店里的事情。母亲听了我的叙述，默然没有作声。良久，她轻声问了我一句："是十元三角吗？"又过了一会儿，她问我说："你觉得那部书有用，是吗？"我见母亲这种认真的神态，怕她掏钱替我去买，就忙不迭地回答："我随便讲讲的，要看，日后借来看看就行了。"母亲听了我的话，便没有再说什么。

第二天傍晚我下班回家，进屋后一眼就看到堂前饭桌上整齐置放着一叠书。走近一看，正是中华书局出版的十册点校本《史记》。我捧起书，匆匆走到正在厨房做饭的母亲身旁，询问这是怎么回事。母亲抬头望了我一眼，用十分平静的语调说："你愿意读书，这是好事情，听说《史记》是部有用的书，我今天去新华书店替你买了回来。"说完，她就又忙手头的事情去了。我望着母亲的背影，许久没有说出话来。我知道，那时候的十元三角钱，对我们这样经济困窘的家庭来说，是一笔何等"巨额"的开支。在母亲平静语调深处，是她对孩子炽热的理解和期待！我突然觉得，捧在自己手上的这本《史记》是这样沉，这样沉……从此，我真正喜欢上了《史记》，我借助各种工具书用心阅读它。通过它，我了解灿烂绚丽的先秦、秦汉历史；通过它，潜移默化培养了自己古代汉语的阅读理解能力。我就这样同《史记》结下了不解之缘。我相信，自己的高中学业能够自修完成，完全肇始于这部《史记》。我携带着它走进杭州大学，走进山东大学，顺利完成学士、硕士、博士学业……

日复一日，年复一年，现在我已经拥有相当数量的个人图书，但是，从没有其他任何一部书，能在我心目中占有像《史记》一样的地位。

（《少年文艺》，1994 年第 4 期）

书生襟抱本无垠

杨念群

杨念群（1964— ），北京人。1981年起在中国人民大学历史系、清史研究所学习，1991年起任教于清史研究所。著有《儒学地域化的近代形态——三大知识群体互动的比较研究》等。

同夏衍老在四合院豆棚檐下纵谈今古，我从老人的娓娓叙述中，多少体味出杨度这位近世奇人的些许个性。杨度晚年沉浸于禅心秘境，颇为把握禅学“以不变应万变”“以入世为出世”的界限与机巧。打开所著《虎禅师论佛杂文》，扑面而来的净是玄语禅机，鬼气逼人，而掩卷品思，其语总不脱凡尘俗世而又不陷入风月荒诞。杨度甚至斗胆颠倒六祖慧能“菩提本无树，明镜亦非台；本来无一物，何处惹尘埃”之偈语而歪批云：“菩提岂无树，明镜岂非台；本来安所在，即在此尘埃。”并擅自点化众生曰：慧能不过是“以空破有”，而我虎禅师则是“即空即有”。以“有”说“无”已把禅语空宗断却尘缘妄念的基点砸得粉碎，而以佛境说大同，更使杨度难分幻境与真实的界度。近世湖湘之人似乎总是难断尘缘，难入禅境，曾国藩即曾因挣扎于禅境边缘而呕血。所以杨度未从“丑剧”中完全脱身而出以遁入空宗，而又于“正剧”中扮一角色。以至后期生活大放异彩，倒并非没有一点前后思维的沟通与群体的共同困惑为其根基。其实，从帝制巨魁的“丑剧”转为市井国士的“正剧”，我们不难从禅境里悟得杨度真性情的一丝线索。

杨度受晚清经学大师王闿运“帝王之学”的熏染，颇有乃师之风。他十三四岁时就常宿于王家，被许为神童。王阎运未显之时与诸贵人游，恐不受礼遇，常常高自标置，一生不受人慢，而成名之后，更喜夸诞海口。钱基博云其“貌似逍遥，意实矜持”（《中国现代文学史》），而杨度也曾被人视为“露才扬己，高视阔步”（《杨度手书日记》）。一次偶然翻阅唐宋八大家诗文，竟然弃书自叹，说这些千古传诵的文章“真乃儿戏”，认为自己幼时，即已能撰此类之文，他们居然“亦为名家，真乃可怪”（《杨度手书日记》）。杨度自诩文章几乎能独步天下，只是承认不如“掌门人”王闿运诗辞的“哀艳灵逸”和其经说及《湘军志》自成一家之言，总算能折节自认于天下英雄中坐第二把交椅。杨度狂狷不羁，胆敢傲视点评天下英雄文章，只有挚友夏寿田以一句“平生推佩惟有杨郎”，方换来杨度的一声谦逊之叹：“午诒（夏寿田）能狂，我仅能狷，实不如彼，愧斯言矣”。叹声内外仍不失狂生本色。（《日记》）

“逍遥”与“经世”自古本是一对矛盾，而王闿运偏以老庄说“帝王”，一派舍我其谁的假潇洒，以至害得杨度也一度大谈起“百际布衣无际会，不烦劳作武乡侯”（《逋亡杂诗》）这些言不由衷的苦闷话。实际上王闿运说老庄自有缘由，年轻时他曾劝曾国藩南面称帝与清廷对峙而未果，自尊心大受打击，大发了一通“纵横志不就，空余高咏满江山”的牢骚，便一头扎入庄禅圈内，搞得“湘绮弟子，莫不高谈魏晋，不暇旁求”（《草堂之灵》），杨度也学着王氏的样子“尽心听莺并看花，无心无事作生涯”（《偶然作》）。似乎真的做到了“帝师王佐都抛却，换得清闲钓五湖”（《逋亡杂诗》）。实际上庄禅给与王闿运迟暮哀叹岁月的抚慰，和对“一生不受人慢”的心理补偿，恰恰是杨度“经世”内力迸发而出的精神枷锁。翻阅杨度手抄日记，庄禅心境的空灵透彻与士不得志的憔悴悲凉，几乎成了早期杨度心弦喋喋不休的变奏，一忽是矜傲隐士的一派深沉，大做自我安慰云：“余乃湖南一布衣耳，身处田间，本无心于名利，不召自至，又何为乎，进攻以礼，非比举棋，出而不正，亦何补于天下，不如无出矣”。一忽又做浪漫悲歌，抚琴自啸之态：“山烟向暮，寒水待月，忽觉满目苍茫，欲作穷途之哭。人以我为旷达，不知直以眼泪洗面，士不得志，岂不悲哉，归来闭门向月孤吟，久不能寐。”有一次饭后杨度与王闿运同归“登舟坐谈时变，几于击揖中流矣”。以致被“掌门人”责曰：“近名之心，又非隐居求志之所宜也。”

杨度与王闿运常于联床夜话中纵评风云大事，有一次他把小船舶于潇湘门外“竟得一舱，与王师对卧……纵谈彻晓，觉天下大事确有把握”（《日记》）。至于点评人物之得失则更是时有妙语奇论，如讥诸葛而扬周瑜：“隆中三分之策，幸而获成，功名之会，岂非命哉！诸葛平生不善用兵，而名垂宇宙，其能不如公瑾，窃哂乎！”（《日记》）再如“掌门人”量弟子之才而估天下事，认定夏寿田似曾国藩，杨度似胡林翼，“然合乎办事，知必有济”，思路奇拓浪漫，自我感觉良好，倒大似一首书生狂想曲。今人看来，这挥斥方遒的书生意气与似乎不知天高地厚般的浪漫潇洒，正如点点逝去而仍在飘逸的落暮余晖，让吾辈后人羡慕得发狂。

戊戌年间，当杨度入京应试终于有了操练“帝王之学”的机会时，他仍不改高视阔步的老脾气，常徜徉于公卿之间，自鸣曰：“余诚不足为帝师，然有王者起，必来取法道”。这种守株待兔式的自我推销术，与正轰轰烈烈奔走于宫廷之间的粤人康有为等公车士子相比，矜持的君子之风溢于言表。当杨度终于觉得“余身在此不能无言”应有些惊人之举时，便作了一篇《大阅赋》，他自己解说赋中“以寓讽谏班扬之遗意也”。而直言极谏只适于在明主当政的时候，“昏朝以沽名则可耳，不纳则受其殃，正宜曲喻而已”。杨度一路活动于京官翰林之中，甚至一直撞入大学士徐桐之门，却无一人肯为之代奏光绪帝，气得他大叫

“翰林可笑如此”。回到寓所，喝去几壶闷酒，自然大发了一通“相如虽有上林赋，不遇良时空自磋”的感叹。由于治学路径和经术运用的不同，杨度素来轻视康有为一辈人的活动，自言“三代以下唯余能言经术，又非他人所能也”。几乎把“掌门人”排除在外，又称“康长素所著书，余此时固已不屑，余不敢轻量天下士，亦不敢妄自菲薄，有成与否，要之皓首而定”。

王闿运把玩“帝王之学”，总梦想在乱世云烟中钻个空子以谋取卿相之位，这就像一位啸傲山林的隐士突然会巧遇刘备，一而再，再而三拉他出山，这位隐士却又摆出一副山野村民不识时务的样子，摆够了谱才翩然而出。“帝王之学”这一巧遇、二摆谱、三出山的神话模式表面大有程咬金三板斧想劈出个帝王基业来的味道。可王闿运给杨度规定的从寄情野趣到出山为相的马拉松式纵横术，时间拖得未免太过于漫长，自然不如康有为干脆抬出个“假孔子”，自己也做起“素王”教主来得痛快实在，也够刺激。

王闿运虽以擅长“帝王之学”自命，一生却是摆谱的时候多，让人看中其纵横之才时少，“帝王之学”却似挂在狗肉店前的羊头招牌，反而变成了一幅自诩清高的资本。这对王闿运倒不失为一种退身之阶，对当时尚血气方刚的杨度无异于一剂苦药。上奏《大阅赋》失败后，杨度曾作了一首《渔父辞》自比屈原聊以自慰，中有“屈原被放游江滨，踟躇泽畔自伤神，……柳志含情恋故都，尚冀君心念遗逐，渔父闻言笑且行，世人虽醉君岂醉；长歌鼓罢逐波去，沧浪之水何时清”。并自注云：“微变渔父之意，以期自道耳”，尚未入仕就发起了屈原之叹，至于诸如“亦知道不行，未作扬波叹”（《渡海诗》）之类的牢骚和“富贵非我好，军国非我筹”（《咏怀》）之类的自我安慰，就更是举不胜举了。不难看出，“禅中虎”杨度一直想跃出王闿运的行者圈套，然浸染既久，思路却始终如一，一旦认准袁世凯“霸才”可恃，就翩然而出，从“卧龙”孔明梦想摇身一变而为丞相诸葛了。不想掌门人王闿运先仙逝而去，“霸才”袁世凯又随之归天，君宪梦终于难圆。

杨度对袁世凯没有充分领略自己的“隆中之策”颇有微词，题袁世凯挽联云：“共和误民国，民国误共和？百世而后，再平是狱。君宪负明公，明公负君宪？九泉之下，三复斯言。”内中深意仍持以君宪为共和的观点。在杨度看来，“明公”袁世凯作为“新权威”尚不够资格，坏了自己的大事。“共和”与“君宪”之争本身在近代就是个打不清的官司。“共和”往往会蜕变为国会议员的老拳相向而使斯文尽扫，“君宪”又往往缺乏对“霸才”的制约系统，从而导致国家兴废尽在“君主”一言之中，而丧失了其本初的监督意义。杨度以“霸王道”纵横术诠释“君宪”的内涵，确实给人一种文化的厚重感，因为当时中国人并不真正理解共和为何物，他们只能通过自身文化传承这面镜子去反窥其意义。时髦的西方名词毕竟只是一种抽象的梦幻，而看得见觉得着的却是政治体制内的权威运作。西方民主的真正含义之一是建立对权威的制衡系统，而杨度头脑中的“帝王之学”又确实缺乏建立民主制衡的零件，其君宪理论对权威意义的阐释正是中国传统“内在理路”的反映，这种阐释的“历史合理性”本身就体现出了近世知识分子的困惑与悲哀，从中真能让人体味出一种剪不断、理还乱的滋味。

近世历史人物对政治取向的选择，平心而论，都有其传承自身文化内在逻辑发展的现实意义，故很难一时以“善”“恶”优劣等价值来衡量。杨度与梁启超舌战于时务学堂就喻示着两人对变革走向的不同选择，其中之原委亦很难以新旧之争的成说一笔带过。据《日记》载，有一次杨度乘入长沙城寻师未遇之便，访谒梁启超于时务学堂内，二人在堂内纵论《春秋》之学。交谈伊始，火药味就甚浓。杨度对梁启超不言王闿运之经学深感不满，称“其学盖私受廖平而不曰王门者，欲为立名地耳”。因为廖平是王闿运的学生，不言王学就等于自立门户。当知道时务学堂章程“学生各受孟子，继读春秋以合公法时”，杨度认为："以此为学是欲张门面以骗馆地耳"。两人愈争愈烈，声调越来越高，"论辩甚多，词气壮厲"。这场口舌大战持续了很久，杨度直至"昏暮方去"，梁启超主要想利用《孟子》中的"心性"观念搞思想启蒙运动，重点落实在讲学办报等层面的活动上，杨度则从湖湘学派和"帝王之学"的功利观念出发，认为《孟子》一书一点也没有拨乱的作用，只是乌托邦的空谈。比如说孟子认为人性本善，见到一小孩落入井中，一般人就会动恻隐之心。杨度说那是后天习成的善心，并非他的本性，如果一个小孩见到另一个小孩掉进井里，未必有这种反应："况孔氏谓性近习远，孟氏则曰性善，孺子入井，见者恻隐，习也，非性也。孺子乍见孺子，必无此矣。"有趣的是，当这个观点遭到梁氏的反驳时，杨度叹曰："其人年少才美，乃以春秋骗钱，可惜，可惜！"然后扬长而去。数年后，杨度曾撰诗给梁启超回忆当时情景："曩余初邂逅，讲学微相忤，希圣虽一途，称师乃殊趣"，并断言"大道无异同，纷争实俱误"（《饮冰室诗话》），最终算是和梁启超讲和了。梁启超自然也摆出了谦和宽容的姿态予以回应："呜呼！……风尘混混中，获此良友，吾一日摩挲十二回，不自觉其情三移也。"似乎已遗忘被攻击"以才气骗钱"之往事。

生活中的杨度言行之奇诡常常出人意料，杨度之子杨公寿结婚时，杨度赠其子一本《六祖坛经》，嘱其细读体味。以佛经赠子倒是颇能昭示出他的晚年心境。世人逢婚礼均以财物相馈，杨度偏以佛典相赠，此是一奇。更有奇者，杨度在婚礼之上赠其子及儿媳各一句话，他对杨公寿云，你应视妻如老太婆；对儿媳言，你应视夫如叫花子。真乃一言警世，愧杀今人。在当今女子寻夫常常非蓝眼睛不嫁之境况下，回味此语真是禅意深长。

杨度之妹杨庄素有才女之称，名列"湖南四大怪"之中，诗名仅次于诗僧寄禅和尚，然自嫁给王闿运之子后，因心高气傲，常受其夫妒忌而遭殴打。杨度曾慨叹只能教导其妹，而不能教导妹婿。有一天杨度与两位友人夜宿于舟中，四更天时，这两位朋友起而坐谈，说到少姬（杨庄）恃才傲物，应该加以训导，正像取瑟而歌，必须使琴瑟合于歌律。另一位言道，女子显露才能，应该助其一臂之力。杨度句句均听在耳，只是装睡不知。杨度后来写的哀江南句中有“丑妇常美婿，奇女多庸夫。世人虽自媚，安足配彼姝”，自称为得意之句，不知是否有感而发。

杨度的潇洒常表现于置大雅之论于大俗之情中，琼筵羽觞，轻歌妙舞，劳人思妇，枫叶绕船的古典情境，被杨度于上海张园点化为道德之语：“坐中无妓，心中有妓，乃能不愧屋漏，为正心之要也。”并戏称：“不知程明道当此更做何言。”细品其味，摄心之要全在于君子好色而不淫，而不在于放浪形骸的魏晋风度，看上去仍不失“禅中虎”入世如出世的玄境，这使杨度虽置身于友人夏寿田、李砥卿死去活来的爱情大战中而心静如水，同时也仍不妨偶题“人颦似花敛，人笑似花开。依屏若羞看，临池觉自窥。蛾眉正窈窕，红袖且徘徊。花前喜郎至，翻嗔何晏来”（《上海观妓诗》）之类的艳诗丽句，并为夏寿田撰句遥寄上海名妓吴云娥：“更谁郢客怜高曲，忍令吴娃泣故衣。”时夏寿田高中榜眼，远在京城为翰林院编修，短期内很难至上海与吴云娥相会，杨度也不妨代吴氏捉刀，作《相思曲》一首：“杏花楼畔送君行，杏花落尽未南征。强向花间伴人笑，还来月下忆君情。自怜薄命喜君贵，恐君弃妾如流水。百丈千寻海水深，不如愁人别离意。”当时杨度友人李砥卿与夏寿田同恋着吴云娥，而吴云娥却依恋着夏寿田。杨度认为“夏李相让，李尤心醉，然性情不合，终归无成，为友为妓，两不可欺”，并撰长律《罗敷行》一首晓示李砥卿，中有“新知旧爱两难遗，敛袖提笼未忍归。陌头一曲报君意，路人莫比秋胡妻”之诗句，喻示吴云娥的矛盾心情。由此我们了悟，透过“尚拟一挥筹运笔”（《奉和虔谷先生》）的纵横家意象，去寻觅观照“风流诗酒，游戏潇湘际”（《为易硕甫题画》）的书生襟怀，才能发见“这一个”“皮肤脱落尽，惟余一真实”的杨度。

杨度一生潇洒，也一生困惑，名士风流与帝师王佐之念几乎贯穿于天涯浪迹的一生中。据夏衍老的感觉，即使后期参加到革命行列中，杨度也不失儒生禅士的本色。他的襟抱与潇洒，飘逸与困惑，似乎已凝聚在这晚年的两句自述中：“市井有谁知国士，江湖容汝作诗人。”

一九九一年五月

（《梧桐三味》，北京大学出版社，2006）

我们究竟该如何“出场”？

吴　琼

吴琼（1964—　），安徽宿松人。曾就读于中国人民大学哲学系，1992年起任教于中国人民大学哲学系。著有《雅克·拉康——阅读你的症状》《走向一种辩证批评：詹姆逊文化政治诗学研究》等。

在今天，如果还有人抱着古人所谓“藏之名山”的信念去做学问的话，那他一定会成为人们的笑料。面对这样一个崇尚时尚的社会情境，我们每时每刻都有可能卷入追逐与被追逐的漩涡，以往那些被人们津津乐道的纯粹学问已无可挽回地沦入了可怕的窘境。现如今，做学问也不再是一项“纯粹的”职业了，对学者而言，“说什么”已不再重要，重要的是“怎么说”才能进入时尚的中心，成为他人追逐的对象。于是，如何“出场”就成了学者们尤其是那些还处在社会边缘地带的新生代学子们，谋划自身的首要策略与方式。学术领地变成了许多人戴着面具或“伪装”进行表演的场所。

近年来，文化界热点迭出、话题不断，从“下海潮”到“追星族”，从“陕西军”到“国学热”，从“港台风”、摇滚乐到政治波普和“后现代”，直至时下的“怀旧”与“休闲”等等，你方唱罢我登场。表面上轰轰烈烈，一片繁荣景象，其实是什么也没有说出，或者是就一些不是问题的“话题”争个热火朝天。如“文人该不该下海？”“艺术该不该当作商品拍卖？”“中国有没有后现代？”

等等。或者是借他人之手反掴别人的耳光，如用王朔式的调侃来批评王朔，用西方人提出的后殖民主义理论来大谈自己在后殖民文化语境中“失语”的焦虑，然后再用民族主义来抵制西方的文化霸权，等等。还有就是“炒词”，以“后”为前缀，我们居然能在后面添加十几个甚至二十几个令人费解的名称，用来描述我们所处的这个时代。例如“后新时期”“后现代”“后殖民”“后社会主义”“后封建主义”“后个人主义”……但我们就是找不出一个理直气壮的理由来对这个“时代”进行批判或加以辩护。我们只知道在“后”之后不断地添加和拼贴，玩弄着拆解与组合的语言游戏。我们就是这样不断地把自己从众声喧哗的人群中牵引“出场”，从社会地位的边缘境遇引渡到“市场”的中心，而所有这一切都是在一种商品广告式的包装和操作策略下完成的。

由于我们过分地重视“出场”本身，所以，“市场需求”就成了指导学术研究的感应器，大众需要什么、喜欢什么，我们就制作什么；由主流文化所控制和掌握的传媒工具能接纳什么，我们就提供什么。至于这些东西能否称得上是学术，它与我们的历史与未来能有什么样的关联，以及它是否符合知识分子的立身之本——即以人类的良知说话等等，这一切都已经无关紧要了，反正只要能够登台亮相和进行表演就行。“出场”就是一切，什么崇高的使命与责任，什么永恒的价值与尊严，都比不上此时此刻的“出场”来得实际：现实是不是合理的跟我有什么关系，只有怎样去获得受人尊敬的位置和头衔才最紧要。于是，为了“出场”，就有了媚官和媚俗。我们有的是丰富的想象力。我们通过美丽的语言和感情把一切乔装打扮，以讨好大众和权威。有时，如米兰·昆德拉所说，我们甚至连自己都会为这种平庸的思想和感情洒泪。为了达到目的，我们不惜作践自己，作践“文化”本身。

20 世纪的最后十年，人们是怀着一种沮丧的心情进入的。但是当市场经济的洪流席卷而至时，这种心情旋即烟消云散。人们突然发现，“生活是如此的美好”，我们何苦还要与自己过不去，站在社会的对立面去空喊什么启蒙和那些已经被西方人喊破了的“空洞”的口号呢？既然人们已经把幸福和自尊寄托在时尚的追逐之中，那我们为什么就不能进入时尚，装扮大众的面孔，为大众编织幸福的梦想呢？别再欺骗自己，折磨自己了，其实做学问对我们来说，并不一定是为了某种远大理想和崇高信念，更不是要我们为履行某种诺言去牺牲自己的幸福。做学问只不过是我们迫不得已的一种生存方式，是我们向社会、向他人展示自身的一种姿态。所以，我们所必须做的就是该如何展示，才能使姿态显得更加迷人，更能为时俗所认同。即便是时下那些打着学术纯粹化、神圣化的招牌，退居书斋，潜心国学，力树学人独立人格的学子们，也无非是为了履行向时俗表白自身的仪式，他们同样难逃被媚俗的境遇。

那么，我们究竟该如何“出场”呢？这个提问足以令人绝望。既然我们不愿意以媚俗的方式现身，不愿意以抹平自己的个性来赢得鲜花和掌声；既然现实已无法提供出一个可以寄寓“纯粹性”的藏身之所，那唯一的选择就似乎只能是“对抗”。但是只要你还是生活在一个缺乏宽容的文化时境中，那么采取“对抗”实际上只会使“出场”永远停留在欲望状态而无法真正实现。不仅如此，还有足以让人发疯的情形，面对无言的历史和无言的人群，“对抗”如果仅仅是作为一种学术姿态、一种装扮自己的演出面具出现的话，那它必然也会被媚俗所淹没，成为媚俗的化妆品。米兰·昆德拉的作品在中国的遭遇就是一例，一个以抵抗媚俗为己任的作家居然是以媚俗的方式流行于市场，这难道不足以令“上帝”发笑吗？时下，一种文化批判主义的思潮正在文化界蔓延扩张，但它的境遇也强不了多少，它同样免不了要被媚俗家们当作一种生存方式加以利用，穿着一些不痛不痒的伪装向社会兜售。

我们似乎已经没有退路了。历史之墙已颓然倒下，“幸福生活”在“新美学”的旗帜下正以泛文化运动的形式大踏步地朝我们走来。面对学术的“旷野”，我们还有能力发出最后的呼告吗？我们还有勇气向“整体”全面开战吗？就此而言，“出场”与否并不是最紧要的，最紧要的乃是，我们能给未来留下什么？我们能否完全凭借自身成为这个时代的见证人？

（《中国青年研究》，1994 年第 Z1 期）

长安的烟火

唐克扬

唐克扬（1973— ），安徽芜湖人。2012—2016年任教于中国人民大学艺术学院。著有《从废园到燕园》《树》等。

一

现在到了谈谈时间的时候。当你意识到了那些别样的处所，你一定会同时感受到和它们系在一起的时间，对，那不是一具有发条的时钟，它是时间，单纯的时刻是没有意义的，时间还要加上人们的遭际，那就是时运。

在长安，鼓是公共的时间，钟是私人的时间，后者交给一个最缺乏生命的人来保管。每当昼夜交会之际，钟楼上的老宦官走到沉香阑前，目不转睛地注视着城垣外即将西沉的落日，好在它开始迅疾坠落的刹那，准确地挥动手中的紫檀木锤。

——那声音其实很轻，但它会让某一个墙外的人听到，那在高高鼓楼上的鼓手，立刻抡圆了胳膊，击响威风八面的街鼓。第一声催促的街鼓，就像一颗投进水潭的石子，水的波心不动声色地向外扩散，在城市的中心，每一记鼓声响过时，黄昏的阳光便掠过一个街区灰色瓦片下的檐角，当最后一声钟鼓响起的时候，全城都已经沉入静寂。

在晚钟敲响的时刻，街鼓让所有人听到了催促，唯有妓女们虚情假意地挽留自己的客人，好让他们错过投宿的时间；那些不甘心回到自己栖身小庙的浪子，他们今晚上就要面对一次暂时的困境；而停止了手中活计的疲倦的普通人们，在奔向属于自己的那张破床榻的路上，已经停止了所有的思想。

四围是一片寂静。没有多余的声响，甚至也没有类似老北京那种“萝卜赛梨辣了换”的吆喝声，只有屋檐的滴水声，在古池塘里发出很大的回声……

一更到五更二点或三点是长安夜禁的时间，第二天要早早上朝的官员睡得并不安稳，因为他们惦记着第一记晓钟的响起，在长夜里任何的一丝响动，都会打扰他们久已脆弱的睡眠。他们就这样辗转反侧着，偶然的一念间也想起千里之外的故乡。如果那一天清晨，传胪的快马飞跑着从每个坊门前驰过，敲着与众不同的木铎——人们知道，那便是早朝取消了，那一刻，全城若是真的很安静的话，您就会听见所有的人，包括皇帝自己，都长出了一大口气。

大多数时候，钟鼓照旧，日常生活的秩序依旧，鲸钟隐隐，鹤鼓冬冬。清晨里坊的大门口，同样挤满了等候坊门开启的人群，支起炉火的炊饼铺子的生意总是最好，在那时候，最轻薄诙谐的言语也不会引起任何人的兴趣，所有的人都在等待着涌出门去的那个饱满的时刻，一片闹哄哄暖洋洋的光明，长安又即将为盛大的生活所充满。

二

上元夜是一年中唯一没有夜禁的夜晚，它本是祭祀太乙天神的日子。有一年，皇帝心血来潮，突然宣布要在元夜前后大酺三天。

夜如何其？夜未央，庭燎之光！

限制被撤除之际，你会发现，貌似保守的长安人民和世界上其他地方的人们并没有什么两样。起初，大街上，三三两两地挤满了提灯的人群。光明中，扑面而来的是热烘烘的甜腻的节日空气；萧条的阴影里，年轻的嘴唇在追逐嘴唇。

渐渐地，这景象却失去了控制，涌动着的人群挤翻了邸店前的货卖摊铺，灵巧的小贼在空隙里钻来钻去，所过之处财物为之一空。这时候，大队的兵士骑马来回蹚过人群，在尘土中呵斥着哄抢贡物的乱民，几通鞭子打得他们一哄而散。他们所到之处，就像是刀锋入水，暂时逼开涌起的波浪，但人马离去，嬉笑着的人群又重合拢来。平日的良善，像一层晒干了的油漆，从人们的脸上纷纷剥落了……坚忍的，现身在人海之上的佛的微笑，宽宥着这难得一见的放纵时刻；平日的市场上不能让官家看见的物事，现在都在公然地售卖。

这其中也包括欺骗。

某一年的元夜，西市有一名无良的少年假扮成晋王，一群无赖簇拥着他端坐在锦帐中，扮演他的随扈。他们用花言巧语招徕无知的女子去和他们过夜。那些没有脑子的姑娘几乎都会上当，从她们小时起，那些曾经失身的老女人便哄骗她们。这几夜是她们一生中的机会，在耀眼的珠宝和通明的炬火映照下，她们晕头转向，来不及用那有限的脑力去思考——事实上，在涌入这狂欢人群的最初一刹那，她们就注定了要被白白地哄骗。

最不幸的是被挤散了的孩子，为了些末的诱惑，往往落入贩卖儿童的歹人手中，每一年这样的孩子总是成百上千，因为他们太小，没办法向官家申诉领回他们的其实是个骗子；他或她长成以后，也许会想起童年因放纵而辱没的往事，总在期望来年还可以回到自己真正的家。可是，在人海中找回生身父母的希望是渺茫的，这样没爹娘的孩子被收入乐户调教，只有十年后的爱情，才有望将他或她最终拯救。

更漏既深时，狂欢的人们业已疲倦——无论是他们的眼睛，还是肉体——大多数灯烛都已经烧到尽头，旋转的灯轮眼看就要停止。突然，就在须臾之间，城头上伸起了无数根粗长的竹竿，上面高挑着点燃的烟火，吱吱呀呀的机关扭动声里，噗，噗！转到最高处的烟火发射到了高空，一瞬间把满城都映亮。人们先是一愣，然后稀稀落落地鼓起掌来，更多的人却沉默下来，他们的眼睛只是死死地盯着天空中缓缓挥落的余烬，因为他们知道他们又将面对新的一年的暗夜。

这就是长安的烟火，它是寂静的高潮，是平凡人生命里的亮色。

三

“我发现了一个重大的问题，”弗雷德里克说，“关于时间的问题。”

“刚才你说的长安，其实并不是一个静止如水的世界，当通过你的口，它的气息终于可以传到地球的这一端来时，我感觉已经过了千年！你提到的那些时间里的人的遭际，现在都还依然存在吗？”

您问得好。在长安，四季是一个轮转的圆，不是一根扯直的线。

春天是一个通俗的季节，全城的人都会拥出城去游乐。这时候，长安罕见地是一座空城，空而不寂，四条水渠都开了河闸可劲地流。地气旺盛，因此城门大开。城角东南，曲江的万千花树之间，满满的是黄额朱靥的仕女，像是守了一辈子活寡的诗人们，眼睛一下子不知道该往哪儿搁；如茵的芳草间，席地而坐、耍着双陆围棋的是公子王孙和他们的清客，有钱的人押上钱，没钱的人押上自己的运气，一切都乱了套。在夜晚，一切又回复静寂，湖上的明月，打开了所有看得见它的人们的心扉。

夏季，溽暑使树荫笼络了大地上的一切。官署里的官吏们都除去了衣衫办公，只剩下腰间一条遮羞的粗布。从长安四围的大道上，谎报军功的檄文雪片般地飞来，要钱粮的胃口随着气温而高高涨起，岭南的贝母，陇右的陈谷……东都的牡丹花会走失了儿童数十人，西市的旗亭等着修理，有待打造的名册、清单和文书堆得小山一般，今年一年怕都清理不完，虚骄的内心，在极度的暑热中像被太阳晒焦的叶子一样蜷曲起来。夜晚，在寂静的坊墙之内，人们喝着酌了数通寡淡无味的茶——轰然一响，锁着浩繁卷册的沉重大木柜，却莫名其妙地倒了，园中一切绿的东西都开始变黄。

秋季，人们开始懊恼——不同的人有不同的懊恼，有人为减了俸苦恼，有人想念陷在贼中的美丽小妾，有人为佶屈聱牙的字谜里的空缺嗟叹不已。在城南马粪涂满草莱的荒野中，有一个行将老去的人，他看到的是乐游原上的夕阳，落日是那么的圆满，微风中，从渭北到江东，帝国金色的庄稼都在被忙碌地收割。可他已经感到生命的沉沦，它沉向远方不可挽回的命运，那些命运，长安的子孙们将一年一年地受，这沉沦在秋天长得像是没有尽头。

冬季，长安城中降下了纷纷的大雪，园中，再无人去坐的小亭孤悬在水中，像是一座即将下沉的岛，写给情人们的甜蜜的诗篇已经褪色；炕火烧灼的墙壁上的墨迹下，却常有奇怪的斑驳的花纹浮出，像是铜器上难以解读的铭文，引人遐想，使人困惑：博学的儒生在上面看到了上古圣人的训诫，而因爱情而沦落的，再也出不了这座城的人们，却把它夸大成自己前生今世的传奇。对于瑟瑟发抖，缺薪少炭的穷人们而言，他们关心的问题却再实际不过了——炕火再也点不燃了，他们是否还可以在这个冬季幸存？

这四季不是四个分明的时节，它们其实是一座城市里的一年，这一年不是浩渺光阴中的转瞬，它们其实是古老生活永远停住的一刻。

（节选自《生活月刊》，2007 年总第 24 期，为第五章“时运”的节选）

微吟振以秋声赋

——诗意年华

太湖纪游

成仿吾

成仿吾（1897—1984），湖南新化人。曾任陕北公学第一任校长（1937）、华北联合大学校长（1939）、华北联合大学党委书记（1941）、华北大学副校长（1948—1950）、中国人民大学校长（1978—1983）。著有《从文学革命到革命文学》《新兴文艺论集》等。

我们在寄畅园与淮军昭忠祠走了一转，看了所谓天下第二泉之后，便直取向梅园的路走去。这条路说是梅园的主人荣某所修的，路的两旁差不多尽是一样高的桑树。我常在路的两边行，便有媚人的小枝时常把我的衣袖牵住。我幻想到采桑的时节应当是如何明媚的一片风景：美妙的年轻的姑娘，艳阳的天气，含烟吐翠的桑园，欲绝还飞的低唱。我想大抵要这样才是真的江南的情景。

同是一样的行路，然而一个哲学家可以没入玄妙的思想，一个科学家可以感受自然的启示，一个诗人可以翱翔于美妙的诗境，一个社会学者可以聚神于生活的观察。我既不是这些人中之这一种人，也不能说是那一种。在上海禁锢了年余以来，我的心情已经失了它旧时的微妙的感受性了。三年前与爱牟同游西湖时，我重见了故国的好水好山，便想起了不少的童时的情景；我恍惚童时有过一双强健的羽翼。然而三年后的现在的我，只觉童时的我已如幻想中的安琪儿一般，已经渺不可即；便是三年前的我，也好像从我手里放去了的一只鸟儿。只是望着那没有边际的天空在飞，已经无法可以呼唤转来了！

在我的心眼之中尚能隐约查看出来的，只是年余以前的长沙的情景。我们绕着惠山行动时，多少有点相像的岳麓山便也徐徐在我眼中旋转。今天因为是礼拜日，有许多年轻的学生成群结队回来，他们是看花回来了。他们的笑语飞扬在乳浊的恼人的低空，他们的红颜照耀在晶明的柔和的桑树。他们的朴质的服装是何等轻快而皎洁，他们的青春的四肢是何等柔软而活泼！我注视着他们的丰实的神气与他们的澄明的眼睛，不禁要流出感激的眼泪来了。

带路的 Y 君与 K 君忽然把我们带上了大路右边的一条小径，我们现在是对准山洼在前进了。去年夏天我们极想移到乡下来住，两君写信来说有一个风景极佳的房子，只是我们终于不曾来过。现在我们是要往这个地方。

路旁有一个私立的小学，虽然狭小，却很清洁。小径从这里右转，一池碧玉般的静水首先牵住了我们的视线。接着便是左右两条雪白的小桥，与对岸的一个两层的洁白的亭子。稍远处便是一栋矮而明洁的红漆的小屋。我们加了速度，看看左面的池水，又左右看看路旁的梅花，高兴得什么似的前进。有时梅花的香气飞来，我们也不禁为它暂时停止。桥旁的柳树下有三五个小儿在喧叫。我们轻轻地走上桥来，似乎把他们吓了一跳。小屋共三间，还没有人住。我们从阶下回顾望远，隐隐有连山在那边的天际横卧着。亭子建在屋前的假山上，中有长椅，可以坐看这自然清绝的小天地。屋右的林中时有萧萧的风声在响。我们大家倾耳而听，大地顿如沉入了静默的深渊，只闻风声在太空之中消涨，世界在静默之中推移，我们好像超然物外，独立自在的样子。

理智命令我们离开了此处，也不管我们是怎样依依不舍。回到大路上来时，我们还是偷偷地频频回首，我们口里不断地说要移来，虽然心里明明知道世事鲜如人意，明朝的事谁也不能断定在先。

因为怕我的脚痛不好多走，大家改坐了车。归来的游客渐渐增多，他们显然是已经在赶他们的归路。欢乐使他们忘了一日的疲劳，他们的笑语欢呼，依然在低空中跳跃。梅园的梅花在低垣上静悄悄地探望。门前的车夫在向门内张罗着等候游人归去。我们因为要先往太湖，便飞一般地过去了。墙内有尖锐的笑声飞扬，春游的欢愉的情绪顿涨。

翻过一座小山，前面已经有了一片澄明的清水。

“这是五里湖。”K 君回过头来说，他的眼镜上有湖光在辉闪。

湖水好像在绕着几个远岛飞旋；不多远的路，便转到我们的脚底。我们弃车直下水滨，恰巧有只小船在等着。

我们曾从车上望见有几片孤帆在远处的水天之间倾倚，但是湖边的水却很平静。湖中的鼋头渚在招引我们，犹如神怪小说中的仙岛。当我们离开湖边的时候，我们觉得好像是能够离开了这现在的世界，向着一个新的可惊异的世界在走；我们被一种不知从何而来的希望萦绕着，舟子的橹声是异常轻快而果敢。

转瞬之间，我们已经发现了自己完全在一个水的世界，我们刚才所离开的岸与岸上的湖神庙已经远隔着浮在那边。我们是在水天之间徙倚。我环顾湖山，日本濑户内海的风景无端又显出在我的前面。那是七八年前的事。在一个春假中，我与爱牟曾在这湖一般的内海畅游过一次。那明媚的风光，至今还不时来入我的清梦。只是鲜明的程度一年不如一年了。我竭力想捕住当年的情景，然而在我眼中显出的，只是一些模模糊糊的幻象。清风徐来，把我眼中的幻象也吹得像湖水一样激荡不宁，却使我想起了歌德的《湖上》（“Auf dem See”）：

Und frische Nahrung, neues Blut,
Saug’ ich aus freier Welt;
Wie ist Natur so hold und gut,
Die mich am Busen haelt!

Die welle wieget unserm kahn,
Im Rudertakt hinauf,
Und Berge, wolkig himmelan,
Begegnen unserm Lanf.

Aug', mein Aug', was sinkst du nieder?
Goldne Traeume, kommt ihr wieder?
Weg, du Traum! so gold du bist;
Hier auch Lieb' und Leben ist.

新的营养，新的血涛，
我由太空之中吮吸；
自然是怎样惠好，
这拥我于怀的！
微波荡摇我们的小船，
常与棹声相和，
连山耸入云间，
遥遥在迎你我。

眼哟，我的眼哟，你为何下垂？
黄金般的好梦，于今再回？
去罢，梦哟！你虽则美如黄金；
这里也有爱情，也有生命。

我默念到这里时，怎么也不能再念下去。歌德真是太幸福了。他虽是辞别了心爱的人而来，然而他的澄明的心境常能从大自然中发现新的爱情与新的生命。到处漂流的我却只能在朝雾一般消残了的梦境中搜寻我的营养。爱情与生命是给 Tantalus 的两种最残酷的刑罚。

隐忧一来，我眼前的世界忽然杳无痕迹了。一片茫漠的“虚无”逼近我来，我如一只小鸟在昏暗之中升沉，又如一片孤帆在荒海之上漂泊。一种突发的震动把我惊醒时，多谢舟子们，他们把我由荒海之上救到鼋头渚了。

我们一个个奋勇先登，好像战胜了的骑兵争先占领城地一样。我们已从渚上面对着汪汪的太湖了。Y 君抢着到水边的岩石上去听潮声，但是今天的太湖好像正在甜眠，只不住地在把层岩轻舐。

我遥瞰着太湖，徐徐吞吐新鲜的呼吸；觉得神清气爽，好像可以振翼飞去。这时候夕阳已将下山，好像一个将溺的人红着脸独在云海之中奋斗。东边的连山映在夕照中，显出了它们的色彩的变化之丰富。N 是一个画家，便从衣袋中抽出一个小簿子来临写。我们一齐抬头仰看 Apollo 的车骑在云海之中动摇；金鞭指处，一片灿烂的金光射来，暂时辉耀不已。

渚的高处有亭，亭的那边尚有一座花神庙。我们匆匆跑过一遍时，渚下的舟子已经在招我们归去。我们同夕阳一步步往下行来，我们下得船来时，夕阳也已经沉下去了。

连山与我们之间，渐渐垂下了一重重的帘幕；山洼岛上忽然吐出了一片片的青烟。天空越发低下来了。

我们在沉默之中登了岸，又入岸上的古项王庙看了一回；庙中的人已经在吃晚饭，我们便匆匆出来了。车夫好像已经等得不耐，见我们出来，便一个个活跃起来了。

我们在昏冥之中，还从车上不住回头远望。我们自恨没有更多的时间，我们同太湖诚恳地约了再会。太湖哟！永远的太湖哟！我们虽是乍见便要分离，我们是永远不能忘你！

过梅园时，门前已经没有人影，我们入园约略跑了一遍，人为的风景总觉引不起我们的兴趣来。一堆堆绰约的梅花空在晚风之中把她们的清香徐吐。

一路犬吠声把我们送出门来，四围已经打成了一片无缝的黑暗。我在车上不禁又想起了《暮畔哀歌》中的诗句：

“把全盘的世界剩给我与黄昏。”

（节选自《成仿吾文集》，山东大学出版社，1985）

我曾经喜欢……

艾　青

艾青（1910—1996），原名蒋海澄，浙江金华人。1945 年起先后任教于华北联大文学院、华北大学三部。著有《大堰河——我的保姆》《向太阳》等。

我小的时候，喜欢到附近的小河边去拣晶莹的小石块，玲珑剔透的小石块。

我年轻的时候喜欢美术，我曾经学习绘画。

1932 年 7 月，我在上海被捕，不能再从事绘画了，我就以写诗来抒发我的情怀。从此，我和诗结下了不解的缘分，直到今天。

我以诗反映我所生活的时代。抗日战争时期，我写了大量有关抗战的作品：《向太阳》《火把》《雪里钻》《反法西斯》……延安文艺座谈会之后，我写了大量歌颂劳动英雄的诗；解放后，我写了《欢呼集》《宝石的红星》《海岬上》《黑鳗》；十年动乱之后，我写了大量控诉“四人帮”罪恶的诗。

我把我的心血都浇灌在诗的创作上。

但是，人各有癖好。

我喜欢收集小工艺品，包括各国的小玩意儿：中国的橄榄核雕的小船，日本的象牙雕的花生……

我喜欢葫芦，惊叹大自然的创造，收集各种类型的葫芦：双腰的、长柄的、圆形的、八角的、大的、小的。我曾经买到一个小葫芦，只有豌豆那么大的，双腰的小葫芦，据说是清朝的小葫芦。可惜被一个朋友掰断了。

我喜欢海螺，收集了不少的海螺，大的像皇冠，小的像珍珠，黄的像玛瑙，绿的像翡翠。我常常为了想购买一个海螺，往返几次，徘徊在商摊旁边。

1954 年，我到南美洲，在聂鲁达的别墅里看见了他所收集的成千上万的海螺，我真羡慕啊！

1979 年 2 月，我同诗人们到海南岛，在海边拾海贝。一个海浪扑来，推上来几个小海贝，海浪退了，我马上跑去拣，不料又一个海浪扑来，把我的衣服打湿了，我曾大声地叫嚷："海浪打了我一巴掌！"但，我是高兴的。等大家都休息了，我把拣来的海贝冲洗得干干净净，摊在桌子上欣赏，然后用手绢包起来。

我曾写了一首《拣贝》：

大海的馈赠
是无穷的
阳光下到处是
俯身可取的欢欣
海滩上的天真
浪花里的笑声

我喜欢椰子壳，我常到水果铺里去挑选各种椰子，回来用刀斧劈去它的外皮，把内壳细心加工，制成各式各样的盒子。上海画家唐云很赞赏，并且要了一个作为纪念。

我记得五十年代，我曾在印度展览会上买了一个孪生的连体的大椰子壳的半边。我随身带了它很久，现在已不知道它到哪儿去了。

我喜欢核桃壳，挑选了特别大的、特别小的，形状奇怪的核桃壳。

在哈尔滨省委招待所的院子里，有许多棵很大的山核桃树，我在那里时，正当核桃成熟了，大风一吹，纷纷掉下来。我每天去拾，搓去外皮，洗了晾干。我拾了一筐，我就是喜欢它们。

我也写了一首《山核桃》：

一个个像是铜铸的
上面刻满了甲骨文
也像是黄杨木的雕刻
玲珑剔透、变化无穷
不知是天与地的对话
还是风雨雷电的檄文

我也喜欢化石。我收集了远古的小动物的化石：鱼化石、蚌壳化石，我现在还保存了一个鸵鸟蛋的化石。

我喜欢这些东西，常常废寝忘餐。格言说：“玩物丧志。”我也的确为它们消耗了时间。

但是，它们转移了我的过于疲劳的思维活动，使我的脑子得到了充分的休息。

大自然是慷慨的。所有这些就是它的馈赠，它的施舍。我从这些东西得到了美的享受，因之，我也更爱生活。

（《八小时以外》，1981 年第 3 期）

雪满庭园

汪金丁

汪金丁（1910—1998），北京人。1951年起先后任教于中国人民大学新闻系、语文系、中文系。著有《孩子们》《往事与文化人》等。

一早醒来，窗外在飞雪。雪很大。夜间什么时候开始下起来的，我全不知道，雪打在玻璃窗上没有声音。其实就是暴雨，我耳背也听不见。我望着窗外，两个戴黄帽子的小学生在院里雪地上走，走到红二楼拐角，一个滑倒了，没能立刻爬起来，是另一个用力把他拉起来的。我突然联想到作家刘恒的《黑的雪》，那慷慨仗义的李慧泉，躺倒在雪地上，可有谁把他拉起来呢？唉，那样耿直的青年，却没有一个真正的朋友，没有人理解他，可叹。

我仍站在窗前望着一阵紧似一阵的大雪。看来今天无论如何是不能下楼到小花园去散步了。也许十天半个月内冰雪不会融化，真的要等到春暖花开时才能出门？可我多么想到小花园里走走啊。即使在冬天，那里也是满眼青绿，雪松是常绿的，冬青是常绿的，竹也是常绿的。碰上天气好，可以看到少见的蓝蓝的晴空下，烟一样浮动的白云和一闪而掠过房顶的成群的鸽子。这是最宜于俯仰由人冥思遐想的时候了，我往往在那里逗留很久。

至若春天，小花园里各色各样的花，真令人目不暇给。桃花尚未开败，丁香就跟着开了。接着是白玉兰，榆叶梅，藤萝和满树的黄、白、紫、粉色的蔷薇。玫瑰，郁金香，和月季，差不多同时，而且越开越多，多姿多彩。

但这只是近几年才有的盛景。1972 年初，我从江西余江“五七”干校调回北京，那时这里是一片废墟，周围的四座灰楼残破不堪。我被编到留守学校的病号组，每天上午自学，下午由组长指定一人读报，“雷打不动”读到三时左右，大家都要到园子里拔草。草很长，要一根一根地拔，拔到地皮上不见草苗，想让蚊蝇绝迹。不过拔得既慢，下过几阵雨，草就又滋生了。不久，全校教职员工都从干校返京，人民大学不复办了，大家被分配到其他不同单位，各奔前程。很长一段时间，这里的小花园成了垃圾站，什么肮脏的东西都任意倾倒在那里。我曾想，如果下一场大雪，也许暂时能掩盖一下这见不得人的怪现象吧？

我没料到 1984 年秋，我住的宿舍大院，因 1926 年曾是段祺瑞执政府，也是鲁迅先生在《纪念刘和珍君》一文中提到的“三一八”惨案发生地，经决定作为北京市重点文物保护单位。于是文物局、园林局等机构，都开始对这里关心起来，小花园居然也不像过去那样没人管了。但从垃圾站的时候算起，也已十二年过去了。时光过得就这么无情。

19 世纪末，法国文学大师普鲁斯特给我们留下一部巨作《寻求失去的时间》。我们这多灾多难的民族，有多少被遗忘的日子是应该寻求和追忆的呢？

就以我住的大院为例，老一辈的北京人，一提到铁狮子胡同段执政府，有的就会说个没完没了。他会告诉你，当年“三一八”那天，整夜不停地刮着北风，飞着小雪，可谁又想到，4 月里，段就仓皇逃到天津的日租界。

1950 年，中国人民大学在执政府旧址建校，我来这里教课；1954 年搬进这里新建的宿舍楼，算来这是我一生中住得最久的地方了。当然也有波折，“文革”中几乎被扫地出门，强行换房。到 1984 年才调住进现在的楼上，而现在我就默坐在这楼上窗前，望雪兴叹。是啊，现在二十岁以下的青少年，他们对现代当代的历史常识了解得太少，他们当然没见过红卫兵，不懂得“天派地派”“文攻武卫”“五七道路”……“史无前例”岁月的多少事，多少灾难，在他们头脑中还是空白。

雪还在下，一下起来竟这么日以继夜。它遮天盖地。房里渐渐暗下来了，前排二楼里有些房间已亮起灯光。我不期地又想起在“文革”中是哪几间房里有人被迫悬梁自尽，又是谁从房顶上跳楼致死。唉，我为什么不能从历史的沉思中解脱出来？

电视里在播放气象预报。但愿明天放晴，冰雪早日消融，让我能下楼出门，到小花园去。

1994年2月，北京

（《金丁文集：我仿佛在梦中》，中国文联出版社，2003）

画梦录

何其芳

何其芳（1912—1977），重庆万州人。1938年任教于延安鲁迅艺术学院，曾参与创建中国人民大学文艺理论研究班。著有《画梦录》《论〈红楼梦〉》等。

丁令威

丁令威忽然忘了疲倦，翅膀间扇着的简直是快乐的风，随着目光，从天空斜斜地送向辽东城。城是土色的，带子似的绕着屋顶和树木。当他在灵虚山忽然为怀乡的尘念所扰，腾空化为白鹤，阳光在翅膀上抚摩，青色的空气柔软得很，其快乐也和此刻相似吧。但此刻他是急于达到一栖止之点了。

轻巧地停落在城门口的华表柱上。

奔向城门的是一条大街，在这晨光中风平沙静，空无行人，只有屋檐投下有曲线边沿的影子。华表柱的影子在街边折断了又爬上屋瓦去，以一个巨大的长颈鸟像为冠饰。这些建筑这些门户都是他记忆之外的奇特的生长，触醒了时间的知觉，无从去呼唤里面的主人了，丁令威展一展翅。

只有这低矮的土筑的城垣，虽也迭经颓圮迭经修了吧，仍是昔日的位置，姿势，从上面望过去是城外的北邙，白杨叶摇着像金属片，添了无数的青草冢了。丁令威引颈而望，寂寞得很，无从向昔日的友伴致问讯之情。生长于土，复归于土，祝福他们的长眠吧：丁令威瞑目微思，难道隐隐有一点失悔在深山中学仙吗？明显地起在意识中的是：

"我为甚么要回来呢。"他张开眼睛来寻找回来的缘故了：这小城实在荒凉，而在时间中做了长长旅行的人，正如犁过无数次冬天的荒地的农夫，即在到处是青青之痕了的春天，也不能对大地唤起一个繁荣的感觉。

"然而我想看一看这些后代人呵。我将怎样的感动于你们这些陌生的脸呵，从你们的脸我看得出你们是快乐还是痛苦，是进步了还是堕落了。你们都来，都来……"当思想渐次变为声音时，丁令威忽然惊骇于自己的鹤的语言，从颈间迸出长嘴外的高朗然而噪急的长唳，停止了。

但仍是呼唤来了欢迎的人群，从屋里，从小巷里，从街的那头：

"吓，这是春天回来的第一只鹤。"

"并且是真正的丹顶鹤。"

"真奇怪，鹤歇在这柱子上。"

并且见了人群还不飞呢。在语声，笑声，拍手声里，丁令威悲哀得很，以他鹤的眼睛俯望着一半圈子人群，不动的，以至使他们从好奇变为愤怒了，以为是不祥的征兆，扬手发出威吓的驱逐声，最后有一个少年提议去取弓来射他。

弓是精致的黄杨木弓。当少年奋臂拉着弓弦时，指间的羽箭的锋尖在阳光中闪耀，丁令威始从梦幻的状况中醒来，噗噗地鼓翅飞了。

人群的叫声随着丁令威追上天空，他急速地飞着，飞着，绕着这小城画圈子。在他更高地冲天远去之前，又不自禁地发出几声高朗然而噪急的长唳，若用人类的语言翻译出来，大约是这样：

"有鸟有鸟丁令威，去家千年今始归。城郭如故人民非，何不学仙冢累累。"

淳于棼

淳于棼弯着腰在槐树下，在隆起如山脉的树根间终于找着了一个圆穴，指头大的泥丸就可封闭，转面告诉他身旁的客人："这就是梦中乘车进去的路。"

淳于棼惊醒在东厢房的木榻上，窗间炫耀着夕阳的彩色，揉揉眼，看清了执着竹帚的僮仆在扫庭阶，桌上留着饮残的酒樽，他的客人还在洗着足。

"唉，倏忽之间我经历了一生了。"

"做了梦么？"

"很长很长的梦呵。"

从如何被二紫衣使者迎到槐安国去，尚了金枝公主，出守南柯郡，与檀萝国一战打了败仗，直到公主薨后罢郡回朝，如何为谗言所伤，又由前二紫衣使者送了回来：他一面回想一面嗟叹地告诉客人，客人说：

"真有这样的事吗！"

"还记得梦中乘车进去的路呢。"

淳于棼蹲着在槐树下，在隆起如山脉的树根间，用他右手的小指头伸进那蚁穴去，崎岖曲折不可通，又用他的嘴唇吹着气，消失在那深邃的黑暗中没有回声。那里面有城郭台殿，有山川草木，他决不怀疑，并且记得，在那国之西有灵龟山，曾很快乐地打了一次猎。也许醒着的现在才正是梦境呢，他突然站立起来了。

槐树高高的，羽状叶密覆在四出的枝条上，像天空。辽远的晚霞闪耀着。淳于棼的想象里蠕动着的是一匹蚁，细足瘦腰，弱得不可以风吹，若是爬行在个龟裂的树皮间看来多么可哀呵。然而以这匹蚁与他相比，淳于棼觉得自己还要渺小，他忘了大小之辨，忘了时间的久暂之辨，这酒醉后的今天下午实在不像倏忽之间的事。

淳于棼大醉在筵席上，自从他使酒忤帅，革职落魄以来这已不是他第一次大醉了，但渐趋衰老的身体不复能支持他的豪侠气概，由两个客人从座间扶下来，躺在东厢房的木榻上，向他说："你睡吧，我们去喂我们的马，洗足，等你好了一点再走。"

淳于棼徘徊在槐树下，夕阳已消失在黄昏里了，向他身旁的客人说：

"在那梦里的国土我竟生了贪恋之心呢。谗言的流布使我郁郁不乐，最后当国王劝我归家时我竟记不起除了那国土我还有乡里，直到他说我本在人间，我瞢然想了一会才明白了。"

"你定是被狐狸或者木妖所蛊惑了，喊仆人们拿斧头来斫掉这棵树吧。"客人说。

白莲教某

白莲教某今晚又出门了。红蜡烛已烧去一寸，两寸，或者三寸，在案上的锡烛台上结一个金色小花朵，没有开放已照亮四壁。白莲教某正走着怎样的路呢。他的门人坐在床沿，守着临走时的吩咐："守着烛，别让风吹熄了。"

案上的锡烛台上的小花朵放开了，纷披着金色复瓣，又片片坠落，中心直立着一座尖顶的黑石塔，幽闭着甚么精灵吧，忽然凭空跌下了，无声地，化作一条长途，仅是望着也使人发愁的长途……好孩子，别打瞌睡！门人从朦胧中自己惊醒了，站起身来，用剪子铰去半寸烧过的烛心。

从前有一天，白莲教某出门了，屋里留下一个木盆，用另外一个木盆盖着，临走时吩咐："守着它，别打开看。"

白莲教某的法术远近闻名，来从学的很不少，但长久无所得，又受不惯无理的驱使，都渐次散去了，剩下这最后一个门人，年纪轻，学法的心很诚恳，知道应该忍耐，经过了许多试探，才能获得师傅的欢心和传授。他坐在床沿想。

“别打开看。”这个禁止引动了他的好奇，打开：半盆清水，浮着一只草编的小船，有帆有樯，精致得使人想用手指去玩弄。拨它走动吧。翻了，船里进了水，等待他慌忙地扶正它，再用盆盖上后，他的师傅已带着怒容站在身边了，“怎么不服从我的吩咐！”“我并没有动它。”“你没有动它！刚才在海上翻了船，几乎把我淹死了！”

红蜡烛已烧去两寸，三寸，或者四寸，在案上的锡烛台上站一只黄羽小鸟，举嘴向天，待风鼓翅。白莲教某已走到哪儿呢。走尽长长的路，穿过深的树林，到了奇异的城中的街上吧。那不夜城的街上会有怎样的人，和衣冠，和欢笑。

半盆清水就是他的海。那海上是平静的还是波涛汹涌。独自驾一叶小船。门人想：假若有那种法术。只要有那种法术。

案上的锡烛台上的小鸟鼓翅飞了，随它飞出许多只同样的鸟，变成一些金环，旋舞着，又连接起来成了竖立的长梯，上齐屋顶，一级一级爬上去，一条大路……好孩子，你又打瞌睡，那你就倒在枕上躺一忽吧！门人远远地看见他师傅的背，那微驼的背，在大路上向前走着，不停一停，他赶得乏极了……

当他惊醒在黑暗里时，他明白这一忽瞌睡的过错了，慌忙地在案上摸着取灯，划一根，重点着了烛。而他微驼着背的师傅已带着怒容从门外走进来了，

“吩咐你别睡觉，你偏睡觉了！”

“我并没有。”

“你并没有！害我在黑暗里走十几里路！”

（《画梦录》，广东人民出版社，1981）

青春余梦

孙 犁

孙犁（1913—2002），河北安平人。曾任教于延安鲁迅艺术文学院、华北联合大学。著有《荷花淀》《风云初记》等。

我住的大杂院里，有一棵大杨树，树龄至少有七十年了。它有两围粗，枝叶茂密。经过动乱、地震，院里的花草树木，都破坏了，唯独它仍然矗立着。这样高大的树木，在这个繁华的大城市，确实少见了。

我幼年时，我们家的北边，也有一棵这样大的杨树。我的童年，有很多时光是在它的下面、它的周围度过的。我不只在秋风起后，在那里拣过杨叶，用长长的柳枝穿起来，像一条条的大蜈蚣；在春天度荒年的时候，我还吃过杨树飘落的花，那可以说是最苦最难以下咽的野菜了。

现在我已经老了，蛰居在这个大院里，不能再向远的地方走去，高的地方飞去。每年冬季，我要生火炉，劈柴是宝贵的，这棵大杨树帮了我不少忙。霜冻以后，它要脱落很多干枝，这种干枝，稍稍晒干，就可以生火，很有油性，很容易点着。每听到风声，我就到它下面去拣拾这种干枝，堆在门外，然后把它们折断晒干。

在这些干枝的表皮上，还留有绿的颜色，在表皮下面，还有水分。我想：它也是有过青春的呀！正像我也有过青春一样。然而它现在干枯了，脱落了，它不是还可以帮助别人生起火炉取暖吗?

是为序。

我的青春的最早阶段，是在保定育德中学度过的。保定是一座古老的城市，荒凉的城市，但也是很便于读书的城市。在这个城市，我待了六年时间。在课堂上，我念英语，演算术。在课外，我在学校的图书馆，领了一个小木牌，把要借的书名写在上面，交给在小窗口等待的管理员，就可以拿到要看的书。图书管理员都是博学之士。星期天，我到天华市场去看书，那里有一家卖文具的小铺子，代卖各种新书。我可以站在那里翻看整整半天，主人不会干涉我。我在他那里看过很多种新书，只买过一本。这本书，我现在还保存着。我不大到商务印书馆去，它的门半掩着，柜台很高，望不见它摆的书籍。

读书的兴趣是多变的，忽然想看古书了；又忽然想看外国文学了；又忽然想研究社会科学了，这都没有关系。尽量去看吧，每一种学科，都多读几本吧。

后来，我又流浪到北平去了。除了买书看书，我还好看电影，好听京戏，迷恋着一些电影明星，一些科班名角。我住在东单牌楼，晚上，一个人走着到西单牌楼去看电影，到鲜鱼口去听京戏。那时长安大街多么荒凉、多么安静啊！一路上，很少遇到行人。

各种艺术都要去接触。饥饿了，就掏出剩下的几个铜板，坐在露天的小饭摊上，吃碗适口的杂菜烩饼吧。

有一阵子，我还好歌曲，因为民族的苦难太深重了，我们要呼喊。

无论保定和北平，都曾使我失望过，痛苦过。但也都给过我安慰和鼓舞，留下的印象是深刻的。我在那里得到过朋友们的帮助，也爱过人，同情过人。写过诗，写过小说，都没有成功。我又回到农村来了，又听到杨树叶子，哗哗地响着。

后来，我参加了抗日战争，关于这，我写得已经很多了。战争，充实了我的青春，也结束了我的青春。

我的青春，价值如何？是欢乐多，还是痛苦多？是安逸享受多，还是颠沛流离多？是虚度，还是有所作为？都不必去总结了。时代有总的结论，总的评价。个人是一滴水，如果滴落在江河，流向大海，大海是不会涸竭的。正像杨树虽有脱落的枝叶，它的本身是长存的。我祝愿它长存！

是为本文。

1982年12月6日清晨

（《孙犁作品新编》，人民文学出版社，2011）

茶事杂忆

华君武

华君武（1915—2010），江苏无锡人。1938—1945年任教于延安鲁迅艺术学院。代表画作有《疲劳过度症》《肉骨头引狗》等；参与编绘动画片《骄傲的将军》等。

喝茶大约和年龄有关，我是江苏无锡人，但洞庭东山的碧螺春是四十岁以后才喝到的。我生长在杭州，杭州茶馆甚多，沿西湖边的西园和延龄路的喜雨台都是大茶馆。至于点缀在杭州城里、西湖风景区的小茶馆和凉亭卖茶的就不知其数了。国事之衰和茶风之盛也是一种对比。我们随长辈上茶楼，心不在茶而在桌上的黑白瓜子、桃片果仁和最后一盘枣泥油包；再一种乐趣是凭窗看湖边游人和湖中的游艇；其三就是看堂倌（现称服务员）用大铜壶在两尺远处注开水入茶碗，这真是一种绝技。

杭州西湖南山的满觉陇，满山丹桂和栗树，桂花盛开时栗子也成熟了。因为是“邻居”，新鲜栗子剥开都有桂花香味。我们在树下喝茶，剥着刚从树上采下的鲜栗子，实在文雅得很。

现在凡是西湖茶叶都标龙井，这自然是骗人的。那时确实只在龙井寺附近有一小片茶地，佛寺视为珍品，只有和寺里的住持是好友或是大施主，才能喝到上等龙井茶，一般人是喝不到也买不起的。

30年代初，我到上海念书。学生和茶馆无缘，只有偶然一次机会我到了四马路，即现在福州路的一家大茶楼，里面的茶客有提鸟笼的，有卜卦算命的、谈生意的，也有太阳穴上贴着黑色小方块头痛膏药的白相人（即流氓），真是三教九流会集的场所。那种杭州茶馆的雅致，连影子也没有了。上海流氓间发生冲突，互约到茶馆里去"讲理"，俗称"吃讲茶"，就是在茶馆里进行的。其结果大多是大打出手，我没有见过那种"盛况"。

1938年，我从当时已经沦陷的上海，历时三个多月经香港、广州、长沙、汉口、重庆、成都、西安到达陕北参加革命，一路紧张辛苦自不必说。我在成都附近的绵阳等候去西安的商车，那些私营的长途汽车，时有时无，无聊之余就跑到一家小茶馆去，里面大约容得几十人，坐的是竹制靠背椅，喝的是盖碗茶，还有卖大花生的，其中最吸引人的是有皮影戏可看。我当时并不懂四川话，虽不懂其剧情，但皮影戏动人、有趣。那种川味茶馆的气氛，相隔五十余年还历历在目。

到了延安，真是一个新世界，旧社会和十里洋场那些藏污纳垢的东西全没有了。国民党反动派包围封锁，延安物质生活是困苦的，但比起前方又好些。偶遇节日，或用发下的微薄津贴，还可喝上二两烧酒，但喝茶就更难。我想原因是当时奔赴延安的大部分是青年，即便老红军年岁也不大，参加了革命也没有那种闲情逸致去品茶。陕北历史上又是人民生活甚苦的地区，温饱尚不可得，哪有心思去喝茶，所以延安连卖茶的铺子也没有。我们那时都在鲁迅艺术文学院美术系工作，都住在桥儿沟后沟西山上。延安是黄土高原，但在山沟边沿常常有野生的酸枣树，那是一种矮矮的灌木，我们常去摘些红色的小酸枣吃。不想王朝闻却另有发现，用酸枣嫩叶焙制成了代用茶叶，后来又加上山间白色小野蔷薇，就变成了"王氏酸枣花茶"，在西山风行了一小阵。延安不能经常吃肉，油水欠缺，也就无心再用茶叶去刮肚，因此并未作为革命文物流传下来，但也可以看出革命战士的一点乐观主义精神。

中国茶道是历代相传下来的。新中国成立之后，茶馆大都没有了，大家都有工作，没有闲工夫去坐茶馆。如果以为中国茶道就此衰败下去那就大错了。上至国家领导人会见外国贵宾，茶几上总有绿茶一杯；下至我们每天大小会议不计其数，会议桌上必有暖瓶数具，很多人从皮包里拿出食品玻璃瓶改装的用各色各样的尼龙丝编织的杯套包着的茶杯。你喝香片，我饮乌龙，茶风之盛已经从茶馆转入会议室了。老百姓条件改善也常食肉，用茶去除油腻自不必说。

1988 年 4 月我去四川。某日在成都街上，忽听到十分悦耳的川戏，不是那种简单的茶馆清唱，走近探头一望，原来茶馆里放着录音机，众茶客品茶间眯眼听川戏，表情是十分满意的，真可谓茶馆现代化的先进经验。

（《华君武集》，河北教育出版社，2003）

夜

贺敬之

贺敬之（1924— ），山东枣庄人。1942年毕业于延安鲁迅艺术文学院，后任教于华北联合大学文学院。著有《回延安》等；创作歌剧有《白毛女》（与人合作）等。

高原底夜是深沉的。

古槐无声地抖索着那仅有的枯黄的叶儿，做梦去了。

今夜，深秋的夜，是深沉而忧郁的，你看天空，多么高呵，星星闪着柠檬色的眼睛，然而，你不会想起吧，在你童年的时光里，妈妈的怀里，也曾数着它们来？——那些美丽的日子呵……

还有呢，那边野草丛里，也正开着小黄花，秋天底夜里，它正睡着，可是，我告诉你，遥远的地方，也在开着呀，花间里一条曲折的小路，路，秋天的夜里，是静静的……

我不提这些，我知道你的心里是悲哀，你疲倦吗？不要睡去吧？遥远遥远秋风起来了，秋风是更悲哀的呀，我真不要听它那哭泣的声音！你出来，坐在那青石板上，抬起你忧郁的眼光，瞭望着：东北方那块辽阔得使人眷恋的草原呵！什么，那就是你的家？……然而，你先不要难过，我问你：你什么时候离开那儿？

是的，那儿也正在秋天，村庄的夜里，那荒凉的夜呵！也有人，也许是一个年老的孤独者，也许是一个穿着白衣服的妇人，他们也正在被一个悲痛的回忆捉紧，而在挂牵着他远方的孩子呢……

是的，像这样的夜里，有无数人在为它哭泣，仿佛它生来就是悲哀的似的……

唔，你要唱一支歌子吗？什么，那是一支仇恨者的歌吗？是的，你唱吧：

阿里郎，阿里郎，
越过阿里郎山岭去了，
门前的沃土被抢去？
流浪满洲又是为着什么缘故
…………

噢，这支歌子是朝鲜的流浪者的歌，他们被敌人追逐着，而别了他们自己的山岭阿里郎，回顾着自己的家园，他们是这样唱的，噢，什么，下面还有：

再会吧，阿里郎！
我们并不是一去而永不返
…………

唔，这该是多么凄凉的歌子！你的声音也像是颤抖着，你的心里又被一阵悲哀占住了。

夜，秋天的夜，是深沉的呀！

你多么难过呵！头简直抬不起来了，你要哭吗？……先止些儿，我问你，你常常在这样悲哀的夜里，唱着你的仇恨的歌儿，孤寂地坐到明天吗？流浪的人们呵……

今夜，我向你说：你该勇敢些，等候着明天吧！

哎，你简直是要痛哭了，我该立刻这样命令你：停止你的哭泣，运河畔上的流浪者！

是的，我们今天在这样的夜里，可是我们永远要坚强地活着。你的脸颊是灼热的，那仇恨构成的脸呵，永远扬起来吧！

夜里，秋天的夜里，是深沉的呀！深沉的夜里，我呼喊着：你运河畔的流浪者哟！

1939年11月3日作于四川梓潼

（《贺敬之文集》，作家出版社，2004）

两越塔克拉玛干

冯其庸

冯其庸（1924—2017），江苏无锡人。1954 年起任教于中国人民大学。著有《论庚辰本》《曹雪芹家世新考》等。

我从 1986 年 9 月以来，到今年 9 月，已经去新疆八次了。我上了帕米尔高原两次，高度是 4 900 米。第二次上去是 1988 年，我六十五岁。今年 9 月，我又去新疆一次，并且再度穿越了塔克拉玛干。

我去新疆主要是为了查证玄奘取经之路，直到第七次进疆，第二次上帕米尔高原时，才终于找到了玄奘的归路。在反复查证玄奘取经路线的过程中，从实践中，我体会到玄奘取经之路和丝绸之路是一致的，不过丝绸之路是经历了多少年代才形成的，并且南中北道路分支，即使是中道，其局部地段也会有先后的变异。因为风沙时起，加上政治战争等因素，就不能保证一路畅通到底，有时就需要局部绕道，这些情况，就很难查考得一清二楚了。但玄奘取经，只是西行一次，应该是可以弄清楚的。

因为我要细查玄奘的去路和归路，所以我必须比玄奘走更多的路，才能有比较，才能辨别清楚。由于这个原因，再加上我本来就好奇心强，希望多走点地方，多了解点历史和现实。因此十多年来，我几乎跑遍了新疆。

在新疆除了玄奘的足迹、除了迷人的古楼兰等遗址外，最使我好奇的，就是塔里木盆地里的塔克拉玛干大沙漠了。这个沙漠，是全世界第二大流动沙漠，它的总面积有三个浙江省那么大。

我多次去新疆，心里一直藏着这片大沙漠，为了能进入甚至穿越，我做了多次的试探和准备。第一次试探是1993年9月22日，我从库车出发，经沙雅进入塔里木盆地。同行者有新疆师大的胥惠民老师，有我院的章慎生，还有纪峰，四师房师长还派管后勤的黄占争同志照顾我们。黄又找了林业局的民族同志阿不拉·塔依尔做向导。因为这次活动并不是一次轻松愉快的旅游，也包含着一定的危险性，而阿不拉熟悉路径，可以不至于迷路。

我们早7时从库车出发，天还没有亮，我在车里还看不清楚外边的景色。约行两小时到塔里木乡，此时天已大明，我见到路旁有一家卖羊肉的摊子，也有闲散的两三个人。因为我们很快就要进入原始胡杨林了，而越过胡杨林，才能到塔里木河，进入盆地。胡杨林的面积很大，难辨方向，且又没有路，所以阿不拉又找了一位专管这片胡杨林的他的朋友艾山·阿孜尔。让他带了猎枪带我们走林子里的复杂路径，带猎枪是以防万一有野兽。

艾山非常熟悉这片茫茫林海，由他带路，汽车总能从树缝中穿过去。我们进入胡杨林后，简直是另一天地，那些已经经历了一两千年的胡杨树，千奇百怪，树身有的大得要几个人抱才能合抱。在胡杨林里走了一段路，艾山就把我们带到一位维吾尔族老人的家里。塔里木盆地里的维吾尔族人家，都是一家单住的，没有邻居，只有无数的千年古树是他的邻居。他们的门是树枝编织的，围墙是用胡杨树桩排列编成的。房子也是夯土和树草覆盖的。我们进入老人家里，艾山用维吾尔语给他说了几句话，老人简直高兴得不得了，好像接到了大贵客。他让我们坐在凉棚下的大木板桌上，然后送上种种新摘的瓜果，先是次甜的，接着是甜的，再是更甜的，真让你感到其味无穷。艾山关照，维吾尔族人好客，只能说声“谢谢！”或者说“好吃极了！”就可以了，千万不能拿钱出来，这样反倒要生气的，我们只好照他说的办，临了说声“谢谢，很好吃！”就告别了，老人还嘱咐回来时要到他家里吃晚饭。

我们再往前走，满眼都是千奇百怪的胡杨树，忽然碰到几个维吾尔族小伙子在干活，艾山用维吾尔语跟他们说了几句话，我也没有在意。车子一直曲曲弯弯地往前走，在胡杨林里足足走了三四个小时，总算走出胡杨林了。一走出胡杨林，眼前就是一条滔滔大河，这就是闻名遐迩的内陆河塔里木河。也就是说，我们已完全进入塔里木盆地，已经穿过盆地边缘的绿洲了。

在河边我看到又有一家维吾尔族人家，在篱笆墙外，放着一条独木船，而在远处的一棵大树下，也放着一条独木船。所谓独木船，就是用一棵大胡杨树的树身，中间掏空，两头削尖，就算是船了。我在这里，几乎感到自己退回到原始社会了。同去的人感到难得能到塔里木河身边，都在河边眺望留恋，有的还下河去洗脚。河对岸是茫茫无尽的大沙漠，再前进，当然就是塔克拉玛干了。我看到右边远处塔河上有桥，就问艾山能不能过去，他说不能，因为过桥不远就是沙丘，车无法走了，何况我们回去还要走很长时间，这时已是下午 3 时多了。我们只得回头，由艾山带路，很顺利地到了林子边缘，只见艾山招呼的几个小伙子，抬着滚热的大锅羊肉，地上铺着毛毡，放着大盘的馕，在等我们去吃。原来艾山进来时说的维吾尔语，就是让他们准备羊肉，这时月亮已高高升起，他们竟然一直等我们到现在！我们也正饿了，大家就坐下来吃羊肉，可是当我们面对面坐下来相互一看，不觉都笑了，原来我们大家满头满脸满身都是沙土，都互相快不认得了。但这时哪里去弄水，只能就这样了。我顺手从锅里拿了一块羊肉，心想这能好吃吗？可是当我将羊肉送到嘴里时，却觉得真是鲜美无比，可以说我还从来没有吃过这么鲜美的羊肉，我可以说哪一个大宾馆里都不可能有这样鲜美的纯味羊肉。这一顿原始胡杨林里的夜宴，使我终生难忘。那高高的月亮，那婆娑多姿的胡杨树，那朦胧的夜色，特别是那几位纯情的维吾尔族青年，还有那请我们吃鲜果的老人，十多年来，一直刻在我的心头。

没想到，当我们吃完羊肉，告别了林子里的维吾尔族青年，刚走不远，还没有出胡杨林时，车子却开不动了，因为沙漠里的细沙把汽车的油管堵死了，我们都搁在这荒无人烟的原始森林里，除了天上的月亮外，什么也看不见，这时已是午夜1点多了。没想到大家正在焦急的时候，部队却派了几支人马进原始胡杨林搜索来了，总算其中一支找到了我们，把我们扶到来的车上送回住处，到家时正好是早晨7点，我们整整在外面待了二十四小时。

这是我第一次深入塔里木盆地，探索塔克拉玛干的情景。

之后，我们又经喀什到了和田、民丰。喀什到和田是一路向东，也即是丝路南道，也即是玄奘归来之路。过莎车、叶城以后，公路右边是高耸的昆仑山，左边是塔里木盆地和塔克拉玛干大沙漠，我们是沿着沙漠南缘自西往东走的。在叶城我们进入了塔克拉玛干西缘沙漠中的可汗城，即当年成吉思汗西征灭西辽胁迫莎车王投降屠城之处，我们由孙希文先生和当地老乡带领进去。孙先生说，当年黄文弼先生曾来调查过。老乡带着锄头，在沙漠中还随处能刨出当年屠城的尸体骨架来，老乡一连刨了多处，每处都刨出骷髅来，他们还让我拿着骷髅照了照片，以为见证。据孙先生说，当年他来调查时，地面上还有上千的人头骷髅，现在虽然掩埋了不少，还随处都可刨出尸骨。此城自屠城以后再无人迹，一直荒废到现在。我感到仿佛当年的历史，又到了眼前，历史有时是离我们并不很远的。过叶城后，四望全是沙漠，看不到一点绿色。实际上我们在塔里木河边时，是在盆地的北缘，现在是转到南缘来了。

和田，古称“于阗”，是西域三十六国之一。我们是由和田政委雒胜接待的，他与政治部主任雷铭原驻在喀喇昆仑山神仙湾山口，高度在5 500米以上，后来调到和田。他是一位识玉专家，又懂得西域的古钱币，我们去他非常高兴，又请来了和田史专家李吟屏。李先生把我们带到了位于和田市南25公里的买力克阿瓦提遗址。遗址在玉龙喀什河的西岸，南接昆仑山，此处1900年斯坦因曾两次来过，后来我国考古专家黄文弼也曾来过，曾出土过一批文物。我们到时，只见大片的砾石瓦片，面积甚大，其他什么也看不到了。考古家有的认为这是古城遗址，有的认为是佛寺遗址，因为没有进一步发掘，所以难作定论。

第二天，我们去民丰。一路都是沙漠，下午5时到民丰，我们抓紧时间赶到了尼雅河畔，沿着尼雅河直往深处走，尼雅河是直流入塔克拉玛干的，我想沿着这条河不致迷路，可以多深入一些，看看塔克拉玛干的风貌。但走了一段路，已经暮色苍茫了，只要太阳一下去，就看不清楚了，我们只得退回，只拍了几张尼雅河的照片。睡了一夜，我们到底不死心，决定进入塔克拉玛干，同去的除向导外，就是我和章慎生、纪峰，还有部队的一位同志。我们跟着向导从民丰东边进入沙漠，向导与我们约定只要他说不能走了，就绝对不能往前走了，我们当然只能绝对服从。开始进入沙漠不久，我就看到在沙丘上有一口大网，约有半间房子大小，长方形，四周都是墙壁一样直立的网墙，但上端是敞开的。我问向导，他说这是猎鹰的大网，这里的鹰很名贵，但也不是容易捕捉的。我看眼前的沙漠，形态各殊，有的如水纹，有的像鱼鳞，有的像S形的山冈，简直就是大自然的一件雕塑杰作。而这样大大小小的沙丘，真如大海，让你惊心骇目。在沙丘上走是很困难的，刚跨上一步就滑下两步，我们艰难地往前行走，谁也不肯退缩。向导告诉我，要不断地回头看，寻找进沙漠时最高最明显的目标，要死死盯着它，直到目力将穷，快要看不见了，就不能再走了，因为再走就会迷失方向，这是最可怕的事。幸而那天天气好，没有风沙，我们足足走了有五六公里。我总算看到了真正的塔克拉玛干了，看到真正的沙海了。但向导终于说不能再走了，我们就只好回头。

从民丰回和田，要经过策勒、洛浦。那天恰好是中秋节，洛浦政委来光礼请我们留下来过中秋节。李吟屏也来了，我们正兴高采烈地喝酒的时候，和田雒政委来电话，一定要等我们回和田过中秋。李吟屏说一个中秋分两个地方过，各过一半，也好。但他要我题一首诗再走，我只好即席题了一首诗：

万里相逢沙海头，一轮明月正中秋。
殷勤最是主人意，使我欲行还又留。

从洛浦回和田已是夜10时，一路上月明如昼，右边是茫茫无际的大沙漠，左边是巍然高耸的昆仑山，我几乎被这奇异的夜色陶醉了。

在和田我得到了一块有翼天使的陶片，出土于于阗古城遗址，还得到几方西域的古印和钱币。和田以产玉闻名于世，有玉市，雒政委陪我们去逛玉市，还到玉龙喀什河畔看采玉，这是和田产羊脂白玉的地方。玉龙河发源于昆仑山，流入塔克拉玛干。临别雒政委与我订后约，并送我一块青玉。我报以诗云：

多君赠我碧琅歼，犹带昆仑冰雪寒。
知是瑶台阿母物，千秋应作秘珍看。
与君相见昆仑前，白玉如脂酒似泉。
莫负明年沙海约，驼铃声到古城边。

我第一次穿越塔克拉玛干是1995年8月30日。同行者有雒政委、朱玉麒、孟宪实、陆德健、李吟屏等。我们于8月23日到和田，两日后由雒政委送我们到民丰。原计划从民丰进入塔克拉玛干沙漠到大麻札。大麻札在民丰北约70公里的沙漠中，维吾尔族人称它为穷人的麦加，附近的维吾尔族穷人都到这里来朝圣。由此再深入，即到古尼雅遗址，也即是汉精绝国的遗址。在大麻札旁还有少数居民，是守护大麻札的。但因为交通无法解决，没有去成，所以就直接去且末和若羌。这两处以前我都未去过，都在大沙漠南缘。在且末，我们调查了且末古城遗址。出且末，地更荒凉，千里无人烟，约行一小时，即傍阿尔金山而前。将近若羌时过瓦石峡遗址，此地原为古楼兰国的经济重镇，也是中亚粟特人的集居之处。遗址地貌甚奇，一望无际的沙包，地面遗存多陶片，我们拍了一些照片，因赶路未及细看。晚到若羌，住处甚简朴，他们告诉我这就是当年胡耀邦同志住过的房间。

8 月 29 日去米兰古城。城在县东 70 公里的沙漠中，已近楼兰古城，此处原为汉西域楼兰国的伊循城。我们在米兰北面就见到通往楼兰的入口处，有房子也有牌子，上面写着“楼兰文物管理站”，还有一根横木，表明此处就是进入楼兰的通道。但我们没有冒险进去，因为当地人告诉我，前几天有三个农民私自进入楼兰，结果都死在里边了。

米兰古城的面积甚大，还遗存有佛塔、建筑等，地面的碎片甚多，我们在佛塔的阴面凉快处坐下稍息，进餐吃西瓜，在古城约逗留了两小时方返回，拍了一些照片。

8 月 30 日，我们决定穿过塔克拉玛干大沙漠到库尔勒。从若羌到库尔勒有一条简易的公路，路的右边东北面就是楼兰古城和罗布泊，路的左边是塔克拉玛干，这条路刚好是从塔克拉玛干的东边纵向穿越，因为路况不好，时通时不通，所以外边不大知道有这条路。我们到后，经过了解，知道可以通车，所以决定做一次大沙漠的穿越。

当天早晨雒政委与我们告别回和田，我们就在大沙漠的路边分手，临别我赠他一首诗：

相送楼兰古国前，长亭一曲路三千。

多情最是胡杨树，泪眼婆娑在路边。

胡杨树分泌一种白色液体，老百姓称它为胡杨泪。我们分手之处，正是古楼兰国地界。我们穿越塔克拉玛干的东端，地形特异，无数的沙包，邻比排列，有如鱼鳞。车行约70公里即进入胡杨林，道旁胡杨千奇百怪，我拍了不少照片。穿越这片胡杨林就有100多公里。胡杨林尽后，仍是大沙漠，快到尉犁时，路左有一古城，为清代所建，名蒲昌城，城墙尚完好，城墙边红柳盛开，一片红霞，映衬着娇嫩的团团绿叶，使我们眼睛登时一亮。多少天来，一直看的是沙漠黄色，到这里才看到红绿相映的景色。我们停车留恋很久才离开，晚8时才到库尔勒。到这时，我们不仅穿越了塔克拉玛干，而且已绕塔里木盆地外围转了整整一圈。现在我们又绕到了塔里木盆地的北缘。

这时塔中的沙漠公路已筑成一大半，当年11月就可通车从库尔勒到南疆民丰。为更进一步深入了解塔克拉玛干，部队的石玉玺主任安排我们到石油前线指挥部，从那里上塔中公路。我们中午到指挥部，饭后立即去塔中公路。这条公路地处塔克拉玛干的中部，全长522公里。我们进去100多公里，两边全是一望无际的大沙漠，这比我1993年从民丰进入塔克拉玛干要深入得多了，我真正看到了沙海。特别是右侧沙漠中有大片枯死的胡杨树，犹如一片古战场，有的数千年的古树横躺在沙漠里，有的巨大得要多人才能合抱的已经枯死的树身还挺立在风沙中傲然不屈，有的则还有几片黄叶或绿叶，表示着还在与大自然搏斗，表示着生命的顽强！胡杨是沙漠中有名的英雄树，它成长一千年，枯死后直立不倒一千年，倒后不朽一千年。我面对着这许许多多的直立不倒和倒后不朽的胡杨树，还有那只剩最后一片绿叶还傲然挺立的胡杨树，不能不由衷地向它们发出礼赞。

我们这次回乌鲁木齐是经巴轮台翻胜利达坂从后峡到乌市的。这是一条险道。巴轮台在天山的腹部，我们一头钻进了天山深处，胜利达坂在4 000米以上，其翻山最高处曰“老虎口”，我从汽车里抬头看“老虎口”如在天上。我们过“老虎口”时正风雪交加，山石皆黑色如铁，其险万状。我请司机停下来，我说平生难得到这样的奇险处，不能不停下来细看，但这时风雪正大，奇冷。我们急急下车，拍了几张照，随即离去到一号冰川。我目睹了万古冰川，耳听了冰川深处轰轰作响的洪荒元音，真有点“念天地之悠悠”的味道。事后我写了一首诗：

湾环九折上苍穹，风雪如狂路不通。
虎口遥望穷碧落，天门俯视尽迷濛。
身经雪岭知天冷，人到冰川见玉宫。
最是云生双袖里，欲寻姑射问行踪。

这一次我不仅穿越了塔克拉玛干，还翻越了天山“老虎口”。看到了万古冰川，真是尽胜游之奇伟壮丽。

我第二次全线穿越塔克拉玛干是2004年9月11日。先是由袁振国兄送我们到和田，从和田穿越大漠者有邢政委（学坤）、朱玉麒、常真、夏菉涓和高海英。

我们于9月1日到民丰，第二天早6时30分起身，7时出发上沙漠公路。这时天还是黑的，什么也看不清。8时左右，看着沙漠里一轮红日冉冉上升，但有点阴天，所以太阳不十分耀眼。这时我们已经进入沙漠200多公里了，只见视野所及，都是海浪一般的沙丘，初看似乎千篇一律，我们停车细看，才看出各个沙丘因位置各异，受风的情况有别，所以风力留下的刻痕也各有区别。特别是到了半根枯草也没有的沙海里，各个沙浪、沙丘的沙纹又各具特色，我简直无法一一形容。我们的车开得很快，车速在每小时120到140公里，所以下午2时左右，已到塔中。我们在塔中午餐，我们特意在维吾尔族人开的饭店里吃饭，吃的是烤红柳羊肉串、烤罗布鱼、手抓羊肉和羊肉面片。从塔中再往前走，就是我们1995年走过的路程了。我一直惦记着那大片枯死的胡杨树，这次又到了它跟前，我又拍了不少照片。在0公里处，我们到了上次没有进去的总面积达36万亩的胡杨林自然保护区。现在称为森林公园。我们汽车开进去15公里，仍不见尽头，而数不清的胡杨树千姿百态，无一雷同。由于时间关系，不敢久留。从森林公园出，我们直奔库车，到库车已天黑，仍住四师，谢参谋长接待。

9月14日，去库尔勒，由宁孝忠副部长接待。第二天一早去罗布人村落，车开到12点才到达。罗布人村落距尉犁30多公里，在尉犁的西南，距库尔勒85公里，在塔里木盆地的东北缘。进入罗布村已经是一望无际的大沙漠了，村落有两座沙山，爬上沙山向东南西三面望，都是无尽的沙海，那就是塔里木盆地和塔克拉玛干，在它的东南就是罗布泊和楼兰。当我爬上沙山向东南西三面远望时，我仿佛感到刚从塔克拉玛干出来，现在似乎又进去了。

罗布村有两位罗布老人，一位一百零八岁，另一位一百零二岁，都是长髯飘拂，身体非常健康，也会说几句汉语，我与他们合了影。我估量这是一个旅游景点，但沙漠是真沙漠，是塔克拉玛干沙漠的东北缘，老人是真罗布老人，因为这里离罗布泊已经不算太远，离他们的住处就更近了。由于塔里木河的水量减少，它的流程也不断缩短，所以原住罗布泊的人历年来也不得不往西迁移。这里还有大批的驼队和成群的牛羊，还有散点般的胡杨林，真是一幅美丽的沙漠风光。我本来以为我从库尔勒就离开我为之团团转的大沙漠了，没想踏上归程之前，又让我再次回到大沙漠，让我再看上它一眼，我与沙漠看来真是有缘。

2004年11月25日夜12时于且住草堂

（《瓜饭楼丛稿·冯其庸文集》，青岛出版社，2013）

美利坚之行

胡明扬

胡明扬（1925—2011），浙江嘉兴人。1960年起任教于中国人民大学语言文学系。著有《语言和语言学》《语法和语法体系》等。

明丽宁静的夏威夷

飞机在降低高度，进入了云层。舷窗外大团大团的云絮急速地向上面向后面飘过去，机身在微微颤动。指示灯亮起了“系上安全带”的信号，夏威夷快到了。透过舷窗向下望去，一片雾茫茫的。突然，眼前出现一片縠纹粼粼的湖水，是那么宁静，那么安适，恰似微风吹皱了的一池春水，难道这是夏威夷的一片湖水？正在疑惑不解的时候，飞机急骤下降，粼粼的春水一眨眼成了太平洋汹涌的波涛，远处出现了岛屿，过不了几分钟飞机就在临海的檀香山机场降落了。

大自然真是太微妙了。从高空看汹涌的大海，大海恰似宁静的一泓春水，那么宁静的一泓春水在另一个大千世界中会不会也是一处汹涌的大海呢？

檀香山是一片绿色，各种不知名的热带植物汇成的绿色海洋。满眼是灿烂的阳光，明亮到了极点，可是又不那么炎热，3月份的气温在30摄氏度以下，非常舒服。

我下榻在东西方中心林肯楼。旁边是朝鲜研究中心，绿色琉璃瓦屋顶的中国古典式建筑；不远处是夏威夷大学的校园，到处是草地，是绿树。夏威夷的树叶绿得浓，绿得明亮，绿得充满无穷的生命力，绿得鲜嫩欲滴。从住处的大玻璃窗里往下看，打两大片草地中间穿过的马路整天是静悄悄的，只是偶尔有三三两两的男女学生光着脚穿着拖鞋或便鞋上课去或下课回来，显得悠闲自在。

朋友的女儿带我去海滨观光。海滨就在维基基闹市区边上。喧嚣的市区和幽静的海滩之间有一条宽阔的林带，分成两个截然不同的世界。海滩是理想的细沙滩，游人不少，但是决不会像青岛、北戴河那样摩肩接踵，一二十米的间距有几个人就不算少了。当地的游人都自带席子、坐垫，往席子上一躺，晒晒太阳，或者在树荫下凉快凉快，逗逗鸽子、小灰鹊，多么自在。我们当然什么都没有带，只得四处转悠，累了就在草地上坐一会。一个日裔当地人很友好，看我们缺少必要的装备，主动送过来一条席子，还给了一个喂鸟的面包。谢过这位好心人，又攀谈了几句以后，我也躺下来休息休息，享受享受这样一份难得的悠闲。头上一片轻似蝉翼又几乎透明的白云飘来，沙沙沙飘落一阵细雨。沙滩上的人谁都不在意，而且太阳还是那么明亮，几秒钟过去，白云飘走了，细雨也停了，空气更加清新湿润了。不远处是有节奏的海浪拍打沙滩的声音，草地上有鸽子的咕咕声，就是没有喧嚣的人声，宁静极了，这儿真是真正休息的地方。昨天，前天，有什么烦心的事；明天，后天，有什么烦心的事，这一切在这里都不用去想，可以暂时无牵无挂地休息一下。

夏威夷显得是那么宁静，悠闲，大概只是因为我此时此刻是难得的宁静，悠闲。

硝烟散尽后的珍珠港

提到夏威夷，总要联想到珍珠港。所以到了夏威夷，就非去一趟珍珠港不可。

珍珠港在檀香山西边，在瓦胡岛南部。这是一个理想的军港，港道很窄，进去后有三个内港，水面开阔，水波不兴，又很深，可以停泊大型军舰，既便于出击，又利于防御。这里一直是美国太平洋舰队的总部所在地。1941 年 12 月 7 日凌晨，日本海军的飞机突然袭击珍珠港美国海军基地，炸沉 3 艘战舰，重创 8 艘，倾覆 1 艘，其中最大的一艘是巡洋舰“亚利桑那”号，在这次空袭中美军伤亡超过 3 000 人。美国人把珍珠港事件视为奇耻大辱，就在“亚利桑那”号沉没处修建了一座白色的纪念馆。参观珍珠港实际上就是参观这座纪念馆。参观是免费的，先看电影，后参观海上的纪念馆。电影全部是纪录片，一部分是美国人在当时拍摄的，大部分是日本人拍摄的，但是经过剪接，显得很连贯、真实、动人，把日本政府的阴险狡诈和珍珠港的空前浩劫展现在观众面前，淋漓尽致。千万不要以为美国人不关心政治，不关心国家大事，有的妇女一边看纪录片，一边在流眼泪。当参观者沉默肃穆地从电影馆出来乘海军快艇去纪念馆的时候，无数美国人的眼睛紧紧盯住了我们这两个黑头发黄皮肤的东方人。陪我们去的华侨有经验，赶紧主动声明我们是中国人，不是日本人，我们和他们一样在那一场战争中都是受害者。就这么一句话，紧张的气氛缓和下来了，卫兵还露出了一个隐含歉意的微笑。珍珠港事件已经过去四十多年了，美国人并没有完全忘记。

当年日本偷袭珍珠港派出了 30 多艘军舰，6 艘航空母舰，300 多架舰载飞机，这说明当时日本的工业水平已经相当高，没有这样的工业水平，岂敢称王称霸？而今天同样以高度工业化的水平迫使美国也不得不承认日本是一个举足轻重的大国。我们喜欢称日本为“小日本”，大有蔑视的意思，其实在不少方面我们今天怕还没有赶上日本在 1941 年早已达到的水平。

纪念馆直接盖在沉没的“亚利桑那”号军舰上，舰体在水下一米处，可以清晰地看到生锈的甲板和两个圆形的上下通道口。纪念馆里陈列着打捞上来的铁锚和一口铜钟，入口处迎面的一大扇黑色的大理石墙面上刻着全体阵亡官兵的名字。纪念馆不大，也没有很多陈列品，更没有人在这里发表长篇累牍的讲话。参观队伍肃穆地沿着规定的路线绕行一周，谁也不说话。电影馆的纪录片已经把人们带回到四十多年前那个不幸的时刻，任何言语都是多余的了。

蛮荒情调的波利尼西亚文化中心

夏威夷有一个著名的游览去处，那就是波利尼西亚文化中心。这是一个展示波利尼西亚各民族民俗和文化的公园，分区展出萨摩亚、斐济、夏威夷、汤加等七个大洋洲土著民族的房舍、日常生活、工艺品。

文化中心的门票比较贵，所以没有人陪我去，我只好一个人到市中心去搭到文化中心的游览车。游览车上只有一名司机，可是又兼乘务员，又兼导游，收票，点名，开车，一路上又不断讲解，逗笑，带领旅客唱歌，真是手脚不停，口疲舌焦，这一份工作可太不容易了！到了文化中心，司机兼导游下车去买门票，回来一一发给大家，然后反复叮嘱车子停在什么地方，车子有什么特征，最晚不超过晚九点一定请回到车上来。

整个公园是分民族分区布置的。每一个民族都有自己独特的住房，自己特有的生活方式。宽敞的茅屋里地上铺着席子，里面坐着一个土人妇女在编席子，屋子外面站着光着上身古铜色的皮肤闪闪发光的土人，十字路口还站着身带长矛弓箭全副武装凶神恶煞似的土著武士。在空地上有的土人在耍球，有的在制作手工艺品，有的在弹琴歌唱。游人可以和这些土人一起照相留念。

上下午在文化中心各有一次彩舟表演。一个土人告诉我下午五点开始。我事先选择了一个好地方等着。五点过十分，一船船盛装的土人过来了，有酋长模样的，有武士，当然还有美人，服饰五彩缤纷，仪仗金碧辉煌，鼓乐齐鸣，沿着曲折的河道款款而来。男的光着膀子，画了脸谱，头上插着各色羽毛，女的头上插满了花朵，穿着色彩鲜艳的衣服，只露出两臂。过去的土人大概是不穿什么衣服的，特别是这里很热，但是文化中心的土人全是假土人，他们都是杨伯翰大学艺术系的学生，他们不是来出卖色相的。

参观文化中心的高潮是晚上的歌舞晚会。剧场是仿希腊罗马式的，但是只有一半，也就是半月形的，大概可以容纳四五千人。看台对面是又一个半月形的舞台，舞台的背景是一座火山，左右两边是岩洞，上面爬满了藤萝，点缀着各种热带树木。歌舞开始前灯光暗了下来，舞台前沿涌出蓝色水柱，两米来高，围成一个半月形，火山顶上喷出好几米高的喷泉，左右两边山上也喷出喷泉，十分壮观。然后从岩洞里，山顶上，舞台左右，还有观众席的过道里走出各族土人打扮的演员，一共150人集中到舞台上来个开场集体舞。大集体舞后面是一个一个不同民族的舞蹈。舞蹈大多和非洲舞蹈差不多，水平并不高，我觉得不如东方歌舞团那样训练有素，不过他们比较理解土著民族舞蹈的特色，突出“粗犷”二字，特别是擂鼓的；演武士的，真像过去北京天桥演京剧全武行的，都“玩儿命了”，所以有一个总体气氛，不在乎整齐不整齐，不在乎优美不优美。跳草裙舞也能突出一个“野”字，不讲究细节，有的演员草裙掉下来了就中途退场，这也无所谓。各民族舞蹈过后有火把舞，这大概是最吸引观众的，用嘴吞火，把火把扔来扔去，把火把夹在腿肚子上，做出种种惊险动作，博得全场一而再的掌声。

最后一场舞蹈称为《心灵的信仰》，出场的已是身穿西方样式白色礼服的少女，用柔缓的节奏，始终向上的手势，表示野蛮人从此信仰了基督教，灵魂得到了拯救。这时候左方山岩上出现了传教士和《圣经》，接着右方山岩上出现了双手按在指挥刀上身着将军服的总督，旁边的椅子里坐着似乎是总督夫人的西方贵妇人。最后，鼓乐大作，右方山岩上更高处出现了美国国旗，后面站着代表海、陆、空三军的持枪士兵。于是，火山喷发，喷泉四起，全体演员再次上场载歌载舞。观众纷纷起立报以热烈的掌声。

从剧场出来，我陷入了沉思，我们这一代人深深懂得什么是“《圣经》和宝剑”的真正含义。夏威夷绝大多数人是东方人，西方人只占极少数，如果夏威夷要独立，“自由世界”又会怎样表态呢？

（节选自《民主与科学》，1993 年第 1 期）

长城思绪

乔　羽

乔羽（1927—　），山东济宁人。1946—1948 年就读于晋冀鲁豫边区北方大学，后入华北大学三部开始专业创作。创作有《让我们荡起双桨》《爱我中华》《难忘今宵》等。

月黑雁飞高，
单于夜遁逃。
欲将轻骑逐，
大雪满弓刀。

这是一次登长城时突然涌现在脑际的一首儿时读过的唐人绝句。其实诗中描述的事情，并不发生在我登临的地方，应该是在长城的西部地段，而我当时的登临之处却在长城东端的崇山峻岭中。时间是在元旦的凌晨。这是电视台安排的一次拍摄活动。他们要拍些什么，让我在这种境遇中说些什么，做些什么，我都忘记了，但是当时出现在我眼中的景象，萦绕在心中的思绪犹如昨日。天才蒙蒙亮，太阳要等一个时刻才能出山，山色是幽暗的。几天前这里下过一场不大不小的雪，周遭的山坡上保留着一片片的积雪。虽然穿够了衣服，一阵北风吹来，仍不免一阵战栗，不能说是彻骨，但寒气逼人却是感觉到了的。我看见身边摆弄摄像机的朋友不停地在搓手，便对他说有点冷吧，他说真没有想到这么冷，实在不好意思，委屈您老了。他大概不会想到，这样简单的几句对话，却转移了我对寒冷的本能反应，引出了我的意识流般的思绪。我想如果此时正逢一场铺天盖地的大雪，该有多好啊，什么“燕山雪花大如席”，什么“长城内外，惟余莽莽”这种大胸怀、大寄托、大词章不就都变成了我的切身感受了吗！我感到我与这种词章、这种寄托、这种胸怀已经融为一体，我理解它们，它们也理解我。此时，在我面前的除了电视台的三五朋友，可谓是“千山鸟飞绝，万径人踪灭”，空无一人，群山静寂。导演、摄像者他们在忙他们的，我在想我自己的。卢纶的那首五绝便是此时出现在我的脑际的。而且空间愈是静寂，时间愈是活跃。仿佛时光在倒流，时光的隧道把我引向了往古。岂止是雪满弓刀的将士们的争战杀伐，我仿佛还看见了长城最初的建造者范喜良和他的妻子孟姜。我想，他们比我更耐冷，更强有力，更撼动人的魂魄。这些不可计数的砖块是他们一块一块烧制成的。这些冥顽不灵的笨重物体是他们一块一块垒砌起来，在群山万壑中获得不朽生命的。他们有精力，有耐性，有历劫不磨的金刚之躯，也有绕指之柔的儿女情长。他们不惧劳役之苦，筑起这座惊世的伟构；也敢以巨大的悲愤，不惜哭倒自己筑起的巨大的高墙。他们毫不掩饰自己的无奈、无告与无力，也用自己的作为顽强地体现着人的自尊、自信与自强。我想，也许孟姜女这个弱女子感受到了此刻我所感受到的这种令人战栗的寒冷，才为她的丈夫送来寒衣的吧？晚了，她到来的时候他已经葬身于荒山野岭中了。

我想，人是应该在不同的际遇中去观察去感受我们身边的这个世界的。这不仅可以领会客观世界的多姿多彩，也能使你发现自己主观世界的多彩多姿。如果不是在一个严寒的季节，如果不是在一个日出之前的早晨，而是在风和日丽、游人如织、红旗飞扬、歌声四起的环境中登上现在我所登临的这段长城，感喟是会大有不同的吧！

我曾多次登上长城，都是选择了好季节、好天气，或陪外宾，或偕友朋，“游目骋怀，足以极视听之娱”，果然是羲之先生所说的“信可乐也”。我也曾把这种兴会写进自己的歌中，这几句的歌词是：

携来美酒千钟，
野花万朵纵横，
好宾朋，
一路放歌行。

当然，不同的地点也会引出不同的思绪的。我在长城的西端嘉峪关，面对大漠，时近黄昏，心中涌出的唐人的诗句是：

落日照大旗，
马鸣风萧萧。

1999 年 1 月 14 日

（《乔羽文集 · 文章卷》，新华出版社，2004）

童趣

庞　朴

庞朴（1928—2015），江苏淮阴人。1954年毕业于中国人民大学哲学系。著有《公孙龙子研究》《一分为三——中国传统思想考释》等。

一、讲理

大哥善于思想，喜欢讲理，所见独到，往往胜人数筹。不过有时也不免因此闹点笑话。

某次被派遣去打酱油，回家路上，酱油瓶自动从提系上脱落，摔个粉碎。这事要是搁在我身上，非吓哭了不止。可是他，略一迟疑，接着便想：这是一次突发事故。不过事故的责任不在我，一切后果概由瓶子自己完全承担。于是头也不回，连食指也不动一动，极力保持原有姿势，提着空绳，理直气壮地回了家门，讲理汇报如上。

二、拾草

妈妈一生勤俭，有口皆碑。抗战时期，生意清淡，筹措了锅上的，便没了锅下的，于是领着我去拾麦根。

麦收时节，烈焰当空，她扛着筑钩，我夹着麻袋，翻过圩子，不远便是麦田。按当时习惯，收割完了的地段，地里遗留的麦根，地上散落的麦穗，是任人捡拾的。只见妈妈往头上包一方布巾，甩开膀子，便刨将起来。我则紧随其后，负责敲掉麦根夹带的泥巴。半天下来，成绩居然可观，满满当当的一麻袋。回家路上，我们换了工，我扛筑钩，也扛着喜悦，妈妈背麻袋，也背着劳累，蹒跚而归。

再过三个月，秋收时节，我们又重操旧业，去拾更费力气的玉米根了。

三、上学（上）

五岁或者六岁，我开蒙上学。上的是洋学堂，卍字口东清真寺办的穆英小学。

一年级时的大半情节，多已不复记忆。现在能清楚记得的，是入学第一天的开蒙典礼。那天一早，爹爹领着到隔壁宁家面馆，要了一碗面，卧了一个荷包蛋，美滋滋地看着我肃清了碗里的一切，便搀着我上了路。由我们当时的家，到清真寺，大概有二十分钟的路程，这是爹爹领着我走向人生的第一段路程。我斜背着薄薄的书包，爹爹拿着一条大红纸包着的云片糕。一路上，爹爹都关照了些什么，也已全无印象。只记得，爬上清真寺那十几层台阶，跨过高高的大门槛，迎面而立的白粉影壁上，赫然有四个大字。那本是清真寺的劝教文，可是爹爹却意味深长地说："记住！这是'天堂正路'，念！"我咴咴地学着念了一遍，完全没听出爹爹的弦外之音。他当时想说的大概是：上学，才是天堂正路。

穿过一进院子和一段过道，走完了操场，就是教室。老师见有大人陪着孩子，便迎了出来。他们都说了些什么，当时我全没听懂，只记得爹爹吩咐：给先生磕头！我正要纳头拜去，只听老师说："不用了，鞠躬吧。"爹爹愣了一下，也让了步，命我鞠了三躬，外加抱着书包作了一揖。接下来便是爹爹给老师送上那包云片糕，老师说："好好好，步步高升！"

于是，开蒙典礼结束，"天堂正路"开始。

四、上学（中）

我的高小是在文庙里面孔庙小学上的。那是抗战前夕，蒋介石提倡新生活运动的时候。新生活要废除旧习惯，所以春节不放假，照常上课。大年初一一大早，我照例背起书包出门，可是街上景象却不照例：家家门户紧闭，春联闪闪，处处人烟稀少，爆竹声声。新生活敌不过旧习惯，委员长无奈何老百姓。灵巧点的学生，见得此情此景，不免打道回府去了；我竟万分认真，一路小跑来到学校。学校里空荡荡，只有住在校内的于校长一家人，正在煮汤圆。上课的事，当然无法照常了。

就在此前一个多月，阳历年前，还闹过另一次笑话。当时我和一位好同学商定，给校长送贺年片。凑足钱买好片，写上名，万事齐备，可就是谁也不敢出头去送。我忽然灵机一动，主张通过邮政；而且自报奋勇，说我家有邮票，寄信的事，由我包办。信寄出后，天天到校长玻璃窗前去看，只见别人送的贺年片，一张张都贴在玻璃上，而且逐日增加，我们的那一份，却一直无影无踪。过了好多年后，我才悟到，我家并没有邮票，被我误当邮票用的，原来是报税用的印花！我的疑团化开了，而那位好同学，大概一直纳闷至今，因为我们再也没见过面。

五、上学（下）

鬼子来了以后，我和大哥上过一两年私塾。塾师是爹爹的朋友，大概连秀才也未中过，是位白丁，我们称他老程先生。老程先生对"四书五经"很熟，杂七杂八的知识也不少，可惜只能教个穷馆，大部分学问用不上。当时我已有小学五年水平，大哥更读到初一，但我们都要求从《百家姓》《三字经》《千字文》读起，似乎是为了捞个科班出身，老程先生竟也答应了。“百、三、千”完了读“四书”，每天只教一小段，背熟了才教新课，而且每隔几天还要把全部熟课通背一遍，就这样也没难倒我们，很快“四书”也念完了。接下来读《幼学琼林》，同时学珠算，整天价高唱“仰脸歌”：“混沌初开，乾坤始奠”，“一退六二五，二一二五”。这两门功课圆满结束后，大哥开始念《诗经》，我却未被批准，不知为什么；大概是“关关雎鸠”那一套，少儿不宜吧？

即使没能读经，老程先生教给的东西，也让我终身受用无空。前不久，某古籍整理工作者来求题字，我忽然想起“四书”里有句“宝藏兴焉”，用在这里典雅朴素，妙不可言，遂欣然命笔。来者对我的才思敏捷惊叹不已，他哪里知道，我曾有过一位老程先生！

老程先生还会画符，经常有人来求。有一道说是包治疟疾的符，符上的文字是：“我从东方来，路遇一池水。水中有一龙，九头十八尾。问它吃什么，专吃疟疾鬼。太上老君急急如律令，敕！”字后面画一幅弯来拐去的图。这些都被大哥和我偷偷学会了。可惜我们没偷到老先生于执符纸在香头上绕动时念念有词的咒语，难怪我俩画的符，一个病例也没治愈。

…………

就这样，我在“天堂正路”上奔跑了若干年，到现在，连天堂的门朝哪儿都没瞧见，地狱的门，倒是误入过两次。

六、跑反

跑反，用现在的话说，就是“逃难”。鬼子占领淮阴以前，先派飞机断断续续轰炸过一两年，我们先是跑警报，后是跑下乡，可以统称之曰“跑反”。

跑警报躲飞机大多躲到圩子外，那里有一片乱葬坑，一些大大小小的坟头。

往往是父亲领着我们去跑，他知道占据有利地形，更有权威喝令我们分散躲避；大点的坟头多半分给我们，他自己则拉开一段距离，遥遥监视着。爹爹照例留守不跑，并且高声宣布："你们都走，我来看门！"妈妈也是忙前忙后，很少跑过，把困难留给自己，方便让给别人。

敌机来得频繁了，大人们干脆安排我和大哥下乡，住到码头附近农村的朋友家。临走前，妈妈给我们往鞋子衬布里面各缝一张一元纸币，说是留待跑散了的时候活命用。后来并未跑散，纸币未能发挥作用；只是，再取出来看看，早就变成纸末末了。

记得先后下过两次码头农村，都是爹爹陪着。妈妈总是要送到铜元局附近河堆上，直到望不见我们影子了，她才回家。

若干年后有个语录年代，不知怎么的，每逢读到"世界是你们的，也是我们的……你们……好像早晨八、九点钟的太阳。希望寄托在你们身上"时，我的思想总要开小差，开到几十年前的圩子外，里河边。

七、还愿

小时候体弱多病，在求医求药之外，大概也没少求过菩萨神仙，许过不少愿，于是欠下了一堆"神情债"，需要按时偿还，俗称"还愿"。

我的债主是小城隍庙里东西两班的张长子和李矮子。他们是城隍老爷的衙役，一位是细高个，另一位是矮胖子。据说专门负责传讯灵魂到城隍老爷那儿去受审；在小百姓眼里，无疑权力很大，所以都不敢直呼其名（其实二位的大名叫什么，很少有人知道），更不敢乱喊外号，而叫张老爹和李老爹。

我不记得因为什么我会欠下他二位的债，也不知道妈妈代表我向二位许下了什么愿，只剩下每年春秋两季去庙里还愿的情景，历历犹在目前。

无论从生理上还是从心理上看，庙里都不是孩子应该去的地方。那里空气恶浊异常，过量燃烧的蜡烛散发出来的油脂味，直扑鼻孔和喉咙，无处不在的香纸烟雾，熏得眼泪簌簌直流，更不用说那些泥塑木雕的凶神恶煞给孩子心灵带来的恐怖和阴影了。

这时候，世上唯一可依赖的，更是只有妈妈。我紧紧攥住她的手，藏在她的身后，穿东班，走西班。按照妈妈的指挥，挨次给张李二位老爹上香、磕头。大概是鉴于我的动作不大规范吧，妈妈总要在我磕头以后，再补磕一阵，嘴里还叽咕几句，可能是祷告些请他们谅解、照应之类的话。

还完愿，出得庙门，我们都轻松起来。我的轻松，是因为逃出了那可怕的环境；妈妈的轻松，一定是因为儿子还完了一笔债，有半年的安稳日子好过。这些债，据说要到十二岁，才能彻底还清。于是我盼望，赶快长大。

（《庞朴文集》，山东大学出版社，2005）

艰难的选择

钱中文

钱中文（1932— ），江苏无锡人。1955年毕业于中国人民大学俄语系。著有《果戈理及其讽刺艺术》《现实主义与现代主义》《文学原理——发展论》等。

人的生存，是个不断选择的过程。无疑，人的选择，是以他的存在的条件与可能为依据的。社会、生存条件不断在变，他得适应，或给以改造，或进行反抗，这就是选择了。其实，社会、人们也在选择，而且在不断地选择，选择着人。人在适应、改造中实现他自我的创造，以适应社会的需要，这就是他的价值与本质的表现了。

20世纪80年代初，当萨特的存在先于本质的观点介绍到我国来时，还惹出了一场小小的风波。对于老派的人来说，萨特的观点自然是难以接受的；而对于我这样只想安安稳稳过日子、搞搞学问的人来说，不想参与争论，只不过心里在想，生活不就是那么回事吗。我曾是个“跟跟派”，而且曾是心甘情愿。因为，我曾选择过，而且也被人选择了，于是似乎再无选择，也别无选择。我把自己完全交了出去，他人不由分说地代表了我，我的权利不由分说地由他人保管了；我想说话，也由他人不由分说地替我说了；除了在熟人之间可以说说，我也无处可说。我所说的，也是他人的话语。我真心诚意地山呼万岁过，也曾一朝醒来不由分说地成了“反革命”，不由分说地受了十年的群众专政。我曾是“我们”之中的一个小小的臣民，那是多么幸福啊！

但是，存在不断在变，我的存在被人们推着在变。大家纷纷在变，不断进行着变、不断进行着新的选择的时候，我能稳如泰山、安坐不动吗？我也要选择，首先要进行自我选择。

从 50 年代起以后的漫长的 30 年里，一些人长梦早醒，而我作为一个后知后觉者，仍把存在与梦境连在一起。在 80 年代初几年的反思年代里，总算开始认真地思考了我的存在，这是一个应该有自身价值的存在，独立的存在。倒塌的就让它倒塌，无可挽回。便是作为一个人，他应在存在中找到自身。这个“自身”，其实是很渺小的。他不过只是想在一场浩劫之后，保持自身的血性与良心、怜悯与同情而已。他不会也无力去阻挡别人获取权力，因为权力历来是有权力的人以权力赋予自己权力的权力，是有权力的人赐予的权力礼物。这方面不需上下求索，如果还想在一间安静的斗室念一些书，那么靠中国人特有的修身之道就可以自我完成的。但是，这个自我作为一个学人，对于他无比紧要的是如何在学术上找到自我，成为一个学术个性。这一选择是十分艰难的，但是应当完成它，否则何以自立？

我说这一选择十分艰难，主要是像我这样的人，五六十年代的经历，就已使得我的思想变得麻木了。人们说，正确的思想、观点早就被能人们说完了，认识到此中止了，真理达到顶峰了。真是，对此还可能有什么奢望呢？我意识到，我的存在，就是为他人的话语而存在的。做一个人真是太渺小了！正是这种独断的思维方式，几十年来，抑制了思想的无限可能与学术个性的勃勃生机。

可是，80 年代初开始了一次新的思想解放运动。贫困的双眼，看到了丰富的世界。思想原来是缤纷多彩的，是有个性的。思维不是重复他人思想的工具，而是自有生命的，是生成思想的手段，而过去我们被极左思潮隐瞒了、吓住了。

还有什么比这一自觉使我既感慨懊丧又感到高兴的呢！

可是，岁月不居，人已中年。生命中最美好的时光，已在被群众专政的岁月里流逝了，我只好想想“庸人歌德”的话，“群众是群众的暴君”！但是当笼罩生活的沉重的灰色慢慢淡去，泥地上漾开一片片绿色的无限生机时，人的生命显示了其顽强。在生存发生变异的情况下，只有适应与选择，才能使思维获得新的生命。改革开放使我和年轻人实际上站到了同一条起跑线上，学习有如东去的滔滔流水那样不舍昼夜。

在改革开放之后的中国文论界，说来也有缘分，我大约是较早地介绍外国文艺理论进来的人之一。1980年，我找到了美国人、苏联人和德国人的文艺理论著作，虽然这些书有的写于40年代末，有的发表于70年代中期，但对于封闭了几十年的我来说，都有一种新鲜感。1981年，因参加《文学原理》的撰写工作，我在小范围里对这些著作做了介绍与比较，提出翻译、出版“现代外国文艺理论译丛”的建议，并很快组织了人进行翻译。次年，受徐中玉先生之嘱，在广州召开的全国文艺理论研讨会上，就两本有代表性的美国的和苏联的文论做了介绍，引起了不少与会同行的兴趣。

随后几年，外国文论、文艺思潮如潮水般地涌入我国，各种不同的文艺理论流派，琳琅满目，展现在我们面前。要阅读的东西是如此之多，一时真使人目不暇接。终于在文艺理论界出现了前所未有的大好局面。原有的单一的文学观念受到猛烈的冲击与质疑；但对那些并未有多少了解、做过多少研究的外国文学方法、观念，一经介绍，都被宣布为新方法、新观念，以为一加移植，从此我国文学理论的发展前途，就必定光昌流丽、吉祥如意了。接着便出现了所谓文学方法年、文学观念年。文学方法、文学观念的大讨论，促进了文学观念、方法的更新。

我亲身参与了这一进程，在这一近于生存角逐的过程中，不少思想震动着我，丰富着我，也改造着我。这是一个急速进步的时代，是几年胜于几十年的时代。从 1978 年到 1980 年，我反省了我旧有的文学观念和文风，努力消除自身所受的极左文艺思潮的影响。随后几年，在对西方多种文艺思想做了较为深入了解的基础上，渐渐对文学问题形成了自己的一些见解，并演绎而为文。对于那时众多的问题争论，我大多未曾参与。诚然，需要争鸣，但更需要阐明，我努力对自己设定的问题进行探究。实际上，我的一些文章，对不少争论的问题，仍然表述着我的看法。只是正面阐释的多，不直接点名道姓而已，在这点上，只有少数几个朋友了解我的心意。在极度紧张的生存中，我极力寻找着一块属于自己的绿地。

很多问题，其实很大程度上是围绕传统的争论而引发出来的。我不属于文化传统上的虚无派，也不属于文化传统上的守旧派。在我看来，文化传统是个很坚硬的东西。古代文论传统过去被漠视了，现在我们不得不重温旧课。再拿“五四”以后的文论来说，它已经成为传统，你讨厌它，进而全面否定它，可又要建设新的文论，这是可能的吗？全面中断与自己靠得最近的传统，到时你阐释新理论的话语都没有了，那就只有去搬弄外国文论的术语了。传统是新的文化创造的基点，对于传统，只能进行批判、吸收，才能保证我们能够举步向前，使其有用的成分与因素，融入当代文论。

80 年代，在理论新风的激荡中，我努力卸下旧有的理论框框，废弃了一些观念，接受了不少新的观念，改造了一些观念，在理论上提出了一些观念，努力想有所进步，哪怕是一小步也好，这使我产生了一种新生之感。可是我的文艺观点，有的新派认为保守，他们以简单的否定为新颖，认为只要有耸人听闻的东西就好，希望理论上天天有新鲜的花样。有的吃洋饭的朋友根本不加辨析，把我当成抨击的目标。有的标榜领导潮流的杂志，连续几年拒绝发表我自认为最下功夫、不无见解的文章。要知道那种对过去文学一概否定，图一时痛快的虚无情绪，或以为一知半解的介绍，就是大大的发明了，也是时过境迁，很少能心想事成的。可老派又指责我在搞所谓“自由化”，点名不点名地进行批判，他们的脚已伸进90年代，而头还留在五六十年代，尘封在故纸堆中，继续唱着旧时的调调。一次，我和蒋孔阳先生谈及我两面受击的情况，先生风趣地说，这样好，这样能够容纳各家之长，学术上博采众长，才是正道。其实我正是这么做的，不受前后左右的干扰，走我自己的路。学术上的虚无主义，以一种情绪代替另一种情绪，再度使学术情绪化、政治化；或是朝三暮四、左顾右盼、见风使舵、等待指示，否则自己就不会出题目、做文章。这类情况，我见得多了：或是数黑论黄、皓首穷经、翻来覆去、依然故我。真理不怕重复，使真理失去了血肉，这些也是典型的五六十年代的遗风。或是对这一遗风的虚无的反弹，都是时代使然，两者相辅相成。它们使不少人在一个怪圈里徘徊，这个怪圈喜好独断，把它自身之外的东西一律视为异己，禁锢着人们的新思想，抑制了无数学术个性的形成。精神、思想是丰富多彩的，可是，过去的时代特别是六七十年代，造就了精神、思想的贫困。所有种种，可能就是最近50年来，未能在学术上造就大家的原因了！

存在着的文化现象，都会申明自身有其存在的理由。这些理由正当与否，合理合法到什么程度，就要进行学术研究。学术研究就是要人去探明事理，这是一种学理性的探讨。学术研究是在前人的基础上，提出新材料，揭示新问题，在对问题的探讨中，有所深入，有所丰富，有所前进，总结或预示某种文化现象的趋向和发展。文艺理论的探讨也是如此。对于外加指示，临时需要，在当今环境里，也是少不了的。不过人们经历已多，见闻亦广，风浪再大，也能处变不惊，偏安一方，自得其乐。可喜的是具有这种心境的人，已越来越多。这是寻找学术个性、建立学术上的自我的一个好兆头。为了寻找这个学术上的自我，我们这一代知识分子走过了曲折而痛苦的道路，进行了艰难的选择。我自己在80年代就进行着这一选择，自然不敢说已经完成。因为如今仍在进行下去，但是选择给了我一种喜悦，一种学术上自我发现、自我价值肯定的喜悦，一种获得一些自由的喜悦。

学术上的真知灼见，常常会被时尚视为异端邪说，这时作为有学术个性的独立人格的学者，他能坚持己见，忍受种种歧视、寂寞，以至生活清贫，甚至生存也难以为继。但他们会克服一切困难和折磨，超越它们，坚持把自己的思想说出来，著述不能出版，就把它们束之高阁，而安之若素。这样的具有独立的人格、自由的精神的学者，在中外学界还真不乏其人。不久前，我读到20世纪的重要思想家、著名的文艺理论家巴赫金的传记材料，他的清贫生活与所忍受的生活折磨，和他在学术上所做出的贡献，简直无法对比，读后真是令人感动不已。你可以体会到作为一个学者的独立的思想、自由的精神是什么含义。

（《钱中文学术文化随笔》，中国青年出版社，2000）

谈喝茶

胡乃武

胡乃武（1934— ），山西文水人。1959年毕业于中国人民大学经济系后留校任教。著有《中国社会主义经济问题》《经济杠杆导论》等。

在2000年前，我是不怎么喝茶的。因为我的饮食习惯以素为主，吃惯了少荤多素的饭菜，自然就没有借茶解渴解腻的要求了。

2000年之后，我的饮食结构有所改变，于是有了喝茶的需求，并慢慢地有了瘾，茶成了我一日三餐之外的必需品。

起初我对茶并不挑拣，有什么茶就喝什么茶，但喝久了，各种各样的茶品尝了不少，就有了比较，能鉴别出茶的好坏与优劣。

如果说，先前的随意性，是我喝茶的第一阶段的话，那么，自从集中品尝“十大名茶”之后我就进入了一个新的阶段。在这个阶段上，我收集了一些有关茶的知识，学习了一些茶文化，此其一。其二，我把“十大名茶”写在一张纸上，并注明产地和茶种，以便一一品尝，了解其特色与功效。其三，寻求与购买精美茶具。其四，对不同种类的茶先喝什么、后喝什么也有一个自觉的安排。

我喝茶的第三阶段，就是进入品尝“绿茶、红茶、白茶、黑茶”各自特色与功效的阶段。从功效上说，绿茶可以清火，夏日以喝绿茶为好；红茶可以养胃暖肚，冬季以喝红茶为宜。当然，这也不是绝对的。南方人一年四季都喝绿茶，北方人即使在夏秋季节也喝红茶。红茶以安徽祁门红茶最为有名，很久以来就出口英国，英国人喝的午后红茶就是用从中国进口的祁门红茶与印度红茶配制而成的。白茶以浙江的安吉白茶和江苏的溧阳白茶最为著名。白茶泡开后，叶片周围呈毛茸茸的白色，故称白茶。其实，白茶也是一种绿茶，味似龙井，尤为清香。黑茶以湖南安化产的黑茶最为有名，其次是云南的普洱茶（熟茶），再次是广西梧州产的六堡茶。这些黑茶，制作工艺复杂，“日晒夜露”，自然发酵，越陈越好，即使晚间饮用也不会影响睡眠。

现在，我一天之内，绿茶、红茶、白茶、黑茶都同时或交替饮用。这四种茶，在功效方面具有互补性，同时或交替饮用，更有益于健康。其实，无论是哪种茶，它们都有着共同的功效，那就是提神、助消化、减肥、消炎和防癌等。所以，在身体条件允许时，还是以坚持喝茶为好。

怎样喝茶才对身体有益而无害呢？在这个问题上也有诸多讲究。首要的一点是，无论喝什么茶，喝茶时必须先洗茶。这不仅是因为清明节后产的茶存留有农药，即使是明前茶，在制作过程中也很难避免杂质混入。

茶水的质量与沏茶所用之水关系极大。一般来说，用纯净水沏茶为优；用锅炉房打来的开水沏茶次之；用水管中的水煮开沏茶，因水垢较多，再好的茶也会索然无味。

喝茶的功效发挥得如何，与使用的茶具也有密切的关系。茶具最好使用三寸高的透明玻璃杯。以喝黄山毛峰为例，将适量的毛峰茶投入杯中，先洗茶，然后用 90 摄氏度的开水冲泡，顿时一株株叶片直立杯中，形似茶树，茶水呈浅黄色，且不说其香味扑鼻了，就是其色泽和形态都能给人以美感。

喝茶的时间选择也必须注意。上午喝茶，最好在早餐后一小时。刚吃完饭就喝茶，容易冲淡胃液，不利于消化和胃功能的保护。当然，更不宜边吃饭、边喝茶了。下午喝茶，宜在午睡之后、五点之前这段时间内进行。在这期间，饮茶可起到提神和助消化等作用，从而有利于下午更好地工作。下午五点之后之所以不宜饮茶，主要是怕饮茶引起精神兴奋而不利于夜间的睡眠。

喝茶的浓淡要适中。喝茶过浓，不利于睡眠和保健；喝茶过淡，淡而无味，失去了喝茶的兴味，也难以发挥其应有的功效。

在中国，虽然产茶的历史已有 3 000 多年了，但到目前为止，在喝茶的问题上，还有许多盲点、疑点，这些都需要我们在今后的饮茶实践中继续探索和总结。

（《金融博览》，2012 年第 10 期）

捡麦穗

张 洁

张洁（1937— ），北京人。1960 年毕业于中国人民大学计划统计系。著有《爱，是不能忘记的》《沉重的翅膀》等。

在农村长大的姑娘，谁不熟悉捡麦穗的事呢？

我要说的，却是几十年前捡麦穗的那段往事。

月残星疏的清晨，挎着一个空荡荡的篮子，顺着田埂上的小路走去捡麦穗的时候，她想的是什么呢？

在那夜雾腾起的黄昏，蹚着沾着露水的青草，挎着装满麦穗的篮子，走回破旧的窑洞的时候，她想的是什么呢？

唉，她能想什么呢？

假如你没在那种日子里生活过，你永远不能想象，从这一粒粒丢在地里的麦穗上，会生出什么样的幻想。

她拼命地捡呀、捡呀，一个收麦子的季节，能捡上一斗？她把这麦子换来的钱积攒起来，等到赶集的时候，扯上花布，买上花线，然后，她剪呀，缝呀，绣呀……也不见她穿，也不见她戴。谁也没和谁合计过，谁也没找谁商量过，可是等到出嫁的那一天，她们全会把这些东西，装进新嫁娘的包裹里去。

不过当她们把捡麦穗时所伴的幻想，一同包进包裹里去的时候，她们会突然感到那些幻想全部变了味儿，觉得多少年来她们捡呀、缝呀、绣呀实在是多么傻啊！她们要嫁的那个男人，和她们在捡麦穗、扯花布、绣花鞋的时候所幻想的那个男人，有着多么大的不同啊！但是，她们还是依依顺顺地嫁了出去，只不过在穿戴那些衣物的时候，再也找不到做它、缝它的那种心情了。

这算得了什么呢？谁也不会为她们叹一口气，表示同情。谁也不会关心她们还曾经有过幻想。连她们自己也甚至不会感到过分的悲伤，顶多不过像是丢失哪一个美丽的梦。有谁见过哪一个人会死乞白赖地寻找一个梦呢？

当我刚刚能够歪歪咧咧地提着一个篮子走路的时候，我就跟在大姐姐的身后捡麦穗了。

那篮子显得太大，总是磕碰着我的腿子和地面，闹得我老是跌跤。我也很少有捡满一个篮子的时候，我看不见田野里的麦子，却总是看见蝴蝶和蚂蚱，当我追赶它们的时候，捡到的麦穗还会从我的篮子里再掉到地里去。

有一天，二姨看着我那盛着稀稀拉拉几个麦穗的篮子说："看看，我家大雁也会拣麦穗了。"然后，她又戏谑地说："大雁，告诉姨，你捡麦穗做啥？"

我大言不惭地说："我要备嫁妆哩！"

二姨贼眉贼眼地笑了，还向围在我们周围的姑娘、婆婆们睐了睐她那双不大的眼睛："你要嫁谁吗？"

是呀，我要嫁谁呢？我忽然想起那个卖灶糖的老汉。我说："我要嫁那个卖灶糖的老汉！"

她们全都放声大笑，像一群鸭一样嘎嘎地叫着。笑啥吗！我生气了。难道做我的男人，他有什么不体面的地方吗？

卖灶糖的老汉有多大年纪了？我不知道。他脸上的皱纹一道挨着一道，顺着眉毛弯向两个太阳穴，又顺着腮帮弯向嘴角。那些皱纹给他的脸上增添了许多慈祥的笑意。当他挑着担子赶路的时候，他那剃得像半个葫芦样的后脑勺上的长长的白发，便随着颤悠悠的扁担一同忽闪着。

我的话，很快就传进了他的耳朵。

那天，他挑着担子来到我们村，见到我就乐了。说："娃娃你要给我做媳妇吗？"

"对呀！"

他张着大嘴笑了，露出一嘴的黄牙。他那长在半个葫芦似的头上的白发，也随着笑声抖动着。

"你为啥要嫁我呢？"

"我要天天吃灶糖咧！"

他把旱烟锅子朝鞋底上磕着："娃呀，你太小哩。"

"你等我长大嘛。"

他摸着我的头顶说："不等你长大，我可该进土啦。"

听了他的话，我急了。他要是死了，那可咋办呢？我急得要哭了。

他赶紧拿块灶糖塞进了我的手里。看着那块灶糖，我又带着眼泪笑了："你别死啊，等着我长大。"

他又乐了。答应着我："我等你长大。"

"你家住哪哒呢？"

"这担子就是我的家，走到哪哒，就歇在哪哒！"

我犯愁了："等我长大，去哪哒去寻你呀！"

"你莫愁，等你长大，我来接你！"

这以后，每逢经过我们这村子，他总是带些小礼物给我。一块灶糖，一个甜瓜，一把红枣……还乐呵呵地对我说："看看我的小媳妇来呀！"

我呢，也学着大姑娘的样子——我偷偷地瞧见过——要我娘找块碎布，给我剪了个烟荷包，还让我娘在布上描了花。我缝呀，绣呀……烟荷包缝好了，我娘笑得个前仰后合，说那不是烟荷包，皱皱巴巴，倒像个猪肚子。我让我娘收了起来，我说了，等我出嫁的时候，我要送给我男人。

我渐渐地长大了。到了知道认真捡麦穗的年龄了，懂得了我说的都是让人害臊的话了。卖灶糖的老汉也不再开那玩笑——叫我是他的小媳妇。不过他还是常常带些小礼物给我。我知道，他真的疼我呢。

我不明白为什么，我倒真是越来越依恋他，每逢他经过我们村子，我都会送他好远。我站在土坎坎上，看着他的背影渐渐地消失在山坳坳里。

年复一年，我看得出来，他的背更弯了，步履也更蹒跚了。这时，我真的担心了，担心他早晚有一天会死去。

有一年，过腊八的前一天，我约摸着卖灶糖的老汉那一天该会经过我们村。我站在村口上一棵已经落尽叶子的柿子树下，朝沟底下的那条大路上望着，等着。

路上来了一个挑担子的人。走近一看，担子上挑的也是灶糖，人可不是那个卖灶糖的老汉。我向他打听卖灶糖的老汉，他告诉我，卖灶糖的老汉老去了。

我哭了。哭得很伤心。哭那陌生的，但却疼爱我的卖灶糖的老汉。

我常想，他为什么疼爱我呢？无非因为我是一个贪吃的，因为极其丑陋而又没人疼爱的小女孩吧？我常常想念他，也常常想要找到我那个皱皱巴巴的像猪肚子一样的烟荷包。可是它早已不知被我丢到哪里去了。

（《文学作品选·中国现当代文学卷》，郑州大学出版社，2003）

燃烧是美丽的

苏叔阳

苏叔阳（1938— ），河北保定人。1960 年毕业于中国人民大学中共党史系后留校任教。代表作品有《丹心谱》《左邻右舍》等。

生老病死是自然规律，本无大惊小怪的理由，但对于生者与健康者，病与死总是不情愿的。所以，生一场跟死亡接近的病，就成了大事。恰好，整整四年前，我发现患了癌症，动了手术。家人与友人都认为挨到今天挺不容易，问我是怎么过来的。想了想，其实没什么，一咬牙就过来了，没心没肺，跟没得病时一样，岂有他哉！

生病后唯一的变化便是身心都比先前轻了。割掉一大块肉与油，体重自然轻了，想想现在活着是抢回来的“多头儿”，便有种幸福感，连不如意都是种愉快。倘到了“那边儿”，这些不如意都见不到了，想必没什么意思，也不多姿多彩。名利与金钱等等，刹那化为乌有。死亡将一切人拉平。因此，能活着的时候便珍惜生命干点有用的事，干点想干的事，于是心也轻快多了。

有人劝我练气功。我练过，对促进新陈代谢有好处，有益于恢复健康。但天天练气功、吃中药，日复一日，单调之极。今日吃中药练气功是为了明日练气功吃中药，这日子有什么过头？倘健康便是目的，生活的全部意义就是为着吃药、气功，那也实在无聊。病后一年我确乎也心如枯井，波澜不兴。但那麻术让我痛苦。于是，将生命倒计时，两个月两个月地安排能做的事，开始写些短文章。谁知一动笔就刹不住，竟又大干起来。先是写了个中篇小说，帮人改了两个剧本，又写了两篇关于史学与佛学的文章。接着便写了电影剧本《周恩来——伟大的朋友》、长诗《世纪之歌》。激情一经点燃就喷涌不止，如今不让写反成了受罪。

但难处也来了，本说写些自己一直想写的东西，可朋友们又来“给任务”，这任务也确有挑战性、诱惑性，只有搁下手里的活儿先赶这些，又陷入了生病前的窘境。想由着自己性子写的愿望又成了泡影。本说今年写个话剧，动手写长篇小说，如今又被两个“任务”填满时间表。这是我摆脱不掉的困难与苦恼。

不管怎么说，活着，工作，是种幸福。倘到了连笔也不想拿的时候，连书也不想看的时候，一分钟也不能不想自己病的时候，那可就惨了。病，不因你对它的苦思而退步，快乐却先自远远地飞走。于是，你把自己置于一方，将生命、活泼、人群、社会置于另一方。这种较劲儿，失败的只有自己。

大凡痛苦多于快乐的人，都习惯于和社会较劲儿。这并不是说不应同陋习、恶德做斗争，并不是要你随波逐流，而是盼你清醒，不把自己看得过高。再污浊的社会也有真善美存焉，也有爱意弥漫。空泛地呼唤“人人都献出一点爱”自然没有实际的意义，但整天看着人群运气，处处都不顺眼，那便是自己为自己开一张通往地狱的通行证。生病的好处便在于让你自己切实知道，你真的没有什么了不得，一场不大不小的病便可以把阁下撂倒。少一份自得其实是多一份快乐。

生病的另一个好处是让你觉得生活的一切包括丑恶都有意思。没有恶便没有善，没有假也没有真，没有丑也没有美。一切在对比中和谐，构成活泼泼的世界。“君子和而不同，小人同而不和”，先哲孔丘在两千多年前就说过这样睿智的话。人家当圣人不是偶然的，不是自封的，更不是让今天某位不知天高地厚的“才子”“发现的”。人家够那条件。这一句“和而不同”说出了人类几千年来对理想社会最准确最完美的追求，不知是否会再被今人发现一次。不面临一次死境，就想不到有一天自己也会消亡。自然，这一类俏皮文字是会写的，但实在的感受是没有的。所以，总以为自己是对的，是该当永恒的，别人都没道理。假恶丑没道理存在，即令够不上假恶丑，存在的道理也不多。“存在即是合理的。”这句话是西哲发现的。我的真实体会是，我没生大病以前，这句话的真谛我总是“发现”不了。大约我太笨。蹲在生死线上望活人的世界，才觉得就算假恶丑也有存在的理由，起码作为真善美的对立物，让世界更真实，更有意思。做起文章来也能爱恨交加，不那么甜得腻人。

生病的最大好处是让人清醒。追忆过往，看看今天，你才会觉得几乎眨眼之间你便度过了永远。这世上没有什么属于你自己，更没什么让你永恒。一切都可以朽腐，永恒的只有真诚。它越过一切人际关系，炫耀于人类的头顶。历史上只有那真诚待人待同类待世界的人与事才显露实际的意义，伴随人类历史的始终。当我们的星球终于无法挽救的时候，未来的人类所能携带到另一行星上的地球的历史，大约只能浓缩在几个软键盘上，那上面写着的名字，不会很多。所以，我今天想，那些用尽心机以伪善赚取浮名虚利的人，未必能获得成功，即令有一时的成就，也逃不脱大限的裁决，而最终也还是会被历史除名。

我这样说，当然不是希望大家都生一回要死的病，我只是说，有时候生病也未必都是坏处。只要自己能掌握自己，不老想着同大家诀别。

可贵的是真情。这几年，我的朋友和亲人都对我呵护有加，让我觉得要是不干点什么便对不住他们。于是我说：“从前为我爱者干事，如今为爱我者干事。”因为“我爱者”并不一定爱我，人类的苦境之一便是单相思。爱我的，我报以呕心沥血的爱；不爱的，也不必滥施爱于他。生命有限，情爱弥珍，省着点用，于己于人都好——这是生病后我最大的讨巧处。

浮躁的、急功近利的艺术从不爱我，不给我陶醉，所以我也不爱它。我将不多的爱之燃料积攒起来，准备再燃烧一次。燃烧是美丽的。

（《燃烧是美丽的：我的人生笔记》，时代文艺出版社，2007）

仓颉故里行

肖云儒

肖云儒（1940—　），江西赣州人。1958—1961年就读于中国人民大学新闻系。著有《雩山》《独得之美》等。

仓颉故里在陕西白水县史官乡，辛卯春日，我去那里参加祭祀活动。每年谷雨节祭祀仓颉，在这里绵延了数千年，“史官乡”乃因此得名。

熙熙攘攘的路人，个个带把伞。每年这一天，白水人都盼这场雨。当年仓颉千思百虑，受启发于鸟迹、兽足、龟背纹各种图像，创造了最早的28字鸟迹书，取代结绳和串贝记事，开创了中国文字时代。上苍奖给他金人，他不要，问要啥？他说要五谷丰登，要天下人都有吃的。第二天，老天便下了一场密密麻麻的谷子雨。谷雨谷雨，据说这节气就这么来的。

西汉刘安在《淮南子》中曾有“仓颉作书，而天雨粟，鬼夜哭”的记述，想想确有道理。有了文字，人类的经验和智慧能记载能传递了，从此“造化不能藏其秘”，民智日开，农事日兴，不是“天雨粟”是什么呢？文字也能记载恶行劣迹，“灵怪不能藏其形”，“鬼夜哭”，那是邪魔对文明的恐惧。文字的创造改变了人类文明史，是惊天地、泣鬼神的大事，文字的神圣、敬书惜字的风尚，也渗进了民间习俗之中。

白水流行枕书辟邪，或在枕上绣字辟邪。据说邪毒怕字，枕书而眠可以防五毒侵害，不做噩梦。这里还流行写字治病，人有小恙，将仓颉庙两棵古柏的名字“青龙”“白虎”写在前心后背便无大碍。孩子入学要拜仓颉像，摸仓圣鸟迹书碑。废纸残书不能乱撕乱扔，也不能用来擦污物，要收集在瓦瓮中，于晴天无风之日，焚香扣头，烧灰土葬，或弃纸灰于河水中，以清水祭之，取万古长流之意。虽带迷信色彩，却真实体现人们对文字的珍视。

也怪，说话间天果然就阴了，雨跟着风就布了过来。锣鼓响起来，秧歌扭起来，五彩的伞在仓颉广场上开满鲜花。天、地、人，一道领受着谷雨的滋润。我们仰天看雨，不再说话，沉浸在洗礼的神圣中。

由仓颉开先河的汉字世世代代滋养着中华。汉字是世上最古老的文字之一，它使中华民族的生存智慧和实践经验在远古就能得到记载、交流和梳理，我们的文化才有了如此丰厚的积淀。汉字是世上最具凝聚力的文字之一，它美丽独特的符号是海内外华人的图腾，汉字文化圈覆盖了全球几乎四分之一的人口。汉字是世上使用和阅读效果最好的文字之一。汉字超过 8 万个，常用字只有 3 500 个，大体已经够用。在联合国文件的多国文字版本中，汉字文件总是最薄的、单词量最少的。汉字还是对本民族思维影响最深刻的文字之一，它的象形特色，涵养了中国人形象思维和喻象思维的发达；它的部首、偏旁和在单个方块中的组合，产生了疏密、虚实、平衡、争让等图像结构因素，孕育了世界上绝无仅有的中国书法和独具特质的中国画。

在白水，几乎人人认为，黄帝被尊为人文初祖，仓颉造字立了头一功！他们才不掩饰自己的乡土自豪呢。

雨一点一点小了，锣鼓却一阵紧似一阵。对子鼓、小花鼓、老鼓、十面锣鼓、耍狮子、扇子舞，轮番上阵。扭旋蹦劈颤，唱吼踢敲翻，以各种舞姿和身体语言尽情宣泄。仓神给生命以动力，文脉使欢乐得以艺术地表达。

传统能给一块土地带来如此生生不息的文化自信，传统不也便是当下的文化力量吗？

（《求是》，2012 年第 7 期）

杜甫草堂背杜诗

刘梦溪

刘梦溪（1941—　），山东黄县人。1966年毕业于中国人民大学语言文学系。著有《红楼梦与百年中国》《现代学人的信仰》等。

已经记不得上一次或上上次往瞻杜甫草堂的时间了。总之是很久很久没有再去浣花溪畔的杜甫草堂了。这次，出席在大邑举办的一个论坛，主旨演讲过后的第二天，便应四川大学儒学院的邀请，来到成都。商定的日程是，第二天做一次学术演讲，题目是《国学和六经的价值伦理》，以之作为恢复重建的复性书院的一次讲堂课程。复性书院系大儒马一浮先生于1939年创建，地址在乐山乌尤寺，用佛教山林的方式开课授徒，课程内容主要围绕六经和义理之学。四川大学的舒大刚教授以接续儒统为己任，去年决定承继蠲戏老人的遗泽，恢复斯院。因有约言，希望当书院正式成立之时，由我略志复性书院的始末并阐释马先生的国学精神。今次顺路践约，在大刚先生在我自己，均不无两全共美之雅。

川大复性书院的演讲安排在5月30日晚上，当天的上午是为空当，不假思索便出行到了杜甫草堂。川大方面事先已与之联系，故甫一下车，草堂研究部的两位朋友便迎了上来。从东侧门进入，经由草堂碑亭，自后而前，寻诗赏联，目不暇给。花径更干净了，竹木花草更繁荫蕤茂了。偶有一两处新增添的房舍院庭，似还疏落而不显拥塞。虽不是休息日，游人仍络绎如流。管理处选派的讲解员叫杨惠兰，一位不乏古典气质的高挑女生，一路伴我徐行。我问她能背多少杜诗，回说一百首左右。“花近高楼伤客心，万方多难此登临。”我刚念两句，她说这是《登楼》，于是一起往下背，句句同调同时。“花径不曾缘客扫，蓬门今始为君开。”也能与我一起背下去。可惜蓬门开启，诗人却无法迎候在堂了。

杜甫草堂始建于唐乾元三年（公元 760 年）的春天，为避兵灾，诗人在此住有三四年的时间。他显然喜爱这处清幽简约的住所，诗思也因之江涌河泄，三年时间，创作各体诗歌二百四十余首。有名的《狂夫》诗，即写于此时：“万里桥西一草堂，百花潭水即沧浪。风含翠筱娟娟静，雨裛红蕖冉冉香。厚禄故人书断绝，恒饥稚子色凄凉。欲填沟壑唯疏放，自笑狂夫老更狂。”生活艰窘，以至于幼子面带菜色，但诗人的心境是安适而豪迈的。熟悉草堂诗来历的解说员惠兰，若有所悟地向我谈起，杜甫在此地写的诗，遣词造句都非常细腻，并以《江村》中的“老妻画纸为棋局，稚子敲针作钓钩”为例。一句话触碰到我的心感深处，她不晓得我对这首诗有多痴迷。十六年前，当我卧病医所的时候，内子每天两次往还奔波于医院与家中，感发所致，每默诵此诗的颔联：“自去自来堂上燕，相亲相近水中鸥。”刚好《江村》的结句是：“多病所须唯药物，微躯此外更何求。”也很合于我当时的心境。

我们走到诗史堂的时候，回过头来正对着柴门。杜甫写柴门的诗句，可是多到不知凡几。“田舍清江曲，柴门古道旁。草深迷市井，地僻懒衣裳。”这是草堂落成不久写的《田舍》一诗，主人撒野，至于裸背脱衣的情景，也不稍加掩饰了。当然他给出的理由是“地僻”，即并非闹市当街的公开行为。《江涨》亦有句：“江涨柴门外，儿童报急流。”江水涨了，有孩童报信给诗人，提醒他注意安全。但三月的桃花汛，却带来了平时不经见的美好景致：“三月桃花浪，江流复旧痕。朝来没沙尾，碧色动柴门。”碧绿的江水摇晃着柴门，有惊无险，留取一片诗意的温柔。这可比秋风怒号，席卷屋顶的茅草要好多了。正当我陷入遥想漫忆的空茫之际，惠兰指给我看面前的“柴门”二字，她说是潘天寿的书法，很受知书者关注。我自然不敢以知书自诩，但举目看去，果然笔意丰满骨立，楷法而有篆隶意味。大家手笔，的确是不同寻常。

诗史堂有郭沫若的题联，外廊柱是一副长联：“诗有千秋，南来寻丞相祠堂，一样大名垂宇宙；桥通万里，东去问襄阳耆旧，几人相忆在江楼。”将老杜和武侯一起纳入了，而且蜀相为主，诗圣次焉。里面的一副为：“世上疮痍诗中圣哲，民间疾苦笔底波澜。”凸显的是世情和民隐，应该说是不错的。不过以研究五四运动史和红学名家的周策纵先生，颇不以为然。记得是 1980 年夏秋间，刚主持完首届国际红楼梦研讨会的周先生，自美返国，先到他的湖南老家益阳，然后由湘入川，去了他梦寐以求的杜甫草堂。周先生能诗，新旧体诗均出手不凡。所以去国多年，仍不忘曾蛰居此地的杜陵野叟。返美前在北京与友人晤面，他不止一次讲起这次的草堂之行，而且每讲必及郭诗。草堂的执事者请他留题，他说除非撤去郭的诗联，否则绝不着墨。盖由于郭老晚年的《李白与杜甫》一书，抑杜扬李，超越常格，引起了雅好杜诗的策纵先生的不满。我向陪同的三位年轻人讲了这段掌故，年龄与年代的错位与悬隔，他们早已不再有兴趣储存这类记忆。

由于《李白与杜甫》的缘故，我不自觉地说起了李、杜的特殊情谊。李白长杜甫十一岁，两人的诗风不同，诗学成就则难分伯仲。要以诗仙和诗圣分称，宜乎各得其所。但他们同为唐诗的高峰，吾国文学之璀璨星座，当时后世鲜有异词。所谓“李杜文章在，光焰万丈长”是也。论彼此的交谊，则杜对李深挚笃厚，念兹在兹。李对杜未免大而化之。你看杜甫的《梦李白》二首，其一有句：“故人入我梦，明我长相忆。”仿佛是知道我在深深的思念，所以才来到我的梦中。其二："三夜频梦君，情亲见君意。"接连三个晚上都梦到李白，试想这是何等的思念和怎样的"情亲"。另一首诗还说"怜君如弟兄"，以至于同盖一条被子。惠兰接过去背诵道："醉眠秋共被，携手日同行。"我说是呵，李杜的友情真可以说是可传之万世而不磨。你看杜甫的评价："白也诗无敌，飘然思不群。"大诗人杜甫认为，若论诗道，李白是没有对手的。评价固然很高，但极为恰切。第二句则是形容李白的诗风和人格，可谓诗也飘然，人也飘然。但接下去，你听："清新庾开府，俊逸鲍参军。"是说李白的诗，既有庾信的清新，又有鲍照的俊逸。说到这里，不知为何，我竟掉下泪来，嗓音也变得哽咽。嗣后回想，我是被这种友朋间的深知慧解所感发了。

盖无论古人还是今人，友朋之间能够做到人相知心相印，是很少的，也是极难的，因此也就格外可贵。管鲍之交，那是上古士人知交的范例。"俞伯牙摔琴谢知音"，就是经过渲染的小说家之言了。倒是"知音其难"，是普遍认可的千古之叹。刘勰《文心雕龙》的《知音》篇慨而言之曰："音实难知，知实难逢，逢其知音，千载其一乎。"人的知音，千年或有一遇，应非夸诞之词。陶渊明有感于管鲍之交，写道："知人未易，相知实难。淡美初交，利乖岁寒。"我常引用并惊异于"淡美初交"一语的择词造意之美，而愈益显出因利益冲突而分途的利交之悲。章学诚说："人之所以异于木石者，情也。情之所以可贵者，相悦以解也。"（《文史通义·知难》）彼此相悦，是情之相倾的前提。见而不生悦，情也就不会倾向对方。"悦"者何指？是为审美的欢喜也。故两情相悦者，必有见到你心就生欢喜的感受。而不相见，则产生想念和忧思。所谓爱能产生力量，即由于两个人变成了一个人，或一个人变成了两个人。不过，彼此之情如果只停留在"相悦"的层阶，则此情可能生变而不易持久。要持久，必须由相悦而进入相互理解的阶段。故"相悦以解"是友情抑或爱情的最高层阶，达到此阶，至贵至难，今人不易得，古人也难全。此盖李杜之交之难能可贵，宜乎本人身处杜甫草堂，因背其诗而心生感伤也。

说话间，我们已经由诗史堂来到大榭，再往前，就是草堂的正门了。谁知骤起一阵温煦之风，吹落片片黄叶，撒在地上、阶石上和我们大家的头上身上。一下子，不独我们几个，在场的所有游人都欢悦起来。万不曾想到，今次丙申端阳前夕的草堂之游，竟以众乐作为收束。真该感谢一路陪伴我观瞻的“草堂三友”，他们是研究部的彭燕、张宏和解说员惠兰。如果不是惠兰一路与我配合默契地选句背诗，那些个感会诗兴的喜乐和关于相悦以解的感伤就无从生成了。

（上海《文汇报》，2016年7月30日第8版，原题为《杜甫草堂背杜诗的喜乐与感伤》）

台湾买茶小记

凌　力

凌力（1942—　），江西于都人。1978 年起任教于中国人民大学清史研究所。著有《星星草》《少年天子》等。

以前，我从没想过，买茶这平常又平常的消费还能翻出什么花样。到台湾买了两回茶，那种氛围，那种情趣，竟令我久久难忘。

头一回，是在从台北南下的途中。

过了新竹不久就上了进山的路，透过夹道的林荫，看到山坡上渐渐出现片片茶园。乘客们七嘴八舌地要求买茶，大客车于是停进一处小镇。就在停车场对面，一字排开，十数家店铺都挂着卖茶的招牌。在台北初尝冻顶乌龙绝妙滋味的乘客们，立刻兴冲冲散入各个茶铺。

此时，谁也找不着谁了。

我进的这处茶铺，右边是售货柜台，货架上摆放了各种茶叶；左边却像酒吧的吧台，台前一溜高脚凳，台上一溜小巧玲珑的细瓷茶杯。难道这是个“茶吧”？

售货小姐们着蓝花布上衣，系一面很好看的围腰，头上还挽着一张蓝花布巾，亲切地微笑着，向我介绍她们的茶，品种、特点、用途、价格，简明扼要，清清楚楚，使人听得非常舒服。

我说我想买上、中、下三等冻顶乌龙各一斤，请给斟酌斟酌，买哪样合适。

女孩子互相望望，那个身材最瘦小，但看来岁数稍大，或许是老板娘也说不定的售货小姐笑道：还是请你自己品一品茶再决定吧。她说着朝那边“茶吧”向我做了一个“请”的手势。

我疑疑惑惑地坐上高脚凳，一个面目清秀的女孩提着一铜壶开水快步走来，姿势优雅地在我面前依次放了六只细瓷小茶杯，用开水一一烫过；另一个女孩拿来了六个小泥壶，里面装了六个等级的冻顶乌龙；倒掉壶内第一遍清洁茶叶的水之后，冲水的女孩依次向泥壶注水，盖闷片刻，又依次把泥壶中的茶水慢慢注入茶杯，随着白色的云雾般的袅袅水汽从壶口杯口逸出，沁人心脾的独特茶香扑面而来，氤氲一片，香得人不能不深深吸气；待到茶水入口，更觉芳洌醉人……我一杯一杯地开始喝。其间，我没有说一句话，但我的赞赏表情大概无法掩饰，女孩们都会心地看着我笑。

后来我问，上等茶叶上等价格也算物有所值，可这中等和下等的香气口感好像没有多大差别，为什么价格差那么大呢？冲水的女孩对我说，中等的冲水六道以后还能保持茶香茶色，下等的最多只能维持三道，这是由茶叶质量和制茶功夫决定的，所以价格不同。

我慢慢地品着茶，沉浸在茶味的清醇里，沉浸在茶气的芳香里，也沉浸在卖茶女孩娓娓动听的话语声中，她正在细细告诉我冲泡出冻顶乌龙全部精华的重要步骤。

台湾女孩说普通话是非常好听的，和平日听到的歌星明星的港台腔完全是两码事儿，倒是与祖国大陆闽南姑娘说普通话相似，只是更流畅，更优美，也更温婉，女性味儿更浓。对，就是那种温婉。茶铺的这些女孩们用她们的装束、姿态、气质、语言，营造出一个温婉亲切的氛围，真使人如沐春风。

我忍不住说，要是在北京能买到冻顶乌龙该多好，省得跑这么远的路。说着，我心里一动，注意地看着她们的反应。

可这个山区茶铺的女孩子们，一点没有特殊表示，仅笑着说，你从大陆来的？大陆的乌龙茶也很好的，就是制作工艺粗了一些。她转而向我推荐她们店制作的茶叶筒，说保存好茶必须隔潮隔异味还要防漏气，以免损失茶的芳香。这些，她们的茶叶筒都能做到，是连续三年获了奖的。我顺她的指点抬头看，墙上果然并排挂了好几块一等奖牌，大多是地区农会组织颁发的。

一时间，我很感动，为她们的敬业，为她们的不卑不亢不俗。她们用温婉好听的话语，传递她们的自尊自信，表现她们的素养学识，那几乎可以称为好几分儒雅了，那是中华数千年文化的熏陶和养成……

结果，我心甘情愿地压缩其他开支，放弃购买别的礼物，在这处茶铺里买了五斤上、中、下等冻顶乌龙，外加两个茶叶筒。

茶铺女孩们按我的要求，把茶叶分装成半斤的小袋，尽力包封严密。我怕漏气，又要了一个大塑胶袋把小袋茶叶装好，却找不到扎口的绳带。一个女孩子说，用我这个吧，便从手腕上捋下一圈红带子解决了问题。我以为像所有梳辫子的女孩一样，习惯在胳膊上套几根皮筋以备不时之需，回来才发现，那是一根粗粗的相当精美的松紧带，用一颗美丽的象牙白色的珠子连接成了圆圈儿。接待我们的台湾朋友告诉我，那是女孩子们上庙里祈福许愿时专用的。我顿时感到歉意。她为谁祈福？许的什么愿？失去这件想必经过神前供奉的小饰物，会不会影响她的运数？……

一年后，我又一次去台湾，这回买茶是在南部的阿里山。这是真正的高山地区，盘山公路隔不多远就有海拔高度的标牌，茶园从山脚一直铺到山顶，上到千米以上时，隔着车窗都能感觉到寒气袭人。这里的茶该是不折不扣的冻顶乌龙了。

我们买茶的店铺正在刚过千米高度的路边，铺面不算小，可里里外外只有一个小伙子打理，是老板也是售货先生。他很热情，也很健谈，一面招呼我们去坐“茶吧”，一面还得管理身边一条雪白活泼的小狗。

虽然山上店少人稀，可这里的“茶吧”比去年那茶铺阔气多了，宽敞亮堂不说，“设备”档次也大不一样：精雕细刻着松鹤山石的巨大的茶海，非常精致高雅的茶具，就连茶杯也分成闻杯和饮杯，专用来闻香和饮茶。得知我们来自祖国大陆，小伙子高兴地说，他今年已经去过大陆两次了。这些茶具和茶海都是从福建买回来的，他的哥哥下个月还要去买，因为比台湾产的要物美价廉，大家都喜欢。连那只可爱的小京巴，也是从大陆带回来的呢……

当我们问起他的茶叶质量时，他连连打保票，指着店外左右两边，说那都是他的茶园，卖的都是今年茶园里的新茶；这里的茶园都装了储水罐储存山泉，除了供人饮用就都归茶树专用了；还新买了抽真空的包装机，你们买的茶叶就算放一年也能色香味不变的……

上山一路都看到有银白色的不锈钢制圆球矗立在茶丛间，我还以为是煤气罐呢。这样的水和空气，也就难怪冻顶乌龙的品质这么优秀了。

我们又都买了许多茶。看着小伙子操纵那个写字台大小的包装机，把我们的茶叶打整成装潢漂亮、整齐划一的真空包装茶袋，不需要茶叶筒，也不需要塑胶袋了。我立刻想起那些可爱的卖茶女孩。

仅仅一年，茶叶行又上了一个档次。她们那里也会有抽真空包装机和山泉水罐的。她们店里也会购进福建的茶海和闻香杯饮茶杯的。她们中间也会有人到祖国大陆来旅游购物吧。以她们的素质和智慧，她们不会落后。

如果那位为我扎封茶袋的女孩能来北京，如果能在王府井或西单的某个茶店里与她巧遇，该有多好！我一定把那只带珠子的手圈郑重还给她，真心诚意地向她致谢，并请她品一品、评一评北京的茉莉花茶、杭州的龙井和福建的铁观音，那样，我就能再一次静静地欣赏带着山区淳朴芳香的温婉好听的台湾普通话了……

（《同舟共进》，2006 年第 1 期）

壶口瀑布

梁 衡

梁衡（1946— ），山西霍州人。1968年毕业于中国人民大学档案系。著有《名山大川》《人杰鬼雄》等。

壶口在晋陕两省的边境上，我曾两次到过那里。

第一次是雨季，临出发时有人告诫："这个时节看壶口最危险，千万不要到河滩里去，赶巧上游下雨，一个洪峰下来，根本来不及上岸。"果然，车还在半山腰就听见涛声隐隐如雷，河谷里雾气弥漫，我们大着胆子下到滩里，那河就像一锅正沸着的水。壶口瀑布不是从高处落下，让人们仰视垂空的水幕，而是由平地向更低的沟里跌去，人们只能俯视被急急吸去的水流。其时，正适雨季，那沟已被灌得浪沫横溢，但上面的水还是一股劲地冲进去，冲进去……我在雾中想寻找想象中的飞瀑，但水浸沟岸，雾罩乱石，除了扑面而来的水汽，震耳欲聋的涛声，什么也看不见，什么也听不见，只有一个可怕的警觉：仿佛突然就要出现一个洪峰将我吞没。于是，只急慌慌地扫了几眼，我便匆匆逃离，到了岸上回望那团白烟，心还在不住地跳……

第二次我专选了个枯水季节。春寒刚过，山还未青，谷底显得异常开阔。我们从从容容地下到沟底，这时的黄河像是一张极大的石床，上面铺了一层软软的细沙，踏上去坚实而又松软。我一直走到河心，原来河心还有一条河，是突然凹下去的一条深沟，当地人叫“龙槽”，槽头入水处深不可测，这便是“壶口”。我倚在一块大石头上向上游看去，这龙槽顶着宽宽的河面，正好形成一个丁字。河水从五百米宽的河道上排排涌来，其势如千军万马，互相挤着、撞着，推推搡搡，前呼后拥，撞向石壁，排排黄浪霎时碎成堆堆白雪。山是清冷的灰，天是寂寂的蓝，宇宙间仿佛只有这水的存在。当河水正这般畅畅快快地驰骋着时，突然脚下出现一条四十多米宽的深沟，它们还来不及想一下，便一齐跌了进去，更涌、更挤、更急。沟底飞转着一个个漩涡，当地人说，曾有一头黑猪掉进去，再漂上来时，浑身的毛竟被拔得一根不剩。我听了不觉打了一个寒噤。

黄河在这里由宽而窄，由高到低，只见那平坦如席的大水像是被一个无形的大洞吸着，顿然拢成一束，向龙槽里隆隆冲去，先跌在石上，翻个身再跌下去，三跌、四跌，一川大水硬是这样被跌得粉碎，碎成点，碎成雾。从沟底升起一道彩虹，横跨龙槽，穿过雾霭，消失在远山青色的背景中。当然这么窄的壶口一时容不下这么多的水，于是洪流便向两边涌去，沿着龙槽的边沿轰然而下，平平的，大大的，浑厚庄重如一卷飞毯从空抖落。不，简直如一卷钢板出轧，的确有那种凝重，那种猛烈。尽管这样，壶口还是不能尽收这一川黄浪，于是又有一些各自夺路而走的，乘隙而进的，折返迂回的，它们在龙槽两边的滩壁上散开来，或钻石觅缝，汩汩如泉；或淌过石板，潺潺成溪；或被夹在石间，哀哀打漩。还有那顺壁挂下的，亮晶晶的如丝如缕……而这一切都隐在湿漉漉的水雾中，罩在七色彩虹中，像一曲交响乐，一幅写意画。我突然陷入沉思，眼前这个小小的壶口，怎么一下子集纳了海、河、瀑、泉、雾，所有水的形态，兼容了喜、怒、哀、怨、愁，人的各种感情。造物者难道是要在这壶口中浓缩一个世界吗？

看罢水，我再细观察脚下的石。这些如钢似铁的顽物竟被水凿得窟窟窍窍，如蜂窝杂陈，更有一些地方被旋出一个个光溜溜的大坑，而整个龙槽就是这样被水齐齐地切下去，切出一道深沟。人常以柔情比水，但至柔至和的水一旦被压迫竟会这样怒不可遏。原来这柔和之中只有宽厚绝无软弱，当她忍耐到一定程度时就会以力相较，奋力抗争。据《徐霞客游记》中所载，当年壶口的位置还在这下游一千五百米处。你看，日夜不止，这柔和的水硬将铁硬的石一寸寸地剁去。

黄河博大宽厚，柔中有刚；挟而不服，压而不弯；不平则呼，遇强则抗，死地必生，勇往直前。正像一个人，经了许多磨难便有了自己的个性；黄河在被两岸的山、地下的石逼得忽上忽下、忽左忽右时，也就铸成了自己伟大的性格。这伟大只在冲过壶口的一刹那才闪现出来被我们看见。

（《晋善晋美：文化名人眼中的山西名胜》，山西人民出版社，2012）

戏台

叶君远

叶君远（1947—　），北京人。1979年就读于中国人民大学中文系，后留校任教。著有《吴伟业评传》、《吴梅村年谱》（与冯其庸合著）等。

一

插队第二天，我们就被震住了。

谁也没想到，在这穷乡僻壤，一个几百户的村子居然有像模像样的戏台，而且有两座，一座在村边，一座在村中心。

我们插队的村子叫官庄，在山西定襄县滹沱河南，柳林山下。当时，我们正在队长的引导下参观大队领地，熟悉环境。发现了这两座式样古朴的戏台，一个个又惊奇又兴奋，忙问什么时候建的，队长慢悠悠地回答："嗬，那可有年头了，队上没人能说得上。"

村边的一座已经风剥雨蚀，毁坏得厉害，不久就倾塌了。队上几个身手矫健的后生，忙活了整整两天，才拆利索。石头、木料堆了一片，后来成了改建大队部的好材料。

村中心的一座尽管也够古老，但仍然完整和坚固，并且很有些气势。戏台坐北朝南，一米左右高的台基全用方方正正的青石砌成。台面不大，顶多二十几平米，可是前台、后台、上场门、下场门，一应俱全。前台和后台用一道磨砖对缝的墙壁隔开。台面两边的石础上矗立着两根脱尽漆色露出木纹的粗柱子，支撑着飞翘的屋檐。檐瓦缝间挺立着一蓬蓬枯草。台子两边没有遮拦，观众可以在戏台的三面观看表演。

与戏台相对的是公社供销社一溜儿七八间大瓦房。供销社与戏台之间是一个可容纳千余人的空场。

戏台的古老和规模让我们惊讶不已。不过，一两个月后，我们就发现，原来附近比较大的村子差不多都有类似的戏台。再后来听说忻定盆地有戏台的村子多得是。等十年之后，我成了中文系的大学生，更了解到，山西省留存的古戏台之多，在全国也首屈一指。晋南地区至今还完好地保存着 8 座元代戏台，它们少说也有 600 岁了，堪称今天一切戏台的老祖宗。另外，洪洞县还发现过一件戏曲史资料中的至宝，这就是闻名遐迩的明应王殿内题有“太行散乐忠都秀在此作场”字样的元代壁画。画上描绘着当时伶人演戏的情景，伶人脚下的戏台，无论结构、式样，都和今天农村的戏台相差无几。当然，这都是后话了。

插队半年后，大队为我们在戏台右边平行地建了一长排住房，从此，我们就成了戏台最近的邻居，寒来暑往，朝夕相伴。拂晓，它披一身清晖目送我们睡眼惺忪地出工；傍晚，它静静地蹲踞在暮色里迎候我们疲惫不堪地归来。闲时，老乡喜欢到我们这儿串门聊天，到供销社买东西，也常顺便来坐坐。总说我们这儿风水好，买东西方便，看戏也方便。我们说，是啊，要物质有物质，要精神有精神。

二

其实，那正是一个物质和精神非常贫乏的时代，戏台虽好，戏却难得一见。

从开春到秋收，是戏台最冷清的时候，偶尔放场电影，就成了十里八乡的节日了。我们大队为附近的部队无偿提供了几十亩地种葵花，作为回报，部队除了春忙时协助机耕外，再就是每隔几个月给老乡放场电影。

放电影的时间不固定，预先也得不到通知。后晌收工回来，见到戏台上扯起幕布，消息就像风一样迅速吹遍全村。晚饭刚熟，戏台前已是沸沸扬扬，一片孩子的喧嚷。随后来的是兴冲冲的年轻人，等到老人到来，有利地势早已没有插足之地。知青得地利之便，早早就在最佳位置摆下几排小板凳，然后从从容容吃饭，听到机器响，这才冲出院门，挤进人群。

电影片子翻来覆去就那么几部，老乡却似乎百看不厌，而且总爱点《沙家浜》。有一回，听说有罗马尼亚故事片《多瑙河之波》，这是当时获准放映的极少数外国片之一，虽是黑白片，但却好看。我们得知消息，比每次都早地坐到戏台前，盼到开演，一看，还是《沙家浜》，于是悻悻然离场。留下的空地一下子被人填补上，人们照旧看得津津然。

第二天问队干部："为什么老点《沙家浜》？真那么好看？""诶，好看，你看人家阿庆嫂，奶子长得多周正。"

三

秋收之后，戏台才开始热闹起来。

这时节，山上的野草已经枯萎，上山放牧好几个月的羊倌们赶着羊群回村了。因为戏台闲着，就让它"客串"，当了羊圈。

每天天一擦黑，戏台周围的空气就突然活跃起来。羊倌甩着响鞭，把羊聚拢来。狗摇着尾巴，跟在羊后面。戏台下，羊头攒动，一片聒耳的咩咩声。羊倌把羊一只一只抱到台上，等抱上最后一只，前后台已挤挤挨挨，白糊糊一片，爆满了。羊在戏台上，跳不下，跑不散，雨淋不着，羊倌尽可放心去睡觉。

第二天天蒙蒙亮，聒耳的咩咩声再度响起，常常惊扰我们的好梦。出工时，戏台上已经空空荡荡，只留下一地细碎的蹄子印和一地"黑枣"，柱子上、墙壁上还沾着一缕缕羊毛。

戏台做羊圈，可真叫善于物尽其用了。

四

到了冬天，戏台又常用作会场，凡全村大会都在这里开，有时公社大会也在这里举行，什么“农业学大寨经验交流会”“平整土地誓师会”“坏分子批判会”……每次大会，劳力到得很齐（开会算工分），只少老人和孩子。气氛郑重，但不热闹。

我们知青曾利用戏台来宣传毛主席最新指示。这既不是会（所以没工分），也算不上演出，尽管有舞蹈、合唱、二人转等等，但内容严肃，又没有服装道具，“素”说“素”唱“素”跳，招来的多是孩子，对台上指指点点，嘻嘻哈哈，气氛热闹，但不郑重。

既郑重又热闹的说来只有春节期间大队宣传队演出的晋北梆子移植革命样板戏了。

演戏可不易。为《沙家浜》的一折戏，宣传队排练了整整一冬天。排练是在每天晚上，没准点。冬天收工早，吃过晚饭，陆陆续续就来到村小学最大的一间教室。此时，早有人把炉火升着，油灯点着——那时，农村总停电，而且总在最需要照明的时间停。排练结束也没准点，兴阑人散时，全村都已入睡，静得了无声息。

越逼近春节，排练得就越勤，结束得就越晚。那是冬天最冷的时候，偌大教室，一支炉子根本抵挡不住从纸窗缝钻进的凛冽寒气。离炉火远的冻得直跺脚。琴师最受罪，总坐着，活动不得，拉一会儿，手指就僵直得按不准弦，只好烤烤火再拉。尽管如此，演员热情却丝毫不减，唱念做打，益发卖力。戏迷们热情更高，每晚，必有百十来人挤在教室四边或门口，兴味盎然地看着、听着、咂摸着、品评着自己朝夕相处的演员的一招一式、一腔一调。晋北梆子的腔调高亢、刚健，同时又很婉转，拖腔很长，多用“嗨”字作为衬字，有时一口气“嗨嗨”几十声，故俗称“嗨嗨腔”。每到长拖腔，戏迷们往往情不自禁一齐“嗨嗨”起来。演员便更兴奋，“嗨嗨”得格外响亮。

知青也常去凑热闹，我们发现，宣传队确实集中了全村的文艺天才，个个称得上“人精儿”。不管是刁德一的扮演者周太生，这位家在太原却一心要跟着奶奶在农村过日子的军人后代，还是琴师侯月亮，这位曾在外闯荡了大半辈子，如今背已微驼的老汉；也不管是扮相俊美、引惹得众多后生“寤寐思服”的女主角周改存，还是一半为了演戏一半为了乘机和相好（方言，情人之意）多在一起的管仲贤：每个人都很有个性，每个人都有一段故事。

不过，最有意思的却是宣传队的两位“编外人员”。

一位叫郑仁亭，兄弟中排行老二，故人称“二仁亭”。他爱唱戏，平时总哼哼某出老戏中的一段唱，可老跑调，一只眼又是斜视，上不得台。谁也没招呼，便自动当了宣传队的后勤，每天生火，点灯，打扫，比谁都来得早，走得晚。完了事，就坐在一边入迷地听演员唱，随着每一句的节拍，头不停地点。

另一位叫杨补根，大队电工，也每晚必到。但他的兴趣主要不在戏上，而在“张罗”上。宣传队一应杂事，从道具到洗脸盆，从灯油到松香，全靠他张罗。人越多，他越活跃，特别是年轻妇女越多，他越要显出气度不凡，大有别管大事小事，“舍我其谁”的气概。老乡曾编了段顺口溜专道他好揽事：

打球吹哨子，摔跤打场子，开会喊号子，过节发套子（避孕套）。

不过，平心而论，宣传队也少不了这号热心人。

经过一冬排练，到正式上演时，村里许多人对每个角色的唱腔、做派其实已经是“耳熟能详”“眼熟能详”了，但兴致却依然勃勃。那一天，戏场上的人比每次大会都多，男男女女、老老少少，连大队干部、公社干部也全在。天冷，坐不住，就站着瞧。

看熟人演戏别是一番情趣。平时一起“受”（方言，包含有干活、受累、吃苦等多层含义）的人化了妆，在台上变成了“英雄”或“坏蛋”，表情、动作既熟悉又有点陌生。每当一位演员亮相，台下就一阵叽叽喳喳：“看，是太生哥。”“银娥的扮相不赖。”“嘀，瞧养田这小子。”观众对演员特宽容，即使是走乱步子，掉了道具，也不哄场。每一声拖腔，都激起一片喝彩，真诚而热烈，决不掺杂一丝一毫的虚情假意。

自始至终，观众看得如醉如痴。尽管演技、布景、道具统统业余，但这毕竟是戏，毕竟是晋北梆子！

一年只有这么一次，戏台算是名副其实，真的做了一回“戏”台。

五

我们插队的第三个年头，戏台终于大显身手，红火了整整三天。

这一年风调雨顺，庄稼长得格外好。到挂锄时，没有经验的人也能看出，只要不发生大的意外，大丰收已经是板上钉钉了。大队决定，请县剧团来村里演出三天。

大队做出这个决定，除了因为丰收在望，心里有了底，还因为听说邻村请剧团演戏，卖外村人票，赚了钱。

这些消息都是从“二仁亭”那里得知的。这位汉子兴奋得好像喝得微醺，离演出还有半个月，就开始沉不住气，干活时，不住地哼唱那段老戏的唱，看见什么都笑。

“我看不值当那么高兴。”一位老汉沉思着说，“唱大戏就要来亲戚，来亲戚就得吃饭，还不能简慢了。你拿什么待客？”

“二仁亭”说：“我还有一大缸茭子（高粱）哪。”

我们也逗他："光想看戏，你不要工分了？"谁都知道他家情况：两个孩子，大的 4 岁，小的 1 岁，他女人全香被家务拴住，下不了地。全家重担压在他一人身上。为看戏，误 3 天工，非同小可。

他憨笑着说："咱早想好了。给演员烧水，送水，不误戏，又不误挣分。"

"算了吧，那么美的差事给你？"

"咱和天祥（大队长）是好朋友，一说准行。"之后几天，他一直缠着天祥，还托人为他说项。听说他果然如愿以偿了。

演出的日子一天天临近，戏台一天一个样。先是有人用木桩、木板把戏台接宽，用土把戏场垫平；接着是通往戏场的各个路口用土疙瘩垒起了围墙，各只留下一个小门，好收票；再后来是戏台顶上悬起了几盏大汽灯，戏台右后侧竖起了一座小茶炉。随着戏台的变化，一种盛大节日到来之前的躁动不安传染给每一个人，孩子、大人、社员、干部，个个一团喜气。我们知青也被感染，越来越激动、兴奋，心里只装着这件事，别的什么也干不下去。

"鬼节"（农历七月十五）之后的第一天是接剧团的日子。早晨。戏场上很平静，人们照常出工。约莫 10 点钟，我们正在地里干活，突然发现通往官庄的大道上一下子热闹起来，男人、女人，步行的、骑车的，花花绿绿，熙熙攘攘，络绎不绝地向村子流去。往常寂静的土路上滚动着欢声笑语，这是外村的老乡串亲戚和看戏来了。

本村的两位老太太各背着一小捆草，蹒跚地走过，招呼我们："回吧，今天唱戏，早点回吧。"顿时一片欢呼，我们也加入了这急匆匆的人流。到家时，看见戏场上堆放了大大小小的许多箱子，四周围着大大小小的许多孩子，噢，是剧团到了。

第一天的戏安排在晚上，不知什么时候，戏场中间竖起了两排矮木桩，木桩上连着绳子，中间当通道。戏台上悬挂起两道幕布。离平常吃饭的时间还早，戏场里已经坐满了人，嗡嗡的一片嘈杂声。

天色暗下来，汽灯亮起，明晃晃的。幕布后传出乐队调弦试音的声响，观众席一阵骚动。场内已是满满登登，门口的人还在往里涌。前边的坐在土坯上、矮凳上，最后头的一排排站在板凳上、自行车后架上、扇车（一种簸扬谷物的工具）上和供销社的窗台上。演员们在台侧人稀处化妆，活动筋骨。阴影处有人小便。

茶炉已经烧起，火亮一闪一闪，煤烟一团团喷涌而出，弥漫开去。

随着一阵震天动地的锣鼓声，幕布开了，展现出一片绚丽、炫目的光彩。

我们知青都上了房，虽然角度偏了点，但居高临下，看得全，又不挤，可谓得天独厚。

那天看的什么戏，现在已经全然想不起了。反正不外是那几出“样板”。可是，那种几年才得一遇的盛会中老乡们所表露出的对晋北梆子近乎狂热的沉醉，那种与长期沉重、单调的生活形成巨大反差的热烈如火的场面，却刀刻斧凿般印在脑海里了，永远也不会忘怀。

那天晚上戏快结束时，猛然想起“二仁亭”，望望茶炉处，烧火的好像不是他。忙问怎么回事，知情的人告诉我，他没在村里。原来他女人全香的娘家（外村人）粮食不够吃，青黄不接的时候断了顿，全香偷偷把茭子接济了娘家。怕“二仁亭”知道生气（因为自家也紧巴巴的），她把一口小缸倒扣在大缸里，上面覆盖了一层茭子，表面看满满的，实际上快空了。前两天，“二仁亭”想去磨面，以备待客，这才露了馅儿。亲戚来了，总不能让客人啃紫红紫红的茭子碗（带皮的高粱面窝窝）吧？这位好脸面的汉子一气之下，躲了。

后来几天的戏更加火爆，我虽然场场不落，但只要一想起“二仁亭”，兴奋劲儿就消失了，心里酸酸的，不是味儿。

（《中华散文》，1994 年第 6 期）

“邻居”

杨立新

杨立新（1952— ），山东蓬莱人。1989年毕业于中国人民大学法学院高级法官班，2001年起任教于中国人民大学法学院。著有《侵权法论》《连体人的法律人格及其权利冲突协调》等。

一

从最高人民检察院调出来，到中国人民大学法学院落了户，没有了“家”的感觉。

我从18岁的时候离开家，到农村集体户插队落户，一直到最高人民检察院工作，其间调来调去，经历了几个不同的单位。不管到了哪里，总是以单位为家。当然不是没有自己真正的家，但是单位这个“家”总是有特殊的意义。想一想，几年十几年的时间里，那么多人生活在一起，在一起工作，在一起生活，年长的同事、领导，像长辈，年龄差不多的像兄弟、像亲人，后来，单位中有了比自己年轻很多的同事，他们又像是自己的晚辈。亲亲热热十几人、几十人甚至百多人生活、工作在一起，真是一个大家庭。生活在其中，温暖、和谐，大家相互关心，相互照顾，感情寄托在这个家中，安安稳稳的，在“家”里工作，心情舒畅；出差在外工作，对“家”里的人和事牵肠挂肚。在外地，几个

"家"里的人遇到一起，一说起"家"里的事，就是喋喋不休，没完没了。这真是每一个有"家"的人的幸福。

18 岁的时候，我从中学毕业了，十几个人一起到了农村，在冰天雪地中，在"贫下中农"的帮助下，建设了自己的一个"知识青年"的家。刚开始的时候，是住在社员的家中，男生两间屋子，女生一间屋子，对面炕上住的都是农民，那就是热热闹闹的一个大"家"。生活艰苦，劳动强度大，可是我们都坚持下来了，一个温暖的家就是集体户，给了大家一个安定的中心。我们养鸡、养猪、种菜、打柴，创造了自己的生活。后来，我走了，到部队当兵了，集体户杀了自己的猪，分了肉，剩下的头蹄下水，加上粉条子，炖上一大锅"东北杀猪菜"，宴请了关心我们的社员，我也吃了离"家"饭，告别自己的知识青年兄弟姐妹，走上了风雨的征程。

23 岁的时候，我进了法院的大门，开始了法官的生活。其实刚开始的时候，我很怀疑怎么就走进了法院，当上了法官！因为那不是我追求的生活，因为怕的就是法院的无情和冷酷。可是一点也不！在法院的这个大家庭中，二十几个人的中级法院就像一个家。一走进法院，无数的人关心着你。每一个人都在关心着这个集体，关心着这个家，因此这个家真是一个和睦融洽的大家庭。那时候，生活极为困难，缺吃少喝，文化生活更为单调。可是在我们那个中级法院，每一个人都在努力关心别人，关心整个家。一个办案组出差，弄到了二十几斤肉，冰天雪地里背回机关，一刀一刀地砍开，一斤分成一块，每个人分一斤，回家包一顿饺子，让每一个自己的小家都开开心心地吃上一顿。二十多个干部有时候机关就发十几张电影票，在家的同事把电影票送到出差的同事的家里，让他们的家属看上一场电影，自己甘愿事后听别人介绍电影故事情节。那时候，每一年都要买煤，一家买上四吨煤，一年就够了。机关派人到矿务局联系好，用火车运回来，然后一汽车、一汽车地运到各个人的家里。运煤的那几天，就是大家最快乐的日子，大家都放下工作，院长、庭长、审判员和书记员，都一齐上阵，共同操持，解决一个个小家庭的燃料问题，使大家一年没有后顾之忧，同时大家在一起共同劳动，共同吃喝，晚上累得快要趴下了，但是一顿啤酒灌下去，尽管脸上还是煤灰，皱纹里甚至还可能藏着煤渣，可是快乐就在大家的脸上跳跃。快乐之中，活脱脱一个欢欢乐乐的大家庭。生活在这样的大家庭中，真是其乐也融融。

42 岁的时候，我调到了最高检察院的民事行政检察厅。在这里一共待了 7 年，20 个阶级弟兄（还有姐妹）建立了深厚的感情。弟兄们工作在一起，可以干得昏天黑地，不分昼夜。喝酒的时候，可以喝得痛哭流涕，不分长幼。在这样的家里工作生活，再累不觉累，再苦也心甘。

可是，到了快要 50 岁的时候，却……

二

哈哈！ 50 岁了，工作干了 30 多年了，倒把“家”给搞丢了！我经常这样自己嘲笑自己。

到了上班的时候，准备好了要出门了，突然想到，没有这个“家”了，单位不是你的“家”了，也就不要去了。

下课了，还有一点时间，到办公室坐坐，跟同事聊聊天？可是到哪里去坐，跟谁去聊呢？

倒真是就得回家了，回自己的家，跟自己聊……

我曾经想找一家律师事务所，做一个律师，把那里当作家，有一点寄托，有一份心可操。那些朋友听说，也都十分欢迎。可是，那是要花很多的精力和时间的，如果没有时间进行研究工作，那干吗要到学校呢？

我也到了澳门，在澳门大学给研究生讲课。讲课的时候感觉是不错，可是讲完了课，到了自己一个人的时候，空空荡荡的一个大房间，一个人冷冷清清，真是难耐的寂寞。

没有“家”的感觉，真是难耐得很！

三

过了2002年国庆节，我到了香港，在城市大学住下来，因为那里有人民大学法学院自己招的研究生，为他们讲课。

香港城市大学安排了两套房子，在马会堂，两个人一间。

一到城市大学，就给李元起副教授打了电话，李元起跑到楼下接我。我们两个人一间房子，朱景文教授住在另外的一间。当天晚上，李元起竟设起宴来，和朱景文一起欢迎我。我真的很受感动。到了学校，这是我第一次真正的和同事相聚。吃完了饭，我们又一起出门，在学校里的山边小径徜徉、散步。从第二天开始，我和李元起开始了共同的“家庭”生活，一起买菜，一起开伙。我们约定，做饭的不洗碗，洗碗的不做饭。十几天下来，生活得俨然是一家人了。

李元起要走了，我为他送了行，接着朱景文也走了，有几天就是我一个人住在那里。想一想，还是真的盼望同事快点来。

高铭暄教授来了，张曙光教授来了，我的室友韩大元教授也来了。两个房子四个人，分为两家，你来我往，热情高涨，真就成了香港邻居。当时家弘也在城市大学，不过家弘是作为访问学者，是远亲，不是近邻，在一起的时间不多。

要有邻居的感觉，首先还得要有“家”的感觉。正是在香港的生活，才让我真正地找到了“家”的感觉。刚才说的与李元起的那一段，说的是有了一点的感觉。那是共同生活的感觉。后来感觉的，是“家”的亲情。

那一天，我们四个人一起到城市大学王贵国教授家里做客。席间曾经谈到了“法学与烙饼”的关系。说的是，贵国的厨师为我们烙了葱花大饼，吃得我们一定要打包带回去吃。说着，说着，就说到了法学与烙饼的关系上了。不过这个话题我们分工给了张曙光写，不知道他写没写。因此，我不能说这一段了。

在回家的路上，我的肠炎突然发作，在地铁里边突然就感觉不行了。我跟大元说，你们先回去吧，我必须出去找地方解决。大元一听，就急了，说不行，一定要帮我一起找地方。这时候，正好到了一站，高老师、曙光一起坚决下车，等待我解决问题后一起走。我一阵感动！但是，由不得我在那里感动，只能狼狈不堪地四窜，寻找那个急需的地方。大元在前边跑着找，可是就是找不到。最后问了地铁员工，说这个站里根本没有这个位置，大元就拉着我，冲出了地铁站。我躬着腰，跟在后边，大元急步跑着，为我寻找，终于找到了一间已经打烊了的饭店，说好了，就向我招手。我冲过去，不由分说，终于轻松了。不过，那时已经有了一点要虚脱的感觉了。回到地铁站的时候，我看到了花白头发的高老师，跟曙光一起站在那里，关切地等着我。看到我平安回来，都舒了一口气。

可是，就在这个时候，在我的心里生生地找回了家的感觉和亲人的亲情！长者的关怀，兄弟的亲情，这不都是家的感觉吗？

曙光说了一句，引得大家哈哈大笑。他说，看来不光要写“法学和烙饼”的关系，还要写“法学与出恭”的关系啦！大家都笑着说，这个关系可就大了去了，谁也离不开呀！

谁说没有“家”了呢？这不就是自己的“家”，自己的亲人吗？就好像突然之间，我就回到了自己的家了。

四

现在的这四个人，我是最早来的，所以最早结束了自己的教学任务，我要先回去了。我自己准备着，没有表现出张罗着要走的样子。

可是大元已经在准备了，他去买了很多菜，准备要为我饯行。我不敢拒绝。

可是我们的香港邻居也在准备。我很不安。因为要高老师那样大的年龄还为我的走而张罗，真是不妥。

可是，高老师就是在准备。他和曙光一起去了“又一城”超市，买了两条大鱼，还有很多的菜。

大元在我们家做菜的时候，隔壁邻居高老师和曙光也在做菜，打开门，就听见了刺啦刺啦的炒菜声。我忍不住，走过去，曙光照着菜谱做完了滑熘里脊，高老师就扎起了围裙，开始在煤气灶上做鱼。其他的菜，是曙光做的，但是这两条鱼，高老师一定要自己来烧。我望着满头白发的高老师，看着他一手炒锅、一手铲子，鱼的香味丝丝不绝地进入自己的鼻腔，冲击着嗅觉，心中不禁一阵一阵地感动——那不就是自己的长辈，在为自己的孩子送行吗？！

高老师端着热气腾腾的两个鱼盘子过来了，高高兴兴地说，邻居要走了，给邻居送行了！

两家人，两家香港的邻居，坐在一起，欢欢乐乐地吃着饭，叙说着别情离意。我说，我要为家弘的杂志写一篇文章，就是《香港邻居》。高老师说，写吧写吧，把咱们的邻居感情都写出来。

我心想，我是要写，写的是香港邻居，其实真的要写的，是我找到了家的感觉。家弘说，法学家何以称为“家”？就是因为这些人（应该）以法为家，知法如家，爱法似家，奉法若家。这话说得对。我找了这么长时间的家，香港邻居才真正让我找到了我心里的“家”。

（节选自《法学家茶座》，2003年第3期，收入本书时有改动）

鱼藻轩

高德步

高德步（1955— ），辽宁辽阳人。1987年起任教于中国人民大学经济系。著有《经济协调论》、《世界经济通史》（上中下卷）、《西方世界的衰落》等。

文化和文明、传统和现代都在眼前交会了。然而我知道，真正的文化重建还有待时日，剧烈的文明冲突正未有穷期。

经常去颐和园游览，但一直没有注意到鱼藻轩这个地方。其实它就在万寿山前面不远处，长廊的西段，秋水亭和清遥亭之间。在这里可以环视昆明湖的美景，特别是远眺玉泉山和山顶的宝塔。这里总是游人如织，常常有一些旅游团队穿梭而过。但脚步匆匆的人们很少留意这个鱼藻轩，更没有听到哪个导游介绍鱼藻轩以及王国维的故事。今年仲秋，我来到鱼藻轩，来凭吊这位国学大师，并做一次怀古之幽思。

昨夜西风，秋雨洗过，碧树依旧。颐和园还和往日一样人流如织，经过鱼藻轩的游客仍和往日一样脚步匆匆。他们经过这里，探头看一眼湖水，再快速地瞭一眼湖面，然后回过头瞟一眼匾额，口中念着“鱼、藻、轩”，一转身便匆匆离去，去追赶那如织的人流，还是那么脚步匆匆。只有我在这里，或伫立，或流连，或眺望对面的南湖岛、右侧的西堤和远处的玉泉山，不时躲避一下拥来挤去的游人，久久不能舍去。

鱼藻轩这个轩名颇有文化，源于《诗经·鱼藻》："鱼在在藻，有颁其首。王在在镐，岂乐饮酒。"《大戴礼记》所引的《逸诗》也有"鱼在在藻，厥志在饵，鲜民之生矣，不如死之久矣"。为此轩题名的不知为何人，似乎从一开始就有所暗示：在若干年以后会有一个著名文人，在这里用生命创就了一个流芳百年的故事。反观王国维，他选在这里自沉也绝非偶然，一定是蓄思良久，寓意深远。1927 年阴历五月初三，这位忧国忧民、忧君忧父的国学大师来到鱼藻轩，拖着一条长辫，毅然决然地投入昆明湖，留下的遗言是："五十之年，只欠一死。经此世变，义无再辱。"

这些年来，人们对于王国维的死因争论很多，但不过是殉清说和殉道说两类。殉道也就是为传统文化而殉。在我看来，清是不值得殉的，为传统文化而殉倒是很有道理。事实上，当时的封建王朝已至寿终正寝之时，反清的革命志士很多，而真正殉清的烈士却如凤毛麟角，少之又少。况且，那些王公大臣尚不殉清，王国维殉之何理？的确，王国维对即将到来的革命心怀恐惧。但他绝不是怕个体生命消失的那一刻，而是不忍看到传统文化灭亡的那一天。而现在看来，在王国维的时代，传统文化尽管遭到冲击，元气大伤，但还远没有到消亡的地步，而后来的冲击更大，并且一次比一次更猛烈、更彻底。不知王国维会不会想到，在他身后，作为"封建余孽"的传统文化，就如"落水狗"一般被痛打来痛打去，连少数人的"费厄泼赖"都不能被容忍。可见，王国维真的算是幸运，否则还不知要投多少次湖，中国的那些文化湖泊，恐怕早就被他投遍而无湖可投了。

我在这里伫立良久。秋阳很燥，秋阳下的炙烤令人难以忍受，我不得不从湖岸退回到鱼藻轩内，倚在角落的阴凉处，也试图躲一躲拥来挤去的人群。他们仍脚步匆匆，还是探头看一眼湖水，抬头瞭一眼湖面，回头念一句"鱼、藻、轩"，然后就转身离去。很少有人驻足，更没有人提起王国维。在我看来，王国维选择鱼藻轩自沉于水，实际上是得到了理想的归宿。中国传统文人秉持水德，对水有一种特殊情结。孔子亟称于水，每见大水必观焉，并感叹曰："逝者如斯夫，不舍昼夜。"而当他终于明白"克己复礼"无望的时候，也曾思考过自己的归宿，他说："道不行，乘桴浮于海。"那个屈原更是恋水。在他被放逐于蛮荒之地时，幸有汨罗之水与之相伴，并有渔翁可以唱和："沧浪之水清兮，可以濯吾缨；沧浪之水浊兮，可以濯吾足。"但他无论如何也摆脱不了心中之愤懑，"宁赴湘流，葬于江鱼之腹中。安能以皓皓之白，而蒙世俗之尘埃乎！"最终他还是决定投身于水。而在两千多年后，王国维在经历了传统沦落、文化颓败的历史变故后，毅然决然地投入昆明湖。

在我看来，这既是中国传统文人的悲哀，也是中国传统文人的壮举；既是中国传统文人的壮举，也是中国传统文人的悲哀。他们生不逢时，却受命不迁，深固难徙，明知道不可行，却苏世独立，矢志不渝。这是他们的壮举。而在他们身陷逆境甚至绝望的时候，仍不愿随波逐流，同流合污。正如屈原所唱："愿自沉於江流兮，绝横流而径逝。宁为江海之泥涂兮，安能久见此浊世？"所以，自沉于水，就不能不是他们的必然归宿了。这正是他们的悲哀。到如今，改革开放，经济发展，但西方浩荡，将传统余烬吹得精光。国人们吃饱了肚子，但心却空荡荡的了。现代人有钱没文化，有知识没文化，留下个把清高的文人，却是"一片芳心千万绪，人间没个安排处"，纠结得难解难分，抑郁得要死要活。这不更令人悲哀吗？

我在这里伫立良久。眺望着西堤和西堤那面那个树木蓊森的小岛，更远处还有玉泉山和山顶的宝塔。尽管已是仲秋，颐和园仍然是绿树依依，这一度令我忘却了季节。此时，秋阳逐渐西下，湖面不时地掠过来阵阵清风。我在湖岸流连，沐浴在金色的夕阳之中，整个湖面也已金波粼粼了。回头再看鱼藻轩，它也沐浴在金色的夕阳之中，更显得金碧辉煌。我想，王国维自沉的年代，鱼藻轩一定很破败，而在王国维死后必然越来越破败。记得上世纪七八十年代颐和园也仍然不够景气，那时我还曾参加过昆明湖的清淤劳动。近些年来，随着国家经济发展，颐和园经过了很好的修缮，不仅昆明湖越来越美，鱼藻轩也焕然一新。但时代已变，物是人非。湖还是那个湖，但水已经不是那个水了；轩还是那个轩，但人已不是那些人了。在鱼藻轩前，一拨又一拨的游人，还是探头看一眼湖水，抬头瞭一眼湖面，然后回过头来瞟一眼厅子上的匾额，念一句"哦，鱼、藻、轩"，便匆匆过去了。很少有人在这里驻足，即使有几个驻足的人，又有谁知道当年那个为传统文化而殉身的人呢?

这些年来，随着中国传统文化的逐渐消解，传统文人一个一个地减少。而仅存的几位却要眼看着传统文化如夏日冰山一样日渐消融直至荡然无存。2009年7月11日，两位国学大师任继愈和季羡林相约而去。这绝非巧合，似乎标志着中国文化史上的一个转折。事实上，这个转折已经悄悄来临了。2005年，中国人民大学创建了国学院。此后，一些著名大学也都设立了国学研究机构。不仅如此，国家还投巨资在世界各地创办孔子学院。国学在几乎绝迹的时候又迎来了重建，就如凤凰之涅槃。回想起来，在上世纪初，人们对传统文化失望有加，甚至痛恨有加，以至于有人提出"汉字不亡，中国必亡"的观点；上世纪八十年代，人们批判"黄色文明"，仰慕"蓝色文明"，以至于有人提出中国必经三百年殖民地才有指望……然而，沉舟侧畔，千帆竞渡，病树前头，万木逢春。如今的中国已经成为世界第二大经济体，中华民族的崛起更是无须置疑，中华文化的复兴也在必然之中。我们迎来了文化重建的时代。在这个重建时代，国学也不可能还是王国维为之殉身的那个"遗老国学"，而必然是崭新的"青年国学"。我们不仅无须投湖自沉，相反，还要将观堂先生从湖中唤起，和我们一起投入这个重建时代！

我在这里伫立良久。脚步匆匆的游人似乎稀少了许多。我转身登上鱼藻轩后面的楼台，登临送目，眺望整个昆明湖和周围的景色：亭台楼阁，游船画舫，不仅有西堤和西堤那边的小岛，还有远处的玉泉山和山顶的宝塔。再往远处，还可以遥望北京城鳞次栉比的千万广厦，而中关村高科技园区似乎只有一箭之遥。文化和文明、传统和现代都在眼前交会了。然而我知道，真正的文化重建还有待时日，剧烈的文明冲突正未有穷期。而作为一个学者，独上高楼，望天涯路远，得闭心自慎，去漫漫求索，任凭衣带渐宽，终须无怨无悔，虽身居闹市，却要内心平静，淡如秋水。

暮色渐临。就在我的唏嘘之中，人群的嘈杂声和导游的吆喝声逐渐歇息了，喧嚣的白昼席卷而去，清凉的傍晚悄然而至，整个园子都沉静下来了。我想，再过几个小时，昆明湖又会迎来新的一天。但鱼藻轩呢，它将迎来什么样的人们，还尽是那些脚步匆匆的游客吗？

（《中国人民大学校报》）

棋逢对手，人生一乐

管士光

管士光（1956— ），山东梁山人。1985年毕业于中国人民大学中文系。著有《李白新论》《唐人大有胡气》等。

下棋除了需要一副棋子、一个棋盘以外，更为重要的是什么呢？那就是要有一个好对手，所谓“棋逢对手，将遇良才”是也。我学棋时间不长，但“群众”反映进步还挺快，究其原因，是因为我有一个好对手。说起来，我的学棋还是这位对手逼出来的呢！

本来我对围棋并无兴趣，只是同办公室有几位同事常常在午饭后弈上一局，闲来无聊且无法休息，便站在边上指指点点，俨然一个九段，因为到底没有修炼成“观棋不语”的君子，便难免总是招来对局者的白眼，好在咱“大肚能容天下不平之事”，不同他们一般见识，倒也落个相安无事。

有一回，这位后来成了我的老对手的刘先生正与别人鏖战，明明是一块死棋，我却给对方大出主意，为他想了九十九种方案，刘先生颇为蔑视地一笑：“得了吧！就你，死活都不知道，还支什么招？不信，我让你九个子！”“九子就九子！”到底年轻气盛，当时就摆上九个子，正可作成语“星罗棋布”的形象图解。结果不言而喻，我这个连死活尚且不知道的人，不输难道还能赢？输是输了，但刘先生那语气、神态里夹杂着的轻视，却使我的自尊受到了不大不小的刺激，当天的日记上只写了一行字：“今日开始学围棋，三个月内打败对手！”

从第二天开始，我白天上班，晚上打棋谱、看《围棋天地》和《围棋》等刊物。随着时间的流逝，我对围棋的了解越来越多，一般的死活自然明白了，就是一些简单的“腾挪”手筋，也略知一二。那些高手的对局，我固然一知半解，但在对高手着法的死记硬背中，我也获得了许多基本知识。为了鼓励自己，我把“熟读唐诗三百首，不会吟诗也会吟”篡改为“熟打名局三百盘，不会下棋也会下”，以此作为我学棋的座右铭。经过一段时间的“修炼”，我心里觉得有了一点底，便趁一次午休无人与刘先生叫板的机会，主动提出愿做“陪练”，无奈刘先生一副爱搭不理的样子，实在令人生气。可是“小不忍则乱大谋”，此时不忍，怎么能实现日记中定下的“大计划”呢？所以，我仍赔着笑脸且主动铺上棋盘、摆上九个黑子。也许是为我的诚恳所动，也许是出于“聊胜于无”的现实主义的考虑，刘先生懒懒地投下了一个白子。结果令我激动不已，我竟赢了！这太出人意料了，刘先生口里念叨着“意外事故！意外事故！”不肯罢休，我也乐得再来一盘，结果仍是一样。虽然刘先生仍旧归咎于意外事故，但他心里肯定对我已另眼相看。因为时间关系，我们没有摆第三盘，如果再下一盘，我也一定会赢，毕竟是让九子呀！何况刘先生也只是半瓶醋而已。从那天开始，我打一仗进一步，被让的子逐渐由九子降到两子，同事们见状，故意当着刘先生的面夸我进步神速，唯有刘先生口气还是很硬：“哼，还不是一个臭棋！”但“历史的潮流是不可阻挡的”，一个月后，我已能与刘先生平下了，且屡有“意外事故”发生，这颇令刘先生难堪且难受。

一天，刘先生出版了一部书，我们几个同事决定让他破费一次，他自然没有推脱的道理。晚饭后，刘先生留我下棋，我自然也没有推脱的道理。时间在棋子与棋盘的敲击声中悄然流去，猛然听到窗外有辚辚车声，杂着人早起时常有的咳嗽声，我急忙看表，已经六点了！我拿起那一纸记录做了认真的统计：我们一个通宵总共下了 27 盘棋，我赢了 14 盘。把正叹气的刘先生留在那里继续叹气，我飘飘然地回家睡觉去了。周一上班，刘先生一见我便说："哎呀，你多赢的那一盘，只赢了四分之一子，我到底年纪大了，体力不行了！"我故意调侃道："对对对，的确是体力不行了，但那与我无关。我只问你老人家，赢四分之一子算不算赢？"刘先生笑着打我一拳，其他同事都哈哈大笑起来。也就是在那一天，我郑重宣布：我的计划提前三天实现了，刘先生已经败在了我的手下。这当然只是单方面的意见，刘先生自然是不予承认的，他只是重复着一句话："你小子太狂了，看来还得好好教训教训你！"可是不管怎样，从那天开始，我们成了势均力敌的对手，常常不是我找他，而是他找我，有时上班来早了，刘先生还主动叫我与他下一盘，还美其名曰"早到棋"。他如此热心，我倒可以时不时地摆摆谱、拿拿架子，那滋味自然比求人下棋舒服多了。

刘先生下棋太快，常有大漏招，且自称崇尚经验主义，反对教条主义，所以从来不看棋书，因而进步很慢。好在他的公子棋下得极好，常在晚上教他一两招，第二天他一见我便会说："我又学了一招，今天要来收拾你！"可惜围棋并不能"一招鲜，吃遍天"，所以他学的新招数总是不灵。渐渐地，刘先生输得多赢得少了，这就更刺激了他下棋的积极性，也激发了我要阻止他轮番进攻的决心。这一来，我们对棋简直入了迷，早上有"早到棋"，上午十点有"工间棋"，午饭时有"伴饭棋"，下午下班后还要来一盘"告别棋"。有时二人"恋恋不舍"，"告别棋"一直要下到八九点钟，下到十点的时候也不少见，有几次还是在值班人员的一再催促下，二人才依依惜别，互不服气地消失在夜幕之中。

光阴似箭，一晃两个月过去了。这一天我忽然有所觉悟，心情不知为什么感到很沉重，是呀，这段时间除了下棋我又做了多少工作呢？这样下去可不行！一见刘先生，我便郑重其事地说："你现在可说是功成名就，我是后生小子，可不能跟你比，这样下去可不得了！”“你的意思呢？”我咬咬牙，说：“戒棋！”本以为刘先生会摇头反对，可是却出乎我的意料，他不仅表示同意，而且还补充了一句：“就从今天开始！”可见，他也深感“滥下”之不可取。为了确保这个决定的实现，我们还写了一张“保证书”，文字极简单，但却十分果断：“三个月内，如在办公室下棋，二人不如鸡犬！”我们都在“保证书”上签了名，然后便把棋盘棋子收了起来。到底都是“大丈夫”，自然有“君子一言，驷马难追”的气概，我们还真戒了十几天。但是，棋瘾犹如烟瘾，硬戒是难以持久的，记得有一天，马晓春和林海峰争夺中日名人桂冠，我们在办公室里难免谈起围棋，谈着谈着，二人先在嘴头上交了锋，自然是互不服气，继而摆开棋盘指指点点，二人当然各有“高见”，岂能赞同别人的“一知半解”？刘先生最后忍无可忍，终于站了起来：“还是来一盘吧，我要用事实来说明问题！”我自然是求之不得，于是办公室又起烽烟，一时杀得昏天黑地，半天时间就这样交代了。其间自然有人讽刺我们“不如鸡犬”，我们只得故作呆然不解状。最后算总账很有意思，一共下了六盘，我们各赢了三盘，虽然各不服气，却也只能握手言和。棋戒一开，真是不得了，大有变本加厉的趋势，有时一天竟能下十几盘棋，至于中午饭，简直多余！下棋的时候自然快意，可是“鏖战”结束，心中又升起一种惆怅，简单说来，有一种“堵”的感觉，极不舒服。是呵，这实在是生命的浪费！

看来，硬戒不是一个好办法，棋之于棋迷，犹如烟之于烟民，从其中所获得的乐趣，是局外人难以体会到的。何况下棋毕竟不同于吸烟，吸烟有百害而无一利，自然应当戒掉，而下棋却是一件有意义的脑力和体力活动，如果能适当控制，可以说有百利而无一害，何必要戒掉呢？最后，我们达成了共识：戒棋是不明智的，也是没有必要的。正确的选择应该是，控制下棋的数量，提高下棋的质量。否则，你一盘，我一盘，主要的精力都放在了“斗气”上，对提高棋艺反而用心不够，这不是本末倒置了吗？有了这样的共识，我们决定以后每天中午只下一盘棋，这一盘要慢慢下，要以提高棋艺为目的；同时，平常要认真读一点棋书，注意收看电视讲座，切实提高自己的围棋水平……一直到今天，我们大体上都能遵循这个原则，虽然难免有时在心里或嘴上较较劲，但毕竟与以前大不相同了。这种“较劲”很少表现为斗嘴和斗气，而主要是关于棋理、棋招的争论和探讨。随着对围棋真谛的了解，随着有关围棋知识的增多，我们从围棋中获得的乐趣越来越大，而我们的棋艺也“比翼齐飞”，在我们所在的单位也称得上是“赫赫有名”了。每当同事们半认真半调侃地夸我围棋进步快，堪称“后起之秀”的时候，我都很认真地对他们说：“我成功的秘密在于，我有一个好对手。”那神态估计很像一个刚刚得了某项国际大赛冠军的九段。虽然难免招来一顿“冷嘲热讽”，但我的话确实不是玩笑话，如果没有刘先生这位对手，我至今对围棋也许仍然一无所知。

我常常想，棋逢对手，的确是人生一件乐事，而在生活的道路上，如果也能遇到一位势均力敌、互相促进的“对手”，岂不更是人生之幸事？如果没有对手，人生该是多么孤独和乏味！

（《运动休闲》，1995 年第 11 期）

燕山苍茫

程光炜

程光炜（1956— ），江西婺源人。1995年起任教于中国人民大学文学院。著有《文学讲稿："八十年代"作为方法》《艾青传》等。

我的新居在北京北四环中路，每当黄昏降临，西边的燕山一片苍然，勾起人难以言传的思绪。然而，令我更讶异的是，我将与邓拓先生笔下的燕山朝夕相处，无论风雨之夜，还是在寂寥的冬日，在此之前这是我所未想到的。

于是，又找来他写于"文革"前的著名的《燕山夜话》翻读。"文化大革命"首批重要的文案中，就有这本薄薄的小书。其中虽有揪痛人心的记忆，但烟雨茫茫，人事皆非，至今读来已有些淡然。在《一个鸡蛋的家当》里，邓拓对当时盛行的乌托邦风习已有所认识："计划简直没有如何可靠的依据，而完全是出于一种假设，每一个步骤都以前一个假设的结果为前提。对于十年以后的事情，他统统用空想代替了现实……"另有一篇《王道与霸道》，也值得一读。让我抄录如下："那么，按照我们现在的观点，用我们的语言来说，究竟什么是王道，什么是霸道呢？所谓王道，可以做一种解释，就是老老实实的从实际出发的群众路线的思想作风；而所谓霸道，也可以做一种解释，就是咋咋呼呼的凭主观武断的一意孤行的思想作风。"再编《编余题记》，他对百家争鸣同样有个人的见解："正确的仿佛应该首先让别人能够各抒己见，畅所欲言……假如一时弄不清是非，那又何必着急呢，至于有些问题根本难断谁是谁非，就更不要操之过急了。”我读的《燕山夜话》是我父亲的遗物，书页早已发黄，一看即知是三十余年前的旧书。只见上面画了不少横杠，还有些似为心得的眉批，可见我父亲对作者锐利的目光是十分佩服的。约略记得，有的研究者称邓拓在三十几年前，就感受到社会发展中的某种危机，这种见解是不乏大胆的，但也颇叫人怀疑。1958 年邓拓被政治权威斥为“书生办报”“死人办报”，离开了《人民日报》。后来，不再被信任，心情落落寡欢。以一个受冷落之人的身份，贸然对现状表示怀疑，这在当时的语境中，是不会发生，也是不可能的。所以今天看来，《燕山夜话》的议论多半是在一位老共产党员的历史认识之内，而且分明是有一个忠与信的前提的。

由此，我想到了另一个人。1972 年秋冬，我在河南大别山腹地的一个小县的县中就读，教我语文的是一位姓胡的老师。胡老师出身不好，在学校工作一直感到压抑。或者可能因为出身世家，有点旧学的底子，他讲鲁迅的小说《孔乙已》，似乎是在讲他自已，言谈之中，对孔乙已这个人物身怀怜悯（而不像别的老师那样，只按照流行的鲁迅学的说法，斥其为旧时代的牺牲品）。隐隐约约，我感到他怜悯的不只是孔乙已这个人，而是他背后的那个文化传统。在同学们眼里，胡老师是个“怪人”，课下总是少言寡语，星期天，喜欢到学校附近的一条小河边独处，拉刘天华的二胡曲子，而《病中吟》是每次必拉的。天色阴沉沉的，《病中吟》在胡老师的手下，显得那样哀婉、无助，曲折动人。在我的印象中，他那时顶多就是三十出头的年纪罢，然而我不懂的是，在胡老师的身上为何散发着一种近乎彻底的伤感呢？一次，我去老师家交作业，发现他的桌上放着王国维的《人间词话》，书上压着镇尺，像是正在阅读。老师见我瞅到了书，并不回避，而是对我说：“知道这个是谁吗？”答曰不知。这也在他的意料之中，于是他叹了口气，并不解释。回去询问父亲，始知王国维在中国传统文化中的特殊身份，也始知我的无知，是伤害了老师的。我们这一代人，多半是在稀里糊涂的状态中度过童年和少年的，时代的荒谬，使我们的文化教养出现了一段空白，而它是至今都无法弥补的。大学三年级时，得知胡老师不幸去世了，据说刚刚四十出头。他得的是水肿病，为长期营养不良所致。胡师母带着几个孩子在乡下务农，老师每月要把大部分工资寄予家人，生活极其清苦，所以才遭此不幸，足可惋惜。

仔细一想，虽然我及至中年才到了燕山脚下，其实，它本身那种浓重的苍茫感，在我心中是早已有之的。它是那种深入到了你的骨髓中的感觉，乃时代所造就。记得十岁的时候，一天正与小伙伴玩耍，突然，一个邻居家的小孩飞奔而至，一边喘着粗气，一边大声对我说："快去看，批判你爸爸的大字报贴出来了！"待我跑去一看，只见在大礼堂北侧的墙上贴着一张由四五张白纸写的大字报，上面历数我父亲的各种"罪行"，他的名字是倒过来写的，上面还用墨笔打了三个叉。三十年来，我一直无法把自己当时的震惊描述出来，因为，我怕一旦把它变成活生生的文字，会承受不了。可以说，从那一天起，我的心灵深处就是灰蒙蒙的了。对于唱着《我们是共产主义接班人》这支少年先锋队队歌，想象中只有蓝天、白云、和平鸽、红领巾的我们这代人来说，这种"变故"太突然了，没有任何思想准备。我有时想，世上还有什么比摧毁一个人的心灵更容易的吗？没有。多年之后，我读到老作家袁鹰先生为纪念邓拓写的那篇催人泪下的《玉碎》。这里引的是"宁为玉碎，不为瓦全"的典故，以此说明中国传统士人的节操。然而，袁先生也写道，对"文革"发动批"三家村"，批《燕山夜话》，尤其突然上升为敌我矛盾，邓拓是毫无精神准备的，也不敢相信会是这样。这个打击，对他最后自杀起了决定作用。因为前者首先在精神上击垮了他，来了个釜底抽薪。《燕山夜话》文本里下意识的苍茫感，不幸为作者的死所言中。而我的老师本身贫贱，大约不会有邓拓先生的"突然"的，但他的哀痛像日日泡在水里的木头，冰冻三日，非一日之寒，他的心灵是从根上烂掉了的。比邓先生的死更让人怜悯。在卡夫卡的小说《变形记》中，主人公格里高尔有一天早晨醒来，忽然发现自己变成了一个令人生厌的大甲虫。他先是遭到家里人的遗弃，继而又被一只苹果击中，生存的尊严被彻底摧毁。如果读了这篇小说，心里的悲痛或许能减轻不少，卡夫卡告诉我们，人类的处境本来如此，看似突然，实际并不奇怪。

一日陪朋友去爬香山，在山上住了两晚。香山为燕山山脉中的一支，但来此游玩的人，不会想到它沉重的另一面。生活在日常状态中的人，有谁会犯傻，到这个旅游地忧心忡忡呢？这原来并不奇怪。六十多年前的一个初夏，已为北京知识界重镇的周作人先生来西山碧云寺养病，写过《山中杂信》六封，据说是给孙伏园先生的。其中他在第三回杂信里这样写道："但是我在这里不能一样的长闲逸豫，在一日里总有一个阴郁的时候，这便是下午清华园的邮差送报来后的半点钟。我的神经易于激动，病后更甚，对于略略重大的问题稍加思索，便很烦躁起来，几乎是发热状态，因常十分留心避免。但每天的报里总是充满着不愉快的事情，见了不免要起烦恼。或者有人说，既然如此，不看岂不好么？但我又舍不得不看，好像身上有伤的人，明知触着是很痛的，但有时仍是不自禁的要用手去摸，感到新的剧痛，保留他受伤的意识。但痛苦究竟是痛苦，所以也就赶快丢开，去寻求别的慰解。我此时放下报纸，努力将我的思想遣发到平常所走的旧路上去——回想近今所看书上的大乘菩萨布施忍辱等六度难行，净土及地狱的意义，或者搜求游客及和尚们的轶事，我也不愿再说不愉快的事，下次还不如仍同你讲他们的事情吧。"据他后来追忆，所谓"烦恼"，"大抵是中国的内政问题"，指北洋政府的黑暗。然而，从文字上看，实际不那么简单。是现实触发了周作人心中深沉的"阴郁"呢，还是他受到燕山那苍茫氛围的感染，抑或由像燕山一样沉重的文化引发了更复杂的联想了呢？人们已不得而知了。

这大概就是诗人在他那个时代的普遍“境遇”。周作人自称他的思维是散文的，作诗只是“打打边鼓”，1919 年初，他却以过来人的眼光写了含义深远的新诗《小河》。诗中写道：“我是一株稻，是一株可怜的小草，我喜欢水来润泽我，却怕他在我身上流过。”无独有偶，同样不承认自己是诗人的邓拓，在告别《人民日报》同仁之前，曾作旧体诗《留别人民日报诸同志》，其中有“笔飞龙蛇二十年，分明非梦亦非烟”的沉痛诗句。时间已经过去将近四十年，然而人们感到纳闷的是，既然非“梦”亦非“烟”，那么，究竟是什么使诗人的灵魂如此不安、惶恐不已呢？作者没有点破，后人也不好妄猜，大概只有沉默中的燕山能够心知罢。

（《踩空的踏板》，云南人民出版社，2001）

生命为书

袁济喜

袁济喜（1956— ），上海人。1985 年起分别任教于中国人民大学哲学系、中文系、国学院。著有《六朝美学》《古代文论的人文追寻》等。

文字是书籍的基本要素。但文字的奥秘，在古人看来，并不仅仅是一种符号，而实乃天地之精神的显示，是人类思维的升华。古书上曾记载，仓颉造字时，“穷天地之变，仰观奎星圆曲之势，俯察龟文鸟羽山川，指掌而创文字，天为雨粟，鬼为夜哭，龙乃潜藏”。这一段神秘主义的文字起源说，经常使我猜测，古人为什么说仓颉造字时鬼要夜哭，大约是文字一造出来，天地之奥秘，运化之规律就被揭示出来了，所以鬼神专断宇宙的权力就被打破了。这段传说从一个侧面说明文字是一种充满人类灵奥的精神现象，它同古老的《易经》一样，都是天地之精奥与人类认识的凝聚，而不是一种简单的表征，如我们现在的一些“后现代主义”大师所随意挥洒的那样，是所谓“能指”与“所指”的游戏所在。

《周易·系辞下》论及八卦产生时说：“古者包牺氏之王天下也，仰则观象于天，俯则取法于地。观鸟兽之文，与地之宜，近取诸身，远取诸物，于是始作八卦，以通神明之德，以类万物之情。”在古人看来，八卦是作为人类掌握宇宙万物，通晓神明之德的一种枢机，是精神现象的显示，故东汉时许慎在《说文解字序》中论文字起源时就将八卦的产生与文字的产生视为一体，认为都是人类用来把握对象，宣教王化的。

古代哲人一再强调，在文字书籍面前，人类万勿弃本逐末，将表面的文字符号视为根本所在，而迷失精神的本体，更不可随意游戏文字。《周易·系辞上》引孔子语："子曰：'书不尽言，言不尽意。'然则，圣人之意，其不可见乎？子曰：'圣人立象以尽意，设卦以尽情伪。'"在孔子看来，易经中的卦象无非是用来说明某种物象，传达人类一定的精神内容的。而这种说明文字与书写符号是难以穷尽人们内心的奥秘的。《庄子·外篇·天道》更是极言书籍不过是"古人之糟粕已夫"，书籍无非是说明圣人之意的，而圣人之意的奥秘是难以为书籍言传书写的，所以庄子及其后学干脆提出"言者所以在意，得意而忘言"。庄子与其后学的话在我们今天看来未免有点过激，但同时也深刻地揭示了在书籍文字面前，人类的精神永远是最根本的所在，而不是相反。书籍如果脱离了对人类精神的传载，远遁对人类的命运关怀，只能是一种弃本逐末，并未得到写书的要义。太史公在遭受腐刑后，含垢忍辱，发愤著书，也是因为书籍可以宣泄内心的幽愤，表达郁积之意，他在谈到古来圣贤其志不遂、发愤著书的动机时就认为："此人皆意有所郁结，不得通其道也，故述往事，思来者。"司马迁自叙其作《史记》也是"藏之名山，传之其人"，即想通过写作《史记》将内心郁积的愤懑之意传达出来，让后人知晓。事实上，一部人类精神文化史，正是人类通过书籍等载体，将自己的思想与各种人生感喟宣导出来，使自己的精神代代相传，通过历史的积淀而日趋丰厚，形成博大精深的文化成果。魏晋时代的那些名士在读书时就很不以汉儒的寻章摘句、皓首穷经为然，他们倡导一种更为超脱，然而也是更加深入的读书方法。《晋书·陶渊明传》就记载陶渊明好读书而不求甚解。所谓"不求甚解"，我想并不是浮光掠影、粗枝大叶的意思，而是像庄子所倡导的那样，是一种得意忘言、会其意蕴的方法。从某种意义来说，这是一种更为深刻的认识方法。

从人的生命意识的延续来说，文字与书籍是最好的载体。早在三国时，魏文帝曹丕就在其《典论·论文》中哀叹人生短暂，而常人往往富贵则耽于逸乐，贫贱则摄于饥寒，忘却著述之大事，遂使死后湮没无闻，所以曹丕认为文章可以超越生命的期限，使人的生命意识通过竹帛垂于后世，使人的精神超越肉身存在而亘延下来。而后人可以通过诵读前人的书籍体会他们的内心世界，使一个民族的文化精神代代相传。孟子在谈到君子修身成仁时，就十分主张不仅要与同时代的善人交朋友，而且要通过诵读古人的书籍，知人论世，与古人做朋友，汲取他们的道德精神与人格力量，这就是俗话说的物以类聚，人以群分。刘勰在《文心雕龙·知音》篇中也慨叹："世远莫见其面，觇文辄见其心。"也就是说，人们对古代圣贤的理解都是通过阅读他们的书籍来探寻的。

在我的读书求知与写作过程中，深感于文字工作是心灵的呐喊，是人的精神的延续。而这种体会，又是与几位师友的言传身教、耳濡目染分不开的。其中影响最深的，大概要数陈旭麓教授与大学同学吴方了。20 世纪 70 年代中期，我曾经向华东师大历史系陈旭麓先生学习过中国近代史。先生对中国近代历史与人物事件的精通，以及那种宏观把握的气魄，都给我留下了深刻的印象。特别是他在那段特殊岁月中对年轻人在知识文化上的关注，迄今想来，仍历历在目，宛如昨日发生之事。陈先生治学与写作，历来善于从总体上去探赜索隐，将自己的识见与精神陶注于文章与书籍中，在先生性灵飞动的文采中，时常可以叩击到他的心音与激情。读陈先生的文章与书，真如《文心雕龙·神思》篇所言，"吟咏之间，吐纳珠玉之声；眉睫之前，卷舒风云之色"。1978 年 10 月我从上海来到中国人民大学中文系读书，也曾经一度想报考陈先生的硕士生，后来虽然由于种种原因没有报考，但先生在中国近代史上的造诣与治学魅力一直吸引着我。每次我回上海去探假时，总要去看望先生，顺便向他求教。

记得1983年暑假我回上海，因家中拆迁没有地方住，于是就住在华东师大他的研究生熊月之的宿舍中，这样每天去华东师大陈先生的寓所就更方便了。一天傍晚，南方那种夏季常见的暴雨过后，我去陈先生的住所去看望他，他正吃完饭，于是兴致勃勃地邀我一起去附近的长风公园散步。这是先生每天晚饭后必定要去的场所，我陪着先生在雨后初霁的公园中漫步，雨后的长风公园游人稀少，空气清新。那天先生兴致很好，我们绕湖行走，边走边聊。我向先生表露了想参加撰写他主编的中国近代史丛书中的《南社》一书，这是熊月之向我建议的。先生当时并没有表态，看得出来，他并不是怀疑我的能力，而是沉吟在对南社历史的思考中，他一路向我谈起南社中许多名人的沉浮与他们在中国近代文化史上的评价问题。在谈起这段历史与人物时，先生仿佛有许多感慨，他要言不烦的点拨，恰到好处的评判，处处透露出多年来对中国近代人物的洞察力与兴废感叹，也可以见出一位饱经沧桑史学老人的人生感喟，那是凝聚着世纪风云的写意传神，尽管先生的浓重湘音有时让我不能完全听懂。那天与先生的一番交谈，如果说十几年过去后，对我感受最深的就是先生让我懂得了“文章千古事，得失寸心知”的严肃道理，知道写书并不是“爬格子”三个字就能承担的，更不是“码字儿”这类油滑讨巧的字眼儿所能覆盖的。它是穷尽天地与人类精神的造化所在，是与鬼神争奥的创作活动。

1987年夏季的一天，我回上海探假，又去先生家看望。那天是熊月之和我一起去的，恰逢他的另一位在人民出版社工作的学生潘振平与上海人民出版社的一位编辑也在。原来他们是在讨论陈先生主编的《中国近代史的新陈代谢》一书的提纲。我从熊月之那儿知道，陈先生一直想写一本凝缩近代中国风云卷舒、急剧嬗变的书，暂名为《中国近代史的新陈代谢》。陈先生治中国近代史重在探索其内在演变规律与中西政治、经济、文化的交融与发展。我想，这是与先生一直关注中华民族在今日世界之林中的命运及其发展走向的忧患精神相关的。他在应当时《历史研究》的左步青先生之约写作的《革命与改良》诸文中都贯注着这种精神。他在晚年时，对中国近年来的改革开放事业一直十分关心，尤其是对当代中国如何在经济繁荣的同时，逐步走向开放民主的国家的理想翘首以待。先生主编的这本书，毫无疑问倾注着他的眷眷之心。司马迁云“究天人之际，通古今之变，成一家之言”，这一史家座右铭也是陈先生忧患精神在治史上的体现。可惜当时我已经对文学与美学产生了浓厚的兴趣，加上术业有专攻，无法参与这一工作。要不然，我真想投入到这一心向往之的著书工程中去。

那一天陈先生留我们几个在他家吃饭。吃完饭，我们又在他家聊得好晚才回家。临别时，陈先生亲自送我到新村门口，并关切地问我最近在写什么。我告诉先生，最近刚把《六朝美学》的书稿修改完，几经周折，终于获准在北京大学出版社出版。陈先生听后，兴致勃勃地与我谈起六朝的许多名士轶事，并说对那时的人物事迹也非常感兴趣。先生深湛的文学与史学功底，同他对包括六朝在内的中国古典文学的稔熟是分不开的。先生最后幽默地对我说：“这本书我先订购一本。”看得出来，先生对我的这本书感兴趣，来自他对六朝人物风度神韵的兴致。六朝文士那种传神写照、不拘世俗的高风遗韵，在先生身上不也是时时溢发出来吗？听了先生的话，我赶紧说，等书一出版，马上就给先生寄一本。没想到书还没出版，却听到先生遽尔去世的噩耗。时至今日，我一直为没有让先生看到我的第一本专著而深感遗憾。而先生对写书的要求与理解，却一直告诫着我的著书良知，令予后生小子不敢为文字游戏，不敢放弃自己的责任。

书中凝聚着人类共同拥有的真善美精神，它成为师生相传的心谛，也是朋辈相友相亲的纽带。在我的写作生涯中，类似上述的遗憾之事还不止遇到一次。1992 年，我收到大学时的同学吴方托人送来的他的新近出版的《世纪风铃——

文化人素描》一书。吴方是我们人大中文系 1978 级大学本科时的同学，也当过班长。大学毕业后，我与吴方联系不多，一则是他在文化部艺术研究院的《文艺研究》当编辑，而我在大学教书，平时忙于写作与家事，很少与外界联系；再则研究方向也不同，吴方那时主要从事当代中国文学现象的追踪与研究，而我一直埋头中国美学史的教学与研究。但这次收到他托人送来的这本书后，由于过去我曾师从陈旭麓、汤志钧、姜义华诸师学习过中国近代文化史，对近代史上的文化人物，如康有为、章太炎、严复、苏曼殊、李叔同等人抱有很浓的兴趣，所以细细地读了吴方的这本书。看了这本书，说实话，心情并不轻松。我总觉得中国古代文人惯常的发愤著书与借书抒怀的观念在这本书中是十分明显的。作者在素描章太炎、王国维、弘一法师（李叔同）这些近代文化史上声名显赫的人物时，却投下了浓重的阴影：

别来沧海事，语罢暮天钟。
明日巴陵道，秋山又几重。
…………

作者写弘一法师的心灵悲剧时，投下了幽淡又难以祛除的怅惘，然而，我深知，这并不是吴方个人的无病呻吟，而是融入了中国文化人在历次文化毁灭与文化动荡后产生的悲凉心态，“经春复夏，放下书，已近‘落叶满长安’了。如是我闻之外，又多了些怅想，不能已于言，又说不出，只能如此。虽向往‘风檐展书读，古道照颜色’，却只可聊藉于万一。有人说过：‘要知道，真正的美除了静默之外，不可能有别的效果……每当你看到落日的灿烂景色时，你可曾想到过鼓掌’”。作者在《夕阳山外山——弘一法师追想》一文末尾情不自禁所发出的这番感慨，使人自然而然地感受到他那颗凄寒的心之中融注的那种世纪末的文化苦痛。“凡一种文化值衰落之时，为此文化所化之人，必感痛苦……”陈寅恪所揭示的王国维悲剧缘由的这段话，也正可以用来解释吴方心中的这种情结，正如他给自己的这本书起的书名一样，“即如檐间的铁马或曰风铃，风一动，也发出声音，虽然有些寂寞，也是可听的”。在清泠凄寒的世纪风铃中，时代的变迁，文化的禅代，士人的惘惑，尽在其中矣。

在我的印象中，吴方是一位一直用自己的心灵来写书与写文章的人。在大学班上时，吴方就显露了他的散文才华。他在我们班上年龄较大，是“文革”前的老三届高中生，又是第一任班长，经历了诸多磨难。他性格内向，沉稳木讷，但是对人生与文学却有一颗善感的心。开始我并不能理解他的性格。直到有一次我看到他在我们班学生自办的刊物《锤与砧》上发表的一篇散文，才知道了他多难而不幸的身世。记得这篇散文写的是他回无锡太湖，撒放他在十年动乱中死于非命的父亲骨灰的事情。文章中浸透着他对那个时代发生的千千万万桩悲剧中的一件沉痛而凄楚的情感，一如那个时代出现的许多伤痕文学。这篇文章感动了许多同学，也使大家认识了这位言语不多但内蕴丰富的班长。吴方那情感深沉文笔优美的散文才华在大学期间就显露出来了。他内心的灼热、深厚，在他的另一篇散文《这一页》中也溢发出来。这篇散文从香港著名摄影家陈复礼的一幅作品《搏击》起兴，写的是人民大学校友张志新烈士在那个疯狂年代中，驾驶起生命的航船，迎着风浪，用一个弱女子的生命，去叩响真理的警钟，去向世人证明，在那个昏昧的年代中，还有不泯的良知，还有不屈的头颅，还有起碇远航搏击风浪的一叶扁舟！当时我是人民大学校刊文艺副刊《春笋》的学生兼职编辑，深为这篇文章而感动，于是选发了这篇文章。大学时代，他坐在我的后面，为此我们常常交流自己的学习体会与文章。他的大学学年论文好像是《史记情感钩沉》，探讨的是司马迁写作《史记》中熔铸的情感与见解。这是一个非常有意义的题目。我依稀记得当时这篇文章给我的感觉是太散文化了，论证分析略嫌疏宕了些，其中融进了许多吴方个人的情感色彩，现在想起来，这正是吴方治学与写作的特征。他一直用自己的心去感受古人，去解读他们的书。同时，他也是用自己的灵魂去从事文字工作。记得在上大学三年级的寒假期间，吴方邀请我与另一位同学去他家吃饭，在他位于五道口简陋的住所的墙上，贴着一幅他自己书写的条幅“文章千古事，社稷一戎衣”，我想，这大约是他近几年能在各种孤寂的时候依然笔耕不辍，从事中国文化史研究的心灵动力吧。这也是1977、1978两级大学生在进行人文科学研究时那种难舍难弃的忧患情结，或者说是一种源于我们古老文明中的悲情心态吧。“白发书生寂寞心”，这是吴方在《世纪风铃》中写到王国维时对他的文化人格与凄凉心态的写照。我想，或许也可以用它来说明吴方的心境与他的文化追求。他在心灵与肉体的万分痛苦中的弃世，不能说没有王国维的影响。

作为他的同窗，我总觉得吴方是一位很深的孤独者，那令人诅咒的十年动乱，对人造成的心灵创伤是无法愈合的，而近代以降文化上的断裂与近年来国人在欲海商雾中的迷狂，更造成了这一代文化人的苦痛。这几年在与他的接触中，我时常感受到他的这种情绪。1994年，我的《人海孤舟——汉魏六朝士的孤独意识》一书出版之际，很想请他写一篇书评，他是最有资格来写这篇书评的。多年来，吴方对我从大学时就开始的魏晋南北朝文化与美学史的研究一直是十分关注与支持的。我们在探讨中国文化人的心灵世界上，有许多共同的看法。不料，却听到他身患癌症住院治疗的消息。1995年4月的一天，我去邮电医院看望他。当时他已经十分憔悴，癌病与玉石俱焚的化疗无情地摧折着他本来就不壮实的身体。我尽量以平静的心态与语气和他交谈，他也平静地用过去常见的微笑与我谈话，他对当代中国的文坛仍然保持着高度的敏感与兴趣，他毫不掩饰地发表对于文坛某些现象的批评与褒贬。那天我们谈得很投机，我真想将自己打算让他替我的《人海孤舟》写一篇书评的想法告诉他，又怕使他劳累，话到嘴边又噎回去了。辞别他后，我的心境一直很沉重，我也知道，这很可能是一次诀别，痛惜的是他对中国文化的痴迷，他的中国近代文化人物的研究系列开始不久。我想吴方在生死关头尤感痛苦的不仅仅是自己的生命与家事，而是那种事业未竟的痛苦与遗憾。“天意君须会，人间要好诗”，吴方以自己的生命感受，在中国文化面临危机的时刻，毅然写出了无愧于时代，无愧于民族，也无愧于上苍的好诗，奈何上苍如此不公，莫非天妒人杰？天弃我心？然而，我也深信魏文帝曹丕《典论·论文》中所说，那些用自己生命意识写书的人，其生命可以超越肉身，“不假良史之辞，不托飞驰之势，而声名自传于后”。

（《人生交换》，海天出版社，1999）

窗外有棵大树

孟向京

孟向京（1964—　），山东蓬莱人。1985 年毕业于中国人民大学人口学系。1994 年起任教于中国人民大学人口所、社会与人口学院。论文有《三江源生态移民选择性及对三江源生态移民效果影响评析》《中国人口分布合理性评价》等。

据我考证，这是人大校园里最大的一棵槐树。不知道它的年代有多久了，我猜想应该比它旁边的红楼历史还要久远。总之大树比旁边的三层楼要高出许多，它的树叶伸展蔓延，几乎把楼的这半边全遮掩住了。大树的底下最初是一方草坪，旁边有一把椅子。学生时代的我有时爱坐在大树下和朋友们聊天。没曾想到若干年后居然人住到了大树的旁边，成了大树的邻居。

红楼改造以前，由于住在阴面，我的屋子是常年见不到阳光的。因为只有一间屋子，做饭也只能在楼道里。所幸我住在楼头，那里有一个窗户，而窗户的外面就是那棵大树。于是每天傍晚做饭时，看窗外的大树和从树叶间穿过的阳光成了我生活中最大的享受。久之便称大树下面的一方绿地为我的庭院，视大树为我的庭院里最美的风景。透过大树看出去，天总是显得格外的蓝，那种蓝会让你觉得为世俗的任何事烦恼都很傻。而微风吹动时，可以看到阳光在树叶上跳舞，像无数个金色的精灵，这时，心中只有暖暖的感动，如一首抒情的乐曲在回荡。当然，时不时还有小鸟在枝头唱歌或嬉戏。这时便会忘记身居陋室的一切窘迫，连窄窄黑黑的楼道似乎也温暖明亮起来。

大树的树干是棕黑色的。每年春天当杨树、柳树等早早地吐出嫩芽，绽出新叶时，大树总是沉默着不见丝毫动静。然后忽然有一天早晨，当人们对各种绿色已经漠然的时候，你会惊奇地发现，在深棕色的树干上，长出了嫩绿的叶子。新叶在树干的陪衬下，晶莹透亮，在满目的绿色里，给你又一次怦然心动。而当秋风起落叶漫天遍地的时候，大树还是浓绿依旧。然后叶子会在你不注意的时候，悄悄地变黄，静静地飘下，不让你感觉到一丝秋的凄凉和落寞。没注意大树开花，但到秋天的时候，会看到大树结的绿荚，夹在树叶中，不细看是看不出的。

大树下的草坪是孩子们的乐园。这些在筒子楼里长大的孩子，最愿在树下玩耍。有时会有小孩子带了小兔来放到草坪上跑，那会引来许多孩子羡慕的目光。草坪里有时也会生出一些花来，如黄色的蒲公英，粉色的牵牛花等，被细心的小女孩发现了，会摘下一朵来拿在手上蹦蹦跳跳地去上学。筒子楼改造完后，我很盼望草坪能恢复原貌，我的庭院会风景依旧。然而，原来草坪的位置最终被铺上了水泥板用作停车场，这很让我伤心惋惜了一阵子。

还好，大树还在。如果要求的话，我想我是有可能换到一所朝南的房间的。但我最终还是回到了我的老屋，这多半是由于大树的缘故。不再需要在楼道里做饭了，也不再需要一天无数次地往公共水房跑。大屋里虽然黑洞洞的，但加出来的小屋里朝西却开出了一个小窗。虽然只是窄窄的一个，但已经非常令我满足。每天只要坐在窗边的写字台前就可以从容地欣赏到我的大树了。每天下午，阳光也会如约而来，虽然只是短暂的一会儿，已足以令我感动和欣慰。想起郑板桥诗云，“室雅何须大，花香不在多”，斗胆篡之为“室雅不须大，有树为最佳”。

有棵大树，在我的窗前。

（《中国人民大学校报》）

我们吴镇

梁　鸿

梁鸿（1973—　），河南邓州人。2015年起任教于中国人民大学文学院。著有《出梁庄记》《中国在梁庄》《神圣家族》等。

二十岁的外甥女初来北京，很不适应，嘟囔着说："北京啥也没有，吃没吃，喝没喝。"

我说："胡扯，北京是全中国的中心，哪一种吃的没有？"

外甥女拿一双天真无邪的眼睛看着我，说："我们穰县韩家糊辣汤、油条和油旋馍有没有？王小女板鸭、烩面有没有？卫生路的窝子面、牛肉汤，文化路的灌汤包，丁字口的米线，西寺的水煎包，有没有？丁老二的鱼块，吴老三的白羊肉，小西关的板面、牛羊肉煨菜，方城扯面，王家蒜汁凉面，李家芝麻叶糊涂面，张家羊肉糊汤面，有没有？没有啊，四姨，这哪是叫人活的节奏？"

她的话里含油带汁，携带着酸甜苦辣，沿着一个个小馆子，攀爬到穰县的四面八方，形成一幅详细、周密的穰县吃饭图。这幅图，只有生活在穰县，一天天浸在穰县的空气、水、植物和食物中，经历了无数个早晨、中午和傍晚的人，才能够懂得。他们知道它指向哪个地方，通向哪一种幸福，它在穰县人心里闪闪发光。但是，外地人来看它，就是乱糟糟的一团线符，毫无吸引力。

想象一种吃，就是在想象一个世界和一种生活方式。我的世界和外甥女的世界又不一样。她在河南穰县县城长大，我在穰县吴镇梁庄长大，版图缩小了很多，但图的清晰度和深刻度却一点不比她差。

她说的穰县三贤路黑楼边的韩家糊辣汤，是穰县吃饭图的核心，也是穰县人一天开始的起点。清晨六点钟，韩家门口，就排出几口三尺大锅，一锅锅赤酱色、透亮又黏稠的汤汁，里面放有不规则形状的羊肉、黄花菜梗、小碎黑木耳、方形面筋（这面筋极为讲究，和面一遍遍地揉，几百遍后才能揉出松软又有力道的面筋），最诱人的是厚厚的、滑溜的几片粉皮（那是向合作几十年的老客户定做的，绝不能有沉渣）。盛出一碗来，年轻的、打扮得油光水滑的韩家媳妇会快速拿起旁边的香油瓶——瓶塞上被透开几个极细小的洞——滴上几滴，再撒上一层切得细碎的碧绿香菜，大功告成。汤中有辣味，但不见辣椒，喝上一碗，不管多冷的天，额角准会出一层细细的汗，整个胃都暖起来，像有一小罐小火在微微地、持续地燃烧，一天暖洋洋。然后，穰县的一天开始了。上班的上班，回去补觉的补觉，妇女带着孩子逛公园，那些从十几里的乡下专门起个大早来喝的人心满意足地开始一天的采买。

喝韩家糊辣汤，地位一律平等。没有包间、散座，不管是县长局长处长科长，还是普通的、有着粗糙双手的老农，都得排队等汤自已端走，都得坐在外面那个崎岖不平的大空场里，坐在低矮的凳子椅子上，几乎半蹲着“胡噜噜”地喝汤。要是你是局长，有你的属下在吃，叫嚷着要给你让位，你不会去坐，因为左右前后几十双眼睛盯着你。你脸上讪讪地笑着，也得站在那里，左张右望，等着别人吃完。县里有尊贵的客人来了，想着找出本地特色饭来，第一个想的就是韩家糊辣汤。要是哪天早晨，你看到县委书记带着几个威肃严整的人，正襟危坐地半蹲着喝糊辣汤，那很正常。穰县人不会因此多看一眼。

如今，韩家糊辣汤老一辈已经去世，三个儿子分家，各自找了一个地方，起了新房，房屋、凳子、台面都干净了许多，品种也多了，可人们最爱的仍是三贤路黑楼那里的老韩家。

可真要说糊辣汤，还是我们吴镇的最地道、最好喝。这一点，外甥女肯定不同意。但我百之百肯定，并且，只要是吴镇的人，都会同意我这一点。为什么？呵呵，很简单，因为我们是吴镇人。

对吃的判断和喜好，最霸道，也最无道理。它与记忆、成长、离开、归来、故乡等等一切生命中最重要的东西都相关。就像父亲爱吃的生萝卜丝拌辣椒。那是贫穷时代冬天唯一能够用来拌饭的菜，到了深冬，辣椒吃完了，沙里埋的萝卜无论如何节约也吃完了，就把辣椒梗弄碎，洒在糊状的玉米粥里，也吃得满头大汗、津津有味。现在，年老的父亲、梁庄的亲人们，包括吴镇人，几乎每天早晨都要吃这道凉菜，它已经成为一种饮食习惯。

还有面条。穰县是河南的小麦区，主要的食物也是小麦，于是，就有了各种各样的面食，面条、馒头、面饼、面疙瘩等等，五花八门。其中，面条最为普遍。但对于普通农家来说，最常吃的不是捞面条，那太浪费了，不只费面，还得需要额外的油、菜、蛋或肉，成本太高。所以，一大海碗顶着少量浇头的冒高白面条是只有夏收前后才有的现象，那是短暂的享受期。之后就是长年的稀汤面，春夏放在面条汤里的是在田野里挖的野苋菜、野芹菜、红花草、灰灰菜，秋天则在地里掐一些红薯叶子，滴上几滴油，炒一炒放进锅里，也算有菜了。夏天芝麻秆上的芝麻叶被掐下来，煮上几锅，放在地上，揉均，晒干，储存起来冬天吃。深秋则把霜打过的红薯叶子腌制起来，放在大缸里，能供应整个冬天。整个冬天，胃都是酸的，打一个嗝，连周围的空气都是酸的。试想，早晨吃的是玉米糁煮红薯块，中午吃的是酸红薯叶稀面汤，晚上可能又是红薯块煮玉米糁，能不酸吗？但如今，这些东西都是农家乐的最好菜品，极受欢迎。每次回梁庄，如果奶奶婶婶们告诉我，家里有腌酸红薯叶或干芝麻叶，我也会毫不客气地坐下来吃中午饭，一吃两大碗。我对外甥们不喜欢吃芝麻叶糊汤面愤怒无比，那种干菜和芝麻的特殊香味，怎么吃也吃不够，可我的外甥们一看见面条里黑黑的叶子，就愁眉苦脸。

日子稍好的人家会做糊汤面。下少量面条，炒点萝卜、青菜，如果有点猪油渣放进去那就再好不过了，等面条和菜滚得差不多，味道全部浸到一起的时候，用水搅点面粉或玉米糁和进去，再煮一段时间，让汤糊起来。饭好之后，一定要稍晾一会儿，汤面凝结一点，喝一口，油香、面香和菜香混合而成的特殊香味儿，让人心驰神往。这样的饭，既节省面菜油，又能够增加全身热量。这就是吴镇、穰县，或者说河南最普通人家都喜欢吃的糊汤面。它是精心衡量后的饮食，是无数农民设法度过艰苦岁月时所实验出来的基本方法，食物的搭配，营养的多少，季节的寒暖，不同时节田野里生长哪些植物，都被考虑在内。它与这一方土地的气候、地理、植物相一致。

不过，且慢，话还得再说回来，吴镇的糊辣汤真的是一绝，这可不是要赖或偏心。吴镇北头是回民聚焦地，他们杀的羊肉最好，煮的羊汤最鲜，卖糊辣汤的那几家也都是回民，戴着白色的“回回帽”，不苟言笑，盛汤称馍，随意自然，又不卑不亢，仿佛这活儿与他们的尊严有关。穰县韩家糊辣汤的香是大香，敞开着香味，任人评说，好像一个成熟得要透的姑娘。吴镇的糊辣汤，尤其是街中那家吴姓老字号，那香味是收敛的，你得细细品尝，一小口，一小口，那汤慢慢滑进嘴里，羊汤的膻香、面筋的面香、粉皮的粉香、羊肉的腻香、辣末的辣香，一层层进到你心里，犹如归乡。恰如普鲁斯特在《追忆似水年华》中吃到“小玛德莱娜”饼干时的感觉，“只觉人生一世，荣辱得失都清淡如水，背时遭劫亦无甚大碍”。

要说吴镇，一年最大的盛会是农历“三月十八庙会”。街上的生意人家最盼这一天，早早把各种货贮备足，坐等客来。清晨五点多钟，十里八乡的人就陆续赶过来，即使最吝啬最节省的老农，也会庄严地坐在糊辣汤铺的油黑长凳上，要一碗糊辣汤三两油条，仿佛那是给自己一年辛劳的最大奖赏。不过，我怀念“三月十八庙会”，不是因为在那一天，我能够脚不沾地从街南头被拥到街北头，不是因为那一字排开的各种小吃，糊辣汤、油条、粉条汤、菜合子、炒凉粉、油旋饼（在不断揉面的过程中，往面团里一遍遍洒上葱末和香油，吃的时候筷子一挑，饼一层层地自动分离，每一口都是焦香）、炕火烧（有肉馅的饼放在火炉里面烤熟，咬上一口，肉香扑鼻而来，那真叫喷喷香）、羊血汤（几块羊血在清亮的羊汤里，上面飘着碧绿的香菜，八分钱一碗，诱人无比），也不是因为那内容丰富的大烩菜，里面烩着各种炸食（豆腐、鱼块、羊肉，这些炸品通常只在春节、喜事待客和庙会的时候才会有），等等等等，而是因为，我在那一天，吃到了让我最回味无穷的面——板面。这是真的“回味无穷”，因为直到今天，我的舌尖上、胃里还保留着那震惊的感觉和复杂的味道。

这得回顾一下我的家庭历史。1986年是我们家最快乐的一年。那一年，似乎真的要发财了。南方小贩在村庄间走来窜去，撺掇着人们种麦冬，说是麦冬要大涨价，一斤可以卖几块钱。父亲在家里算了一笔账，要是种上五亩麦冬，我们家不但可以还了积欠十几年的旧债，还可以把已经漏风泄雨摇摇欲坠的厨房翻修一下。于是，一家人被发财梦鼓舞着，过上了提前预支的幸福生活。当时我读初中一年级，“三月十八庙会”的早晨，要上学的时候，父亲突然叫住我，给我一块钱，说，中午别回来了，太挤，在街上吃碗板面算了。在一种迷惑之中，我接过了钱，父亲那悲苦已久的脸上夸张的快乐，让我很不适应。而板面，在这之前我并没有吃过，那是根本都不会想的奢侈。

迫不及待地等到放学，随着拥挤的人群，走过一家家板面馆，看那师傅在门前案板上甩着面。面团上下翻飞，伴随着清脆的“啪啪”声，一会儿，就从一个厚厚的面团变成一条条长长宽宽的面条。后面稍进店面的地方并排摆过去的几口锅，大锅面汤，中锅羊肉臊子，小锅辣子油，都翻滚着，蒸腾着，充实着这街道喧闹的味道。选了一家偏僻人少的板面馆，我用蚊子一般羞涩的声音给师傅说“一碗板面”，师傅却回头高声喊道，“来了，一碗板面”，张扬热烈，让人莫名喜悦。

青菜和豆芽是板面必须要有的两样，事先煮好，放在碗底，然后，甩面，煮面，用长长的筷子捞起，放进碗里，舀上一勺清汤，浇上羊肉臊子（那臊子是用瘦肉、五香、花椒、肉桂等等多得数不清的作料炒出来的），最后，浇上一勺汪汪的辣子油，辣香扑鼻而出，一切畅通。那个少年的我，吃上第一口面、喝上第一口汤的瞬间，就被那复杂多义的和高调的香辣味包围了。那种香，是惊心动魄的香。我只想偷偷地告诉你，我又要了一碗，那时，板面四角钱一小碗。

说起板面，它和烩面并不一样。烩面是一种醇香。郑州有合记烩面、萧记烩面、汇丰园烩面等各种烩面，各有偏好和秘方。区别主要在汤，合记烩面的汤浓面均，萧记的面厚料多，汇丰园的面薄、汤里放当归枸杞等。面是醒过的面，一根根面在香油和盐里浸过几个小时，富有弹性，可以甩得很长，在汤里煮透后，筋道香浓。我们吴镇也有烩面，汤里面放有芝麻酱，有特殊的香味，也非常好吃。

板面则是辣香。煮面用的是清汤，羊肉臊子和在炉子上一直翻滚着的辣子油是关键，羊油、辣椒末、作料的比例要适当。如果一勺辣子油泼到面上，没有散发出高高的辣香，如果吃的时候，没有多重细腻滋味，没有羊油沾到嘴唇上鲜香滑溜的感觉，那么，这碗面就是失败的。

可惜，欢乐时光不常在。很快，父亲的发财梦破产了，那年种麦冬的人太多了，家家把麦冬收完炕好，等着小贩来收的时候，小贩却不再来了。父亲重又恢复了悲苦的神情，一家人看着满炕的麦冬一筹莫展。那以后的好几年，我才再次吃到板面。

说真的，如果你要去吴镇，一定要吃吴镇的板面，体会体会那惊心动魄的味道。也许，你能吃出怀乡的感觉。

当我们在谈吃的时候，其实在谈一种情感、一种生命体验，和一种时间的流逝方式。关于吃的体会，就我而言，其实非常单调，不是那种富贵家庭，没有精心的制作，也没有机会经常去各色馆子品尝，所以，说不出更为高档复杂的饭菜，但仅有的记忆，也已经涵盖了生命和家的全部意义。

童年的时候，感冒并不是一件特别让人不愉快的事情，特别是重感冒。因为如果病重到得躺到床上的地步，那我的三姐就必须得给我做一碗辣面叶儿了。那可是大家都期待的小灶，尤其是小妹。在锅里放上三碗量的水，切上细细的葱丝和姜丝，再搁上两个红红的尖椒，最辣的那种，开始烧火煮，直到葱姜煮化，辣椒煮软，再放进手擀的极薄极薄的宽面叶，薄到透亮，如果有鸡蛋，再打上一个碎鸡蛋花，滴上两滴香油，一碗病号面就成了。躺在床上，三姐把热腾腾辣乎乎的饭端过来，格外温柔，自己也以格外可怜软弱的样子慢慢地吃着，辣汤、薄面，喝到心里，辣到、烫到、香到眼泪都出来了，心里却乐开了花。出一头大汗，捂上被子，舒舒服服地睡一觉，真的就好了。有一次，在我感冒之后不久，妹妹也感冒发烧，躺到床上，遥遥地喊着也让三姐给她做碗辣面叶儿，结果吃一口就吐了，她烧得太高，什么东西都吃不下了。今天，这些小的事情已经成为一家人非常宝贵的回忆。春节回家，坐在一起，聊起往事，想起小妹那天真无赖的样子，想起三姐那忙碌的身影，想起父亲那很快就化为泡影的乐观，都忍不住一谈再谈，一笑再笑。

就这样，春节一年年来了又去，去了又来。每年的春节都是一次嘉年华，是吃的狂欢节。穰县歌谣云：

二十三，炕火烧

二十四，扫房子
二十五，磨豆腐
二十六，炸油锅
二十七，祭灶鸡
二十八，发面发
二十九，蒸馍篓
三十（儿），捏鼻（儿）
初一（儿），供祭（儿）

尽管许多风俗已经遗忘或转换了形式，但是，大致的时序、规矩还都在遵守。人们按照古老的历史轨迹生活，安然又踏实。

农历腊月二十三的晚上，梁庄人吃了火烧，就算开始过年了。然后，开始赶集添置年货。买几斤粉条和肉挂在墙上，割几块豆腐放在背阴处，买几斤干菜、藕、菠菜在塑料袋里扎好。腊月二十六清晨起来就开始下锅，炸豆腐、鱼块、鸡块、羊肉、藕盒、丸子，各种炸，贫穷时还拿干萝卜条、茄子条炸了充数。待客的时候，它们被摆在小碗里，在蒸笼里蒸透，俗称“扣碗”。一般的客人会摆四个扣碗，两荤两素；尊贵客人，譬如亲家，会摆八个，四荤四素。还要洗萝卜剁萝卜，煮一大锅“萝卜菜”，这“萝卜菜”里通常会放几大块肥猪肉，熬上几个小时，放起来，供整个春节用，“萝卜菜”放几天略有点酸味儿，烩菜特别好吃。那几天每家都忙着杀鸡剖鱼洗菜晒菜、蒸馒头包饺子，我们家有自己晒干的枣子，会在馒头两头塞上几个，蒸出来就是所谓的“灶卷儿”。整个村庄，都是深深浅浅、高高低低的“梆梆”声，都在剁饺子馅，它们汇合在一起，如交响乐，在梁庄的上空回响。那无数方向的香顺着炊烟在梁庄上空弥漫，仿佛格外殷实和富足。

所有的食物都做好，从正月初一这天开始，人们不再劳动，只是串亲访友，尽情吃、喝、打牌、嬉闹、玩耍，一年的紧张、背井离乡、痛苦都在这短短十几天内得到最大的弥补。

我记得那些微的欢乐和幸福，偶尔的一件新衣，一盆带肉的饺子，满满一碗肉的扣碗，南方而来的清甜的甘蔗，和长辈给的珍贵的压岁钱。它们穿越黑暗，一次次来到我面前，为岁月流逝提供真切的证据。

但说起春节、年货、吃，我还必须交代，我最幸福的一次经历是春节里的偷吃。

记不清哪一年了，腊月二十九的下午，父亲不知从哪里带回来几块钱，想着家里肉太少，就决定再去吴镇北头买几斤熟羊肉、熟羊血和馒头以充实年货。也许因为太冷，或者其他人太忙，我和二姐被指派干这个活。吴镇的回民在每年春节时都会杀羊、煮羊血卖给大家，我们拿着盆子去的时候，那一家正在煮肉。肉香弥漫在空气中，熏得我们头晕眼花、饥肠辘辘，几乎难以自持。等到肉熟，羊血也煮好的时候，天已经完全黑了。

走在回家的路上，不知谁先撕了一小块羊肉，掰一小块馒头，然后，偷吃开始了。在黑暗中，我们俩人配合着，一次次准确地伸向那大块羊肉，撕掉一点，又准确地填到嘴里，轻轻地咀嚼。说出来你不相信，那羊肉是甜香的，没有放盐，就是白煮，吃起来没有任何腻味，只有纯粹的肉香，再配上馒头，简直无与伦比。我和二姐边吃边笑，想着回到家里，大家看到那羊肉缺角的情形，想着他们因偷懒而没来的后悔，笑得眼睛都睁不开。

那时候的夜还是黑的，完全的黑。眼睛睁不开也没有关系，我们不会走错路，也不会摔倒在沟里。在乡村的黑夜里，你是自由的、安全的。只需凭借本能，你可以丝毫不差地走在路上，你熟悉通往村庄的每条小路、每个拐弯、每块石头、每棵树，那方位、空间和气味就在你心里，不需要眼睛，只用随心而行，你便可以到达村庄，到达那有着微弱光亮但却温暖的家。

我始终怀念那个夜晚，那因自由广大的黑暗而突然意识到的自我，意识到的田野、存在和家的感觉。双脚交替奔跑，耳边呼呼生风，眼睛里的笑意，嘴里那羊肉和馒头的馨香，它们携带着你跑进岁月的深处，并沉淀为一种永远的记忆。

是的，我们穰县，我们吴镇，我们家。

（《三联生活周刊》，2014 年第 3 期）

唯有在此，一切才有了意义

张　楚

张楚（1974—　），河北唐山人。2015年起就读于中国人民大学文学院创造性写作研究班。著有《七根孔雀羽毛》《野象小姐》等。

这么多年来，我一直居住在一个叫倴城的县城。我在这里上班、接孩子、买菜、看电影、参加婚宴或丧礼，跟狐朋狗友喝酒或者骑自行车漫游。作为一个游手好闲的写作者，我必须承认自己的写作是从县城的时空和想象开始的：从我居住了三十多年的县城出发，在我的小说中以沉默的姿态行色可疑地结束。从我小学四年级到达这座县城，多年之内，作为空间和时间见证者的它，并没有显著变化。即便参加陌生的饭局，看到那些应是陌生的人，你也会觉得他们那么眼熟——这些年，没准你就在什么地方碰到过他或她。另外一群人，则是时刻与你朝夕相处的人，他们是你的朋友，你的亲人，你的同事……可以这么说，他们早在属于你的时空里投下了暗物质。大多数情况下，这些人沉默着，只有在特定时刻，他们身上才散发出耀眼的光芒。同时，作为小镇上的居民，他们都保留着“复制人”的美好品德——你无法在他们身上刻意挖掘出更多的情感类型和不安因子，你只能依赖自己的想象和略显粗糙的技法，将降临到你身上的灵感战战兢兢地转化为人们称之为“小说”的东西。

我曾经想，对我这样一位写作者而言，身边这些有个性或者没有个性的人，在他们身上显露或隐藏的事件，以及这些事件背后不为人知的缘由，可能才是最真实的中国人的故事，才是有个性的，独立的，甚至是永恒的故事。他们貌似波澜不惊，其实真相早与镜像融为一体，你无法用更多的技法和力量去做更多的阐释与勾芡。在我的小说中，时间的概念似乎有些模糊，但是我力图在狭窄的空间内，将建立在这些人之上的文学想象，赋予我自己对人性、对人心的理解。可以说，他们是我热爱小说，从事小说创作的最重要的理由，他们是我文学想象的起点。

可是真的如此吗？过去二十年的时光里，我一直执拗地、骄傲地写着关于他们的故事。有时我在小说里伤害了他们，有时他们在生活中伤害了我。这种双重伤害会让我察觉到书写的苍白和无意义。曾经自问：这种基于小县城的叙事是否因为它的狭隘和封闭限制了文学意义的表达？或者说，当他们被我无数次书写之后，一个纸上的王国虽然诞生，但它是否能经得住时光的暴晒？当然，我也曾经用约克纳帕塔法世系来说服自己：狭隘的空间表达并不妨碍人性表达的深度。可是，谁能有福克纳那样的才华？所有的自我说服都不过是自欺欺人罢了，它不能从本质上解答对写作意义的拷问。如果硬说有意义，也无非是针对自我的救赎和祈祷。“救赎和祈祷”，当这样想时，问题似乎就不是问题了，它最终变成了一种自问自答式的解脱之道：我只管写我的就好，如果我没有能力让文字抵抗时光的侵蚀，那么就让那些文字在灰尘中自生自灭。

对于写作，我还能做些什么？除了上面谈到的自我安慰，我也曾想象离开故土，离开那些熟得不能再熟的人与事，到一个复杂含糊、荒唐迷失的空间，写更宏大、更多棱、更具有金属质感、更具有历史意识和哲学思辨的人与事……说实话，当这个念头浮升之时，我忽然觉得甚是恐惧。人到中年，对已知世界的迷恋和沉溺注定了这种恐惧会像病菌般繁殖分裂，最后将那不安的念头彻底吞噬。

于是，我想，就这样吧。这个现实世界里的县城，这个在我小说里充斥着悲观主义气味的县城，可能真如我壮年时所想，它就是我的仙境，它就是我的福祉。唯有在此，一切才是安稳，一切才有了意义。它即便不能让我更幸福，肯定也不会让我更消沉。

（《文学报》，2015年12月31日第2版）

后记

从战火中走来的中国人民大学，延续着陕北公学的红色血脉，始终奋进在时代前列，被誉为“我国人文社会科学高等教育领域的一面旗帜”。在中国人民大学喜迎八十周年校庆之际，我们特编选了这本《长留篇什继风诗——中国人民大学80年散文选》，作为向母校八十华诞的献礼，旨在展现这八十年风雨历程中，人大在历史与时代交相辉映的氛围里激荡出的浓厚文化因子，彰显我校师生多彩的人文志趣与深切的人文情怀。

这本散文集秉持着“有事、有笔、有趣、有情”[①]的四大编选原则，共收录文章八十篇。作者有在职的、已经离退休的以及仙逝的教师、校友，他们中有中文系出身的作家、学者，但大部分毕业于其他专业，散文只是间或有作。不过，专业虽有别，职业或不同，文笔亦各有分殊，流淌在字里行间的真情真意却一般无二地动人，作为人大人精神底色的实事求是与人文关怀，也都跃然纸上。这本散文集的编选与成形，使我们相信，文字是有温度的。

在散文集编选过程中，文章的甄别是最基础、最重要，也是最耗时的。编选之初，文学院即着手成立了由孙郁院长、杨慧林教授、叶君远教授领衔的专家团队，由陈奇佳副院长、徐楠副院长、胡玲莉副书记牵头的编委团队，以中国现当代文学、中国古代文学专业博士、硕士研究生和本科保送生为主体的学生团队，并进而确立了上述“四有”的散文编选原则。而后学生工作团队在学

① “有事”即忆旧谈往之叙述具备故事性；“有笔”即行文之笔法具备文学意味；“有趣”即行文之内容生动活泼，引人入胜；“有情”即行文情感真挚，富有人文情怀。

校领导、专家团队、编委团队的指导下，先“从人到文”，后“从文到人”，反复考量，精益求精，最终从一百二十余位作者名单中甄选出目前的八十人，并选出了相对而言更具美文气韵的代表文章。

这个取舍过程是繁复而又艰难的。最终成型的名单里，承载着所有参编者对文章内容的前后思索、文章节选的反复考量、作者体例的多重商酌。一篇篇文章落定的背后，凝集了学生团队在图书馆、“读秀”、报刊资料库等资料来源中匆匆的身影，汇聚了专家、学者的辛勤付出。在此衷心感谢文章的作者，在校的老师、同学，以及相关校友。感谢即将成为人大学子的曹文潇、邹严、李林昊、李漫沙、李笑然等同学在文章录入方面贡献的一份心力。特别感谢以博士生领衔的初选团队，他们从文章筛选，到作者授权，再到审读稿件，均悉心投入。学校办公室、校庆办公室、校史研究室、校友工作办公室、出版社、离退休工作处以及相关各院系在本散文集的成书过程中，亦热情协助，费力颇多，在此成书之际，一并致以最诚挚的感谢。

与此同时，理应自陈的是，尽管尽心尽力、反复斟酌，但由于经验不足、时间紧迫，本书还是难免存在许多疏漏，恳请各位读者不吝指正。

此外，尽管我们已尽最大努力，但仍有部分文章未能及时获得授权，请作者或著作权人联系我们，以便赠予样书。谢谢！

中国人民大学80年散文选编委会

2017年6月16日

图书在版编目（CIP）数据

长留篇什继风诗：中国人民大学80年散文选 / 中国人民大学80年散文选编委会编. —北京：中国人民大学出版社，2017. 9

ISBN 978-7-300-24934-6

Ⅰ. ①长… Ⅱ. ①中… Ⅲ. ①散文集-中国-当代 Ⅳ. ①I267

中国版本图书馆CIP数据核字（2017）第211268号

长留篇什继风诗

中国人民大学80年散文选

中国人民大学80年散文选编委会 编

Changliu Pianshi Ji Fengshi

出版发行	中国人民大学出版社		
社　　址	北京中关村大街31号	**邮政编码**	100080
电　　话	010-62511242（总编室）		010-62511770（质管部）
	010-82501766（邮购部）		010-62514148（门市部）
	010-62515195（发行公司）		010-62515275（盗版举报）
网　　址	http: //www.crup.com.cn http: //www.ttrnet.com（人大教研网）		
经　　销	新华书店		
印　　刷	涿州市星河印刷有限公司		
规　　格	170mm×230mm　16开本	**版　　次**	2017年9月第1版
印　　张	28.25 插页3	**印　　次**	2017年9月第1次印刷
字　　数	360 000	**定　　价**	128.00 元